Der Autor

Stefan Bouxsein wurde 1969 in Frankfurt/Main geboren. Studium der Verfahrenstechnik und des Wirtschaftsingenieurwesens an der FH Frankfurt. Seit 2006 verlegt er seine Bücher im eigenen Traumwelt Verlag.

Bisher erschienen von Stefan Bouxsein:

Krimi-Reihe mit Siebels und Till:
    Das falsche Paradies, 2006
    Die verlorene Vergangenheit, 2007
    Die böse Begierde, 2008
    Die kalte Braut, 2010
    Das tödliche Spiel, 2011
    Die vergessene Schuld, 2013
    Die tödlichen Gedanken, 2014
    Die Kronzeugin, 2015
    Projekt GALILEI, 2018
    Seelensplitterkind, 2021
    Der böse Clown (Kurzkrimi), 2014

Außerdem:
    Kurz & Blutig (Vier Kurzkrimis), 2015

Humor: Idioten-Reihe mit Hans Bremer:
    Der nackte Idiot, 2014
    Hotel subKult und die BDSM-Idioten, 2016

Erotischer Roman von Susann Bonnard:
    Die schamlose Studentin, 2017
    Mein perfekter Liebhaber, 2019

Erfahren Sie mehr über meine Bücher auf:
    www.stefan-bouxsein.de

Stefan Bouxsein

Das tödliche Spiel

Kriminalroman

© 2021 by Traumwelt Verlag
Stefan Bouxsein

Johanna-Kirchner-Str. 20 · 60488 Frankfurt/Main
www.traumwelt-verlag.de · info@traumwelt-verlag.de

Alle Rechte vorbehalten.

Umschlaggestaltung und Titelbild:
Nuilani – Design und Kommunikation, Ralf Heller
www.nuilani.de · info@nuilani.de

Lektorat: Stefanie Reimann

ISBN 978-3-939362-04-3

3. Auflage, 2021

1

Anekdoten des Philipp von Mahlenburg

Bea war eine Frau, die genau wusste, was sie wollte. Ich lag neben ihr in ihrem Bett und beobachtete sie beim Schlafen. Ihr schulterlanges braunes Haar verteilte sich zerwuselt über das Kopfkissen und erinnerte mich an einen Wischmob. Bea gab viel Geld bei ihrer Friseuse aus, aber nach einer langen Liebesnacht war von den Bemühungen ihrer Haardesignerin keine Spur mehr zu erkennen. Sie würde gleich nach dem Erwachen viel Zeit im Bad verbringen und das wieder in Ordnung bringen. Ich beobachtete, wie Bea gleichmäßig atmete und zog sachte die Bettdecke ein wenig nach unten, bis ihre Brust entblößt zum Vorschein kam. In zwei Monaten würde sie fünfzig werden. Dafür hatte sie sich gut gehalten. Ich mochte ihre Brust, sie fühlte sich gut an. Bea verbrachte zwei bis drei Tage in der Woche einige Stunden im Fitnessstudio und kämpfte dort tapfer gegen die nicht klein zu kriegenden Speckpölsterchen im Hüftbereich an. Wenn sie sich im Studio auf dem Laufband ausgetobt hatte, war sie abends mit einer schnellen Nummer zufrieden und schlummerte dann friedlich ein. An den fitnessfreien Tagen tobte sie sich dann aber abends beim Matratzensport aus. Letzte Nacht war sie kaum zu bändigen. Es war bereits früher Vormittag und Bea schlief immer noch tief und fest und schien mir einen sehr befriedigten Eindruck zu machen. Ich zog ihr die Decke wieder über die Brust und stieg langsam aus dem Bett. Bea wälzte sich einmal um die eigene Achse, als ich mich ihrer Nähe entzog, und schlummerte dann leicht schnarchend weiter. Ich schlüpfte in den flauschigen weißen Bademantel mit dem Etikett von Joop, den Bea mir zu Weihnachten geschenkt hatte. Das einzige Kleidungsstück, das bei ihr immer für mich parat lag. Ich betrachtete mich darin in dem großen Spiegel und kam zu dem Entschluss, dass der Bademantel in meiner Wohnung viel besser aufgehoben wäre. Vielleicht würde Bea mir ja noch einen Zweiten kaufen. Nach der letzten Liebesnacht hatte ich mir das redlich verdient. Ich verließ das Schlaf-

zimmer und ging kurz ins Badezimmer. Dort urinierte ich im Stehen. Bea mochte das gar nicht und war in dieser Angelegenheit sehr pingelig. Umso größer war mein Vergnügen, als ich mit meinem Strahl eine verirrte Mücke durch die Kloschüssel jagte. Die Mücke konnte sich gegen meinen Strahl so wenig wehren wie Bea gegen meinen Charme und versank im Strudel der Spülung. Vergnügt ging ich auf leisen Sohlen die Treppe hinunter. In der Küche schenkte ich mir ein Glas mit kaltem Orangensaft ein und ging damit hinaus auf die Terrasse. Dort lagen noch meine Zigaretten und mein goldenes Feuerzeug, das Bea mir bei unserem letzten Einkaufsbummel geschenkt hatte. Ich setzte mich auf einen der wetterbeständigen Rattansessel und zündete mir eine Zigarette an. Die Sonnenstrahlen schimmerten auf der stillen Wasseroberfläche des Pools. Ich genoss den Tag und hoffte, dass Bea noch eine Zeitlang schlief. Zufrieden mit mir und der Welt lehnte ich mich entspannt zurück und lauschte dem Zwitschern der Vögel. Als ich im Hintergrund ein Geräusch hörte, seufzte ich innerlich. Ich nahm noch einen tiefen Zug an meiner Zigarette und machte mich auf das Erscheinen von Bea gefasst. Doch plötzlich stand eine wesentlich jüngere Frau vor mir. Nur mit einem Slip bekleidet kam sie auf die Terrasse und blieb vor mir stehen. Ihre festen runden Brüste sprangen mir förmlich ins Auge. Trotzdem versuchte ich, ihr in die Augen zu schauen, und fragte mich, wer da zu Besuch gekommen war.

»*Hast du sie gut gefickt?*«, *fragte sie ohne Umschweife und setzte sich mir gegenüber auf einen Stuhl.*

»*Wer bist du denn?*«, *fragte ich und schenkte ihr mein freundlichstes Lächeln.*

»*Erst antworten, dann kannst du eigene Fragen stellen*«, *gab sie selbstbewusst zurück. Mir gefiel die Wendung, die der Tag plötzlich genommen hatte, ausgesprochen gut.*

»*Du bist aber sehr direkt*«, *stellte ich fest.* »*Woher kennst du Bea eigentlich?*«

Die junge Frau griff zu meinen Zigaretten und steckte sich eine an. Mein Blick haftete jetzt doch wieder auf ihrem Busen. Ihre kleinen dunkelbraunen Knospen standen leicht aufrecht. Es schien sie nicht zu stören, dass ich mir ihre Brüste eingehend betrachtete. »*Hast du sie jetzt gut gefickt oder nicht?*

Jedenfalls hat es sich so angehört. Das Gestöhne war ja im ganzen Haus zu hören.«

»Was machst du denn hier?«, hörte ich Bea hinter mir fragen.

»Ich rauche eine Zigarette«, antwortete die junge Frau und zwinkerte mir zu. Nun wurde mir die Situation doch etwas unangenehm. Bea konnte sehr eifersüchtig werden. Und wenn das der Fall war, war sie unerträglich.

»Zieh dir was über«, zischte Bea. »Musst du dich immer wie ein Flittchen benehmen?«

»Deinem Lover gefällt mein Anblick ganz gut«, sagte sie unverhohlen, stand dann auf, drückte ihre Zigarette im Aschenbecher aus und verließ mit aufreizend wackelnden Hüften die Terrasse.

»Meine süße kleine Stieftochter Nadja«, seufzte Bea und setzte sich zu mir. Ich nickte verständnisvoll und fragte mich, ob Nadja auch im Bett so abgebrüht war.

Montag, 31. Mai 2010

Hauptkommissar Steffen Siebels saß bereits morgens um 7:00 Uhr in seinem Büro im Frankfurter Polizeipräsidium. Vor ihm stand eine dampfende Tasse Kaffee auf dem Schreibtisch, unter dem Tisch standen seine Schuhe. Seine Füße lagen auf dem Schreibtisch. In seinen Händen hielt er die Bild-Zeitung.

»Guten Morgen.«

Siebels schaute kurz auf. Charly Hofmeier stand im Türrahmen. Siebels nickte ihm kurz zu und vertiefte sich wieder in seine Lektüre.

»Störe ich?«, fragte Charly. Charly Hofmeier war der IT-Spezialist im Präsidium und auch sonst für alle möglichen Aufgaben zu gebrauchen.

»Schwarz Rot Lena«, las Siebels die Schlagzeile aus der BILD vor. »Alle lieben Lena und das ganze Land tanzt singend durch die Straßen.«

»Bist du jetzt etwa auch zum Legastheniker mutiert?«

»Logisch. Das ist jetzt erste Bürgerpflicht.«

»Dann bist du aber bald arbeitslos. Menschen, die singend durch die Straßen tanzen, morden nicht.«

»Ein paar Außenseiter gibt es immer«, brummte Siebels und betrachtete missmutig sein Telefon, das gerade anfing zu klingeln. Behäbig nahm er die Füße vom Tisch, legte stattdessen die Zeitung darauf und griff zum Hörer. Während des Telefonats kritzelte er ein paar Stichworte auf seinen Notizblock und beendete das Gespräch dann, ohne dabei selbst viele Worte verloren zu haben. »Und schon hat so ein Außenseiter wieder zugeschlagen«, klagte Siebels und schlüpfte in seine Schuhe.

»Ein neuer Fall?«

»Tote Frau in einer Villa auf dem Lerchesberg. Fremdeinwirkung scheint sehr wahrscheinlich. Mehr weiß ich auch noch nicht. Möchte nur wissen, wo Till wieder bleibt.«

Till Krüger war der jüngere Kollege von Steffen Siebels. Just in dem Moment, als sein Name fiel, zwängte er sich an Charly vorbei ins Büro.

»Falsche Richtung«, sagte Charly. »Draußen wartet Arbeit auf euch.«

Till legte seinen Motorradhelm ab und schaute auf die Uhr. »Es ist noch nicht mal halb acht. Eigentlich wollte ich erst mal in die Kantine und was zum Frühstücken besorgen.«

»Der frühe Vogel fängt den Wurm«, verkündete Charly.

»Ich will keinen Wurm, ich will Käsebrötchen.«

»Sag das nicht mir, sag das dem Außenseiter.«

Till schaute zu Siebels. »Ich will Käsebrötchen.«

Siebels schaute kopfschüttelnd zu Charly. »Er glaubt tatsächlich, ich wäre der Außenseiter.«

»Wer ist denn der Außenseiter?«, fragte Till. »Der Herr Staatsanwalt?«

»Nee, der ist Insider«, belehrte ihn Siebels. »Der Außenseiter ist der, der nicht singend durch die Straßen tanzt.«

»Aha. Ihr zwei habt euch heute Morgen doch mit dem Hammer geföhnt. Ich hole mir jetzt mein Käsebrötchen.«

»Bring mir auch eines mit«, bat Siebels. »Ich warte unten im Wagen auf dich. Wir haben anscheinend einen neuen Fall.«

Der Lerchesberg im südlichen Sachsenhausen galt als Wohngegend für die besser betuchten Frankfurter Mitbürger. Siebels brauchte nicht lange zu suchen, zwei Streifenwagen standen vor der Zufahrt der von ihm gesuchten Adresse. Neugierige Nachbarn versammelten sich auf der Straße und versuchten einen Blick auf das Grundstück zu erhaschen. Hohe Hecken machten dieses Unterfangen fast unmöglich. Siebels und Till ließen den Wagen vor der Zufahrt stehen, wiesen sich bei den Streifenpolizisten aus und betraten das Grundstück. Sie gingen auf eine prachtvolle Villa zu. Vor der Eingangstür standen zwei Männer mit übergestülpten Plastikanzügen. Die Kollegen von der Spurensicherung rauchten eine Zigarette.

»Können wir schon rein?«, fragte Siebels.

»Wir sind fast fertig, immer rein in die gute Stube«, bekam er zur Antwort. »Die Tote liegt draußen im Garten. Sie ist im Pool ertrunken.«

Siebels nickte und betrat das Haus. Till folgte ihm durch einen lichtdurchfluteten, mit hellem Marmor ausgelegten Vorraum. Im Wohnzimmer trafen sie auf den Fotografen, der seine Fotos bereits alle geschossen hatte. Die Schiebetür zur Terrasse stand offen. Draußen kniete eine Frau über einem leblosen Körper. Siebels schaute sich nach Dr. Petri um, konnte den Gerichtsmediziner aber nirgendwo entdecken. Till betrachtete sich die Umgebung. Anthrazit gefliese Terrasse. Schwarze Rattanstühle standen um einen Tisch mit schwerer Steinplatte. Auf dem Tisch lag ein Buch. Daneben stand ein Aschenbecher. Der Pool lag nur wenige Meter von der Terrasse entfernt, hinter dem Pool erstreckte sich ein weitläufiger kurzgeschnittener Rasen, der von außen nicht einsehbar war. Meterhohe Hecken und Mauern begrenzten das Grundstück.

»Siebels, Mordkommission«, sagte Siebels und kniete sich neben die Frau, die die Leiche begutachtete.

»Guten Tag, Herr Siebels. Ich habe ja schon viel von Ihnen gehört.« Die Frau streckte Siebels die Hand entgegen. »Lehmkuhl. Anna Lehmkuhl. Ich bin die Nachfolgerin von Dr. Petri.«

»Die Nachfolgerin?«

»Ja. Dr. Petri hat sich in den wohlverdienten Ruhestand verabschiedet. Wussten Sie das nicht?«

Siebels erinnerte sich dunkel, dass Petri vor einiger Zeit eine entsprechende Bemerkung gemacht hatte. »Er hat mich gar nicht zu seiner Abschiedsfeier eingeladen.«

»Die holt er bestimmt noch nach. Er ist gleich an seinem ersten Tag als Pensionär auf ein Kreuzfahrtschiff gegangen und kreuzt jetzt irgendwo in der Karibik.«

»Petri hatte schon immer einen guten Stil«, bewunderte Siebels seinen alten Kumpanen.

»Darf ich mir die Leiche mal anschauen?«, fragte Till, der hinter den beiden stand.

»Mein Kollege, Till Krüger«, stellte Siebels ihn vor. »Till, das ist Frau Dr. Lehmkuhl. Die Nachfolgerin vom alten Petri.«

Till setzte sein charmantestes Lächeln auf, als er Anna Lehmkuhl ins Gesicht sah. »Sie sind also der berühmt-berüchtigte Frauenheld aus dem Frankfurter Präsidium«, begrüßte ihn die Gerichtsmedizinerin und streckte auch ihm die Hand hin.

Tills Lächeln gefror und er erstarrte für einen Moment zu einer Salzsäure. Anna Lehmkuhl lachte. »Ihr Ruf eilt Ihnen voraus.«

Till verfluchte sich und seine letzte Affäre mit Simone, der jungen Streifenbeamtin, die im Präsidium nur die wilde Simone genannt wurde. Zu spät hatte er erkannt, dass die wilde Simone sich ihren Beinamen redlich verdient hatte. Sie stürzte von einer Katastrophe in die nächste, riss alles und jeden aus ihrem Umfeld mit und plauderte ohne Unterlass und ohne jede Rücksicht auf ihre oder anderer Leute Intimsphäre. Wenn Till morgens ins Präsidium kam, wussten schon Hundertschaften von Polizisten, wie er in der Nacht zuvor bei der Umsetzung eines neuen Kapitels aus Simones Kamasutra-Buch wieder einmal gescheitert war. Die Beziehung hielt denn auch nur wenige Wochen und mittlerweile war Simone mit einem Nahkampfkrieger vom SEK liiert und Till wieder auf Brautschau. Und Anna Lehmkuhl passte hervorragend in sein Beuteschema.

»Soll ich?« Anna Lehmkuhl nahm das Tuch in die Hände, mit dem die Leiche bedeckt war, und deutete an, es zurückzuziehen.

Till und Siebels nickten. Anna Lehmkuhl gab den Leichnam preis. »Beate Sydow, 49 Jahre alt. Tod durch Ertrinken. Sie wurde mit Gewalt unter die Wasseroberfläche gedrückt und hat sich heftigst gewehrt. Abgebrochene Fingernägel, zwei gebrochene Finger. Vermutlich wurde ihr auf die Finger geschlagen oder getreten, als sie sich am Beckenrand aus dem Pool ziehen wollte.«

Siebels betrachtete sich widerwillig die vom Wasser aufgedunsene Leiche. Er stellte sich vor, wie die Frau um ihr Leben gekämpft hatte. Wie sie sich mit aller Kraft aus dem Pool retten wollte und den Kampf gegen ihren Mörder letztendlich doch verloren hat. Er stellte sich vor, wie die Frau sich gefühlt haben musste, als ihre Kräfte nachließen und sie erbarmungslos immer wieder unter die Wasseroberfläche gedrückt wurde. Wie sie immer mehr Wasser schluckte bei ihrem Überlebenskampf und ihrem Mörder im Todeskampf zu entkommen versuchte. Bis sie schließlich aufgab und im Pool unterging. Siebels versuchte, diese Gedanken zu verscheuchen, und konzentrierte sich auf seine Arbeit als Ermittler. »Wurde sie im Pool gefunden?«, wollte er wissen.

»Ja. Von einer Freundin, die mit ihr verabredet war. Sarah Fischer. Sie ist im Haus. Als Frau Sydow heute Morgen weder auf das Klingeln und Klopfen an der Tür noch auf Telefonanrufe geantwortet hat, hat Frau Fischer einen Zweitschlüssel aus ihrer Wohnung geholt und ist hereingekommen. Sie wohnt in der Textorstraße, nicht weit von hier.«

»Lag sie schon nackt im Pool?«, wollte Till wissen.

»Ja. Allem Anschein nach war sie unbekleidet im Pool zum Schwimmen gewesen.«

»Anzeichen von sexuellem Missbrauch?«, fragte Siebels.

»Nein. Nichts dergleichen. Nur die malträtierten Finger. Wahrscheinlich wurde sie mit großer Gewalt in das Wasser gedrückt.«

»Todeszeitpunkt?«, fragte Siebels und zündete sich eine Zigarette an.

»So gegen sechs Uhr heute Morgen. Das deckt sich auch mit der Aussage von Sarah Fischer. Sie hat bestätigt, dass Beate Sydow morgens um diese Zeit den Tag bei schönem Wetter mit einer Runde im Pool beginnt. Der Pool ist übrigens beheizt. 22 Grad Wassertemperatur.«

»Dann werden wir uns mit der Frau Fischer mal unterhalten. Sind Sie noch länger hier?«

»Ich bin fertig. Sie finden mich in der Gerichtsmedizin, falls Sie weitere Fragen haben. Der Bericht kommt per E-Mail. Ach, bevor ich es vergesse. Auf dem Tisch dort liegt ein Buch.« Anna Lehmkuhl deutete zu dem Tisch auf der Terrasse. »Das lag schon dort, als Frau Fischer die Tote entdeckt hat. Das Buch könnte etwas mit dem Mord an Frau Sydow zu tun haben.«

»Wie das?«

»Das fragen Sie besser Frau Fischer. Nehmen Sie das Buch mit rein, wenn Sie sie befragen. Die Spurensicherung hat es bereits auf Fingerabdrücke untersucht.«

Anna Lehmkuhl packte ihre Utensilien zusammen und verabschiedete sich.

»Ich hole den Bericht auch gerne persönlich ab«, sagte Till.

»Ich rufe Sie an, wenn ich so weit bin. Bis dann, viel Erfolg.«

Siebels und Till schauten der Gerichtsmedizinerin hinterher.

»Viel besser als Petri«, kommentierte Till.

»Sie schneidet Leichen auf und wühlt darin herum«, sagte Siebels und ging zu dem Tisch.

»Sie hat Grübchen, wenn sie lächelt«, sagte Till.

Siebels drückte seine Zigarette in dem Aschenbecher aus und nahm das Buch in die Hand. »Sie entnimmt Organe aus toten Körpern, misst und wiegt sie, als wäre es Obst und Gemüse.«

»Sie hat grüne Augen.«

»Die Anekdoten des Philipp von Mahlenburg.«

»Hä?«

»So heißt das Buch.«

»Berühmt-berüchtigter Frauenheld«, murmelte Till vor sich hin.

»Genau. Mit meinem unwiderstehlichen Charme erobere ich die Frauen im Sturm. Ob jung, ob alt, ob blond, ob braun, mich lieben alle Frauen.«

»Wieso dich jetzt?«

»Nicht mich. Und dich schon gar nicht. Philipp von Mahlenburg. So steht es jedenfalls auf dem Klappentext des Buches.«

»Sie ist echt nett, findest du nicht?«

»Sie ist bestimmt verheiratet.«

»Sie trägt keinen Ehering.«

»Wäre auch nur hinderlich, wenn sie in toten Körpern rumwühlt.«

»Du erzeugst negative Schwingungen. Hör auf damit.«

Siebels hatte das Buch aufgeschlagen und las die ersten Seiten. Dann schaute er sich um. »Das ist hier.«

»Was ist hier?« Till war in Gedanken noch immer bei Anna Lehmkuhl.

»Das, was in dem Buch steht, hat sich genau hier auf der Terrasse abgespielt. Komm, lass uns mit dieser Sarah Fischer sprechen. Irgendwas stinkt hier ganz gewaltig.«

2

Anekdoten des Philipp von Mahlenburg

Bea ging nicht weiter auf ihre Stieftochter ein, von der ich bisher noch gar nichts gewusst hatte. Wie ich später erfuhr, wohnte Nadja nur einige Straßenzüge entfernt. Um mich von der kleinen Episode wieder abzulenken, bereitete Bea ein fürstliches Frühstück zu. Ich genoss es, von ihr bedient zu werden, und zeigte mich mit kleinen Komplimenten über Beas leckere Köstlichkeiten erkenntlich. Ich lobte die liebevoll zubereiteten Pfannkuchen und tätschelte sanft ihren Hintern, als sie beim Servieren um mich herum tapste. Natürlich machte ich auch einige liebreizende Bemerkungen über ihre wundervolle Figur. Ich ließ sie wissen, wie sehr ich ihren weiblichen Rundungen zugetan war und hoffte dabei inniglich, dass Nadja sich noch einmal blicken ließ. Bea zeigte sich von ihrer besten Seite. Sie war wohl davon überzeugt, dass meine Gedanken nur um sie kreisten. Meine lüsternen Blicke auf die nackten Brüste ihrer Stieftochter hatte sie entweder schon wieder vergessen oder einfach nur verdrängt. Wir hielten Smalltalk beim Frühstück und schmiedeten Pläne für das bevorstehende Wochenende. Nachdem wir uns beide satt gegessen hatten, saßen wir nur mit unseren Bademänteln bekleidet auf der sonnigen Terrasse und flirteten miteinander. Bea erhob sich schließlich vom Tisch, nahm mich bei der Hand und führte mich zum Pool. Am Beckenrand ließ sie ihren Bademantel fallen und sprang ins Wasser. Sie schwamm an das andere Ende des Pools und forderte mich dort auf, ebenfalls hineinzuspringen. Wie ein kleines Mädchen planschte meine Bea am gegenüberliegenden Beckenrand. Ich seufzte innerlich, ließ auch meinen Bademantel fallen und blieb noch einen Moment vor dem Pool stehen. Ich genoss Beas Blick, mit dem sie meinen nackten Körper musterte. Dann sprang auch ich ins Wasser. Wir trafen uns in der Beckenmitte, dort fiel sie mir um den Hals und steckte mir ihre Zunge in den Mund. Ich konnte bequem in der Mitte des Beckens stehen, das Wasser ragte mir nur bis zum Hals. Bea musste sich strecken, um wenigstens auf den Zehenspitzen stehen zu können. Als sie mir wieder Luft zum Atmen ließ, erkannte ich Nadja. Sie saß plötzlich auf der Terrasse und beobachtete uns mit unbeweglicher Miene. Ihre Anwesenheit elektrisierte mich. Beas Lippen küssten meinen Hals. Mein Hals reckte sich, um Nadja besser in mein Blickfeld zu bekommen. Sie trug nun ein enges Top. Ich legte meine Hände auf Beas Schultern und massierte sie. Bea schnurrte wie eine Katze. Nadja zündete sich eine Zigarette an. Sie war so nah und doch so unnahbar. Wie ein Tintenfisch umschlang Bea mich mit ihren Armen und Beinen. Nadjas Blick wich keine Sekunde von uns. Ich drückte fester auf Beas Schultern, drückte sie ein Stück nach unten. Und dann noch ein Stück, bis ihr Kopf unter der Wasseroberfläche versank. Für einen Moment war ich außer mir. Als hätte Nadja Besitz von mir ergriffen. Nur durch ihren Blick, mit dem sie mich in ihren Bann zog. Bea drückte ihren Körper nach oben. Ich drückte sie fester nach unten. Nur einige wenige Sekunden. Ich glaubte, ein Lächeln über Nadjas Gesicht huschen zu sehen. Dann ließ ich meine Hände von Bea und sie kam nach Luft schnappend wieder an die Oberfläche. Sie holte zweimal tief Luft, dann fauchte sie mich an. Ich entschuldigte mich. Nadja drückte ihre Zigarette im Ascher aus und verließ die Terrasse. Ihr Gesichtsausdruck, mit dem sie mich noch einmal ansah, ließ mich erschaudern.

Sarah Fischer hatte lange rote Haare und trug ein blaues Kleid, das ihr bis zu den Knöcheln reichte. Sie war sehr schlank, fast schon dürr. Eine lange spitze Nase zierte ihr schmales Gesicht. Sie stand in der Küche, als Siebels und Till sich ihr vorstellten.

»Sie sind eine gute Freundin von Frau Sydow?«, fragte Siebels.

Sarah Fischer antwortete mit Tränen in den Augen. »Ihre beste Freundin. Und ihre Geschäftspartnerin. Wir betreiben einen kleinen Laden unten in der Schweizer Straße.«

»Eine Boutique?«, hakte Siebels nach.

»Nein. Einen Esoterikladen. Wir verkaufen Produkte, die uns in unserem spirituellen Leben behilflich sind.«

»Aha«, sagte Siebels und bemerkte den irritierten Blick von Till, ignorierte ihn aber. »Davon konnte sich Frau Sydow diesen Lebenswandel hier aber nicht leisten, oder?«

»Nein, natürlich nicht. Soll ich uns einen Kaffee kochen?«

»Sehr gerne«, sagte Till und Siebels nickte zustimmend.

»Beate ist Witwe«, erklärte Sarah Fischer, während sie an der Kaffeemaschine herumhantierte. »Ihrem Mann gehörte ein mittelständisches Unternehmen. Dort werden irgendwelche Spezialwerkzeuge gefertigt. Viel kann ich dazu nicht sagen. Jedenfalls wurde das Unternehmen kurz vor seinem Tod an eine amerikanische Firma verkauft und als er starb, erbte Beate ein beachtliches Vermögen. Und natürlich das Haus hier. Den kleinen Laden habe ich vorher allein betrieben. Beate ist nach dem Tod ihres Mannes eingestiegen.«

Die Kaffeemaschine blubberte vor sich hin und Sarah Fischer setzte sich an den Tisch zu Siebels und Till. Siebels legte das Buch auf den Tisch. »Was hat es mit diesem Buch auf sich?«

Sarah Fischer verdrehte die Augen. »Das hat ihr ehemaliger Liebhaber geschrieben. Ich habe sie immer gewarnt vor diesem Mann. Aber Beate konnte die Finger nicht von ihm lassen. Er war nur auf ihr Geld aus gewesen, aber Beate war völlig blind. Sie dachte, sie hätte noch einmal die große Liebe gefunden. Dass er fast zwanzig Jahre jünger war als sie, fand sie ganz großartig. Dass er angeblich Vermögensberater war und einige schwerreiche Klienten zu seinen Kunden zählte, glaubte sie ihm aufs Wort. Dass er sich ständig von ihr beschenken und aushalten ließ, machte sie auch nicht stutzig. Erst als er von einem auf den anderen Tag aus ihrem Leben verschwunden war, wachte sie auf. Aber da war es zu spät. Vor einigen Wochen bekam sie dann dieses Buch geschickt. Auf dem Päckchen stand kein Absender. Die Anekdoten des Philipp von Mahlenburg. Darin beschreibt er seine Liebschaften zu verschiedenen Frauen. Das erste Kapitel war gleich seiner Liaison mit Beate gewidmet. Dieser Mistkerl hält sich für einen ganz raffinierten Hochstapler. Dabei ist sein Geschreibe nichts weiter als pubertärer Unfug.«

Sarah Fischer schob angewidert das Buch von sich und schenkte den frischgebrühten Kaffee ein.

»Hat er von Frau Sydow größere Geldbeträge bekommen?«

»Zum Glück nicht. Hauptsächlich ging es um Geschenke. Aber die waren nicht gerade billig. Mal eine Rolex, mal ein Bademantel von Joop. Die Mitgliedsgebühr beim Tennisclub oder die Karten für die Oper. Ein Anzug von Armani, eine Sonnenbrille von Porsche. Und so weiter und so fort.«

»Wer liest denn so ein Buch?«, fragte Till, der jetzt auch mal seinen Beitrag leisten wollte und die fesche Anna Lehmkuhl langsam aus seinem Kopf verbannte.

Sarah Fischer zuckte mit den Schultern. »Beate hat es gelesen. Leider. Danach war sie erst zu Tode betrübt, dann unheimlich wütend und anschließend depressiv.«

Sarah Fischer entzündete eine Duftkerze und Siebels verkniff sich die Frage, die ihm auf der Zunge gelegen hatte. Zigarettenrauch war hier anscheinend nicht so gefragt, vermutete er und betrachtete sich wieder das Buch. »Verlag Anton Hubertus Möllenbeck«, las er von der Rückseite des Hardcovers ab. »Ist das ein bekannter Verlag?«

»Ich habe noch nie davon gehört«, sagte Sarah Fischer achselzuckend.

»Wissen Sie, wo wir diesen Herrn von Mahlenburg finden können?«

»Wahrscheinlich im Bett einer dummen Frau«, sagte Sarah Fischer spöttisch.

Till hätte fast gesagt, dass er dann vielleicht im Bett seiner ehemaligen wilden Simone zu finden wäre, riss sich aber am Riemen.

Siebels hielt weiter das Buch nachdenklich in den Händen. »Das hat draußen auf dem Tisch gelegen? Glauben Sie, dass Frau Sydow es dort hingelegt hat, bevor sie in den Pool gegangen ist?«

»Das glaube ich nicht. Das hier ist nicht das Buch, das Beate bekommen hat. Das habe ich nämlich vor ihren Augen verbrannt, weil ich ihre Jammerei darüber nicht mehr hören konnte.«

»Vielleicht hat sie sich ein Neues gekauft?«, mutmaßte Till.

Sarah Fischer trank nachdenklich ihren Kaffee. »Das wäre möglich. Aber ich wüsste nicht, warum es draußen auf dem Tisch gelegen haben soll, als sie im Pool ihr Leben verlor.« Bei den letzten Worten begann Sarah Fischer laut zu schluchzen. Bis dahin hatte sie sich im Griff gehabt, nun heulte sie ohne Scheu.

»Sollen wir das Gespräch ein andermal fortsetzen?«, fragte Siebels behutsam und legte ihr seine Hand tröstend auf den Arm.

»Nein, es geht schon wieder. Ich kann mir das ja auch alles nicht erklären. Irgendjemand muss Beate abgrundtief gehasst haben und das Buch ist eigentlich keine Erklärung dafür.«

»Vielleicht ist es ja nur ein dummer Zufall, dass das Buch ausgerechnet heute dort lag. Vielleicht hat sie sich wirklich ein Neues gekauft, gestern Abend noch darin gelesen und es dann auf dem Tisch liegen gelassen.«

»Ja, vielleicht«, schluchzte Sarah Fischer.

»Mit wie vielen Frauengeschichten prahlt dieser von Mahlenburg in seinem Buch?«, fragte Till.

Sarah Fischer schaute ihn mit großen Augen an. »Glauben Sie, die sind auch in Gefahr?«

»Wir werden wohl oder übel mit ihnen sprechen müssen. Aber noch sehe ich keinen Zusammenhang zwischen dem Buch und dem Mord an Ihrer Freundin.«

Sarah Fischer nickte und wischte sich die Tränen aus den Augen. Sie nahm Siebels das Buch aus der Hand und blätterte darin. »Beate war das erste Kapitel gewidmet. Weder Beate noch die anderen Frauen sind mit vollem Namen erwähnt. Daher dürfte es schwierig sein, sie ausfindig zu machen. Da werden Sie schon Herrn von Mahlenburg persönlich um Auskunft bitten müssen. Außer Beate hat er noch eine Hanni, eine Betti und eine Kati in seinen Anekdoten verarbeitet. Ich nehme an, dass diese Namen die Kurzform für ihre richtigen Vornamen sind. Nachnamen hat er keine erwähnt.«

»Was können Sie mir über Nadja sagen?«, fragte Siebels. Till las gerade die ersten Seiten des Buches und war nun auch neugierig auf Nadja geworden.

»Nadja ist die Tochter aus erster Ehe von Beates verstorbenem Mann. Ihre Mutter starb an Krebs, als Nadja sieben Jahre alt war. Beate war die Personalleiterin in der Firma von Nadjas Vater. Jürgen Sydow hat vierzehn Jahre später Beate geheiratet. Zuvor hatten die beiden schon einige Jahre lang mehr oder weniger eine heimliche Affäre. In der Firma wusste niemand davon. Nadja studierte schon, als ihr Vater sich offiziell zu Beate bekannte und sie heiratete. Beate und Nadja wurden nie richtig warm miteinander. Aber es herrschte auch kein Krieg zwischen ihnen. Nadja ist eine merkwürdige junge Frau. Sie ist hochbegabt, müssen Sie wissen. Sie hatte in der Schule nur hervorragende Noten. Im nächsten Jahr will sie ihr Studium beenden. Psychologie. Ihr menschliches Verhalten ist allerdings etwas sonderbar. Sie können es ja nachlesen. Herr von Mahlenburg hat sie schon ganz gut beschrieben. Vielleicht liegt es auch daran, dass so durchschnittlich begabte Menschen wie Beate oder ich nicht interessant genug sind für Menschen wie Nadja.«

»Wo liegen denn ihre Stärken?«, wollte Siebels wissen.

»Oh, fragen Sie mich lieber, wo ihre Schwächen liegen. Die liegen im zwischenmenschlichen Bereich, wie ich bereits sagte. Ihre Stärken sind schon bewundernswert. Sie spricht fließend englisch, französisch spanisch und russisch, spielt hervorragend Klavier und hat schon als Fünfjährige alle Freunde ihres Vaters im Schach geschlagen. Sie ist mit fünfzehn zum ersten Mal alleine in die Oper gegangen und wurde mit sechzehn erwischt, als sie einen Joint auf der Schultoilette geraucht hat.«

»Sie wissen aber einiges von ihr.«

»Beate hat viel von ihr erzählt. Sie war schon ein wenig stolz auf dieses Wunderkind, auch wenn sich die beiden nicht so nahe waren und Beate sie auch erst kennen gelernt hat, als Nadja schon auf der Uni war.«

»Ich muss mal kurz telefonieren«, sagte Siebels und wollte das auf der Terrasse erledigen.

»Er muss mal eine rauchen«, erklärte Till, als Siebels die Küche verlassen hatte.

Auf der Terrasse zündete sich Siebels eine Zigarette an, telefonierte aber auch. Er rief im Präsidium bei Charly an. »Hey Charly, ich brauche mal deine Unterstützung.«

»Dann hast du bestimmt wieder einen heiklen Fall an Land gezogen«, seufzte Charly.

»Bis jetzt ist es noch ein ganz normaler Routinefall. Ich benötige nur ein oder zwei Adressen und Telefonnummern.«

»Schieß los.«

»Philipp von Mahlenburg und außerdem ein Verlag Anton Hubertus Möllenbeck.«

»Ich rufe gleich zurück.«

Siebels steckte sein Handy wieder ein und zog genussvoll an seiner Zigarette. Dabei dachte er an seinen ernsten Vorsatz, das Rauchen aufzugeben.

Zwei Männer von der Spurensicherung kamen auf die Terrasse. »Wir sind dann fertig«, sagte einer von ihnen zu Siebels. »Gefunden haben wir eigentlich nichts. Keine Einbruchsspuren, keine Kampfspuren im Haus. Fingerabdrücke haben wir einige abgenommen, außerdem ein paar Haarproben, die gehen umgehend ins Labor. Auch auf dem Grundstück haben wir nichts von Interesse gefunden.«

»Okay, dann könnt ihr euch aus dem Staub machen. Wir sehen uns.«

»Viel Erfolg«, wünschte der Mann von der Spurensicherung und verschwand mit seinem Kollegen, den Siebels vorher noch nicht gesehen hatte.

Als die beiden fort waren, kamen Till und Sarah Fischer auf die Terrasse. »Versuchen Sie es mal mit Hypnose«, sagte Sarah Fischer.

Siebels sah sie fragend an.

»Ihre Nikotinsucht können Sie mit Hypnose loswerden.«

»Keine Chance«, sagte Till. »Ich versuche schon seit Jahren, ihn dahingehend zu hypnotisieren. Der wird eher schwul, als dass er mit dem Rauchen aufhört.«

Ein böser Blick von Siebels und Till verstummte. »Was hat Nadja eigentlich von ihrem Vater geerbt, wenn Frau Sydow das Haus und ein beachtliches Vermögen bekam?«

»Nadja ist versorgt. Ein Treuhänder kümmert sich um ihre finanziellen Angelegenheiten. Wenn sie ihr Studium beendet hat, kann sie über ihr Erbteil frei verfügen. Das war der Wille ihres Vaters. Wie viel das sein wird und wie das genau geregelt ist, kann ich Ihnen aber nicht sagen.«

»Und wer kann mir das sagen?«

»Dr. Ritter. Er ist der Anwalt und Vermögensverwalter der Familie. Seine Anschrift müsste bei den Unterlagen in Beates Arbeitszimmer zu finden sein. Soll ich mal nachsehen?«

»Ja bitte. Woran ist Herr Sydow eigentlich gestorben?«

»Herzinfarkt. Den hat er vor drei Jahren erlitten. Ich schaue dann mal nach der Anschrift von Dr. Ritter.«

Die Melodie von der Biene Maja ertönte. »Wer hat dir den Klingelton denn ausgesucht?«, fragte Till fassungslos.

»Das war Charly«, sagte Siebels freudestrahlend, als er im Takt dazu wippte. Charly war dann auch dran, als Siebels das Gespräch entgegennahm.

»Philipp von Mahlenburg gibt es nicht«, sagte Charly. »Aber deinen Verlag. Der ist in der Innenstadt, in der Stiftstraße, gleich am Eschenheimer Tor. Anton Hubertus Möllenbeck ist übrigens der alleinige Inhaber.«

»Alles klar, Charly. Danke dir. Till ist übrigens ganz scharf auf den Biene Maja Song.«

»Das ist so peinlich«, rief Till dazwischen.

Charly lachte und beendete das Gespräch.

»Wer hat dich eigentlich gefragt?«, fragte Siebels.

»Niemand. Sonst hättest du ja jetzt einen vernünftigen Klingelton.«

»Ja, ja. Wahrscheinlich das Brunftgeschrei eines liebestollen Hirsches, der sich beim Kamasutra das Geweih gebrochen hat.«

»Wer hat sich das Geweih gebrochen?« Sarah Fischer stand hinter den beiden und hielt einen Brief in der Hand.

»Ach, das war intern«, wiegelte Siebels ab.

»Auch gut. Hier ist ein Brief von Dr. Ritter. Sein Büro ist in Bad Homburg, die Adresse steht drauf. Den Brief können Sie mitnehmen, ich habe ihn kopiert.«

3

Der Verlag Anton Hubertus Möllenbeck befand sich im zweiten Stockwerk eines Wohn- und Geschäftshauses. Siebels und Till landeten an einem Empfangstresen, hinter dem eine telefonierende Frau den beiden zuzwinkerte und mit einer Handbewegung andeutete, dass sie gleich zur Verfügung stehen würde. Das Namensschild auf dem Tresen wies sie als Maja Mertens aus. Siebels verschaffte sich derweil einen Überblick über die Räumlichkeiten. Hinter dem Empfangsraum schien es nur noch zwei Büros zu geben, mehr Räume waren vom Empfang aus jedenfalls nicht auszumachen. Till betrachtete sich Maja Mertens. Glatte schwarze lange Haare mit einem Pony im Cleopatra-Schnitt, dunkelbraune Augen, roter Lippenstift auf fülligen Lippen und eine rauchige Stimme verliehen der Frau eine exotische Ausstrahlung. Während sie mit Engelszungen auf ihren Gesprächspartner einredete, zündete sie sich eine Zigarette an und schenkte Till ein Lächeln. Till lächelte zurück und hörte ihr beim Telefonieren zu.

»Sie müssen Geduld haben, Herr Jakob. So ein Projekt braucht Zeit. Vielleicht sollten Sie Ihre Werbeaktivitäten auch noch mal verstärken.«

Maja Mertens verdrehte genervt ihre Augen und hörte sich geduldig die Meinung von Herrn Jakob an. »Nein, Herr Jakob. Wir haben alles getan, was von unserer Seite möglich war. Ja, Herr Jakob. Aber natürlich, Herr Jakob. Herr Jakob, ich habe gerade Besuch bekommen. Ich rufe Sie später zurück.« Ohne auf eine Antwort zu warten, knallte Maja Mertens den Hörer auf den Apparat. »So, jetzt bin ich für Sie da«, sagte sie zu Till. »Was kann ich für Sie tun?«

»Wir kommen wegen einem Buch«, sagte Siebels.

»Dann sind Sie bei uns ja genau richtig. Haben Sie ein Manuskript dabei, das wir uns mal ansehen dürfen?«

»Wie gesagt, es geht um ein Buch, nicht um ein Manuskript.«

»Ihr Verlag hat es schon verlegt«, ergänzte Till.

Maja Mertens musterte die beiden einen Moment. »Sie sind aber noch keine Autoren in unserem Verlag, oder?«

Siebels zeigte ihr seinen Ausweis. »Kriminalpolizei. Mein Name ist Siebels.« Siebels deutete auf Till. »Mein Kollege Krüger.«

»Maja Mertens«, sagte Maja Mertens. »Was führt denn die Kriminalpolizei zu uns?«

»Ein Buch«, sagte Till und konnte sich ein Grinsen nicht verkneifen.

»Wir würden gerne den Verlagsleiter sprechen«, sagte Siebels. »Ist Herr Möllenbeck im Haus?«

»Herr Möllenbeck ist noch zu Tisch.« Maja Mertens schaute auf die Uhr. »Er müsste aber jeden Moment zurück sein. Ich bin seine rechte Hand. Kann ich Ihnen auch behilflich sein, bis Herr Möllenbeck wieder im Haus ist?«

Siebels zog das Buch aus seiner Tasche und legte es auf den Tresen.

»Ah, die Anekdoten des Philipp von Mahlenburg. Warum interessiert sich die Polizei für so ein Buch?«

»Wir interessieren uns in erster Linie für den Autor. Leider konnten wir keinen Herrn von Mahlenburg ausfindig machen. Handelt es sich um ein Pseudonym?«

Maja Mertens schaute die beiden misstrauisch an. »Verraten Sie mir, was Sie von Herrn von Mahlenburg möchten?«

»Wir haben einige Fragen an ihn. Wir sind von der Mordkommission.«

»Mordkommission? Was ist denn passiert?«

»Jemand wurde ermordet«, sagte Siebels lapidar. »Können Sie uns nun sagen, wo wir den Autor finden können?«

In diesem Moment öffnete sich die Tür und ein kleiner weißhaariger Herr betrat den Raum. »Oh«, sagte er. »Neue Nachwuchsautoren in den heiligen Hallen des Möllenbeck Verlags? Darf ich mich vorstellen, Anton Hubertus Möllenbeck.« Möllenbeck tänzelte um Siebels und Till herum und sprühte nur so vor Energie. Er war bestimmt schon über sechzig, aber noch voller Elan.

»Die Herren sind von der Kriminalpolizei. Genauer gesagt, von der Mordkommission«, klärte Maja Mertens ihn auf.

Möllenbecks Gesichtszüge froren auf der Stelle ein. Er musterte seine Besucher von Kopf bis Fuß und schaute dann fragend zu seiner rechten Hand, der Kopie von Cleopatra. Bevor die aber noch etwas sagen konnte, kehrte das Lächeln wieder in Möllenbecks Gesicht zurück. »Sie haben Ihre Lebenserfahrungen niedergeschrieben«, platzte es aus ihm heraus. »Sie haben sich den Frust von der Seele geschrieben. Kriminalfälle aus erster Hand, Insiderwissen, nächtelange Observierungen und verkrustete Staatsanwälte haben Sie zu diesem Schritt veranlasst. Jetzt brauchen Sie nur noch einen Verleger, einen, der Ihr Lebenswerk zum Leben erweckt und ein Buch daraus macht.« Möllenbeck hielt inne und schaute seine Besucher mit großen Augen an.

»Es geht um Frauengeschichten«, sagte Till.

»Ermordete Prostituierte«, platzte Möllenbeck heraus. »Wunderbar. Mit der Nitribitt hat es angefangen. Und jetzt kommen Sie und erzählen der Welt, wie tief der Sumpf tatsächlich ist.«

»Jetzt halten Sie mal die Luft an«, sagte Siebels.

»Es geht um die Anekdoten des Philipp von Mahlenburg«, warf Maja Mertens nun ein.

»Ach so«, sagte Möllenbeck kleinlaut. »Da liegt es ja. Was ist denn damit?«

»Wir suchen den Autor. Sie werden doch bestimmt seine Adresse und seine Telefonnummer haben.«

»Ja, natürlich. Hat er jemanden ermordet?«

»Wir möchten den Autor dieses Buches als Zeugen vernehmen, das ist alles.«

»Dann kommen Sie mal mit in mein Büro.«

Möllenbeck führte die beiden in eines der beiden Zimmer. »Wer arbeitet denn in dem anderen Zimmer?«, fragte Till.

Möllenbeck schaute Till traurig an. »Da arbeitet niemand. Da stapeln wir die Manuskripte, die uns tagtäglich erreichen.«

Auch in Möllenbecks Zimmer stapelten sich Berge von bedrucktem Papier. Sie türmten sich auf seinem Schreibtisch und waren zu grotesken Papierpyramiden auf dem Fußboden angesiedelt. Hinter Möllenbecks Schreibtisch stand ein vollgestopftes Buchregal. Möllenbeck ließ einen veralteten Computer hochfahren und seufzte theatralisch. »Herr von

Mahlenburg ist so ein adretter Herr. Ich hoffe doch sehr, dass er jetzt nicht in Schwierigkeiten geraten ist.«

»Wie viele Bücher wurden von seinem Werk denn gedruckt?«, wollte Siebels wissen.

»5.000«, schoss es aus Möllenbeck heraus.

»Und wie viele Bücher wurden bereits verkauft?«

»Einen Moment bitte, mein Computer ist nicht der schnellste. Da muss ich nämlich nachschauen.«

Der Computer ratterte und Möllenbeck summte vor sich hin. »So, na endlich«, sagte er dann. »Hier haben wir doch alles. 10 Bücher wurden verkauft. Die hat alle Herr von Mahlenburg gekauft.«

Siebels schaute ungläubig zu Till und Till zuckte mit den Schultern.

»Klingt nicht nach einem großen Erfolg«, sagte Till.

»Ich habe ihm zu einer Startauflage von 500 geraten. Aber Herr von Mahlenburg war sich ganz sicher. 5.000 sollten es für den Anfang sein. Was soll ich machen? Der Kunde ist König und Herr von Mahlenburg hat seine 5.000 Bücher umgehend bezahlt.«

»Wieso hat Herr von Mahlenburg die 5.000 Bücher bezahlt?«, fragte Siebels. »Ich dachte, er hat 10 Stück gekauft.«

»Er hat die Herstellungskosten für die 5.000 Stück bezahlt. Als Verleger von unbekannten Autoren kann ich natürlich nicht das wirtschaftliche Risiko übernehmen. Schon gar nicht, wenn ein Autor mit einer Startauflage von 5.000 Stück loslegen will. Nein, nein. Wir lassen die Bücher drucken, kümmern uns um die administrativen Dinge und stehen den Autoren mit Rat und Tat zur Seite. Mehr können wir leider nicht machen. Schon gar nicht finanzieren.«

Siebels schaute sich die Papierberge um ihn herum an. »Und wo lagern Sie diese Bücher?«

»In unserem Buchlager. Das sind drei große Hallen, voll mit Büchern.«

»In Frankfurt?«

»Nein, nein, das wäre ja unbezahlbar. Unsere Lagerhallen stehen seit einem Jahr in Rumänien. Zuvor standen sie in Polen. Aber in Rumänien ist der Grund und Boden doch um einiges günstiger. Und die Lohnkosten sind dort auch sehr moderat. Wir haben dort einen Lagerleiter beschäftigt.«

»Es ist also eher unwahrscheinlich, dass außer den 10 Büchern, die Herr von Mahlenburg gekauft hat, noch andere Exemplare in Umlauf gekommen sind?«

»Das ist ganz unmöglich. Die restlichen 4.990 Stück lagern auf Lagerplatz 2A11 in Rumänien. Wenn Sie Wert darauf legen, lasse ich eine Bestandsaufnahme vor Ort machen.«

»Das wäre sehr hilfreich, ja.«

»Ich schreibe Igor gleich eine E-Mail«, zeigte sich Möllenbeck kooperativ. »Igor ist unser Lagerleiter.«

»Welche Aufgaben hat denn Frau Mertens?«, wollte Till wissen.

»Oh, Frau Mertens ist in erster Linie für die Betreuung unserer Autoren zuständig. Das sind ja alles Künstler, müssen Sie wissen. Und des Künstlers Seele ist zart besaitet.«

»Und wer liest all das?«, fragte Siebels und deutete auf die Papierberge, die sich überall auftürmten.

»Tja, wer liest das? Wer will das schon lesen? Ich verschaffe mir nur einen Überblick über Umfang und Thema des Werkes und mache dem Autor dann ein unverbindliches Angebot.«

»Sie drucken also nur Bücher, die niemand liest«, resümierte Siebels.

»So kann man das nicht sagen.« Möllenbeck drehte sich herum und zog ein Buch aus dem Regal. »Dieses gute Stück hier ist bereits in der fünften Auflage. Kamasutra in allen Lebenslagen.« Der Titel prangte in dicken roten Buchstaben auf dem Buch.

»Die Technik der Liebe in höchster Perfektion«, las Siebels den Untertitel vor. »Das ist wirklich ein erfolgreiches Buch, davon habe ich schon viel gehört«, sagte Siebels und grinste vielsagend. Es handelte sich eindeutig um das Buch, dessen Inhalt für Till zum Beziehungsdesaster mit der wilden Simone wurde.

»Davon habe ich noch nie was gehört«, sagte Till und saß mit verschränkten Armen und versteinerter Miene auf seinem Stuhl.

»Wissen Sie was«, sagte Möllenbeck mit freudestrahlenden Augen. »Ich schenke Ihnen dieses Exemplar.« Kaum hatte er es ausgesprochen, drückte er es Till auch schon in die Hände.

»Die Adresse von Herrn von Mahlenburg benötigen wir noch«, kam Siebels wieder auf den Grund seines Besuches zurück.

»Na ja, eigentlich heißt er Jens Schäfer«, gab Möllenbeck etwas kleinlaut zu. »Er wohnt in Bornheim, im Sandweg. Ich drucke Ihnen die Adresse aus. Wie kommen Sie eigentlich zu seinem Buch?«

»Wir haben es bei einem Mordopfer gefunden«, verriet Siebels.

»Ach du meine Güte.« Möllenbeck kratzte sich am Kopf. »Und jetzt glauben Sie, er hat was mit einem Mord zu tun?«

»Wir glauben gar nichts. Wir ermitteln. Haben Sie das Buch von Herrn von Mahlenburg alias Herrn Schäfer mal gelesen?«

»Wie gesagt, ich habe es überflogen, bevor wir es in Druck gegeben haben. Die Grammatik war so weit ja ganz in Ordnung. Der Inhalt, na ja. Der gute Mann hält sich wohl für den Casanova der Neuzeit.«

»Wie war denn Ihr Eindruck von ihm? So als Mensch? Neigte er dazu, aggressiv zu werden?«

»Oh nein, ganz im Gegenteil. Er hat seine Rolle als Frauenverehrer auch in meiner Gegenwart immer vorzüglich gespielt. Übertrieben hat er es allerdings. So richtig ernst nehmen konnte man ihn nicht.«

»Na dann werden wir ihm mal einen Besuch abstatten«, beendete Siebels das Gespräch. Die beiden verließen Möllenbecks Papierfriedhof, jeder mit einem Buch in den Händen. Maja Mertens kam ihnen im Vorraum entgegen. »Sie möchten sich weiterbilden?«, fragte sie Till und zeigte verschmitzt lächelnd auf sein Kamasutra-Buch.

»Das ist der Bestseller im Möllenbeck Verlag«, erwiderte Till mit viel Skepsis in der Stimme.

»Ich weiß, ich habe es geschrieben«, hauchte Maja Mertens ihm zu und öffnete die Tür nach draußen.

Unten auf der Straße zündete sich Siebels eine Zigarette an. Till starrte auf sein neues Buch, das er schon so gut kannte. Tatsächlich stand Maja Mertens als Autorin darauf. »Sie hat es geschrieben«, sagte Till fassungslos.

»Rechtsanwalt oder Casanova?«, fragte Siebels.

»Was?«

»Einer von uns beiden fährt zum Anwalt der Familie Sydow. Ich will wissen, in welchen finanziellen Verhältnissen die Stieftochter von unserem Mordopfer lebt. Und einer besucht Philipp von Mahlenburg, alias Jens Schäfer, unseren Casanova.«

»Meinst du, ich könnte das Buch Frau Lehmkuhl schenken? So ganz unverfänglich? Als kleines Dankeschön für ihre gute Unterstützung?«

Siebels schaute Till ungläubig an. »Tu das nicht«, sagte er leise, aber sehr bestimmt.

»Ich denke noch mal drüber nach, vielleicht bietet sich ja mal eine Gelegenheit.«

»Ich fahre zu dem Anwalt, du nimmst dir ein Taxi und fährst zu Casanova. Ich rufe dich später an.«

Till nickte und betrachtete sein neues Buch. »Kannst du das mitnehmen? Ich hole es mir dann morgen früh aus dem Auto.«

»Wird wohl besser sein. Wenn du damit bei Casanova auftauchst, verbündet ihr euch am Ende noch. Du nimmst aber das hier mit.« Siebels hielt ihm die Anekdoten des Philipp von Mahlenburg hin. Die beiden tauschten ihre Bücher aus und liefen entschlossen in entgegengesetzten Richtungen davon.

Mein perfekter Plan

Als ich vor einigen Wochen diesen eingebildeten Pfau getroffen habe, wusste ich sofort, dass er der perfekte Mann für meinen Plan ist. Als Mann kann man ihn zwar nicht unbedingt bezeichnen, eher als dreibeiniges Exemplar einer unterentwickelten Spezies, trotzdem gehörte ihm aber meine ganze Aufmerksamkeit. Die biedere Beate Sydow war auf ihn hereingefallen, hatte in ihm den perfekten Liebhaber gesehen. Aber ich musste mich persönlich davon überzeugen. Mit List verschaffte ich mir nächtlichen Zugang ins Haus, als die beiden schon im Bett zugange waren. Ihr Gestöhne hallte im ganzen Haus. Natürlich musste ich einen Blick wagen, die Schlafzimmertür stand einen Spalt weit offen. Sie wand sich hemmungslos im Bett, so viel Leidenschaft hätte ich ihr niemals zugetraut. Ich bekam endlich eine leise Ahnung, warum er sie damals ehelichte. Jetzt lag der eitle Pfau auf ihr, doch anstatt es ihr ordentlich zu besorgen, blickte er ständig zu dem Spiegelschrank neben dem Bett. Es war sein eigener Anblick, der ihn antörnte, das stöhnende Miststück unter ihm benutzte er als Sportgerät für seine gymnastischen Übungen.

Ich schaute dem Treiben eine Weile zu und hätte ihm am liebsten Tipps gegeben, wie er sie wirklich in Ekstase bringen könnte. Dass das Miststück von seinen lächerlichen Anstrengungen tatsächlich in einen Liebesrausch getrieben wurde, wagte ich zu bezweifeln. Wahrscheinlich träumte sie intensiv von einem richtigen Mann, während er sie halbherzig bearbeitete. Einen Mann, wie sie ihn einmal hatte. Als einsame Witwe muss man sich halt mit weniger begnügen. Das Leben kann schon hart sein.

Während ich im Dunkeln an der Schwelle zu ihrem Schlafzimmer stand und meinen Gedanken nachhing, wurde ich unvorsichtig. Der eitle Pfau nahm mich zur Kenntnis. Er hatte mich im Spiegel entdeckt, in dem er seine Qualitäten als Liebhaber begutachtete. Erst erschrak er, dann erkannte er mich wieder. Er glaubte bestimmt an ein Déjà-vu. Erst kurz zuvor hatte er mich am Pool unten kennen gelernt. Sie konnte mich aber auf keinen Fall sehen. Sie sah bestenfalls die Decke und seinen Kopf, der mit ruckartigen Bewegungen über sie glitt. Ich signalisierte ihm, dass er sich mehr anstrengen sollte. Er wurde ziemlich nervös und ich befürchtete, dass sie etwas bemerken würde. Doch ich blieb an der Tür stehen und machte ihm weiter Zeichen. Feuerte ihn wortlos an. Es schien zu helfen. Er konzentrierte sich wieder mehr auf seine Aufgabe und zeigte dem alten Miststück endlich, was ein richtiger Mann ist.

Am nächsten Morgen beobachtete ich die beiden auf der Terrasse. Ein fast perfektes Paar. Doch ihr Liebesglück stand nur auf wackeligen Beinen. An diesem Morgen benahm er sich seiner Geliebten gegenüber ziemlich ekelhaft. Wahrscheinlich vermisste er meine Gegenwart. Da ahnte ich, dass er Wachs in meinen Händen sein würde und dass ich ihn formen würde, wie ich ihn haben will. Nur mit einem stummen Blick werde ich sein albernes Schwänzchen nach Herzenslust wackeln lassen. Mein Plan war noch nicht ausgereift, da baumelte die Marionette schon an meinen Fäden.

4

Siebels parkte seinen BMW in der Nähe des Bad Homburger Spielcasinos und lief ein paar Meter bis zur Kanzlei von Dr. Ritter. Er rauchte seine obligatorische Zigarette und als er sie austrat, dachte er kurz an seinen Vorsatz, sich das Rauchen endlich abzugewöhnen. Als sein Sohn Dennis vor etwa anderthalb Jahren das Licht der Welt erblickt hatte, hatte Siebels seinen täglichen Konsum auf fünf Zigaretten am Tag heruntergeschraubt. Ganz lassen konnte er davon nicht, seine damaligen Ermittlungen im Fall der kalten Braut Sabine Lehmann zerrten zu sehr an seinen Nerven. Als dieser Fall für ihn abgeschlossen war, wurde es zwar wieder ruhiger in seinem Kriminalistenalltag, aber mit der täglichen Routine kamen auch wieder die routinemäßigen Griffe zur Zigarette und bald hatte er wieder sein durchschnittliches Päckchen am Tag weggeraucht. Er klingelte am Außentor der Kanzlei und fragte sich, ob er wenigstens für heute auf weitere Zigaretten verzichten sollte. Mit einem leisen Summen öffnete sich das Tor. Siebels schritt einen gepflasterten Weg entlang und blieb vor einer massiven Haustür stehen. Eine junge Frau öffnete ihm. Siebels stellte sich als Kriminalhauptkommissar vor, die junge Dame stellte sich als Azubi Julia vor.

»Sie kommen bestimmt wegen Frau Sydow?«, fragte Julia und führte Siebels durch eine geräumige Vorhalle einer mittelprächtigen Villa aus der Gründerzeit.

»Ganz genau. Sie haben schon davon gehört?«

»Ja, vor einer Stunde bekam Dr. Ritter einen Anruf.« Julia blieb stehen und schaute Siebels an. »Wissen Sie schon, wer es war?«

»Nein, leider nicht. Deswegen bin ich hier. Ich brauche noch mehr Informationen. Kannten Sie Frau Sydow?«

»Nicht wirklich. Ich bin ja erst im zweiten Lehrjahr. Notariatsfachangestellte will ich werden. Frau Sydow habe ich hier in der Kanzlei vielleicht zwei- oder dreimal gesehen.«

»Und Nadja Sydow. War die auch öfter hier in der Kanzlei?«

Julias Gesichtsausdruck verkrampfte sich plötzlich. Sie drehte sich ruckartig um und stieg die breite Holztreppe in den ersten Stock hinauf. »Nadja habe ich hier auch mal gesehen, ja«, sagte sie geistesabwesend und klopfte im oberen Stock an einer Tür, die sie dann auch gleich öffnete. »Herr Siebels von der Kriminalpolizei möchte Sie gerne sprechen, Herr Dr. Ritter.«

Julia verschwand von der Bildfläche und Dr. Ritter trat in Erscheinung. Der Mittfünfziger trug das schwarz getönte Haar nach hinten gekämmt, Haargel hielt seine Frisur in Form. Sein Jacket hing über seinem Stuhl, die Hemdsärmel hatte er bis zu den Ellenbogen aufgerollt. Stark behaarte Unterarme breiteten sich theatralisch aus. »Was für ein Schicksalsschlag«, sagte er und ließ sich auf seinen Stuhl fallen. Siebels setzte sich auf die Besucherseite des Schreibtisches.

»Woher wissen Sie schon davon?«

»Nadja Sydow hat mich vorhin angerufen. Die Stieftochter von Beate Sydow. Sie wollte ihrer Stiefmutter einen Besuch in deren Geschäft abstatten und traf dort auf Sarah Fischer. Frau Fischer haben Sie ja schon kennen gelernt, soweit ich weiß.«

»Ja, das ist richtig. Von ihr habe ich auch Ihre Adresse.«

»Dann wissen Sie sicher auch schon, dass ich mich um die Familie kümmere. Jedenfalls was die finanziellen Angelegenheiten betrifft. Herr Sydow hat ja ein beachtliches Vermögen hinterlassen.«

»Das ist der Grund meines Besuches«, sagte Siebels nachdenklich.

»Handelt es sich um einen Raubmord?« Dr. Ritter schaute Siebels hellwach an.

»Nein, nach Aussage von Frau Fischer fehlte nichts im Haus. Das muss Nadja Sydow natürlich noch bestätigen. Es gibt auch keine Einbruchspuren im Haus. Wir gehen zunächst davon aus, dass Frau Sydow ihren Mörder kannte. Anscheinend schwamm sie unbedarft in ihrem Pool, als es zu dem Mord kam.«

»Das ist aber sehr merkwürdig«, sagte Dr. Ritter und kniff seine Augenbrauen zusammen.

»Sagt Ihnen der Name Philipp von Mahlenburg etwas?«

Dr. Ritter lehnte sich zurück und winkte ab. »Leider ja. Ein Taugenichts, der Frau Sydow ausgenutzt hat. Ein Hochstapler, würde ich sagen.«

»Kennen Sie das Buch, das er geschrieben hat?«

»Er hat ein Buch geschrieben?«, fragte Dr. Ritter erstaunt.

Siebels erklärte ihm kurz, worum es in dem Buch ging.

»Dieser Typ ist wirklich unglaublich. Ich habe ihn überprüfen lassen, als ich erfahren habe, dass er eine Beziehung zu Frau Sydow pflegte. Er nannte sich Makler und Vermögensberater. Was soll ich Ihnen sagen, er war ein Fall für das Sozialamt. Abgebrochenes Studium der Germanistik. Danach Gelegenheitsjobber. Und dann der Aufstieg zum Playboy. Darin war er wohl ganz gut. Soweit ich weiß, war Frau Sydow sein erstes Opfer. Danach kamen wohl noch einige andere Damen. Aber als die Geschichte zwischen ihm und Frau Sydow erledigt war, habe ich mich nicht weiter um seine Umtriebigkeiten gekümmert. Glauben Sie, er hat sie ermordet?«

»Ich kann mir nicht vorstellen, dass er dann sein Buch dort liegengelassen hätte«, antwortete Siebels nachdenklich.

»Vielleicht hat er es gar nicht dort liegen lassen? Vielleicht wollte Ihnen jemand einen Hinweis geben und hat das Buch dort platziert?«

»Wer? Sarah Fischer? Nadja Sydow? Sie?«

»Ich bestimmt nicht.« Dr. Ritter hob abwehrend die Hände und lächelte ein gequältes Lächeln. »Nadja bestimmt auch nicht. Sie ist ein sehr direkter Mensch. Sie hätte die Polizei verständigt und Ross und Reiter beim Namen genannt. Vielleicht Frau Fischer. Ich weiß es nicht, es war ja auch nur eine Vermutung. Vielleicht hat der Herr von Mahlenburg ja auch einen an der Klatsche und will ein Spiel mit Ihnen spielen und hat sein Buch am Tatort aufgestellt? Er heißt übrigens Jens Schäfer im wirklichen Leben.«

»Ich weiß. Der Grund meines Besuches ist aber eigentlich Nadja Sydow. Stimmt es, dass Sie als Treuhänder über ihren Erbanteil verfügen?«

»Das ist richtig. Ihr Vater war nicht nur mein Mandant, wir waren auch gute Freunde. Er wusste schon länger, dass sein Herz nicht mehr richtig funktionierte, und hat frühzeitig seine Hinterlassenschaft geregelt. Er hat seine Firma verkauft und einen Großteil des Erlöses in Investments gesteckt. Außerdem hat er in seiner beruflichen Laufbahn einige Erfindungen hervorgebracht und patentieren lassen. Das spielt bis heute regelmäßig große Summen ein.«

»Das Haus am Lerchesberg hat er aber seiner Frau hinterlassen?«

»Ja, das Haus und einen größeren Betrag. Damit hatte Frau Sydow ausgesorgt. Nach dem Tod ihres Mannes hat sich Frau Sydow ja auch noch am Geschäft von Frau Fischer beteiligt.«

»Und Nadja? Wo wohnt sie? Wie sehen ihre finanziellen Spielräume aus?«

Dr. Ritter zupfte sich am nicht vorhandenen Schnurrbart. »Nadja wohnt in einer Eigentumswohnung. Auch diese Wohnung hat ihr Vater ihr noch zu Lebzeiten beschafft. Nadja hatte damals gerade mit ihrem Studium begonnen. Die Wohnung befindet sich ebenfalls auf dem Lerchesberg, nur ein paar Gehminuten vom Haus ihrer Eltern entfernt. Nadja bekommt ein monatliches Taschengeld von 2.000 Euro. Voraussetzung dafür war, dass sie ihr Abitur macht und ein Studium beginnt. Ihr Abitur hat sie mit einer glatten Eins bestanden. Ihr Psychologiestudium wird sie in Kürze beenden. Wenn sie das Studium erfolgreich beendet hat, bekommt sie die freie Verfügung auf ihre Konten.«

»Wie viel Geld liegt auf diesen Konten?«

Dr. Ritter schwieg einen Moment und Siebels bekam Lust auf eine Zigarette. »Wir sprechen von zirka drei Millionen Euro«, sagte Dr. Ritter dann leise.

Siebels zog die Augenbrauen nach oben. »Das ist viel Geld für eine junge Frau.«

»Ja, deswegen hat ihr Vater auch darauf bestanden, dass sie erst darüber verfügen kann, wenn sie ein Studium abgeschlossen hat.«

»Ist das rechtlich einwandfrei?«

»Ja, wenn Nadja einen anderen Weg gewählt hätte, hätte ich mit dem Geld eine Stiftung gegründet. Das war der Wille von Herrn Sydow. Ich muss dazu sagen, dass Nadja hochbegabt ist. Das Studium ist kein Problem für sie. Sie ist ein kleines Wunderkind und wird auf das Geld aus dem Erbe wahrscheinlich nie angewiesen sein.«

»Davon hat mir auch Frau Fischer schon berichtet. Ein hochbegabtes Kind, das allerdings Probleme im sozialen Bereich hat.«

»Das ist Quatsch«, fuhr Dr. Ritter Siebels an. »Nadja war Schulsprecherin, sie ist im Tierschutz aktiv tätig und pflegt eine Vielzahl von sozialen Kontakten. Mit ihrer Stiefmutter war sie vielleicht nicht immer ein Herz und eine Seele, aber es gab auch keine größeren Diskrepanzen zwischen den beiden. Nadja war schon sehr früh sehr selbstständig. Wie gesagt, sie bezog sofort nach dem Abitur eine eigene Wohnung. Dort wohnte zuvor ein früherer leitender Angestellter von Herrn Sydow, der damals in eine andere Stadt gezogen ist.«

»Hat Nadja einen festen Freund?«

»Nicht, dass ich wüsste. Warum wollen Sie so viel über Nadja wissen? Sie glauben doch nicht etwa, dass sie etwas mit dem Tod ihrer Stiefmutter zu tun hat?«

Siebels zuckte mit den Schultern und dachte wieder an eine Zigarette. Aber bei Dr. Ritter wurde anscheinend nicht geraucht. »Sie wird erwähnt. Im Buch von Herrn von Mahlenburg. Herr von Mahlenburg vermittelt darin den Eindruck, als wäre sie sexuell sehr aufgeschlossen.«

»Sie ist 27 Jahre alt und ungebunden. Was erwarten Sie von einer intelligenten, attraktiven, jungen Frau? Dass sie in Keuchheit lebt?«

»Ich versuche mir nur, ein Bild zu machen.«

»Dann sprechen Sie doch besser selbst mit Nadja. Ich bin nur ihr Treuhänder, nicht ihr Seelsorger.«

»Das werde ich tun. Können Sie mir ihre genaue Adresse aufschreiben?«

Dr. Ritter beschrieb einen Zettel und reichte ihn Siebels. Siebels sah auf seine Uhr. Es war gerade einmal eine halbe Stunde her, seit er seine letzte Zigarette geraucht hatte, und nun drängte es ihn schon wieder nach Nikotin.

Anekdoten des Philipp von Mahlenburg

Nach der Episode im Pool war das harmonische Verhältnis zwischen Bea und mir nachhaltig gestört. Während meine Gedanken fortwährend um Nadja kreisten, bedachte mich Bea nur mit eisigen Blicken. Sie saß am Abend schweigend vor dem Fernseher. Sie bereitete weder ein Abendessen, noch zeigte sie irgendwelche Anstalten, mich in ihr Bett zu locken. Kurzum, sie ließ jedwegliche Reize vermissen, mit denen sie mich in den letzten Wochen gekonnt geködert hatte. Gelangweilt saß ich in ihrem großen Haus vor der Glotze und rauchte eine Zigarette. Fünf Wochen hatte ich es mit ihr ausgehalten. Der einen oder anderen kleinen Auseinandersetzung folgte die Versöhnung in ihrem Bett. Doch nun schien unser Verhältnis endgültig zerrüttet zu sein. Mir war es nur recht, mein goldener Käfig wurde mir allmählich zu eng. Ich sehnte mich nach meiner Freiheit und nach der Jagd auf das schwache Geschlecht. Ich hatte keine Zeit, mich um Beas Befindlichkeiten zu kümmern. Selbst wenn ich sie noch einmal um den Finger wickeln würde, die kleinen Geschenke würden nun immer kleiner werden und die Vorwürfe immer größer.

»Es tut mir leid«, sagte ich zu Bea. Sie ignorierte mich.

»Bist du mir immer noch böse?«, wagte ich einen neuen Versuch.

»Ich hätte gleich auf Sarah hören sollen«, nuschelte sie beleidigt vor sich hin.

»Wir hatten doch eine schöne Zeit«, säuselte ich ihr lieblich zu.

»Sarah hat mich von Anfang an vor dir gewarnt.«

»Jetzt lass doch diese blöde Zicke aus dem Spiel«, konterte ich.

»Du würdest doch liebend gerne in ihr Bett hüpfen«, giftete Bea weiter.

»Ach, bist du jetzt eifersüchtig?«, sagte ich und lachte dabei. Doch das machte Beas Stimmung nicht besser.

»Arroganter Scheißkerl«, bekam ich zur Antwort.

»Vielleicht sollten wir unsere kleine Affäre einfach beenden«, sagte ich und hoffte, aus der Nummer raus zu sein.

»Sie ist hiermit beendet«, sagte Bea lapidar. Das ging mir nun doch ein wenig zu schnell.

»Wollen wir zum Abschied nicht noch mal ins Bett? Eine letzte Versöhnung?« Mit verträumtem Blick sah ich sie an, doch eh ich mich versah, flog mir die Fernbedienung des Fernsehers gegen die Stirn, die sie die ganze Zeit in der Hand gehalten hatte.
»Verschwinde endlich«, schrie sie mich an.
Nun gut, es war kein ruhmreicher Abgang. Mit einer großen Beule auf der Stirn verließ ich Beas Haus. Die goldene Uhr, den flauschigen Bademantel, meinen Ausgehanzug von Armani, meine Zahnbürste und mein Rasierzeug packte ich in eine lederne Reisetasche. Ich fragte Bea noch, ob sie die Tasche wiederhaben wollte, aber sie legte keinen Wert darauf. So beendete ich das Kapitel mit Bea und war voller Vorfreude auf das nächste Kapitel, das das Leben für mich bereithielt.

Das Taxi hielt im Sandweg vor dem Wohnhaus von Jens Schäfer alias Philipp von Mahlenburg. Till klappte das Buch zu und bezahlte den Fahrer. Im Erdgeschoss des Hauses war eine kleine Stehpizzeria untergebracht. Till bekam Hunger, aber seine Neugier auf den Casanova war stärker als sein Magenknurren. Er suchte die Klingelschilder ab, fand keinen von Mahlenburg, aber einen J. Schäfer.

»Ja bitte?«, fragte Jens Schäfer, als Till vor seiner Tür stand.

»Sie sind der Autor?«, fragte Till und hielt ihm die Anekdoten des Philipp von Mahlenburg vor die Nase.

Schäfer huschte ein Lächeln über die Lippen. »Ja, das ist aber eine Überraschung. Ich habe es ja unter einem Pseudonym geschrieben. Aber ich dachte mir schon, dass mein richtiger Name irgendwann ans Licht kommt. Die Leute sind ja neugierig, wenn sie so etwas lesen. Möchten Sie ein Autogramm?«

»Ich möchte eine Aussage«, sagte Till lapidar.

Schäfer schaute erst etwas verwirrt, dann hellten sich seine Gesichtszüge auf. »Ein Statement«, stieß er hervor. »Sie sind Journalist. Für welche Zeitung arbeiten Sie?«

Jetzt schaute Till ihn verwirrt an, dann zeigte er Schäfer seinen Dienstausweis. »Kriminalpolizei. Krüger mein Name.

Es geht um Beate Sydow. Darf ich reinkommen?«

»Hat mich die blöde Kuh etwa angezeigt?« Schäfer trat zur Seite und ließ Till eintreten.

»Die blöde Kuh ist tot«, sagte Till und schaute sich in Schäfers Wohnung um. Es war eine Zweizimmerwohnung mit Küche und Bad.

»Tot? Bea? Und was wollen Sie jetzt von mir?«

Till hielt wieder das Buch hoch. »Das haben wir dort gefunden. Draußen auf der Terrasse. Frau Sydow starb in ihrem Pool.«

»Das gibt's doch gar nicht«, stammelte Schäfer und setzte sich auf einen Stuhl. Till setzte sich auf den zweiten vorhandenen Stuhl. Sonst standen in dem Raum noch ein kleines Tischchen, ein Bügelbrett und ein mit Socken und Unterhosen behängter Wäscheständer.

»Doch, das gibt es. Und jetzt fragen wir uns, warum Frau Sydow in ihrem Pool ertränkt wird und gleich daneben ein Buch liegt, in dem Sie beschreiben, wie Sie Frau Sydow fast in diesem Pool ertränkt hätten. Haben Sie eine Erklärung dafür?«

»Der Täter muss das Buch gelesen haben und will mir nun die Schuld in die Schuhe schieben«, stieß Schäfer hervor.

»Wer hat denn alles das Buch gelesen?«

»Das weiß ich doch nicht. Das kann man doch in jeder Buchhandlung kaufen.«

»Tut aber niemand. Es wurden vom Verlag genau zehn Bücher verkauft. Und zwar alle zehn an Sie.«

»Das kann doch gar nicht sein. Wie kommen Sie denn darauf? Es wurden 5.000 Bücher gedruckt.«

»4.990 lagern in Rumänien. Wir haben uns vorhin mit Ihrem Verleger unterhalten. Also, wo sind die 10 Bücher geblieben?«

»In Rumänien? Warum in Rumänien? Dieses Buch wird ein Renner. Sie wollen mich hier wohl ins Kreuzverhör nehmen?«

»Aber nicht doch«, beschwichtigte ihn Till. »Ich bin hier, um Sie als Zeugen zu befragen. Wenn wir Sie verhören wollen, bekommen Sie eine Vorladung auf das Präsidium. Ich möchte doch nur wissen, was es mit diesem Buch auf sich hat und wer es alles gelesen hat.«

»Dazu kann ich leider keine Aussage machen.« Schäfer verschränkte die Arme vor der Brust und starrte in die Luft.

»Warum nicht?«

»Weil ich meine Leser nicht in Schwierigkeiten bringen will.«

»Momentan bringen Sie nur sich selbst in Schwierigkeiten. Haben Sie denn von den zehn Büchern noch welche hier?«

»Ich möchte keine Aussage dazu machen«, wiederholte Schäfer trotzig.

»Sie haben Beate Sydow ein Buch geschickt, ist das richtig?«

Jens Schäfer schluckte und wischte sich Schweißperlen von der Stirn. »Ja«, murmelte er dann vor sich hin. »Das Buch haben Sie ja jetzt.«

»Falsch. Das Buch, das Sie ihr geschickt haben, hat sie verbrannt. Dieses hier muss also ein anderes sein. Ich frage mich nur, wo es herkommt.«

»Vielleicht hatte sie einen neuen Liebhaber, der von dem Buch erfahren hat. Vielleicht kam es deswegen zum Streit und er hat sie umgebracht.«

»Sehen Sie, das wäre eine Möglichkeit. Und deswegen möchte ich gerne wissen, wo Ihre zehn Bücher abgeblieben sind.«

»Ich habe sie den Frauen geschickt.«

»Den Frauen, die Sie in dem Buch verarbeitet haben? Mit denen Sie ein Verhältnis hatten?«

»Ja, verdammt noch mal.« Schäfer wurde die Situation immer unangenehmer.

»Warum haben Sie das getan?«

»Weil ich ihnen endlich zeigen wollte, wie erbärmlich sie sind«, sprudelte es plötzlich aus Schäfer heraus. »Sie haben mich alle behandelt wie ein Spielzeug. Wenn sie Lust zum Spielen hatten, haben sie mich gerufen, wenn nicht, durfte ich wieder gehen. Aber wenn ich mal nicht wollte, waren sie beleidigt. Einsame, verbitterte Frauen, die sich was vormachen und glauben, die Männer müssten ihnen zu Füßen liegen und nach ihrer Pfeife tanzen. Ich wollte ihnen mit dem Buch einen Spiegel vor das Gesicht halten. Das ist alles.«

»Das liest sich im Buch aber ganz anders. Ich hatte eher den Eindruck, dass die Frauen nach Ihrer Pfeife tanzen sollten.«

»Für den oberflächlichen Betrachter mag das so aussehen. Wer sich mit dem Buch ernsthaft auseinandersetzt und bereit ist, sich in die Tiefen meiner Zeilen zu stürzen, der wird mir nur zustimmen können.«

»Ach so«, sagte Till und traute seinen Ohren nicht. Er nahm sich vor, schnellstmöglich auch die anderen Episoden des Philipp von Mahlenburg zu lesen. Ob er viel tiefer in die Zeilen stürzen konnte, bezweifelte er. Er blättere vor Schäfers Augen neugierig in dem Buch. »Sie haben Ihre Beziehungen zu vier verschiedenen Frauen darin verarbeitet, also haben Sie vier Bücher an die Frauen geschickt. Was ist mit den anderen sechs Büchern?«

Schäfer zuckte mit den Schultern. »Ich habe sie wohl verschenkt.«

»An wen?«

»Ich kann mich nicht erinnern. Ich habe mit so vielen Leuten über das Buch gesprochen, als es rauskam. Dem einen oder anderen habe ich vielleicht ein Lese-Exemplar in die Hand gedrückt.«

»Sie haben keines mehr?«

»Nein. Ich habe ja das Manuskript. Aber ich werde mir wohl wieder welche vom Verlag besorgen müssen.«

»Falls mal jemand wieder ein Lese-Exemplar haben möchte?«

»Ganz genau.«

»Haben Sie noch Kontakt zu Nadja Sydow?«, wechselte Till das Thema.

Schäfer erschrak, als er den Namen Nadja hörte. Wieder bildeten sich Schweißperlen auf seiner Stirn. »Nein, wie kommen Sie auf Nadja?«

»Sie scheint Sie schwer beeindruckt zu haben. Immerhin war es ihre Anwesenheit, die Sie dazu veranlasst hat, Beate Sydow unter Wasser zu drücken. So, wie ihr Mörder es auch getan hat.«

»Das war doch nur ein Spiel«, wehrte Schäfer ab. »Ich hätte sie doch niemals ertränkt.«

»Manchmal wird aus einem Spiel schnell Ernst. Manchmal sogar tödlicher Ernst. Wo waren Sie heute Morgen zwischen sechs und zehn Uhr?«

»Hier. Ich habe bis neun Uhr geschlafen. Dann habe ich Wäsche gewaschen.«

»Keine Zeugen?«

»Ich war allein.«

»Wann genau haben Sie die Beziehung zu Frau Sydow beendet?«

Schäfer überlegte einen Moment. »Das muss jetzt ungefähr fünfzehn Monate her sein.«

»Und seitdem waren Sie nicht mehr im Haus von Frau Sydow?«

»Nein.«

»Und Nadja Sydow haben Sie seitdem auch nicht mehr gesehen?«

»Nein.«

»Gut, Herr Schäfer. Das war es fürs Erste. Falls Ihnen doch noch einfällt, wem Sie die verbliebenen sechs Bücher gegeben haben, melden Sie sich bitte. Hier ist meine Karte. Vergessen Sie nicht, dass der Mörder von Frau Sydow darunter sein könnte. Und wenn dem so ist, zieht er Sie ganz tief in den Schlamassel. Es gibt also gar keinen Grund für Sie, jemanden zu decken.«

»Ja«, sagte Schäfer nur und nahm die Karte von Till.

5

Mein perfekter Plan

Ich ließ mir Zeit mit meinem Plan. Es sollte ein perfekter Plan werden und nach drei Wochen war er ausgereift. Mit dem Plan im Kopf besuchte ich den eitlen Pfau in seiner Behausung im Sandweg. Seinen richtigen Namen und seine Adresse hatte ich schnell herausgefunden. Seine Gespielin hatte ihm nach der unschönen Episode im Pool den Laufpass gegeben, nun würde ich das herrenlose Hündchen wieder einfangen.

Er staunte nicht schlecht, als ich vor seiner Wohnungstür stand.

»Hallo, Herr Schäfer«, sagte ich lächelnd und schlüpfte an ihm vorbei in die Wohnung hinein. Hastig schloss er die Tür hinter mir. Der feine Philipp von Mahlenburg hauste in recht beengten Verhältnissen. Er versuchte, sein überhebliches Lächeln aufzusetzen, was ihm aber in seinem Hamsterkäfig nicht recht gelang.

»Das ist mein kleines Rückzugsgebiet«, sagte er kleinlaut.

Ich beachtete ihn erst mal nicht, sondern verschaffte mir einen Überblick über seine Behausung. Es war bestenfalls eine Studentenbude auf Bafögniveau.

»Warum fickst du sie denn nicht mehr?«, fragte ich wie beiläufig und betrachtete mir sein Schlafzimmer. Er trottete hinter mir her.

»Wir haben uns auseinandergelebt«, sagte er kurz angebunden.

Ich öffnete seinen Kleiderschrank, nahm vereinzelte Wäschestücke heraus, betrachtete sie mir eingehend, roch daran und ließ sie dann achtlos zu Boden fallen. »Wen fickst du jetzt?«, fragte ich frei heraus.

Er sah verblüfft zu, wie ich nach und nach seine Wäsche aus dem Schrank nahm und sie auf dem Fußboden verteilte.

»Ich brauche etwas Zeit für mich«, sagte er, setzte sich auf sein Bett und sah zu, wie der Inhalt seines Kleiderschrankes auf dem Fußboden landete.

»Du brauchst eine Frau«, gab ich ihm zur Antwort.

»Was machst du da?«, fragte er verwirrt.

Ich ließ gerade sein letztes Hemd auf den Boden fallen, dann war sein Schrank leer. »Hast du eine Zigarette für mich?«, fragte ich, drehte mich um und lief über seinen Kleiderhaufen.

»Zieh dich aus«, sagte er mit gierigem Blick. Ich brach in schallendes Gelächter aus.

»Räum deinen Schrank wieder ein«, sagte ich vergnügt und setzte mich rauchend auf sein Bett. Philipp von Mahlenburg entpuppte sich als artiger Junge und räumte seine Klamotten wieder ordentlich zusammengelegt in den Schrank. »Mich fickst du nicht«, machte ich ihm umgehend klar, als er fertig war. Die Enttäuschung stand ihm ins Gesicht geschrieben.

»Warum bist du dann hier?«, fragte er beleidigt.

Ich kramte das Foto aus meiner Tasche und hielt es ihm vor die Nase.

»Wer ist das?«, fragte er neugierig.

»Ihr Name und ihre Adresse stehen auf der Rückseite«, gab ich ihm zur Antwort. Er drehte das Foto herum und sah mich fragend an.

»Ich möchte, dass du sie fickst«, klärte ich ihn auf. Er betrachtete sich wieder das Foto. Dann schaute er mich an. Ich ging einen Schritt auf ihn zu, stand ganz dicht vor ihm, schaute ihm tief und eindringlich in die Augen, spürte, wie er weiche Knie bekam. »Schaffst du das, Philipp von Mahlenburg?«

»Natürlich«, sagte er mit trockener Kehle. »Wenn du es willst.«

»Ich will es«, gab ich ihm noch einmal nachdrücklich zu verstehen. »In spätestens einer Woche bist du ihr Geliebter. Ich melde mich wieder. Enttäusche mich nicht.« Ich ließ ihn stehen und verließ seinen Hamsterkäfig. Mein Plan nahm langsam konkrete Formen an.

Siebels fuhr nach seinem Besuch bei Dr. Ritter zurück nach Frankfurt ins Präsidium und schrieb die ersten Berichte zum neuen Fall. Anna Lehmkuhl hatte eine E-Mail geschrieben. Die ersten Untersuchungen am Leichnam von Beate Sydow haben nichts Neues ergeben, aber das bestätigt, was sie am Tatort bereits vermutet hatte. Den abschließenden Bericht sollte Siebels in ein bis zwei Tagen bekommen. Als Siebels seinen Bericht getippt hatte, rief er Till auf dessen Handy an.

»Was sagt unser Casanova?«, wollte Siebels wissen.

»Er wurde von Frau Sydow ausgenutzt. Man muss aber sehr tief in seinen Zeilen lesen, um das zu verstehen. Irgendwas stimmt mit ihm nicht, aber ich bin mir nicht ganz sicher, was. Er weigerte sich beharrlich, mir zu erzählen, wem er seine zehn Bücher vermacht hat. Als ich ein wenig nachgebohrt habe, hat er wenigstens zugegeben, dass er den Frauen aus seinem Buch jeweils ein Exemplar geschickt hat. Was mit den restlichen sechs Stück passiert ist, wollte er mir partout nicht erzählen. Vielleicht sollten wir den Kerl mal eine Weile observieren.«

»Hmm«, brummte Siebels. »Morgen befragen wir erst mal Nadja Sydow und dann sehen wir weiter. Kommst du noch mal ins Büro?«

»Ich wollte gleich in die Gerichtsmedizin und Frau Lehmkuhl fragen, ob es etwas Neues gibt.«

Siebels erzählte nichts von der E-Mail, die Anna Lehmkuhl bereits geschrieben hatte. Sollte Till sich doch die Hörner abstoßen. »Mach das, wir sehen uns dann morgen.«

Das Kamasutra-Buch lag auf dem Schreibtisch. Siebels nahm es zur Hand und las die Informationen über die Autorin.

Maja Mertens, geboren 1983 in Wiesbaden, arbeitet seit drei Jahren bei dem Verlag Anton Hubertus Möllenbeck und betreut dort die hauseigenen Autoren. 2008 brachte sie ihre vielbeachteten Interpretationen zum Kamasutra heraus, dem weltweit bekannten indischen Lehrbuch über die sexuelle Vereinigung zweier Menschen. Maja Mertens beschreibt mit einfachen Worten die Vor- und Nachteile der vielfältigen Stellungen beim Liebesakt und haucht dem Kamasutra somit in Deutschland neues Leben ein.

Siebels betrachtete sich das Foto der Autorin und fragte sich, auf welche Weise sie für das Buch recherchiert hatte. Er blätterte in dem Buch und betrachtete sich die Zeichnungen und Bilder der vielen Stellungen beim Liebesakt. Manchmal fragte er sich, wie man sich dabei lieben konnte, ohne sich die Knochen zu brechen. Interessiert las er Maja Mertens Kommentare zu der einen und anderen Stellung, die sie immer erst aus Sicht der Frau und dann aus der Sicht des Mannes wiedergab. Siebels vergas die Zeit und las fast das ganze Buch. Die Melodie von der Biene Maja holte ihn schließlich in die Realität zurück. Seine zukünftige Frau, Sabine Karlson, hatte ihn angerufen.

»Kannst du dich noch daran erinnern, was wir heute machen wollen?«, fragte sie ihn.

Mit einem Schreck fiel es Siebels wieder ein. »Die Hochzeitsplanung. Denkst du vielleicht, so etwas vergesse ich?«

»Genau das denke ich.«

Eine Dreiviertelstunde später saß Siebels am Küchentisch im trauten Heim. Sohn Dennis hatte er noch in den Schlaf gewiegt. Nun trank er ein Bier aus der Flasche und sah Sabine erwartungsvoll an. Sie saß mit Kugelschreiber und Block am Tisch.

»Wen willst du alles einladen?«, fragte sie und machte sich bereit zum Mitschreiben.

Siebels schaute sie nachdenklich an. »Na ja, Till halt eben. Und Charly.«

Sabine legte den Kugelschreiber zur Seite. »Till und Charly. Das ist alles? Mehr Leute kennst du nicht?«

»Staatsanwalt Jensen lade ich nicht ein«, gab Siebels mit breiter Brust von sich.

»An den hatte ich auch nicht gedacht. Eher an Kollegen, Freunde, Bekannte, Verwandte. Da muss es doch noch mehr geben als Charly und Till.« Sabine schüttelte den Kopf.

»Meine Exfrau werde ich wohl kaum einladen«, mokierte sich Siebels und nahm einen großen Schluck Bier zu sich.

»Aber vielleicht deine Tochter?«

Siebels verschluckte sich am Bier, bekam einen Hustenanfall und spuckte das Bier wieder auf den Küchentisch. Sabine schüttelte erneut den Kopf, holte einen Lappen und wischte die Sauerei weg.

»Ich weiß nicht, ob meine Tochter Lust hat, auf unsere Hochzeit zu kommen. Sie wird bald achtzehn. Ich habe sie schon seit zwei Jahren nicht mehr gesehen.«

»Dann wird es ja wohl mal wieder Zeit. Ruf sie an.«

»Ja, ja. Ich rufe sie an. Am Wochenende.«

»Nein. Jetzt.« Sabine holte das schnurlose Telefon in die Küche und legte es auf den Tisch. Siebels betrachtete das Telefon, machte aber keine Anstalten, es in die Hand zu nehmen.

»Was ist los? Ruf sie an.«

»Vielleicht hat sie einen Freund?«

»Na und? Den kannst du dann gleich mit einladen.«

»Anna Lehmkuhl!«, rief Siebels aus. »Ich lade Anna Lehmkuhl ein.«

»Wer ist Anna Lehmkuhl?«

»Die neue Gerichtsmedizinerin. Die Nachfolgerin von Petri. Der ist nämlich jetzt im Ruhestand. Genau, den Petri lade ich auch ein. Dann fühlt sich Frau Lehmkuhl auch nicht so allein. Sie kennt ja sonst niemanden.«

»Du kennst ja auch niemanden.«

»Ich habe doch dich. Und unseren Dennis. Warum sollte ich sonst noch jemanden kennen?«

Sabine zeigte auf das Telefon. »Ruf sie an!«

»Till gefällt sie auch ganz gut.«

»Wer? Deine Tochter?«

»Um Himmels willen. Nein. Anna Lehmkuhl.«

»Rufst du sie nun an oder soll ich das machen?«

»Ich hole mir erst mal noch ein Bier aus dem Keller.«

»Ist im Kühlschrank.«

Siebels nickte zerknirscht und holte sich ein Bier aus dem Kühlschrank. Als er sich wieder setzte und den ersten Schluck zu sich genommen hatte, wurde er wieder mit Sabines Blick konfrontiert, die abwechselnd ihn und das Telefon ansah.

»Ist ja gut. Ich rufe sie an.« Siebels suchte die Nummer seiner Tochter im Kurzwahlspeicher und rief schließlich an. Sein Herz schlug schneller, als das Freizeichen kam. Dann meldete sie sich.

»Hallo Jenny. Ich bin es, dein Vater. Wie geht es dir? ... Gut? Das freut mich. Und sonst? ... Warum ich anrufe? Ja, ähm ... also ich wollte dich einladen. Du weißt ja, dass ich noch einen Sohn bekommen habe. Er fängt gerade an zu laufen. Da muss ich immer an dich denken, wie du damals die ersten

Schritte gemacht hast. Nein, deswegen rufe ich nicht an. Die Sache ist die, Sabine und ich, wir wollen heiraten. Und ich würde dich gerne zur Hochzeit einladen.«

Sabine beobachtete Siebels, auf dessen Lippen sich plötzlich ein Lächeln abzeichnete.

»Wirklich? Das wäre großartig. Am 25. September. Du bekommst natürlich noch eine schriftliche Einladung. Ja, ich bin sehr glücklich. Wenn du einen Freund hast, kannst du ihn natürlich auch mitbringen. Was? Vorher schon? Eine Woche Urlaub in Frankfurt? Ähm. Ja, klar. Grüß Mama von mir. Bis dann. Ciao, meine kleine Prinzessin.«

Siebels legte das Telefon wieder auf den Tisch und nahm erneut einen großen Schluck Bier. »Sie kommt. Sie freut sich und will sogar eine Woche früher kommen. Alte Freundinnen besuchen und so.«

»Na siehst du, war doch gar nicht so schwer.«

»Ich freue mich riesig drauf, meine Kleine bald mal wiederzusehen.«

»Und wen laden wir jetzt noch ein?«

»Jetzt langt es aber. Willst du nicht noch zwei, drei Leute einladen? Dann hätten wir doch eine schöne Gesellschaft.«

»Auf meiner Liste stehen dreißig Leute.«

Siebels verschluckte sich erneut und hustete drauflos. Dieses Mal schaffte er es aber, das Bier bei sich zu behalten. »Dreißig?«

»Dreißig. Ein paar Freundinnen, ein paar ehemalige Kollegen, Verwandtschaft aus Schweden, ein paar Mütter vom Babyschwimmen, meine ehemaligen Nachbarn und meine Eltern natürlich.«

»Dreißig«, ließ sich Siebels auf der Zunge zergehen. »Und du dachtest, ich hätte auch noch mal dreißig auf meiner Liste? Das wären dann ja sechzig Leute. Eigentlich dachte ich, so eine Hochzeit sollte ein schöner Tag werden. Mehr für das Brautpaar, weniger für die Bagage drum herum.«

Sabine lachte herzhaft. »Vielleicht kann ich ja noch die eine und den anderen von meiner Liste streichen.«

»Also ich habe jetzt Till, Charly, Anna Lehmkuhl, Petri und meine Tochter. Wenn du auch auf fünf reduzierst, kommen wir auf zehn. Plus wir beide sind zwölf. Alles, was darüber ist, wird doch unübersichtlich.«

»Wir brauchen auch noch einen Babysitter.«

»Da könntest du die Mütter vom Babyschwimmen streichen und eine davon als Babysitter einstellen. Dennis könnte ja vielleicht bei einem Kumpel vom Schwimmen übernachten, oder?«

»Ich sehe mal, was sich machen lässt. Wenn ich meine Liste gekürzt habe, müssen wir uns dringend nach einem passenden Lokal umschauen. Die Zeit wird immer knapper.«

»Dennis schläft gerade tief und fest, kann das sein?«, wechselte Siebels das Thema.

»Es scheint so, ja. Warum?«

»Weil ich scharf auf meine Braut bin«, raunte Siebels, nahm Sabine bei der Hand und zog sie hinter sich her ins Schlafzimmer. Kurz darauf lagen sie entkleidet im Bett. Siebels kam immer mehr in Fahrt und machte Dinge, die er vorher noch nie gemacht hatte.

»Bist du betrunken?«, fragte Sabine lachend.

»Ich bin stocknüchtern«, schnaufte Siebels.

»Was tust du da?«

»Ich mache Liebe.« Siebels wälzte sich hin und her und versuchte ständig die Position zu ändern.

»Erinnert mich mehr an Turnübungen«, sagte Sabine verblüfft und ließ Siebels gewähren.

Siebels fand langsam in die Stellung, die ihm in dem Kamasutra-Buch so gut gefallen hatte.

»Hmmmm, das ist gut«, hörte er Sabine noch flüstern, dann vergaß er alle Konversation.

Till war nach seinem Besuch bei Jens Schäfer mit dem Taxi zurück ins Präsidium gefahren. Dort war er auf seine Gold Wing gestiegen und hatte sich umgehend auf den Weg in die Gerichtsmedizin gemacht. Als er dort seine schwere Maschine abstellte, kam Anna Lehmkuhl gerade aus dem Gebäude. Sie erkannte ihn erst nicht, weil er seinen Helm noch auf dem Kopf trug.

»Machen Sie schon Feierabend?«, fragte er und nahm seinen Helm ab.

»Ach, Sie sind es. Ja, ich mache heute mal früher Schluss. Einen vorläufigen Bericht habe ich ja schon an Herrn Siebels geschickt.«

»Davon hat er mir gar nichts gesagt. Gibt es etwas Neues?«

»Nein, bis jetzt noch nicht. Ein schönes Motorrad haben Sie da.«

Till streichelte über den Tank seiner Gold Wing. »Leider komme ich kaum dazu, sie zu fahren. Meistens bin ich im Dienstwagen unterwegs.«

»Da würde ich gern mal als Sozius mitfahren.« Anna Lehmkuhl berührte fasziniert die schwere Maschine.

Till traute seinen Ohren nicht. Er wollte etwas erwidern, ihm fiel aber nichts ein. Er nickte nur stumm und schaute Anna Lehmkuhl an, als wäre sie eine Außerirdische.

»Jetzt muss ich aber los«, sagte die dann und ging zum Parkplatz.

»Vielleicht können wir ja am Wochenende mal eine kleine Spritztour machen«, rief Till ihr hinterher.

Anna Lehmkuhl drehte sich noch einmal um. »Warum nicht. Rufen Sie mich am Freitag an.«

Till hob einfach nur den Daumen, weil es ihm erneut die Sprache verschlagen hatte. Anna Lehmkuhl stieg in einen roten Mini und fuhr los. Sie winkte noch einmal Till zu und gab dann Gas.

Till schaute ihr noch eine Weile verträumt hinterher, dann stieg er auf seine Maschine, fuhr zum Main hinunter, stellte sein Motorrad ab, ging zum Flussufer und setzte sich im Schneidersitz an das Wasser. Es herrschte viel Betrieb. Jogger und Inline-Skater bewegten sich sportlich am Fluss entlang, Grüppchen von Teenagern bevölkerten die Wiesen, Banker genossen den Feierabend im Schatten ihrer Bürohochhäuser, deren Skyline imposant in den Himmel ragte. Till nahm sich sein Buch zur Hand und las das nächste Kapitel.

Anekdoten des Philipp von Mahlenburg

Hanni wirkte auf den ersten Blick immer etwas schüchtern und weltfremd. Aber das täuschte. Sie sah aus wie eine graue Maus, mit ihrem hochgesteckten Haar, ihrer Drahtgestellbrille, die sie meist auf der Nasenspitze trug und den langen Röcken und bis zum Hals verschlossenen Blusen. Aber auch das täuschte. Hanni war Lehrerin an einem Gymnasium und fürchtete um ihren guten Ruf. Sie war schlank und hatte eine gute Figur, nur fiel das bei ihrer Art sich zu kleiden gar nicht auf. Wenn wir spazieren gingen, legte ich gerne mal meine Hand auf ihren Po. Hanni war 46 und hatte noch ein sehr knackiges Hinterteil. Wenn wir unter Menschen waren, duldete sie meine Hand dort unter keinen Umständen. Waren wir allein in einer einsamen Gegend, konnte sie meine Hand nicht lang genug auf ihrem Hintern spüren. Hanni hatte ihr Leben lang gespart. Sie war nie verheiratet gewesen und Liebhaber hatte sie auch kaum welche gehabt. Hier und da mal ein Techtelmechtel, aber da war niemand, der wirklich mal zu ihr vorgedrungen wäre. Ich hatte mich bemüht, hatte ihr tagelang den Hof gemacht, sie mit kleinen unverfänglichen Komplimenten überschüttet, mich stundenlang mit ihr unterhalten. Vornehmlich über klassische Musik. Bach, Chopin, Wagner. Sie liebte alte Filme und lange Spaziergänge. Oft kehrten wir nach solchen Spaziergängen in einem Café ein. Das erste Mal hatte ich noch bezahlt. Aber Hanni verstand bald, dass ich eine kleine Durststrecke vor mir hatte und eine große hinter mir. Bald zückte sie bereitwillig ihre Geldbörse, wenn Kaffee und Kuchen abgerechnet wurden. Als sie sich daran gewöhnt hatte, bezahlte sie auch ohne Aufhebens die Karten für die Oper und das Taxi. Ich revanchierte mich in ihrem Bett. Hanni war eine Genießerin. Nichts durfte zu schnell gehen. Sie genoss mich mit allen ihren Sinnen. Sie betrachtete mich, roch an mir, befühlte mich, schmeckte mich und legte manchmal sogar ihr Ohr auf meine Brust, um mein Herz schlagen zu hören. Hanni nahm sich beim Sex viel Zeit. Sie konnte stundenlang küssen, fragte mich zwischendurch, an was ich dachte. Ich dachte natürlich nur an sie, an uns, an sonst nichts. Wenn ich ihr das sagte, küsste sie mich wie von Sinnen. Hanni brauchte nicht viel Schlaf. Wir liebten uns oft bis in die frühen Morgenstunden. Danach schlief sie glücklich noch drei bis vier Stunden und machte sich dann fertig für die Schule. Ich blieb dann oft bis mittags in ihrem Bett liegen. Leider hatte Hanni keinen Fernseher im Schlafzimmer. Hanni hatte nur einen winzig kleinen würfelförmigen Apparat mit Zimmerantenne im Wohnzimmer stehen. Im Zeitalter vom Flachbildschirm mit hochauflösender Bildqualität war es eine

Zumutung, auf diesem Ding fernzusehen. Gleich am nächsten Tag startete ich meinen ersten Versuch, Hanni einen modernen Fernseher schmackhaft zu machen. Sie winkte gelangweilt ab. Ich ließ nicht locker und bald führten wir eine hitzige Diskussion über das kulturelle Leben und schließlich hatten wir unseren ersten handfesten Streit. Hanni hatte Prinzipien. Ich beantwortete Hannis Sturheit mit konsequentem Liebesentzug. Drei Tage später standen wir in einem Elektronikmarkt. Der Verkäufer zeigte uns die Neuheiten, ich entschied mich für das teuerste Modell und Hanni zückte ihre Kreditkarte.

Till klappte das Buch schmunzelnd wieder zu. Die Anekdoten des Philipp von Mahlenburg und das Auftreten von Jens Schäfer brachte er nicht zusammen. Er fragte sich, ob es sich tatsächlich um ein und dieselbe Person handelte, oder ob Schäfer nur ein Strohmann war, hinter dem sich Philipp von Mahlenburg versteckte. Das mussten ihm aber Sarah Fischer und Nadja Sydow beantworten können. Oder Hanni, dachte er. Till klappte sein Handy auf und rief Charly Hofmeier an.

»Ich mache jetzt Feierabend«, knirschte Charly.

»Habe ich schon gemacht, mehr oder weniger«, gab Till zur Antwort.

»Bei mir ist es jetzt eher mehr als weniger.«

»Aber gleich morgen früh könntest du mal was erledigen. Ich brauche die Adresse von einer Hanni.«

»Von einer Hanni? Da fragst du besser Nanni.«

»Witzbold. Schreib mit. Lehrerin an einem Frankfurter Gymnasium, ledig, 46 Jahre alt, vielleicht ist sie mittlerweile auch 47. Der richtige Vorname dürfte wohl Hanna oder Johanna sein.« Till dachte plötzlich an seine Ex-Freundin Johanna. Anderthalb Jahre war es nun her, seit sie ihn verlassen hatte. Es war genau in der Phase auseinandergebrochen, in der sie sich ernsthaft um die Familienplanung Gedanken gemacht hatten. Johanna wollte nur ein Kind und damit basta. Till träumte von zwei Kindern. Und plötzlich war es aus. Einfach so. Till träumte immer noch von seinen zwei Kindern und fragte sich, ob Johanna ihres jetzt von einem anderen Mann bekommen würde.

»Ich probiere mein Glück morgen im Kultusministerium und jetzt ist Feierabend«, hörte Till Charly sagen. Was er davor noch gesagt hatte, war an Till vorbeigerauscht.

6

Dienstag, 1. Juni 2010

Staatsanwalt Jensen saß auf dem Platz von Siebels, als dieser sein Büro betrat. »Da sind Sie ja endlich«, begrüßte er ihn. »Was hat es denn mit dem neuen Fall auf sich. Beate Sydow. Können wir einen Unfall ausschließen?«

»Die Frau hat um ihr Leben gekämpft. Sie wollte aus dem Pool raus. Ihr Mörder hat ihr auf die Hände getreten oder geschlagen. Einen Unfall können wir ausschließen.«

»Hm. Ich habe da was von einem Buch gehört. Ist es das, was Sie da in der Hand haben? Kann ich das mal sehen?«

Siebels drückte das Kamasutra-Buch mit beiden Händen fest gegen seine Brust. »Das ist es nicht. Das ist privat. Herr Krüger hat das Buch. Er hat gestern noch mit dem Autor gesprochen.«

»Aha. Ist er tatverdächtig?«

»Wir ermitteln.«

»Das will ich hoffen. Dafür werden Sie schließlich bezahlt. Was haben Sie denn da eigentlich für ein Buch?«

Siebels schaute sich hilfesuchend im Raum um, aber weit und breit war keine Hilfe zu sehen. »Am 25. September ist Hochzeit. Frau Karlson und ich wollen Nägel mit Köpfen machen. Sie sind herzlich eingeladen.« Siebels hätte sich im selben Moment am liebsten die Zunge abgebissen. Aber es war das Einzige, was ihm einfiel, um Jensen von diesem Buch in seinen Händen abzulenken.

Jensen hüpfte von Siebels Stuhl hoch, sprang auf ihn zu und klopfte ihm auf die Schulter. »Das ist ja eine schöne Nachricht. Da komme ich doch gerne.«

»Ihre Frau können Sie natürlich auch mitbringen.« Siebels verfluchte sich innerlich. Jensen rief umgehend in seinem Büro an und gab seiner Sekretärin den Auftrag, den 25. September in seinem Terminkalender einzutragen.

»Schreiben Sie Siebels Hochzeit rein«, sagte er ausgelassen. »Welche Uhrzeit?«

»Um 10:30 Uhr« sagte Siebels und wurde immer blasser um die Nase.

»10:30 Uhr«, wiederholte Jensen. »Und danach trinken wir einen Sekt. Also halten Sie mir den Tag mal mindestens bis 14:00 Uhr frei.«

Siebels verstaute das Buch in einer Schreibtischschublade. »Ich schicke Ihnen natürlich noch eine offizielle Einladung.«

»Sagen Sie Ihrer Zukünftigen einen schönen Gruß von mir. Ich freue mich schon sehr, sie wieder mal zu sehen. Sie war eine wirklich gute Polizistin. Eigentlich schade, dass wir sie an Sie verloren haben.« Jensen lachte laut und klopfte Siebels wieder auf die Schulter. Dann stapfte er aus dem Büro. An der Türschwelle drehte er sich noch einmal um. »Wann bekomme ich denn mal etwas Schriftliches im Fall Sydow?«

»Schnellstmöglich.«

»Am liebsten sind mir Ergebnisse. Handfeste Beweise. Schnelle Aufklärung. Na, Sie wissen schon. Wünsche noch einen schönen Tag.«

Siebels setzte sich, atmete dreimal tief durch und rief bei Sabine an.

»Du, mir ist da ein kleines Missgeschick passiert. Ich habe aus Versehen Jensen samt Frau zu unserer Hochzeit eingeladen.«

»Aus Versehen? Was heißt das denn?«

»Na ja, ich musste ihn dringend von etwas ablenken. Und da habe ich ihn halt zur Hochzeit eingeladen.«

»Wenn das zur Masche wird mit deinem neuen Ablenkungsmanöver, dann wird es doch noch ein richtig großes Fest.«

»Ha ha. Also schreib Herr und Frau Jensen bitte noch auf die Liste.«

»Schon erledigt. Ist vielleicht gut für deine Karriere.«

»Karriere? Was für eine Karriere? Ich bin Hauptkommissar.«

»Eben. Noch ein weiter Weg bis zum Polizeipräsidenten.«

»Ähm, ja. Ich muss dann mal Schluss machen.«

»Warte mal, ich muss dir noch was sagen.«

»Ja, was denn?«

»Letzte Nacht. Können wir das bei Gelegenheit wiederholen?«

Siebels suchte nach einer gescheiten Antwort, als Till ins Büro kam.

»War nicht schlecht, gelle«, säuselte er leise ins Telefon.

»Ausbaufähig.«

»Till ist da«, flüchtete sich Siebels aus der Unterhaltung.

»Dann will ich dich nicht in Verlegenheit bringen. Schönen Tag. Kuss.«

»Ausbaufähig. Till ist da. Was soll das denn heißen?«, wollte Till wissen.

»Wir fahren jetzt zu Nadja Sydow.«

»Hast du Geheimnisse vor mir?«

»Ich habe einen schlimmen Fehler gemacht.«

»Im Fall Sydow?«

»Nein. Im Fall Siebels Karlson.«

»Oh je. Streit? Schlimm?«

»Ich habe Jensen zur Hochzeit eingeladen. Samt Frau.«

»Oha. Hat er zugesagt?«

»Er freut sich drauf.«

»Warum hast du das gemacht?«

»Das war ein Ablenkungsmanöver.«

Till nickte wissend. »Der neue Polizeipsychologe soll ganz gut sein. Geh doch einfach mal hin.«

Siebels ignorierte die Bemerkung. »Habe ich dich eigentlich schon eingeladen?«

»Zur Hochzeit? Nö.«

»Mache ich später. Wir müssen jetzt los.«

Till schaute Siebels kopfschüttelnd hinterher und folgte ihm dann.

Auf der Fahrt zu Nadja Sydow berichtete Till noch einmal ausführlich von seinem Besuch bei Jens Schäfer, vom Kapitel Hanni und von seiner Spritztour, die er mit Anna Lehmkuhl machen würde.

»Anna Lehmkuhl will ich auch einladen. Und Petri. Meine Tochter kommt auch.« Siebels wirkte wie aufgedreht.

»Wo ist denn mein Buch?«, wollte Till wissen, als er den Namen Anna Lehmkuhl hörte, und sah sich im Wagen um.

»Was für ein Buch?«

»Na du weißt schon. Das Buch eben.«

»Ach, das Buch.« Siebels parkte den BMW vor dem Haus, in dem Nadja Sydows Eigentumswohnung lag. Große blumengeschmückte Balkone ragten zur Straßenseite. Das Haus hatte drei Stockwerke. Siebels stellte den Motor ab, stieg aus und zündete sich eine Zigarette an. Rauchend studierte er die Namensschilder am Hauseingang.

»Das Buch?«, fragte Till, der noch im Wagen sitzen blieb.

»Sie wohnt in der ersten Etage«, sagte Siebels, ging zwei Schritte zurück und versuchte, den Balkon von Nadja Sydow auszumachen. »Kommst du?«

Till stieg aus. »Ich will mein Buch wiederhaben.«

»Ja, ja. Das liegt im Büro.« Siebels trat seine Zigarette aus und klingelte bei Sydow.

Nadja Sydow ließ die beiden wortlos herein, nachdem Siebels sich vorgestellt und kondoliert hatte.

Nadja führte sie ins Wohnzimmer. In dem hell gefliesten Raum stand ein weißer Flügel vor einem vollgestopften Bücherregal. Vor dem großen Fenster befand sich eine gemütliche Couchgarnitur.

»Schön haben Sie es hier«, sagte Siebels.

Nadja schaute ihn aus tiefbraunen Augen an. »Schönheit liegt immer im Auge des Betrachters«, sagte sie geheimnisvoll. »Möchten Sie einen Kaffee?«

»Danke, nein. Wir haben nur ein paar Fragen.«

»Wer hat die nicht?«

Siebels erinnerte sich an die Aussagen von Dr. Ritter und Sarah Fischer. Nadja sei hochbegabt.

»Der, der die Antworten bekommt«, sagte Siebels und wurde für seine Antwort mit einem Lächeln belohnt. »Es sieht alles danach aus, als hätte jemand nachgeholfen, als Ihre Stiefmutter im Pool ums Leben kam«, leitete Siebels seine Fragerunde ein.

»Sie war eine gute Schwimmerin.«

»Haben Sie einen Verdacht, wer da nachgeholfen haben könnte? Hatte Ihre Stiefmutter Feinde?«

»Meine Stiefmutter war ein einfältiger Mensch. Sie hatte weder Freunde noch Feinde.«

»Sarah Fischer war eine gute Freundin. Sie hat sie gefunden.«

»Ja, ich weiß. Sarah Fischer ist eine Esoterikerin. Sie war die Geschäftspartnerin meiner Stiefmutter. Ob sie jetzt trauert, wage ich aber zu bezweifeln.«

»Was wollen Sie damit sagen?«

»Oh, ich will ihr auf keinen Fall einen Mord unterstellen. Nicht, dass Sie mich jetzt falsch verstehen. Aber es gab Differenzen zwischen den beiden.«

»Im geschäftlichen Bereich?«

»Ja, dort auch. Und im privaten Bereich. Meine Stiefmutter hatte vor einiger Zeit einen Freund. Er war einige Jahre jünger als sie. Sarah Fischer war scharf auf ihn und hat ihm hinterhergestellt. So viel zu dem Begriff Freundin.« Nadja verzog verächtlich die Mundwinkel.

Till hatte eine lederne Aktentasche bei sich, aus der er das Buch herauszog und auf den Tisch vor Nadja legte. »Die Anekdoten des Philipp von Mahlenburg. Ist das der Mann, von dem Sie gerade gesprochen haben?«

»Ja, das ist er.« Nadja warf nur einen kurzen Blick auf das Buch.

»Haben Sie es gelesen?«, wollte Till wissen.

»Ich habe es überflogen. Man kann es nicht wirklich als Buch bezeichnen. In einer halben Stunde hat man es gelesen. Wenn es nicht so groß gedruckt wäre, hätte es als Heftchen erscheinen können.«

»Was sagen Sie zum Inhalt?«, fragte Siebels.

»Unterste Schublade. Aber manchmal ist es so schlecht, dass es schon wieder amüsant ist.«

»Darf ich rauchen?«, fragte Siebels.

Nadja stellte ihm einen Aschenbecher hin und zündete sich auch eine Zigarette an.

»Kennen Sie Herrn von Mahlenburg persönlich?«

»Das haben Sie doch bestimmt gelesen. Es steht ja drin, dass wir uns begegnet sind.«

»Es steht drin, dass er Ihre Stiefmutter im Pool unter Wasser gedrückt hat. Dass er sich von Ihnen dazu inspiriert gefühlt hat.«

»Wie gesagt, ich habe es gelesen. Nur mit meinem Blick habe ich ihn dazu gebracht. Mit Gedankenübertragung. Ich wollte meine Stiefmutter töten und habe ihn mit meinen paranormalen Fähigkeiten als Werkzeug benutzt. Glauben Sie an so einen Hokuspokus?« Nadja lehnte sich entspannt zurück, zog genüsslich an ihrer Zigarette und betrachtete neugierig ihre Besucher.

»Sie haben ihn gereizt«, antwortete Siebels lapidar.

»Weil ich oben ohne bei ihm gesessen habe? Dann würde er ja zum Massenmörder, wenn er im Sommer auf Mallorca oder Ibiza ein paar Tage am Strand verbringen würde.«

Siebels lächelte. Till versuchte hinter die Fassade von Nadja zu blicken. Er konnte die junge Frau aber noch nicht einordnen. Da war die Frau aus der Beschreibung des Philipp von Mahlenburg. Direkt, vulgär und mit erotischer Ausstrahlung. Und da war die Frau, die nun vor ihm saß. Höflich, intelligent und mit einem unschuldigen Engelsgesicht. Lange braune Haare fielen ihr glatt über die Schultern. Eine kleine Stupsnase zierte ihr ungeschminktes Gesicht. Einige wenige Sommersprossen verteilten sich um die Nase. Dunkelbraune Augen strahlten Wärme aus.

»Hatten Sie noch Kontakt zu ihm, nachdem er die Beziehung zu Ihrer Stiefmutter beendet hatte?« Siebels drückte seine Zigarette im Ascher aus.

Nadja ließ sich Zeit mit einer Antwort. Dann antwortete sie auf eine Frage, die Siebels noch gar nicht gestellt hatte. »Sein richtiger Name ist Jens Schäfer. Er ist ein Überlebenskünstler ohne geregelte Arbeit und ohne geregeltes Einkommen.«

»Das wissen wir. Haben Sie noch Kontakt zu Jens Schäfer?«

Nadja überlegte wieder etwas länger. »Nach der Episode bei meiner Stiefmutter habe ich ihn noch einmal getroffen, ja.«

»Gab es einen besonderen Grund dafür?«

»Ich wollte einfach wissen, was für ein Typ das ist. Damals habe ich seinen richtigen Namen rausgefunden und seine Adresse. Das hat mich natürlich neugierig gemacht. Philipp von Mahlenburg, der eigentlich Jens Schäfer heißt und im Sandweg wohnt. Ich bin einige Zeit später einfach mal bei ihm aufgetaucht.«

»Und, wie hat er reagiert?«

»Wie es zu erwarten war. Es war ihm peinlich, dass seine Masche als von Mahlenburg aufgeflogen ist. Er hatte alle möglichen Ausreden, warum er diese Nummer abzog. Dann wollte er mit mir ins Bett.«

»Wurde er aufdringlich?«

Nadja lächelte. »Nein. Er hat es auf seine charmante Tour probiert. Ich habe ihm gesagt, dass ich ihn für einen armen Wicht halte, und bin wieder gegangen.«

»Und danach gab es keine Kontakte mehr zwischen Ihnen beiden?«

»Nein. Aber warum fragen Sie das?«

»Und zu Ihrer Stiefmutter hatte er auch keinen Kontakt mehr gehabt?«

»Nein. Jedenfalls weiß ich davon nichts. Ich hatte ja auch nur sehr selten Kontakt zu ihr. Glauben Sie wirklich, dass er sie umgebracht hat? Aber warum?«

»Wir glauben gar nichts. Wir wundern uns nur über dieses Buch und den inhaltlichen Zusammenhang mit der Tat.«

»Wahrscheinlich nur ein dummer Zufall«, mutmaßte Nadja.

»Kennen Sie auch eine von den anderen Frauen, von denen er in seinen Anekdoten berichtet?«, wollte Till wissen.

»Nein. Woher denn?«

»Nur so ein Gedanke.«

»Wie war das mit Sarah Fischer? Sie hat Herrn von Mahlenburg Avancen gemacht, sagten Sie. War sie in ihn verliebt?«

Nadja schüttelte mit dem Kopf. »Nein, das kann ich mir nicht vorstellen. Sie wollte ihn nur in ihr Bett kriegen. Meine Stiefmutter war fünfzehn Jahre älter als Jens Schäfer, Sarah nur sechs Jahre. Da dachte sie, dass sie bei ihm erst recht Chancen hätte.«

»Wissen Sie das von Ihrer Stiefmutter?«

»Ja. Und von Jens Schäfer. Ich nenne ihn lieber beim richtigen Namen.«

»Wann hat er Ihnen das erzählt?«, fragte Siebels erstaunt.

»Als ich ihn besuchte. Ich wollte wissen, warum es zwischen ihm und meiner Stiefmutter aus sei. Er sagte, dass er halt kein Mann für längerfristige Beziehungen sei und dass meine Stiefmutter ihn zu sehr eingeengt hätte. Und dann sagte er, dass Sarah Fischer ihm ständig schöne Augen gemacht hätte. Als es dann eines Tages passiert war, wollte er beide loswerden, Bea und Sarah. Bevor er zwischen ihnen zermalmt wird, hat er gesagt.«

»Ach, es lief tatsächlich etwas zwischen Jens Schäfer und Sarah Fischer?«

»Was denken Sie denn? Der lässt sich keine Gelegenheit entgehen, wenn er eine Frau ins Bett kriegen kann, und Sarah wollte ihn.«

»Das ist ja sehr interessant«, sagte Siebels und machte sich Notizen in seinem Notizbuch.

»Damit will ich aber nicht sagen, dass Sarah meine Stiefmutter umgebracht haben könnte. Die ganze Geschichte war ja längst vorbei.«

»Es gab auch Differenzen im geschäftlichen Bereich zwischen den beiden, sagten Sie vorhin«, kam Till auf Nadjas Aussage zurück. »Was waren das denn für Differenzen?«

»Da ging es hauptsächlich um finanzielle Angelegenheiten. Meine Stiefmutter war finanziell unabhängig. Für sie war dieser Laden mehr Zeitvertreib als Geschäft. Für Sarah ist es die Existenzgrundlage. Da sieht man manche Dinge halt aus einer anderen Perspektive. Außerdem ist Sarah mit Leib und Seele Esoterikerin. Sie glaubt an allen möglichen Humbug. Meine Stiefmutter war da sehr viel rationaler. Für sie waren bunte Steinchen einfach nur schöne Dekoration. Für Sarah hingegen liegen in bunten Steinchen starke Kräfte verborgen, solange die Steinchen nur aus Indien stammen.«

»Sie wollen Psychologin werden, habe ich gehört. Das scheint Ihnen zu liegen, Sie haben eine gute Menschenkenntnis.«

»Wo haben Sie das denn gehört?«, fragte Nadja neugierig.

»Dr. Ritter hat es mir erzählt.«

»Ach, Dr. Ritter. Ja, dann wissen Sie ja auch, dass ich bald mein Studium abschließe und dann an das große Geld komme. Ich habe also kein Motiv, meine Stiefmutter umzubringen.«

»Gibt es denn andere Erben für das Haus und das Vermögen Ihrer Stiefmutter?«

»Ich befürchte, dass meine Stiefmutter Sarah Fischer in ihrem Testament bedacht hat. Ich werde bestimmt auch etwas erben. Aber meine Erbschaft von meinem Vater dürfte um einiges höher ausfallen. Und solange ich studiere, habe ich ein ordentliches monatliches Taschengeld, das Dr. Ritter mir auszahlt. Ich müsste also ziemlich dumm sein, wenn ich in dieser Situation einen Mord begehen würde.«

»Sie sollen aber alles andere als dumm sein, habe ich gehört.«

Nadja lächelte. »Ach, dieses Gerede von der hochbegabten Nadja geht mir ziemlich auf die Nerven. Ich bin genauso dumm auf die Welt gekommen, wie alle anderen auch. Der Unterschied ist der, dass ich mich gerne anstrenge und lange auf etwas konzentrieren kann. Ich spiele zum Beispiel ganz passabel Klavier. Aber ich habe auch viel und lang und oft geübt, während meine Freundinnen damals ihre Zeit lieber mit Gameboys verplempert haben. So ist das auch mit allen anderen Dingen, in denen ich gut bin. Wenn ich eine Sache gut beherrschen will, muss ich üben, üben und nochmals üben. So wie jeder andere auch. Ich tue es halt auch und habe Spaß dabei.«

Siebels nickte und dachte darüber nach, wie seine Tochter damals ihre Zeit verbracht hatte. Soweit er wusste, hatte sie erst mit Puppen und später mit einem Gameboy gespielt. Er fragte sich, ob er seinen Sohn bei Zeiten zum Klavierunterricht schicken sollte. »Leben Sie in einer festen Beziehung?«, fragte er Nadja dann spontan.

»Nein. Ich bin Single und zufrieden. Und Sie?«

»Ich heirate bald zum zweiten Mal«, gab Siebels freimütig zu und erhob sich von seinem Platz. »Da haben Sie uns ja schon ein Stück weitergeholfen. Falls es weitere Fragen geben sollte, melden wir uns wieder.«

»Ich muss mich um die Beerdigung kümmern«, sagte Nadja. »Wo ist meine Stiefmutter jetzt?«

»Sie ist noch in der Gerichtsmedizin. Aber der Leichnam wird bestimmt bald freigegeben. Jemand wird sich bei Ihnen melden. Sie können auch eine Pietät beauftragen. Die wird sich dann mit der Gerichtsmedizin in Verbindung setzen.«

»Ja, das werde ich wohl tun.«

»Und jetzt?«, fragte Till, als die beiden wieder im Wagen saßen.

Der Biene Maja Song kündigte einen Telefonanruf an. Siebels nahm das Gespräch entgegen. Es war Charly.

»Ist Till in der Nähe?«, wollte Charly wissen.

»Sitzt neben mir. Willst du ihn sprechen?«

»Schalte auf laut, dann wisst ihr beide Bescheid. Ich habe Hanni ausfindig gemacht. Hanna Schmücker, Lehrerin am Goethe-Gymnasium. Es ist jedenfalls die einzige Lehrerin in Frankfurt, auf die Tills Beschreibung zutrifft.«

»Danke, Charly«, sagten Siebels und Till im Chor.

»Und jetzt fahre ich in den Laden von Sarah Fischer und du nimmst dir ein Taxi zum Gymnasium. Ein bisschen Schule und Lehrerin kann bei dir ja nix schaden.«

»Vielleicht bekommst du ja ein paar bunte Antiraucher-Steinchen aus Indien verschrieben«, lästerte Till und stieg aus. Bevor er die Tür zuwarf, beugte er sich noch mal in den Wagen. »Mein Buch. Ich will mein Buch wiederhaben.«

»Ja, ja, das bekommst du morgen.«

7

Mein perfekter Plan

Mein Plan lief reibungslos an und der eitle Pfau spielte seine Rolle darin perfekt. Die prüde Hanna Schmücker fraß ihm aus der Hand. Er hatte gerade mal zwei Wochen gebraucht, um das alte Miststück ins Bett zu bekommen. Mit stolz geschwellter Brust erzählte er mir, wie er sie rumgekriegt hat. Stolz war er aber nicht, weil er die verknöcherte Hanna Schmücker verführt, sondern weil er meinen Wunsch erfüllt hat. Ich fragte ihn, wie sie denn im Bett so sei, und wollte alle Einzelheiten von ihm wissen. Erst zierte er sich, aber als ich mit Nachdruck nachfragte, redete er ohne Unterlass. Wir saßen in einem Café, als er mir seine Erfolgsmeldung mitteilte. Er sprach leise und beugte sich zu mir, als er mir erzählte, was ich wissen wollte. Wenn die Bedienung an unserem Tisch vorbeilief, verstummte er und sprach erst weiter, als sie wieder hinter dem Tresen verschwunden war. Ich genoss seine Schüchternheit und spielte mit ihm wie die Katze mit der Maus. Als er alles erzählt hatte, lehnte er sich erleichtert in seinem Stuhl zurück. Auch ich setzte mich wieder entspannt hin. Die Bedienung kassierte gerade am Nebentisch.

»Wann fickst du sie wieder?«, fragte ich ihn im unverfänglichen Plauderton. Er lief rot an, nippte an seinem Kaffee und tat so, als hätte er mich nicht gehört. Der Herr vom Nebentisch, der gerade seine Rechnung beglichen hatte, grinste breit und ging. Die Bedienung räusperte sich und verschwand wieder hinter dem Tresen.

»Musste das sein?«, fragte er mich verärgert.

»Es war doch kaum zu verstehen«, beruhigte ich ihn mit leiser Stimme. »Ich kann aber auch laut und deutlich sprechen«, sagte ich erheitert.

»Wenn du möchtest, ficke ich sie morgen wieder«, antwortete er endlich in zufriedenstellender Lautstärke.

Ich gab ihm einen Schlüssel. Meinen Wohnungsschlüssel. »Du machst es ihr bei mir. In meinem Bett. Den Schlüssel lässt du dann auf dem Tisch liegen. Morgen Abend. Bis elf

Uhr seid ihr wieder verschwunden.« Ich schrieb ihm meine Adresse auf. Er nickte zustimmend, sah aber nicht sehr glücklich dabei aus.

»Wenn du es ihr morgen gut besorgst, ist die Sache für mich erledigt. Dann kannst du sie wegen mir übermorgen in ihrer Badewanne ersäufen.« Ich lächelte ihn vergnügt an, drückte ihm für Kaffee und Kuchen zwanzig Euro in die Hand und ließ ihn sitzen. Als ich wieder zuhause war, betrachtete ich mir die alten Fotos. Die Fotos aus der Schule. Das Foto von meiner Deutschlehrerin. Hanna Schmücker, die mir auf meine Interpretation von Hermann Hesses Steppenwolf die Note fünf gegeben hatte. Mangelhaft. Fehlendes Textverständnis. Hanna Schmücker hatte nichts begriffen, rein gar nichts. Als Deutschlehrerin ist sie völlig ungeeignet. Diese Frau taugt bestenfalls als Pornodarstellerin. Es wird Zeit, ihr das beizubringen.

Esoterikbar hieß der kleine Laden in der Schweizer Straße. Drinnen roch es nach Zimt. Sarah Fischer war allein im Laden. Sie saß hinter der Kasse und las in einem Buch, als Siebels das Geschäft betrat. Von der Decke hingen Sari. Die indischen Frauengewänder gab es in vielen hellen Farben. Die Holzregale waren vollgestopft mit Kartenspielen, Steinen, ätherischen Ölen, Duftbädern, Halsketten und allen möglichen anderen Heilsbringern und Gesundheitsmittelchen.

»Ein vielfältiges Sortiment«, bemerkte Siebels.

»Und doch nur eine kleine Auswahl. Gibt es Neuigkeiten?«

»Nein, leider nicht. Ich habe nur noch ein paar Fragen.«

Sarah Fischer legte ihr Buch zur Seite und stand auf. Sie kam Siebels einen Schritt entgegen. »Sie sollten nicht so viel rauchen. Das ist nicht nur schlecht für die Lunge, das stört auch Ihr seelisches Gleichgewicht.«

»Das ist vor allen Dingen gestört, wenn ich längere Zeit nicht rauche.«

»Das, mein lieber Herr Kommissar, ist ein Irrtum. Ihre Sucht hat Ihren Willen untergraben, das ist das Problem. Wer seinen Willen nicht unter Kontrolle hat, der kann sein seelisches Gleichgewicht nicht finden.«

Siebels nickte. »Vielleicht haben Sie sogar recht. Wie ist das bei Ihnen? Haben Sie Ihren Willen immer unter Kontrolle?«

»Natürlich nicht.« Sarah Fischer lächelte. »Aber ich arbeite beständig daran und versuche meine Unzulänglichkeiten zu bekämpfen. Jeder kleine Erfolg ist ein gutes Gefühl. Das Leben sollte aus einer Vielzahl von guten Gefühlen bestehen. Finden Sie nicht?«

»Manchmal gehen gute Gefühle aber auch auf Kosten anderer. In der Liebe zum Beispiel.«

»In der Liebe? Gerade da sollten nur gute Gefühle bei allen Beteiligten vorhanden sein.«

»Wenn zwei sich lieben und ein Dritter eifersüchtig wird, geht die Rechnung aber nicht auf.« Siebels genoss sein Gespräch mit Sarah Fischer. Er war sich sicher, dass diese Frau allzu leicht zu manipulieren war.

»Eifersucht ist wirklich kein gutes Gefühl. Ein Gefühl, das man bekämpfen muss. Das man gleich im Keim ersticken muss. Eifersucht macht den Menschen hässlich.«

»Waren Sie nicht eifersüchtig auf Frau Sydow wegen ihrem jungen Liebhaber?«, brachte Siebels es auf den Punkt.

Sarah Fischer sah ihn erstaunt an. »Auf diesen Taugenichts?«

»Hatten Sie etwas mit ihm?«, fragte Siebels frei heraus.

»Einen One-Night-Stand, wenn Sie es genau wissen wollen.« Sarah Fischer zuckte mit den Schultern. »Es ist passiert. Vorbei und vergessen. Wer hat Ihnen das denn gesteckt? Nadja?«

»Immerhin scheint sich dieser Ausrutscher herumgesprochen zu haben. Haben Sie Frau Sydow davon erzählt?«

»Natürlich habe ich Beate davon erzählt. Freundinnen sollten keine Geheimnisse voreinander haben. Ich habe ihr versichert, dass es ein einmaliges Vergnügen war.«

»Und? Wie hat sie darauf reagiert?«

»Sie hat zwei oder drei Tage lang kein Wort mit mir gesprochen und ihrem Herrn von Mahlenburg eine heftige Szene gemacht. Unserer Freundschaft hat das aber keinen Schaden zugefügt. Nach kurzer Zeit war die Welt wieder in Ordnung.«

Siebels glaubte ihr kein Wort. »Was sagte Jens Schäfer dazu?«

»Wer?« Sarah Fischer schaute Siebels fragend an.
»Wissen Sie nicht, wer Jens Schäfer ist?«
»Nein. Sollte ich?«
»So heißt Philipp von Mahlenburg im richtigen Leben.«
»Das hat er mir nicht verraten. Sein Name war mir eigentlich auch egal.«
»Wollte Philipp von Mahlenburg Sie danach wieder treffen?«
»Er hat es versucht, ja. Zum Glück habe ich mich nicht darauf eingelassen. Sonst hätte er mir am Ende auch noch ein Kapitel in seinem blöden Buch gewidmet.«
»Und die anderen Frauen, die er in seinem Buch erwähnt, sind die Ihnen wirklich alle unbekannt?«
Sarah Fischer zuckte mit den Schultern. »Er nennt sie ja nicht beim vollen Namen. Vielleicht ist eine von ihnen eine Kundin von uns, die er durch Beate kennen gelernt hat. Viele Kundinnen kenne ich ja auch nur vom Sehen. Also ausschließen kann ich es nicht.«
Eine Kundin betrat den Laden. An einer Leine zog sie einen kleinen weißen Pudel hinter sich her.
»Hallo Frau Hausmann«, begrüßte Sarah Fischer die übergewichtige Frau, die sich in einen goldglänzenden Minirock gezwängt hatte und Sandalen trug. »Was kann ich für Sie tun?«
»Dieses Badesalz brauche ich wieder.« Die Frau versuchte sich an die richtige Sorte zu erinnern und Sarah Fischer zog verschiedene Flaschen und Dosen aus den Regalen. Siebels zog sich in eine hintere Ecke des Ladens zurück. Dort stand ein Bücherregal an der Wand. Er schaute sich die Buchrücken an. Bhagwans weiser Weg; Nepal – Das Tor zum Himmel; Die Erleuchtung finden mit Rafhandadschi; Yoga für Anfänger; Yoga für Fortgeschrittene; Meditieren mit Ti Bi Bung. Siebels fragte sich, wer so was liest. Dann fiel sein Blick auf einen Stapel Bücher am Ende des Regals. Das Kamasutra-Buch von Maja Mertens. Siebels nahm eines davon in die Hand. 24,50 Euro stand auf der Rückseite. Die Kundin bezahlte gerade drei Dosen Badesalz und zog ihren Pudel dann wieder zum Ausgang. Siebels ging zur Kasse und legte das Buch hin.
»Das möchten Sie kaufen?«

»Können Sie es als Geschenk einpacken?«

Sarah Fischer nickte geschäftig und tippte den Betrag ein.

»Die Autorin ist übrigens auch eine Kundin von uns.«

»Tatsächlich? Es ist vom gleichen Verlag wie die Anekdoten des Philipp von Mahlenburg. Ich dachte, Sie hätten noch nie etwas von diesem Verlag gehört.«

Sarah Fischer betrachtete sich verwundert das Buch. »Komisch. Das war mir gar nicht aufgefallen. Das liegt vielleicht daran, dass wir dieses Buch nicht beim Verlag bestellen. Frau Mertens bringt immer persönlich ein paar Exemplare vorbei, wenn Bedarf ist.« Sarah Fischer wickelte das Buch in Geschenkpapier ein.

»War Philipp von Mahlenburg denn öfter hier im Laden?«

»Wenn Beate allein hier war, ja. Montags hatte ich meinen freien Tag. Dienstags hatte Beate ihren freien Tag. Mittwochs kümmerte ich mich um unseren Online-Shop. Donnerstags und freitags waren wir meistens gemeinsam hier und samstags haben wir uns abgewechselt.«

»Also war er dann eher montags und mittwochs hier?«

»Ja, Beate mochte nicht so gern allein im Laden stehen. Also hat sie ihn so oft wie möglich hier gehabt. Jedenfalls immer mal für ein bis zwei Stunden.«

»Maja Mertens und Philipp von Mahlenburg könnten sich also hier im Laden kennen gelernt haben?«

»Ja, das wäre durchaus möglich. Glauben Sie jetzt etwa, dass er auch was mit ihr hatte?«

»Zumindest den gleichen Verlag«, überlegte Siebels laut und bekam das Bedürfnis, sich noch einmal mit Maja Mertens zu unterhalten. Siebels bezahlte sein eingepacktes Buch und verließ den Laden. Draußen griff er nach seinen Zigaretten. Dann überlegte er es sich anders und verzichtete auf Nikotin. Schließlich war sein seelisches Gleichgewicht absolut ausgewogen, machte er mit sich selbst aus. Leise pfeifend riss er das Geschenkpapier wieder vom Kamasutra-Buch, schmiss das Papier in einen Abfalleimer neben seinem BMW, öffnete den Wagen und legte das Buch ins Handschuhfach.

Anekdoten des Philipp von Mahlenburg
Der neue Fernseher hatte alle nur denkbaren Funktionen und die Bildschärfe war unübertrefflich. Wenn Hanni sich morgens auf den Weg in die Schule machte, machte ich es mir erst richtig gemütlich in ihrem Bett. Manchmal schauten wir jetzt abends sogar gemeinsam einen Film. Angefangen hatte es mit einem Tatort am Sonntagabend. Hanni sträubte sich erst, war dann aber ganz fasziniert von dem Film. Danach wollte sie Sex. Leider hatte sich Hanni dann aber sehr schnell an die neue technische Errungenschaft in ihrem Schlafzimmer gewöhnt. Immer öfter wollte sie sich am Abend noch etwas anschauen. Mal einen Dokumentarfilm, mal einen Western, mal einen Tierfilm. Ich schlief dabei meistens neben ihr ein. Irgendwann weckte sie mich dann und wollte ihre Liebesration abholen. Wenn ein Mann aber erst mal schläft, dann schläft er. Hannilein war dann frustriert und schaute weiter auf die Mattscheibe. Die schönen Abende in der Oper oder in einem Restaurant wurden immer seltener. Die Abende in Hannis Bett entwickelten sich zu wahren Albträumen. So konnte es nicht weitergehen. Ich diente ihr bestenfalls noch als Wärmflasche. Kleine Aufmerksamkeiten wie eine neue Uhr, eine Krawattennadel oder gar ein neuer Anzug fielen bei diesem vielfältigen Fernsehprogramm natürlich auch nicht mehr für mich ab. Einen Rückzug konnte ich in dieser Situation aber auch nicht antreten. Das wäre einer Niederlage gleichgekommen. Kurzerhand wurde ich Mitglied in einer Videothek und besorgte einen Videorekorder, den ich an das hightech TV-Gerät anschloss. Ich lies nun mit Vorliebe Pornos in Hannis Schlafzimmer laufen und Hanni war sehr empört über diesen neuen Zustand. Ein paar üble Horrorfilme hatte ich zwar auch auf Lager, aber die schlugen mir zu sehr auf das Gemüt. Hanni bekam also die volle Pornodröhnung. Sie bekam nun Dinge zu sehen, die sie zuvor noch nie gesehen hatte. Für ihre romantische Ader waren diese Filme das pure Gift. Ich mochte diese Streifen auch nicht sonderlich, aber für das Finale unserer Beziehung waren sie nun unentbehrlich. Anstatt des stundenlangen Austauschens von Zärtlichkeiten, mit denen der Anfang unserer Beziehung geprägt war, ging es nun schnell und triebhaft zur Sache. Ich erniedrigte Hanni

mit der Gewissheit, dass unser Techtelmechtel danach ein für alle Mal der Vergangenheit angehören würde. Es war an der Zeit, ein neues Kapitel aufzuschlagen. Hanni zeigte sich auch sehr verstört und verbrachte den Rest der Nacht auf dem Sofa im Wohnzimmer. Ich blieb noch in ihrem Bett und gönnte mir eine wundervolle Fernsehnacht. Am nächsten Morgen wartete ich, bis Hanni in die Schule ging. Dann verließ ich ihre Wohnung und kehrte nicht mehr wieder. Die Pornos ließ ich ihr als Andenken zurück.

Das Taxi hielt vor dem Goethe-Gymnasium. Einige Schüler lungerten rauchend vor dem Schultor herum. Till klappte das Buch zu, bezahlte den Taxifahrer und begab sich seit langer Zeit wieder einmal in die Schule. Kurz darauf saß er dem Schulrektor gegenüber. Fast wie in alten Zeiten, dachte Till. Der Rektor sah ihn besorgt an. »Frau Schmücker hat sich vor einer Woche krankgemeldet. Warum möchte die Polizei sie denn jetzt sprechen?«

»Wir brauchen sie nur für eine Aussage«, beschwichtigte Till ihn. »Eventuell kann sie Angaben machen, die in einem aktuellen Fall hilfreich sind.«

»Es geht hoffentlich nicht um einen unserer Schüler«, hakte der Rektor nach und klang weiterhin sehr besorgt.

»Nein, da machen Sie sich mal keine Gedanken. Mit der Schule hat das nichts zu tun.«

»Sehr merkwürdig«, raunte der Rektor. »Frau Schmücker lebt meines Wissens sehr zurückgezogen. In ihrem Leben gab es immer nur die Schule. In was ist sie da bloß hineingeraten?«

»Ich kann Ihnen da wirklich keine Informationen geben«, bedauerte Till. »Ist Frau Schmücker denn beliebt bei ihren Schülern?«

»Die Schüler haben den nötigen Respekt vor ihr. Das ist das Wichtigste im Lehrberuf. Wenn eine Lehrerin wie Frau Schmücker ausfällt, bringt das den ganzen Betrieb durcheinander. Sie unterrichtet die zwölfte Klasse. Die Vorbereitungen für die Abiturprüfungen sind nicht zu unterschätzen. Frau Schmücker hat noch nie wegen Krankheit gefehlt. Ich hoffe, Sie kommt bald wieder.«

»Wie lange unterrichtet sie denn schon an dieser Schule?«

»Seit über fünfzehn Jahren. Von welcher Abteilung kommen Sie eigentlich?«, fragte der Direktor argwöhnisch.

»Mordkommission.«

»Mordkommission? Ach du meine Güte. Ich bin auch für den guten Ruf der Schule hier verantwortlich. Also habe ich auch ein Recht darauf zu erfahren, um was für eine Sache es sich hier handelt.«

»Sie haben kein Recht darauf«, sagte Till gelassen und gab trotzdem bereitwillig ein paar Details preis. »Wir ermitteln im Mordfall Beate Sydow. Sie wurde auf ihrem Grundstück auf dem Lerchesberg höchstwahrscheinlich ermordet. Frau Sydow und Frau Schmücker hatten unter Umständen einen gemeinsamen Bekannten. Dazu wollen wir Frau Schmücker ein paar Fragen stellen. Das ist alles. Der gute Ruf Ihrer Schule ist auf keinen Fall gefährdet.«

Der Rektor war mittlerweile blass um die Nase geworden. »Beate Sydow? Das ist doch die Stiefmutter von Nadja Sydow. Nadja war auf unserer Schule gewesen.«

»Das ist ja interessant. Sagen Sie, kann ich eine Klassenliste von Nadja Sydows damaliger Klasse bekommen? Und die Namen ihrer Lehrer?«

»Was wollen Sie denn damit?«

»Wir müssen natürlich jedem Hinweis nachgehen. Es geht in diesem Fall nur um einen Namensabgleich. Das machen wir routinemäßig bei jedem Fall. Wir sammeln so viele Namen wie möglich, die in irgendeiner Verbindung zum Opfer standen. Dann schauen wir nach möglichen Querverbindungen. Das ist alles.«

»Das klingt ja nach einer Rasterfahndung. Und das in meiner Schule. Ist das überhaupt rechtens? Kann ich das aus Datenschutzgründen überhaupt zulassen?«

»Das fragen Sie am besten Ihren Datenschutzbeauftragten.«

»Das werde ich tun.«

»Jetzt gleich bitte«, bat Till.

Der Rektor sah nervös auf seine Uhr. »Das ist jetzt schlecht, mein Unterricht beginnt in einer Minute. Ich kann die Schüler nicht warten lassen.«

Till lehnte sich entspannt zurück und bekam große Lust, den Rektor zu ärgern.

»Was unterrichten Sie denn?«

»Geschichte.« Till erntete einen misstrauischen Blick.

»Die läuft ja nicht weg, die Geschichte. Wenn Sie nun bitte damit aufhören würden, die laufenden Ermittlungen in einem Mordfall zu behindern und mir die Adresse von Frau Schmücker und die Klassenliste von Nadja Sydow aushändigen.«

»Wenden Sie sich am besten an Frau Stollenberg im Schulsekretariat. Frau Stollenberg klärt das auch mit unserem Datenschutzbeauftragten. Das ist Herr Brehm. Er unterrichtet Politik.« Der Rektor griff zum Hörer und gab Frau Stollenberg im Sekretariat die entsprechenden Anweisungen. Dann erhob er sich, schnappte sich seine Unterlagen vom Schreibtisch und eilte aus seinem Zimmer. Till folgte ihm und begab sich ins Nebenzimmer, wo Frau Stollenberg ihn schon erwartete.

»Ich habe einen Schüler geschickt, damit er Herrn Brehm herholt«, sagte Frau Stollenberg und tippte dabei auf ihrer Tastatur herum. »So, hier haben wir ja die Adresse von Frau Schmücker. Sie wohnt in der Römerstadt. Ich drucke es Ihnen aus.«

»Endlich mal eine kompetente Person«, zeigte sich Till erfreut.

»Herr Brehm muss allerdings erst sein Okay geben«, sagte Frau Stollenberg streng. »Ich schaue aber auch schon mal nach der gewünschten Klassenliste.«

Ein Mann mit Glatze und Vollbart betrat das Zimmer. »Brehm, guten Tag.«

»Krüger, Kripo Frankfurt. Sie sind der Datenschutzbeauftragte an dieser Schule?« Brehm nickte und Till schilderte ihm sein Anliegen.

»Ein Mordfall also. Frau Stollenberg, wo haben wir denn die Formulare?«

»Welche Formulare?«

»Na die zum Datenschutz. Wir benötigen eine Unterschrift von dem Herrn, wenn wir ihm interne Unterlagen aushändigen.« Brehm sah Till an. »Ein offizieller Dienststempel wäre auch nicht schlecht.«

»Dann geben Sie mir zwei Formulare. Das eine unterschreibe ich gleich hier, das andere bringe ich mit Stempel der Polizeibehörde wieder vorbei.«

»Die Formulare müssten beim Rektor im Zimmer sein«, sagte Frau Stollenberg.

»Dann holen Sie den Rektor mal wieder bei«, sagte Till.

Brehm zog los, Frau Stollenberg hatte mittlerweile die Klassenliste gefunden und druckte sie auch schon aus.

»Wie ist die Frau Schmücker denn so als Lehrerin?«, wollte Till wissen.

»Hmmm«, überlegte Frau Stollenberg. »Sie ist die Letzte ihrer Art. Eine aussterbende Spezies.«

»Und das heißt?«

»Streng und konservativ.«

»Dann ist sie aber nicht die Letzte. Es gibt ja noch den Herrn Rektor.«

Der betrat auch in Begleitung von Herrn Brehm gerade den Raum.

»Die Formulare müssen irgendwo in meiner Schublade sein«, sagte er zerstreut.

»Soll ich einen Durchsuchungsbefehl beantragen?«, fragte Till spitzbübisch.

Frau Stollenberg kicherte still in sich hinein. Herr Brehm sah den Rektor fragend an. Der Rektor ging kommentarlos in sein Zimmer und kam fünf Minuten später mit ein paar Papieren wieder zurück.

»Genau, das sind die richtigen«, sagte Brehm und gab Till ein Formular zum Ausfüllen.

Till überflog das Papier. »Das soll ich jetzt alles ausfüllen?«

»Sie können es auch als Hausaufgaben mitnehmen«, schlug Brehm vor und Frau Stollenberg kicherte wieder.

»Ich hätte es doch mit dem Durchsuchungsbefehl machen sollen«, seufzte Till und fing an, das Formular auszufüllen. Fünf Minuten später setzte er seine Unterschrift darunter und reichte es Frau Stollenberg. Die schaute sich alles noch mal durch.

»Sieht gut aus«, sagte sie zufrieden und gab Till die ausgedruckten Papiere.

»Können Sie sich an Nadja Sydow erinnern?«, fragte Till.

»Oh ja. So eine Schülerin vergisst man nicht.«

»Weil sie so begabt war?«

»Begabt war sie, ja. Ihre schulischen Leistungen waren hervorragend. Aber noch viel besser waren ihre schauspielerischen Einlagen. Sie konnte auf Anhieb in jede beliebige Rolle schlüpfen. Und das war auch nötig, bei dem Strafregister, das sie hier angesammelt hatte. Sonst wäre sie schon frühzeitig von der Schule geflogen.«

»Ach«, sagte Till neugierig. »Was hat sie denn angestellt?«

»Sie hat sich manchmal aufgeführt, als wäre es ihre Schule. In ihrem Amt als Schulsprecherin hat sie es dann hin und wieder auf die Spitze getrieben. Sie hat einmal zum Boykott des Unterrichtes aufgerufen, weil sie der Meinung war, die Benotung der Lehrerin sei willkürlich. Die Lehrerin war übrigens Frau Schmücker. Tatsächlich hat die Klasse dann drei Tage lang den Unterricht boykottiert. Frau Schmücker wurde von den Schülern massiv mit Vorwürfen überschüttet und stand am Rande eines Nervenzusammenbruches. Die bereits vergebenen Noten wurden nachträglich von einem zweiten Prüfer korrigiert. Vor allem Nadja bekam eine deutlich bessere Note in Deutsch.«

»Was hat denn der Rektor dazu gesagt?«

Frau Stollenberg vergewisserte sich, ob sie wirklich allein mit Till im Raum war. »Der hat sich diplomatisch verhalten«, sagte sie dann mit einem leichten Vorwurf in der Stimme. »Er war ganz vernarrt in Nadja, sie war ja eigentlich seine Vorzeigeschülerin. Aber Frau Schmücker war seine Lieblingskollegin. Er hat mit Engelszungen auf beide eingeredet und Frau Schmücker wohl davon überzeugt, dass Nadja eine bessere Note verdient hätte. In allen anderen Fächern war sie ja auch die Klassenbeste. Nadja hatte natürlich auch die Schüler hinter sich. Die folgten ihr blind. Wenn Nadja sagte, morgen fällt der Unterricht aus, dann ist er ausgefallen. Sie hat ihre Mitschüler und teilweise auch den Lehrkörper nach Lust und Laune manipuliert. Wenn sie sich etwas in den Kopf gesetzt hatte, hat sie ihren Kopf auch durchgesetzt. So, nun muss ich aber noch was arbeiten. Sie haben ja alles, was Sie brauchen.«

Till winkte dankend mit den ausgedruckten Papieren und verabschiedete sich.

8

Mein perfekter Plan

Der eitle Pfau funktionierte tatsächlich so gut, wie ich es mir in meinen kühnsten Träumen erhofft hatte. Sein Abgang bei Hanna Schmücker war grandios. Natürlich bekam er dafür eine angemessene Belohnung. Wir schauten uns zusammen einen Film an. Natürlich im Pornokino. Während der Vorstellung hielt ich sogar sein Händchen. Das hat ihm gut gefallen. Später gingen wir noch in eine Bar. Ich spendierte den Whiskey. Der eitle Pfau vertrug nicht viel. Nach dem dritten Glas grabschte er mich an.

»Finger weg«, fauchte ich ihn an. Gehorsam krallte er sich wieder an seinem Glas fest.

»Bist du immer noch nicht zufrieden?«, fragte er beleidigt.

Ich gab ihm ein Küsschen auf die Wange. »Ich bin sehr zufrieden«, säuselte ich in sein Ohr.

»Ich will dich. Nicht diese verknöcherten Weiber. Ich habe es satt, immer eine Rolle zu spielen«, jammerte er in seinem betrunkenen Zustand.

Ich tätschelte sein Händchen. »Bald ist es vorbei«, machte ich ihm Mut. »Vertrau mir. Du machst deine Sache so gut. Ich bin stolz auf dich.«

»Dann lass uns jetzt zu dir gehen«, schlug er hoffnungsvoll vor.

»Kennst du dich mit Musik aus?«, fragte ich und schlug wieder einen kühleren Ton an.

»Mit Musik?« Er schaute mich dämlich an.

»Mit klassischer Musik. Mit Klavierstücken. Beethoven.«

Er verriet mir, dass er mal Unterricht gehabt hatte. Als kleiner Junge von acht Jahren hatte er seine erste Stunde. Zwei Jahre lang hatte er durchgehalten. Dann war es vorbei mit seiner musikalischen Erziehung. Das traf sich gut. Sehr gut. Ich gab ihm das Foto. Er betrachtete es sich im schummrigen Licht der Bar. Er drehte das Foto herum und las die Bemerkungen auf der Rückseite. Bettina Lorenz. Klavierlehrerin. Verheiratet mit einem Bauunternehmer. 47 Jahre alt. Er steckte das Foto ein und nickte ergeben.

»*Nimm ein paar Klavierstunden und fick sie*«, *forderte ich ihn mit ernster Stimme auf.* »*Es muss auch nicht so heimlich sein. Ihr Mann darf es ruhig erfahren.*« *Bevor er protestieren konnte, verließ ich die Bar und ließ ihn mit dem Bild von Bettina Lorenz in der Hand dort sitzen.*

Maja Mertens unterhielt sich mit einer Frau, als Siebels im Verlag Möllenbeck erschien. Die Frau, Siebels schätzte sie auf Anfang 30, war den Tränen nahe. Ihre Stimme klang verzweifelt. Maja Mertens versuchte, sie aufzumuntern. »Sie können doch jetzt noch nicht die Flinte ins Korn werfen. Schreiben Sie es fertig und dann überlegen wir gemeinsam, wie es weitergeht.«

Siebels setzte sich auf einen der Besucherstühle.

»Herr Möllenbeck ist heute nicht im Haus«, sagte Frau Mertens in seine Richtung.

»Ich wollte zu Ihnen«, sagte Siebels und schlug die Beine übereinander. »Ich kann hier warten, wenn es recht ist.«

Maja Mertens nickte, es schien ihr aber gar nicht recht zu sein.

»Drei Bücher und nichts ist passiert«, schimpfte die Frau nun.

»Sie sind nicht die Erste, die es erst mit dem vierten oder fünften Buch geschafft hat«, wandte sich Maja Mertens wieder ihrer Kundin zu. »Dass es nicht einfach wird, das habe ich Ihnen von Anfang an gesagt. Erinnern Sie sich?«

»Aber ich kann mir ein neues Buch im Moment wirklich nicht leisten«, beteuerte die Frau.

»Schreiben Sie es doch erst mal fertig. Vielleicht tut sich ja bei den anderen Büchern etwas in der Zwischenzeit.«

»Mit fehlt die Kraft zum Schreiben. Ich brauche auch mal Erfolgserlebnisse. Verstehen Sie das denn nicht? Es steckt so viel Gefühl in meinen Büchern. Jetzt fühle ich mich wie ausgebrannt.«

»Vielleicht sollten Sie einfach mal ein paar Tage Urlaub machen und ausspannen. Die Seele baumeln lassen und Kraft tanken. Vielleicht an der Ostsee? Dort erholen sich viele Schriftsteller von den Strapazen des Schreibens.«

Der Frau schien der Vorschlag zu gefallen. »Auch erfolgreiche Schriftsteller?«, fragte sie neugierig.

»Auf Rügen tummeln sich immer einige Bestseller-Autoren«, flüsterte Maja Mertens mit verschwörerischem Gesichtsausdruck.

»Die gute Luft da oben würde mir sicherlich guttun und mir den Kopf freiblasen«, stimmte die Frau ihr zu.

»Dann schreibt es sich wieder wie von selbst«, versicherte ihr Maja Mertens und begleitete sie zur Tür.

»Was hat sie denn bisher geschrieben?«, fragte Siebels, als die Tür hinter der Frau wieder zuschlug.

»Drei grottenschlechte Romane«, seufzte Maja Mertens und zog sich die Lippen mit rotem Lippenstift nach.

»Und warum ermuntern Sie sie dann zum Weiterschreiben?«

»Das Schreiben macht sie glücklich. Sie fühlt sich besser, wenn sie ihre Gedanken niederschreibt. Wenn sie das Gefühl hat, ein neues Buch entsteht.«

»Ein Buch, das in einer Lagerhalle in Rumänien entsorgt wird?«

»Herr Möllenbeck hielt das für eine gute Idee. Aber das ist eigentlich gar nicht mehr nötig. Mittlerweile kann man Bücher auch günstig in sehr kleinen Auflagen drucken. Meiner Meinung nach sollten wir die meisten Titel gar nicht mehr auf Vorrat drucken, sondern einzelne Exemplare auf Bestellung. Das ist beim heutigen Stand der Technik kein Problem mehr und wird von der Konkurrenz auch schon so gehandhabt. Leider ist Herr Möllenbeck noch vom alten Schlag und kümmert sich nicht um die Möglichkeiten, die der technische Fortschritt mit sich bringt.«

»Philipp von Mahlenburg hätte also viel Geld sparen können?«

Maja Mertens zuckte mit den Schultern. »Das gesparte Geld könnten wir dann in Werbung investieren. Sie haben ja gerade mitbekommen, wie zerknirscht die Autoren sind, wenn sich ihre Bücher nicht am Markt verkaufen.«

»Ich frage mich, wie Herr von Mahlenburg seine 5.000 Bücher finanziert hat. Nach unserer Einschätzung ist er mittellos.«

»Vielleicht hatte er einen Sponsor? Viele Autoren versuchen, mit Hilfe von Sponsoren ihre Werke zu veröffentlichen.«

»Und wer sponsort Bücher, die in Rumänien langsam, aber sicher vergilben?«

»Die Bücher vergilben dort nicht«, widersprach Maja Mertens. »Die Halle ist klimatisiert und trocken.«

»Das wird Sponsoren auch nicht überzeugen.«

»Die meisten dieser Sponsoren kommen natürlich aus dem engeren Familienkreis der Autoren. Leider setzt das die Autoren dann oft unter Erfolgsdruck. Schließlich haben sie ihren Männern, Frauen, Eltern, Großeltern oder wem auch immer von immens hohen Verkaufszahlen berichtet, die sie natürlich alle erwarten.«

»Wissen Sie, ob Herr von Mahlenburg gesponsort wurde? Vielleicht von einer seiner Geliebten?«

Maja Mertens verzog verächtlich die Mundwinkel. »Das will ich gar nicht wissen. Er hat auch nichts darüber gesagt. Die Rechnung wurde von ihm fristgerecht bezahlt. Damit ist die Sache für mich erledigt.«

Siebels nahm sich seinen Notizblock zur Hand. Wie konnte von Mahlenburg die Bücher finanzieren?, schrieb er darauf und steckte ihn wieder weg. »Wie kam Herr von Mahlenburg denn zum Verlag Möllenbeck?«

Maja Mertens nahm ihre langen schwarzen Haare in die Hand und zupfte gedankenverloren einzelne Strähnchen heraus. Dann warf sie ihr Haar wieder hinter sich. »Ich habe heute schon tausend Gespräche mit Autoren geführt, ich brauche jetzt erst mal ein Gläschen Sekt. Für Sie auch eins?«

»Für mich bitte ein Glas Wasser. Danke.«

Siebels bekam sein Wasser, Maja Mertens goss sich einen Piccolo ein. »Prösterchen«, prostete sie Siebels zu.

»Zum Wohl.«

»Wo waren wir stehen geblieben?«

»Wie Herr von Mahlenburg und der Verlag Möllenbeck zusammengefunden haben, wollte ich wissen.«

»Ah ja. Das ist immer die gleiche Prozedur. Wir schalten Anzeigen in Zeitschriften. Und auf relevanten Internetseiten. Verlag sucht Autoren. Daraufhin melden sich Hunderte von

Leuten, die was niedergeschrieben haben.«

»Und Herr Möllenbeck sortiert das alles in seinem Büro?«

»Ja, so ungefähr. Ich erfasse alle eingehenden Anrufe, Anschreiben, Manuskriptzusendungen und erstelle eine Liste. Herr Möllenbeck verschafft sich einen Überblick über die literarische Qualität. Dabei sieben wir anstößige Texte aus. Rechtsradikales Gedankengut, Pornographie, zum Teil politische Texte, vor allem Schriften zum Islam oder über den Islam sowie religiöse Texte im Allgemeinen. Allen anderen Autoren senden wir zunächst ein standardisiertes Schreiben. Auf diese Art und Weise kam wohl auch Herr von Mahlenburg zu uns.«

»Sie haben ihn also nicht schon gekannt, bevor er Ihnen sein Buchprojekt vorgestellt hat?«

»Nein, woher denn?« Maja Mertens schaute Siebels mit hochgezogenen Augenbrauen an.

»Zum Beispiel aus der Esoterikbar in der Schweizer Straße. Dort liefern Sie doch Ihre eigenen Bücher regelmäßig ab.«

Maja Mertens kramte in ihrer kleinen Handtasche und fischte eine Schachtel Mentholzigaretten heraus. »Das stimmt. Aber was hat das mit Herrn von Mahlenburg zu tun?«

Siebels erklärte ihr die Zusammenhänge.

»Aha«, sagte sie verwundert und zündete sich endlich die Zigarette an, die sie schon die ganze Zeit nervös zwischen ihren Fingern hielt. »Ich hatte dort immer nur mit Frau Fischer zu tun. Frau Sydow habe ich vielleicht ein- oder zweimal dort gesehen. Aber ich habe sie nicht mit einer der Frauen aus diesem Buch in Zusammenhang gebracht. Meine Güte, die Welt ist wirklich klein.«

Siebels konnte nicht länger widerstehen, er zündete sich ebenfalls eine Zigarette an. »Darf ich mal eine indiskrete Frage stellen? Sie brauchen natürlich nicht darauf zu antworten.«

»Jetzt bin ich auf jeden Fall neugierig.«

Siebels räusperte sich. Ihm wurde gerade wieder bewusst, dass die Autorin des Kamasutra-Buches vor ihm saß. Er nahm einen tiefen Zug an seiner Zigarette und blies geräuschvoll den Rauch wieder aus. »Hatten Sie ein Verhältnis mit Herrn von Mahlenburg?«

Maja Mertens lachte. »Wie kommen Sie denn darauf? Nein, natürlich nicht.«

»War nur so ein Gedanke«, wiegelte Siebels ab. »Er hatte halt scheinbar mit so vielen Frauen ein Verhältnis.«

»Ach, Sie glauben, weil ich das Kamasutra-Buch geschrieben habe, würde ich gut mit dem Herrn zusammenpassen. Jetzt verstehe ich.«

»Nein, nein.« Siebels hob abwehrend die Hände. »Eigentlich sind Sie auch viel zu jung. Sein bevorzugter Frauentyp war ja so Mitte vierzig. Sie sind doch bestenfalls Mitte zwanzig.«

»27«, klärte Maja Mertens ihn auf.

Das Handy von Siebels machte sich bemerkbar.

»Oh, mein Lied«, freute sich Maja Mertens.

Siebels ließ den Song der Biene Maja weiterlaufen und schaute Maja Mertens fragend an.

»Die Biene Maja. Ich heiße Maja. Schon vergessen?«

Siebels schlug sich mit der flachen Hand auf die Stirn, nickte lächelnd und nahm das Gespräch entgegen. Till war dran.

»Ich stehe vor der Wohnungstür von Frau Schmücker. Es macht niemand auf. Sie hat sich vor einer Woche in der Schule krankgemeldet. Was soll ich machen?«

»Hast du die Nachbarn schon befragt?«

»Ja. Niemand hat sie in den letzten Tagen gesehen. Normalerweise begegnet ihr ihre Nachbarin sonst öfter mal auf der Treppe.«

Siebels überlegte fieberhaft, bekam aber keine Ordnung in seine Gedanken. Er sah immer nur die Leiche von Beate Sydow. Sah vor seinem geistigen Auge, wie sie mit letzter Kraft um ihr Leben kämpfte, wie sie versuchte, aus dem Pool zu entkommen, und doch immer wieder unter die Wasseroberfläche gedrückt wurde. »Geh rein«, sagte er dann kurzentschlossen.

»Könnte Ärger geben. Sie ist Lehrerin. Streng und konservativ, habe ich gehört.«

»Gefahr in Verzug. Es geht um Leib und Leben. Geh rein.«

Im nächsten Moment hörte Siebels mit einen lauten Knall Holz splittern. »Ich dachte eigentlich an einen Zweitschlüssel vom Hausmeister«, sagte er verzweifelt. Dann hörte er einen zweiten Schlag.

»Ist verdammt stabil die Scheißtür«, fluchte Till. Beim dritten Fußtritt gab das Schloss nach. Sämtliche anwesenden

Nachbarn waren mittlerweile im Treppenhaus versammelt. Siebels hörte das Stimmengewirr im Hintergrund.

»Was machst du bloß?«, fragte er hilflos.

»Tür ist offen.« Dann hörte Siebels einen Moment lang nichts mehr, bis Till sich wieder bemerkbar machte. »Du kommst am besten gleich her. Sie ist tot.« Till gab ihm die Adresse in der Römerstadt durch. »Ich benachrichtige Anna Lehmkuhl und die Spurensicherung.«

Siebels machte sich umgehend auf den Weg.

Anekdoten des Philipp von Mahlenburg

Betti war eine Frau mit Hummeln im Hintern. Nebenbei gesagt, sie hatte einen dicken Hintern. Ständig lief sie um einen herum, quasselte ohne Unterlass und stellte Fragen, ohne auf Antworten zu warten. Wenn ihr Schüler aber am Klavier saß und dem Instrument die ersten Töne entlockte, verwandelte sich die flinke Betti in ein hochkonzentriertes Medium. Sie sprach weiter, ohne dabei Worte zu verlieren. Sie ließ ihre Mimik spielen. Sie sprach mit ihren Augen, die mal erfreut, mal mahnend, mal aufmunternd auf ihren Schüler schauten. Sie sprach mit geschlossenem Mund, verzog ihre Mundwinkel nach unten oder nach oben, spitzte die Lippen oder spielte mit ihrer Zungenspitze an der Oberlippe. Sie wiegte ihren Oberkörper im Takt zur Melodie oder schüttelte sich, wenn die Töne arg danebenlagen. Betti war ein Phänomen. Einfach nur ruhig dasitzen, das konnte sie nicht. Sie war wie ein kleiner Vulkan, ständig am Lodern und ein Ausbruch war jederzeit möglich. Bei meiner ersten Stunde spielte ich nur die Tonleiter hoch und runter. Mal schneller, mal langsamer. Oft verhedderte ich mich auf der Leiter, vergaß einen Ton oder zwei, versuchte, wieder auf die richtige Tonsprosse zu gelangen, und produzierte deutlich hörbar Missklänge. In Bettis Gesicht fand bei jedem Tonunglück ein kleines Erdbeben statt. Und ich fing wieder von vorne an.

»Im Tasten drücken bin ich doch schon ganz gut, mit der Reihenfolge werde ich auch noch klarkommen«, witzelte ich.

»Es ist noch kein Meister vom Himmel gefallen«, sagte Betti und bat mich erneut, die Tonleiter emporzuklimpern. Betti lief dabei um das Klavier herum. Ich schaute auf meine

Hände, auf die Tasten, auf Bettis Gesicht, auf ihren dicken Hintern. Meine erste Klavierstunde neigte sich dem Ende. Die nächste Stunde sollte in drei Tagen sein. Betti war verheiratet. Sie hatten keine Kinder, ihr Mann war Bauunternehmer und selten zuhause. Ich wollte Bettis Liebhaber werden, wollte mit ihr ins Bett und mit ihr schöne Sachen in der Herrenabteilung einkaufen. Ihr Mann hatte viel Geld. Ich hatte viel Zeit. Meine Triebe erwachten zum Leben. Mein Eroberungswille brach sich Bahn. Allzu viele Klavierstunden konnte ich mir nicht leisten. Eine noch, bestenfalls zwei. Spätestens dann musste Betti mir verfallen sein.

Ich verabschiedete mich nach unserer ersten Stunde und freute mich auf die nächste Übungseinheit.

9

Siebels traf zeitgleich mit Anna Lehmkuhl vor dem Haus ein, in dem Hanna Schmücker wohnte. Zwei Streifenbeamte standen vor dem Hauseingang, ein Absperrband war weiträumig darum gespannt worden. Till saß auf einer Treppenstufe am Hauseingang. Er las gerade in den Anekdoten des Philipp von Mahlenburg.

»Die Spurensicherung ist vor zwei Minuten gekommen. Sie fangen gerade an.«

»Ich gehe schon mal hoch«, sagte Anna Lehmkuhl und stieg die Treppen hoch.

»Was ist passiert?«, fragte Siebels.

»Ertränkt wurde sie jedenfalls nicht. Sie lag in ihrem Bett. Die Todesursache konnte ich nicht feststellen. Der Fernseher war an und ein Video im Rekorder eingelegt, es war auf Standbild gestellt. Es zeigte Hanna Schmücker beim Sex mit unserem Herrn von Mahlenburg. Sein Buch lag auf dem Nachttisch.« Till zeigte Siebels das Buch, in dem er gerade gelesen hatte.

»Schöne Scheiße«, brummte Siebels. »Was denkst du?«

»Was ich denke? Ich denke, dass wir Jens Schäfer abholen, aufs Revier schleppen und ihn durch die Mangel drehen sollten.«

»Was anderes bleibt uns jetzt nicht übrig. Aber er wird ja wohl kaum der Täter sein. Oder glaubst du, er ist so verrückt? Lässt nicht nur sein Buch wieder am Tatort liegen, sondern legt auch noch einen Film ein, der ihn mit dem Opfer zeigt.«

»Ich muss da jetzt nicht noch mal hoch. Soll ich Schäfer abholen und aufs Präsidium bringen? Irgendwas wird ihm ja zu der Sache einfallen müssen.«

»Lass dir vorher einen Haftbefehl ausstellen. Dringender Tatverdacht. Der braucht jetzt auch einen Anwalt. Irgendwie habe ich das Gefühl, dass wir ihn vor sich selbst schützen müssen.«

»Nimm das Buch hier wieder mit hoch. Das ist Beweismaterial. Wo ist eigentlich mein Buch?«

»Hast du keine anderen Sorgen? Das liegt im Handschuhfach. Hier sind die Schlüssel. Ich lasse mich nachher von einer Streife im Präsidium absetzen.«

Till verschwand und Siebels ging hoch in die Wohnung. Vor der Tür ließ er sich von einem Mitarbeiter der Spurensicherung Überzieher für die Schuhe geben. Außerdem ein paar Handschuhe. Im Schlafzimmer stand Anna Lehmkuhl über Hanna Schmückers Leichnam gebeugt.

»Und?«, fragte Siebels.

»Sie ist tot.«

»Das hat sogar Till bemerkt.«

»Grob geschätzt trat der Tod heute Morgen zwischen sieben und zehn Uhr ein. Nach den ersten Untersuchungen würde ich sagen, dass sie erstickt wurde. Wahrscheinlich mit dem Kopfkissen. Gut möglich, dass sie vorher bewusstlos war. Es gibt jedenfalls keine offensichtlichen Spuren von Gegenwehr.«

Siebels stellte sich vor, wie Hanna Schmücker in ihrer Wohnung Besuch bekam. Wie sie arglos jemanden in ihre Wohnung ließ. Oder war sie gar nicht so arglos gewesen? Sie musste bereits im Bett gelegen haben, als ihr das Kopfkissen ins Gesicht gedrückt wurde, bis sie ihren letzten Atemzug getan hatte. Dann hatte der Täter das Buch auf den Nachttisch gelegt und den Rekorder eingeschaltet. Siebels fragte sich, ob der Film im Besitz von Hanna Schmücker gewesen war oder ob der Täter ihn mitgebracht hatte. »Könnte es eine Frau gewesen sein?«

Anna Lehmkuhl betrachtete sich die Leiche. »Das kann ich nicht ausschließen. Entweder hat sie geschlafen, als sie erstickt wurde, oder sie war so überrascht, dass sie keine Möglichkeit mehr hatte, sich zu wehren. Ihre Fingernägel sind unversehrt. Darunter gibt es keine Spuren von Hautfetzen oder Blutpartikeln.«

Siebels nickte nachdenklich. »Das muss ungefähr 24 Stunden nach dem Mord an Frau Sydow passiert sein. Da scheint jemand in Fahrt zu kommen.«

»Das gleiche Buch«, Anna Lehmkuhl deutete auf die Anekdoten, die Siebels in der behandschuhten Hand hielt.

»Die Reihenfolge passt. Erst Frau Sydow, jetzt Frau Schmücker. Wir waren etwas zu langsam. Ich schaue mich mal in der Wohnung um.« Siebels stieg über zwei Leute von der Spurensicherung, die im Schlafzimmer den Fußboden untersuchten. »Das Video im Rekorder will ich mitnehmen, untersucht das mal auf Fingerabdrücke«, wies er die Männer an.

»Wird erledigt«, sagte einer der beiden und fischte mit einer Pinzette etwas vom Boden auf.

Siebels ging ins Wohnzimmer. Er machte sich auf die Suche nach dem Buch des Philipp von Mahlenburg. Das Buch, das er seiner Ex-Geliebten geschickt hatte. Wenn er es fand, hatten sie mit dem auf dem Nachttisch schon zwei Bücher zu viel. Dabei fiel ihm ein, dass Möllenbeck seinen Lagerleiter Igor mit einer Bestandsaufnahme beauftragt hatte. Siebels suchte die Visitenkarte von Möllenbeck in seinen Anzugtaschen und fand sie in einer Innentasche. Er rief ihn auf dessen Handynummer an.

»Verlag Möllenbeck, immer zu Diensten«, meldete sich Möllenbeck.

Siebels schilderte sein Anliegen.

»Ich wollte Sie diesbezüglich unbedingt noch anrufen. Heute Vormittag hat mich Igor angerufen. Es gibt tatsächlich eine Abweichung. Im Lager sind weniger Bücher als in der Bestandsliste im EDV-System.«

»Wie viele Bücher fehlen?«

»Zehn Stück.«

»Haben Sie eine Erklärung dafür?«

»Eigentlich nicht. Igor ist sehr zuverlässig.«

»Können die Bücher schon vorher verschwunden sein? Bevor sie in Rumänien zur Einlagerung eingetroffen sind?«

»Das kann ich nicht ausschließen.« Möllenbeck klang verunsichert.

»Wo wurden die Bücher denn gedruckt?«

»Wir haben eine günstige Druckerei in Brandenburg.«

»Und von dort werden die Bücher direkt nach Rumänien gebracht?«

»Na ja, das kommt drauf an. Wenn sie als unverkäuflich eingeschätzt und in hoher Auflage gedruckt werden, schaffen wir erst mal alles in die Lagerhalle.«

»War das bei dem Buch von Herrn von Mahlenburg der Fall?«

»Das kann ich aus dem Kopf nicht sagen. Ich denke aber schon, ja. Rufen Sie doch im Büro an. Frau Mertens kann Ihnen das bestimmt schnell heraussuchen.«

Siebels rief umgehend bei Maja Mertens an und schilderte ihr sein Anliegen.

»Warten Sie einen Moment, das kann ich schnell prüfen.«

Siebels setzte sich in den Sessel von Hanna Schmücker und wartete. Dabei schweifte sein Blick durch das Wohnzimmer. Billy-Regale von Ikea standen an der Wand. Voll mit Büchern. Auf den ersten Blick konnte er die Anekdoten des Philipp von Mahlenburg aber nicht ausmachen. Maja Mertens meldete sich wieder.

»Wir haben 50 Bücher bei unserer Druckerei zwischengelagert und den Rest nach Rumänien gefahren. Die 50 Bücher wurden mit den anderen zusammen gebucht, aber auf einem anderen Lagerplatz. Nämlich in der Druckerei. Das machen wir meistens so, dann brauchen wir wegen einzelnen Bestellungen nicht extra eine Lieferung aus Rumänien kommen lassen. Zehn Bücher wurden von diesem Lagerplatz abgebucht. Die hat Herr von Mahlenburg erworben. Es müssen also noch 40 Bücher in der Druckerei vorhanden sein.«

»Können Sie das bitte überprüfen?«

»Selbstverständlich. Ich melde mich in ein paar Minuten wieder bei Ihnen.«

Der Kollege von der Spurensicherung kam ins Wohnzimmer und überreichte Siebels das Video in einem Plastikbeutel. Siebels machte sich auf die Suche nach dem Buch von Mahlenburg. In den Regalen konnte er es nicht finden. Er setzte seine Suche in den Schubladen und Schränken fort. Frau Schmücker war eine ordentliche Frau gewesen, auch hinter verschlossenen Schranktüren herrschte Ordnung. Maja Mertens kündigte sich mit der Biene Maja an.

»Und?«, fragte Siebels.

»Ein Mitarbeiter in der Druckerei hat die Mahlenburg-Bücher nachgezählt. Es sind noch 40 Stück. Dort ist also nichts abhandengekommen.«

»Dann müssen die 10 Bücher in der Lagerhalle in Rumänien verschwunden sein. Wer fährt denn nach Rumänien, um 10 Bücher zu klauen?«

»Ich weiß es nicht«, seufzte Maja Mertens. »Vielleicht hat sie ein Fahrer beim Transport mitgehen lassen.«

Siebels bedankte sich für die Auskunft und beendete das Gespräch. Wenn ein Fahrer sich die Bücher unter den Nagel gerissen hätte, würden sie jetzt nicht bei den Mordopfern auftauchen, fluchte Siebels innerlich und suchte weiter nach dem Buch. Er fand es schließlich in einer Kiste, die im Schrank hinter dem Bettzeug verstaut gewesen war. Außer dem Buch waren noch einige Pornovideos in der Kiste.

Till war ins Präsidium gefahren und hatte alle Hebel in Bewegung gesetzt, um den Haftbefehl gegen Jens Schäfer ausgestellt zu bekommen. Da das Leben weiterer Frauen aus den Anekdoten des Herrn von Mahlenburg in Gefahr war, bekam Till den geforderten Haftbefehl zwei Stunden später ausgehändigt. In der Zwischenzeit war er bei Charly gewesen und hatte ihm das Buch von Philipp von Mahlenburg auf den Tisch gelegt.

»Ich habe die Lehrerin gefunden«, hatte Till zu Charly gesagt. »Leider war sie schon eine Weile tot.«

»Soll das jetzt heißen, dass tatsächlich jemand alle Frauen umbringt, die in diesem Buch eine Rolle spielen?«

»Sieht fast so aus. Wir müssen diese Frauen ausfindig machen. So schnell wie möglich. Ich habe schon mal weitergelesen. Die nächste im Buch ist eine Betti. Wahrscheinlich Bettina. Sie gibt Klavierunterricht und ist mit einem Bauunternehmer verheiratet. Das schaffst du doch, oder?«

»Dürfte zu schaffen sein, ich fange gleich an.«

»Lies das ganze Buch. Wir müssen so viele Frauen wie möglich ausfindig machen.«

»Warum fragt ihr nicht ganz einfach den Herrn von Mahlenburg?«

»Das machen wir. Der Haftbefehl ist schon in Arbeit. Bis jetzt hat sich der feine Herr aber noch nicht kooperativ gezeigt.«

Charly klappte das Buch auf, fing an zu lesen und machte sich dabei Notizen.

Anekdoten des Philipp von Mahlenburg

Meine zweite Klavierstunde bei Betti ließ sich gut an. Ich spielte ein Kinderlied, aber ich spielte es verkehrt. Immer wieder entlockte ich dem Klavier kleine Misstöne. Bettis Gesichtszüge arbeiteten auf Hochtouren. Bei jedem falschen Ton blähte sie ihre Backen mit Luft auf. Das hatte sie beim letzten Mal noch nicht getan. Sie war für Überraschungen gut, das gefiel mir. Ich bat sie, mir das Lied doch einmal vorzuspielen. Betti tat mir den Gefallen und setzte sich an das Klavier. Langsam glitten ihre Finger über die Tasten. Ich stellte mich hinter sie und ließ meine Finger zärtlich über ihre Schultern gleiten. Betti spielte wunderschön und ich massierte sie sehr fürsorglich. Bis Betti zusammenzuckte. Ich bat sie, weiterzuspielen. Meine Fingerspitzen massierten ihren Nacken. Ich spürte, wie Betti von einer Gänsehaut überzogen wurde. Dann spielte sie wieder. Langsam und mit viel Gefühl bewegten sich ihre Hände über die Klaviertasten. Meine bewegten sich an Bettis Rücken herunter und wieder hinauf. Unsere Fingerübungen harmonierten perfekt miteinander. Betti spielte kein Kinderlied mehr, sie spielte Chopin. Ich beugte mich zu ihr herunter, küsste sie zärtlich auf den Nacken, massierte ihre Schultern, öffnete mit meinen Fingerspitzen die obersten Knöpfe ihrer Bluse. Betti spielte weiter. Ihre Gesichtszüge wirkten völlig entspannt. Die Töne der Musik mischten sich im Raum mit den Gefühlen der Leidenschaft. Wir liebten uns auf dem Fußboden. Der brodelnde Vulkan brach mit einer Intensität aus, die sogar mich überraschte. Ich nutzte den Liebesrausch von Betti und erklärte ihr schnaufend, dass ich kein Geld mehr hätte, um mir ihre Stunden leisten zu können. Darum solle ich mir keine Sorgen machen, stöhnte Betti und erdrückte mich fast mit ihrem dicken Hintern. Ich entlockte meiner Klavierlehrerin mit meinem Liebesspiel wundervolle Töne, sie seufzte die Tonleiter hoch und runter. Das plötzliche Gebrüll im Hintergrund ließ sie aber schlagartig verstummen. Der Bauunternehmer, Bettis Ehegatte, war unverhofft nach Hause gekommen. Der Baulöwe brüllte furchterregend und packte mich am Genick. Seine Faust traf mich mit voller Wucht auf die Nase, als ich mich vom Fußboden erheben wollte. Mit blutender Nase fiel ich gerade wieder auf Betti drauf. Betti jammerte und lamentierte und suchte verzweifelt nach Ausreden. Auch sie bekam eine schallende Ohrfeige verpasst. Mit der einen Hand hielt ich meine blutende Nase, mit der anderen sammelte ich meine Klamotten auf. Der Baulöwe beförderte mich mit einem Tritt aus seinem Revier. Drinnen hörte ich ihn weiter brüllen und die arme Betti schluchzen. Ich zog mich vor seiner Türe an, eine Socke war wohl im Haus verblieben. Meine Nase hörte auf zu bluten, gebrochen war sie zum Glück nicht. Mit der Gewissheit, dass Betti mir noch weitere Klavierstunden zugesagt hatte, machte ich mich auf den Nachhauseweg.

Charly schüttelte den Kopf, schlug das Buch zu und fing an, im Internet nach Klavierlehrerinnen in Frankfurt zu suchen.

Während Till mit einem Haftbefehl in der Tasche und zwei Polizisten an seiner Seite das Haus im Sandweg betrat, saß Siebels im Präsidium. Er hatte einen Raum mit Fernseher und Video-Rekorder ausfindig gemacht und betrachtete sich den Film. Philipp von Mahlenburg und Hanna Schmücker liebten sich in allen nur erdenklichen Stellungen. Beim Betrachten der Szenen kam Siebels unweigerlich das Kamasutra-Buch in den Sinn. Das Kamasutra-Buch und die Anekdoten des Philipp von Mahlenburg. Siebels hatte fast den Eindruck, als würden diese Bücher untrennbar zusammengehören, obwohl sie nichts miteinander zu tun hatten. Er betrachtete weiter die Szenen auf dem Bildschirm und fragte sich, wo der Film aufgenommen worden war.

Die Kameraeinstellung war immer die gleiche. Entweder hatte von Mahlenburg sich selbst aufgenommen, oder er und die Lehrerin waren das Opfer einer versteckten Kamera geworden. Auch der Ort des Geschehens war Siebels nicht bekannt. Es handelte sich nicht um das Schlafzimmer von Hanna Schmücker. Nach der Erzählung von Till konnte es sich auch nicht um das Schlafzimmer von Jens Schäfer im Sandweg handeln. So ein großes Schlafzimmer hatte Schäfer nicht. Das Bett war bestimmt zwei Meter breit. Bezogen mit schwarzem Satin. Links und rechts vom Bett gab es noch Platz. Es musste also ein großes Zimmer sein. Siebels hatte genug gesehen, er schaltete den Film ab, steckte das Video wieder in den Beutel und ging zurück in sein Büro. Dort tippte er einen ersten Bericht zum Fall Hanna Schmücker. Als er den Bericht ausgedruckt hatte und eine neue Akte anlegen wollte, entdeckte er auf dem Tisch von Till eine bereits erstellte Akte Hanna Schmücker. Siebels schlug sie auf. Darin waren ein paar Notizen von Till zu seinem Besuch in der Schule, ein Formular zum Datenschutz sowie eine Namensliste. Siebels überflog die Liste. Dann rief er Till an.

»Hast du ihn schon festgenommen?«

»Nein. Der Vogel ist ausgeflogen. Wir warten im Wagen.«

»Ich habe hier eine Liste gefunden. Die hast du anscheinend aus der Schule mitgebracht.«

»Die Klassenliste von Nadja Sydow. Als ich erfahren habe, dass Frau Schmücker die Lehrerin von Nadja war, habe ich mir die Liste ausdrucken lassen.«

»Hast du gut gemacht.«

»Danke.«

»Hast du sie dir auch angeschaut?«

»Da bin ich gar nicht mehr dazu gekommen. Ich habe vorhin noch die Akte angelegt, mit Charly gesprochen, bin mal kurz in der Kantine gewesen, habe mir zwei Leute für die Verhaftung organisiert und dann war auch der Haftbefehl schon da.«

»Dann weißt du gar nicht, wer mit Nadja in der gleichen Klasse war?«

»Klingt ganz so, als hättest du eine Überraschung parat. Schieß los.«

»Maja Mertens.«

Till pfiff leise durch die Zähne. »Die Frau, die das Kamasutra-Buch geschrieben hat. Na so ein Zufall.«

»Die Frau, die Philipp von Mahlenburg als Autor beim Möllenbeck Verlag betreut. Zufälle gibt es, die gibt es gar nicht.«

»Ich bringe das nicht zusammen. Blickst du da durch?«

»Ehrlich gesagt, habe ich nicht den Hauch einer Ahnung. Das Gespräch mit Schäfer könnte länger dauern. Wir sollten ihn in eine Zelle stecken und morgen befragen.«

»Wenn er heute überhaupt noch auftaucht. Wahrscheinlich ist er gerade wieder mit einer Anekdote beschäftigt.«

»Hoffentlich nicht mit einem Mord.«

»Charly kümmert sich um die verbliebenen Damen. Mit den Informationen, die Schäfer im Buch gibt, können wir sie finden. Die Lehrerin haben wir ja auch gefunden.«

»Leider zu spät.«

»Ich melde mich, wenn er auftaucht. Du kannst ruhig Feierabend machen. Ich habe das im Griff.«

Siebels blickte auf die Uhr und befand, dass Till recht hatte. Er ließ sein Kamasutra-Buch in der Schublade, legte die beiden von Mahlenburg Bücher aus der Wohnung von Hanna Schmücker in eine andere Schublade und verließ das Büro.

10

Mein perfekter Plan
Der eitle Pfau hatte sich eine blutige Nase geholt. Ich hatte mit Schlimmerem gerechnet. Insgeheim hatte ich gehofft, dass der gehörnte Ehemann seine untreue Gattin totschlüge. Was mit dem Pfau werden würde, war mir eigentlich egal. Im Nachhinein bin ich doch ganz froh, dass er nur was auf seine hochgesteckte Nase bekommen hat. So platt gehauen sieht sie gleich viel besser aus. Meine alte Klavierlehrerin hat das Fiasko leider unbeschadet überstanden. Jedenfalls ist sie körperlich unversehrt. Dass ich den holden Ehegatten angerufen und ihm gesteckt habe, dass seine Angetraute gerade von einem ihrer Schüler flachgelegt wurde, habe ich dem Pfau natürlich nicht verraten. Aber eine dunkle Ahnung schien sich in ihm ausgebreitet zu haben. Er wirkte gar nicht glücklich, als ich bei ihm auftauchte und wissen wollte, wie es mit der Klavierlehrerin denn gelaufen sei.

»So ein Abenteuer macht die Sache doch gleich viel spannender«, munterte ich ihn auf. Abenteuersinn gehörte aber nicht zu seinen Eigenschaften. Der Kerl wäre ein brutaler Gorilla gewesen, klagte er weinerlich.

»Zeige ihm, wer die Zügel in der Hand hält und lege sie noch mal flach«, säuselte ich ihm verschwörerisch ins Ohr.

»Aber nicht mehr in seinem Haus. Und hier mache ich es auch nicht«, wehrte er trotzig ab.

»Natürlich bei ihm im Haus. Du kannst doch nicht einfach so den Schwanz einziehen.«

»Und wenn er uns noch einmal erwischt?«

»Dann weiß er jedenfalls, dass du was hast, was er nicht hat.«

»Eine gebrochene Nase«, war alles, was dem perfekten Liebhaber dazu einfiel.

»Tu es für mich«, drängte ich ihn.

»Betti wird es nicht noch einmal zulassen.«

Ich griff ihm in den Schritt. »Ich glaube schon, da wird sie nicht widerstehen können.«

Das überzeugte ihn. Zur Belohnung blieb meine Hand noch eine kleine Weile besitzergreifend auf seiner Hose. Ich spürte, dass er eigentlich nur mich wollte und alles dafür tun würde, mich zu bekommen.

Mittwoch, 2. Juni 2010

Siebels war bereits um 7:00 Uhr früh in seinem Büro. Er hatte seit gestern Abend nichts mehr von Till gehört. Er zog sich am Automaten einen Kaffee, rauchte zwei Zigaretten dazu und blätterte unkonzentriert in der Bild-Zeitung. Als es halb acht war, rief er Till an. Er zählte mit, wie oft das Freizeichen ertönte. Nach dem zehnten Ton wollte er gerade auflegen, als Till doch das Gespräch entgegennahm.

»Was ist los? Warum hast du dich nicht mehr gemeldet?«

»Weil nix los war. Ich sitze immer noch im Auto im Sandweg. Der Kerl ist bisher nicht aufgetaucht.«

»Du hast die ganze Nacht im Auto gesessen? Du hast doch gerade gepennt. Ich habe es zehn Mal klingeln lassen.«

»Ich hatte einen wunderschönen Traum. Aber keine Sorge, Kulmbacher sitzt neben mir. Der ist wach. Ich habe die Jungs von der Streife gestern heimgeschickt und Kulmbacher angefordert.«

»Ist die Fahndung schon raus?«

»Ja, das habe ich veranlasst. Charly habe ich beauftragt, die nächste Frau aus den Anekdoten ausfindig zu machen. Ich denke, der schafft das. Die müssen wir dann schnellstmöglich auftreiben.«

»Sehr gut. Ich rede heute noch mal mit Nadja Sydow und Maja Mertens. Ich bin gespannt, was die alten Klassenkameradinnen über ihre damalige Zeit zu berichten haben. Außerdem will ich noch zu Dr. Ritter und mich mit der Auszubildenden unterhalten. Die hat bei meinem ersten Besuch so komisch reagiert, als ich sie nach Nadja fragte.«

»Soll ich noch hierbleiben?«

»Bleib noch zwei oder drei Stunden. Wenn sich bis dahin nichts getan hat, kannst du noch mal ins Goethe-Gymnasium fahren und dich nach dem Verhältnis zwischen Nadja Sydow und Maja Mertens erkundigen. Wäre ja aufschlussreich, wenn wir da ein paar Details über die Beziehung der beiden Damen erhalten.«

»Und wenn Schäfer vorher auftaucht?«

»Dann lass ihn herschaffen und fahr trotzdem in die Schule. Je mehr wir wissen, wenn wir ihn befragen, desto besser.«

»Mir tut mein Kreuz weh.«

»Mach ein paar Dehnübungen.« Siebels beendete das Gespräch. Er wollte Charly in dessen Büro aufsuchen, doch der kam gerade in seins.

»Ich habe die Klavierlehrerin«, sagte er freudestrahlend.

»In deinem Alter willst du noch Klavier spielen lernen?«

Charly setzte sich auf den Stuhl von Till. »Ich habe mir die halbe Nacht um die Ohren geschlagen und mich heute Morgen illegal bei verschiedenen Ämtern eingehackt, weil ihr es wieder mal brandeilig habt. Oder habe ich da was falsch verstanden?«

Siebels schaute Charly verständnislos an.

»Hanna Schmücker, die Lehrerin?«

»Die haben wir doch gefunden. Leider zu spät. Sie ist tot.«

»Dann solltest du deinen Arsch in Bewegung setzen. Vielleicht kannst du die Klavierlehrerin noch retten.«

Siebels ging ein Licht auf. »Die nächste Anekdote?«

»Na endlich. Hier steht alles drauf.« Charly reichte Siebels ein Blatt Papier und sagte ihm, was er rausgefunden hatte. »Bettina Lorenz. Geschieden. War mit dem Bauunternehmer Lorenz verheiratet. Der hat sich erst scheiden lassen und dann Insolvenz angemeldet. Jetzt wohnt die Frau in der Mainzer Landstraße im Gallusviertel in einer Sozialwohnung.«

»Bin schon unterwegs. Danke, Charly. Gut gemacht.«

Siebels war mit Blaulicht und Martinshorn durch den morgendlichen Berufsverkehr gefahren und stand um kurz nach acht vor dem Haus in der Mainzer Landstraße. Er fand die Klingel. B. Lorenz. Er drückte auf den Klingelknopf und schickte ein Stoßgebet in den Himmel. Als nichts geschah, befürchtete er, dieses Mal nur um ein paar Minuten zu spät gekommen zu sein. Er griff nach seiner Dienstpistole. Klingelte überall Sturm. Ein Summen ertönte, die Haustür öffnete sich. Siebels stürmte hinein. Im Erdgeschoss stand ein älterer Herr im Schlafanzug vor seiner Wohnungstür.

»Frau Lorenz?«, fragte Siebels aufgeregt.

»Wer sind Sie? Ich habe mein Hörgerät noch nicht an. Sprechen Sie doch lauter.«

»Frau Lorenz«, brüllte Siebels. »Welches Stockwerk?«

»Fräulein Lenz?«, fragte der Hausbewohner.

»Ich wohne eine Etage höher«, hörte Siebels eine Frauenstimme von oben.

Siebels rannte die Treppe hoch. Dort stand Frau Lorenz im Bademantel. »Frau Lorenz?«

»Ja. Und Sie?«

Siebels atmete tief durch und zeigte ihr seinen Dienstausweis. »Ich muss mich dringend mit Ihnen unterhalten.«

»Polizei? Ich habe mit den krummen Machenschaften meines Mannes nichts zu tun.«

»Es geht nicht um Ihren Mann. Es geht um Sie. Ich bin von der Mordkommission.«

Bettina Lorenz schaute Siebels von oben bis unten an. In ihrem Gesicht arbeitete es. »Worum geht es denn?«

»Darf ich hereinkommen?«

Mittlerweile standen im ganzen Haus die Nachbarn am Treppengeländer und lauschten der Unterhaltung. Bettina Lorenz wies ihm den Weg in ihre Wohnung und verschloss die Tür.

»Sie sind Klavierlehrerin?«

Bettina Lorenz setzte sich im kleinen Wohnzimmer auf einen Zweisitzer. Da es sonst keine Sitzgelegenheiten gab, blieb Siebels stehen.

»Ich war Klavierlehrerin. In diese Wohnung hier bekomme ich ja kein Klavier rein. Warum wollen Sie das wissen?«

»Sie haben Philipp von Mahlenburg unterrichtet?«

Bettina Lorenz schlug sich beide Hände vor das Gesicht. »Mischt sich dieses Schwein schon wieder in mein Leben ein? Was soll das. Ich habe mit diesem Arsch nichts mehr zu schaffen.«

»Hat er Ihnen sein Buch geschickt?«

»Sie sind von der Mordkommission? Ist er tot? Hat ihm endlich eine seiner Errungenschaften das Licht ausgeblasen? Ich war es leider nicht. Mir hat der Mumm dazu gefehlt.«

»Es ist leider genau anders herum.«

Bettina Lorenz sah Siebels verständnislos an. Siebels erklärte ihr, was geschehen war.

»Das darf doch nicht wahr sein. Und jetzt denken Sie, ich wäre die Nächste?«

»Die Vermutung liegt nahe.«

Bettina Lorenz stand auf und lief in ihrem kleinen Zimmer im Kreis umher. »Ich bekomme das alles nicht in meinen Kopf. Glauben Sie, er ermordet seine Eroberungen jetzt? Warum?«

»Hat er sich in letzter Zeit bei Ihnen gemeldet?«

»Nein. Natürlich nicht. Er hat mein Leben ruiniert. Meine Ehe ist kaputt. Mein Mann ist pleite. Ich bin arbeitslos. Wir hatten vielleicht keine glückliche Ehe, aber eine gute. Wir hatten ein großes Haus und keine Sorgen. Und dann kam er. Ich blöde Kuh bin auf ihn reingefallen. Nicht nur einmal. Zweimal hat mein Mann mich mit ihm in flagranti erwischt. Nach dem zweiten Mal hat er die Scheidung eingereicht. Von dem feinen Herrn von Mahlenburg habe ich nie wieder etwas gehört. Bis ich vor einigen Wochen sein tolles Buch geschickt bekam. Wenn ich könnte, ich würde ihn abstechen, ohne dabei mit der Wimper zu zucken.«

»Ziehen Sie sich etwas an«, bat Siebels. »Ich lasse zwei Polizisten kommen. Sie stehen vorerst unter Polizeischutz.«

Bettina Lorenz verschwand leicht verstört in dem anderen Zimmer. Siebels beorderte zwei Beamte als Personenschutz in die Mainzer Landstraße.

»Haben Sie Nadja Sydow Klavierunterricht erteilt?«, fragte Siebels, als Bettina Lorenz in Jeans und Pullover wieder erschien.

»Ja. Das ist lange her. Warum fragen Sie?«

Siebels erklärte ihr, was mit Beate Sydow geschehen war.

Im Gesicht von Bettina Lorenz zuckten die Mundwinkel und ihre Pupillen vergrößerten sich merklich.

»Haben Sie auch Maja Mertens unterrichtet?«

Bettina Lorenz nickte stumm. Sie verstand immer weniger, wo sie da reingeraten war.

»Erzählen Sie mir von den beiden. Wann haben Sie sie unterrichtet?«

Die Klavierlehrerin machte gedanklich einen Ausflug in die Vergangenheit. Erst sah sie die Gesichter der Mädchen vor sich, dann kamen die Erinnerungen an die Einzelheiten.

»Das war vor etwa zehn Jahren. Zuerst kam Maja Mertens. Sie hatte als Kind schon einige Jahre Unterricht gehabt. Sie war begabt und war nach einigen Stunden wieder sehr vertraut mit dem Instrument. Als ich bemerkte, wie viel Talent in ihr steckte und wie viel sie in früheren Jahren schon gelernt hatte, gab ich ihr mehrmals die Woche Unterricht.«

»Wer hat das bezahlt?«

Bettina Lorenz überlegte wieder, bevor sie antwortete. »Ihre Mutter. Wenn ich mich recht erinnere, gab es keinen Vater.«

»Und Nadja Sydow? Wann haben Sie ihr Unterricht gegeben?«

»Na ja, das war ungefähr die gleiche Zeit. Die beiden waren ja in einer Schulklasse gewesen. Sie haben zusammen das Abitur gemacht. Nadja kam einige Wochen später. Sie hatte auch bereits als Kind Unterricht gehabt. Sie war sogar noch talentierter als Maja und kam dann auch eine Zeitlang mehrmals die Woche. Die Mädchen hatten alle beide das Zeug zu Konzertpianistinnen. Obwohl sie einige Jahre nur sporadisch gespielt haben. Ich vermutete, dass sie sich gegenseitig Konkurrenz gemacht und sich dadurch angetrieben haben. Leider hat das ein unschönes Ende genommen.«

»Was ist passiert?«

»Es gab einen Wettbewerb in Wien. Die Siegerprämie war ein Stipendium an der Musikhochschule. Teilnehmer mussten ein Empfehlungsschreiben eines ausgebildeten Klavierlehrers vorweisen. Ich durfte aber nur ein Empfehlungsschreiben abgeben. Beide Mädchen wollten teilnehmen und ich musste mich für eine entscheiden. Das ist mir sehr schwergefallen. Einige schlaflose Nächte habe ich gegrübelt. Letztendlich habe ich mein Empfehlungsschreiben für Nadja abgegeben. Sie war die Bessere von den beiden.«

»Was ist weiter passiert«, bohrte Siebels, als Bettina Lorenz verstummte.

»Nicht viel. Nadja hat an dem Wettbewerb teilgenommen und einen guten dritten Platz belegt. An die Musikhochschule wollte sie sowieso nicht. Maja kam nicht mehr zum Unterricht, nachdem ich Nadja für den Wettbewerb unterstützt hatte. Und Nadja hat danach auch nur noch eine kurze Zeit Unterricht genommen. Das Abitur stand an und mehrmaliger Unterricht in der Woche wurde ihr zu viel. Zumal sie das Klavierspielen nur als angenehmes Hobby betrachtet hat. Aber was hat das alles mit Philipp von Mahlenburg zu tun?«

Siebels versuchte, sich die Frage selbst zu beantworten. Hanna Schmücker und Bettina Lorenz unterrichteten die beiden Mädchen. Zwei der Anekdoten von Philipp von Mahlenburg hatten also eine Gemeinsamkeit. Aber Beate Sydow war die Stiefmutter von Nadja. Nadjas Schulfreundin Maja Mertens kannte die Stiefmutter von Nadja bestimmt auch. Siebels raufte sich die Haare. Das ergab alles keinen Sinn. Aber Maja und Nadja waren der Schlüssel zur Lösung des Rätsels, redete Siebels sich ein. Er wollte so schnell wie möglich wieder mit den beiden Damen Gespräche führen. Der angeforderte Polizeischutz kam und holte Siebels aus seinen Gedankenspielen. Siebels gab Anweisung, dass Frau Lorenz rund um die Uhr bewacht werden sollte.

»Gehen Sie nur aus dem Haus, wenn es unbedingt sein muss«, unterwies Siebels die Schutzbefohlene. »Philipp von Mahlenburg heißt eigentlich Jens Schäfer und ist zur Fahndung ausgeschrieben. Falls Sie ihn sehen sollten, sagen Sie den Kollegen sofort Bescheid.«

»Ist gut«, sagte Bettina Lorenz und klang eingeschüchtert.

Siebels verließ sie und fuhr auf direktem Weg auf den Lerchesberg zu Nadja Sydow.

Anekdoten des Philipp von Mahlenburg

Eine Woche nach meinem unrühmlichen Abgang bei Betti stand ich wieder vor ihrer Tür. Mit meinem unschuldigen Schlafzimmerblick und einem großen Strauß Blumen bat ich um Verzeihung. Betti wollte mir die Tür gleich wieder vor der Nase zuschlagen, aber dann fiel ihr ein, dass meine Nase schon lädiert genug war. Dass ihr Mann noch einmal um die Vormittagszeit unverhofft nach Hause kommen würde, war ausgeschlossen. Jedenfalls versicherte Betti das auf meine Nachfrage und ließ mich schließlich doch eintreten. Sie kochte einen Kaffee und erzählte mir, wie peinlich ihr das alles sei.

Mir ging es ja genauso, versicherte ich ihr und machte sie darauf aufmerksam, dass ich zurzeit leider nicht krankenversichert sei. Weil meine blutende Nase aber dringend der ärztlichen Fürsorge bedurft hatte, kam mich unser kleines Malheur teuer zu stehen, bemerkte ich nebenbei. Betti verstand das und drückte mir 200 Euro in die Hand. Kaum hatte ich die Scheine in meiner Geldbörse verstaut, gestand ich Betti, dass mich eine brennende Sehnsucht nach ihr ergriffen hatte. Betti wollte nichts davon hören. Die Szene, die ihr Ehemann gemacht hatte, stand noch allzu deutlich in ihrem Bewusstsein. Ich setzte mich näher neben sie. Streichelte sanft über ihre Hand, schaute verliebt in ihre großen Augen, näherte mich mit meinen Lippen den ihrigen. Ihre Lippen spitzten sich, ihre Hand umfasste die meine, ihr Widerstand war gebrochen. Vorsichtig tauschten wir kleine Zärtlichkeiten aus, so wie kleine Kinder, die etwas Verbotenes taten. Der Baulöwe geriet in Vergessenheit, die Leidenschaft gewann die Oberhand. Ich zog Betti von der engen Eckbank in der Küche, dann zog sie mich in ihr Schlafzimmer. Hektisch rissen wir uns die Klamotten vom Leib. Betti wuchtete ihren dicken Hintern ins Bett und mich auf ihren bebenden Körper. Die Klavierlehrerin seufzte die Tonleiter hoch und runter. Jetzt war ich der Lehrer und ich ließ sie immer höhere Töne seufzen. Pianissimo, Mezzoforte, Fortissimo. Ich entlockte ihr die Seufzer der Liebe. Ich war der Dirigent, sie das Instrument. Dann polterte es. Ein brüllender Löwe kam ins Schlafzimmer gestürzt. Die Seufzer der Liebe verstummten abrupt, ein tosender Donnerhall verjagte die Liebenden aus dem Bett. Der Bauunternehmer trat und prügelte mich erst aus seinem Schlafzimmer und dann aus seinem Haus. Auch Betti beförderte er unsanft aus seinem Heim. Unsere Klamotten schmiss er uns aus dem Fenster hinterher. Die Nachbarn schauten hinter den Gardinen hervor, beobachteten, wie die Ertappten sich nackt auf der Straße befanden und ungelenk in ihre Kleidung zwängten. Betti schaute peinlich berührt und wusste nicht, wohin mit sich. Mich wollte sie nun begleiten, doch das ging so wirklich nicht. Achselzuckend klärte ich sie auf, für eine Klavierlehrerin hätte ich überhaupt keinen Platz. Ich ging meines Weges und ließ sie im Regen stehen, außer ihrem dicken Hintern hatte sie ja nichts mehr zu bieten.

Nadja Sydow ließ Siebels wortlos in ihre Wohnung eintreten. Sie trug nur ein Hemd, das ihr bis knapp über die Knie reichte. Sie machte es sich auf ihrem Sofa bequem und lackierte sich die Fußnägel.

»Spielen Sie noch?«, fragte Siebels und zeigte auf den Flügel.

»Nur wenn ich traurig bin.« Nadja schaute konzentriert auf ihre Nägel, die sie mit rotem Lack bestrich.

»Bei einem Todesfall in der Familie ist man schon mal traurig.«

»Soll ich etwas spielen? Haben Sie einen bestimmten Wunsch?« Nadja klang gleichgültig und konzentrierte sich weiter auf ihre Fußnägel.

»Ich möchte mich lieber mit Ihnen unterhalten.«

»Worüber? Über das Liebesleben meiner Stiefmutter?«

»Über Ihre Freundin Maja Mertens.«

Nadja ließ von ihren Nägeln ab und schaute neugierig zu Siebels. »Maja? Wie kommen Sie auf Maja? Wir waren zusammen in einer Klasse und haben das Abi gemeinsam gemacht.«

»Sie hatten auch eine gemeinsame Klavierlehrerin.«

»Stimmt. Aber was hat das mit dem Tod meiner Stiefmutter zu tun?«

»Ich dachte, Sie können mir das vielleicht verraten.«

Nadja stellte den Nagellack beiseite und streckte ihre Beine aus. »Steht Maja etwa im Verdacht, meine Stiefmutter ertränkt zu haben?«

Siebels ließ sich nicht darauf ein, Fragen zu beantworten. Er war es jetzt, der Fragen stellte und nach Widersprüchen in den Antworten suchte. »Ihre ehemalige Lehrerin ist tot. Frau Schmücker. Wussten Sie, dass auch ihr ein Kapitel in den Anekdoten des Philipp von Mahlenburg gewidmet war?«

Nadja schaute Siebels wie versteinert an. »Sie denken, meine Stiefmutter und Frau Schmücker wurden von der gleichen Person getötet?«

»Haben Sie Ihre Lehrerin nicht wiedererkannt, als Sie das Buch gelesen haben? Hanni, die Lehrerin vom Gymnasium.«

»Ich habe das nicht richtig gelesen. Nur überflogen. Bei Hanni habe ich wirklich nicht an Frau Schmücker gedacht.«

»Und bei Betti der Klavierlehrerin kam Ihnen auch Frau Bettina Lorenz nicht in den Sinn?«

»Nein. Ich dachte beim Lesen zwar mal kurz an meinen Unterricht bei Frau Lorenz, aber ich hielt das für Zufall.«

»Es war aber kein Zufall. Anscheinend hatte Herr von Mahlenburg seine Affären nur mit Frauen, die in Ihrem Leben schon mal eine Rolle gespielt haben. Haben Sie eine Erklärung dafür?«

»In meinem Leben oder im Leben von Maja«, dachte Nadja laut nach.

»Ist das so? Welche Rolle hat Ihre Stiefmutter denn im Leben von Frau Mertens gespielt?«

»Das wissen Sie also noch nicht?«

Siebels konnte seine Überraschung nicht verbergen. »Es gibt eine Verbindung zwischen Frau Mertens und Ihrer Stiefmutter?«

Nadja nickte gedankenverloren. »Ja, die gibt es.«

»Darf ich rauchen, wenn Sie erzählen?«

Siebels zündete sich eine Zigarette an, ohne auf eine Erlaubnis zu warten. Ein Aschenbecher mit zwei ausgedrückten Zigaretten stand genau vor ihm auf dem Tisch.

»Das war nach dem Abitur«, begann Nadja zu erzählen. »Damals war meine Stiefmutter noch nicht meine Stiefmutter. Damals war sie noch die Personalleiterin in der Firma meines Vaters. Und Maja hat nach dem Abitur eine Ausbildung in der Firma meines Vaters begonnen. Als Industriekauffrau. Das muss 2003 gewesen sein. Ein Jahr später hat mein Vater Beate nämlich geheiratet. Die beiden hatten schon länger etwas miteinander laufen. Aber davon wusste in der Firma niemand etwas.«

»Hat Frau Mertens ihre Ausbildung dort beendet?« Siebels dachte an das Kamasutra-Buch und an die Kurzbiographie der Autorin. Dort stand nichts von einer Ausbildung zur Industriekauffrau.

»Nein. Sie wurde nach einem halben Jahr rausgeschmissen.«

»Von Ihrer Stiefmutter?«

»Ja. Sie hat Maja eingestellt. Weil sie Maja als meine Schulfreundin kannte. Maja war nur ein halbes Jahr in der Firma. Bei der Weihnachtsfeier hat sie mit meinem Vater kokettiert. Ob da wirklich was gelaufen ist, weiß ich nicht. Wahrscheinlich war Alkohol im Spiel. Wie das bei Weihnachtsfeiern halt so ist. Beate hat sofort reagiert und Maja umgehend vor die Tür gesetzt. Ein halbes Jahr später hat sie dann meinen Vater geheiratet und die Firma verlassen.«

»Waren Sie und Frau Mertens Freundinnen oder Rivalinnen?«

»Wie meinen Sie das? Wir hatten weder den gleichen Geschmack an Jungs, noch haben wir je zusammen in einer Firma gearbeitet.«

»Ich denke da an einen Klavierwettbewerb.«

»Ach, diese Geschichte. Aus der Sicht von Maja waren wir damals Rivalinnen. Jedenfalls, nachdem ich das Empfehlungsschreiben von Frau Lorenz bekam. Ich war aber deutlich besser am Klavier als Maja. Und ich habe den dritten Platz bei dem Wettbewerb belegt. Maja hätte überhaupt keine Chance auf eine Platzierung gehabt. Frau Lorenz wusste das. Es gab aber nur ein Stipendium zu vergeben. Wenn Maja gedacht hat, sie hätte eine Chance auf die Musikhochschule zu kommen, dann war das nur eine Illusion. Ich habe ihr nichts weggenommen.«

»Und wie war das in der Schule? Speziell im Unterricht von Frau Schmücker? Gab es da einen Konkurrenzkampf zwischen Ihnen und Frau Mertens?«

Nadja zündete sich auch eine Zigarette an. Siebels hatte seine gerade ausgedrückt. »Eher im Gegenteil«, sagte Nadja und blies den Rauch nachdenklich aus. »Frau Schmücker hat uns in Deutsch unterrichtet. Meiner Meinung nach vergab sie völlig willkürlich ihre Noten. Nicht nach Leistung, sondern nach Benehmen. Sie mochte Schüler, die keine eigene Meinung vertraten. Bei der Interpretation von Texten aus der klassischen Literatur kam es zu einem Eklat. Frau Schmücker hat hervorragende Arbeiten mit schlechten Noten bewertet und umgekehrt. Maja wurde genauso schlecht bewertet wie ich. Obwohl sie eine sehr gute Ausarbeitung über Kafka abgeliefert hat. In meiner Funktion als Schulsprecherin habe ich zum Unterrichtsboykott aufgerufen und vom Rektor verlangt, dass ein zweiter Prüfer die Arbeiten begutachtet. Ich saß also mit Maja in einem Boot und Maja hat mich bei dieser Aktion tatkräftig unterstützt.«

»Stellt sich die Frage, warum Ihre Stiefmutter, Ihre ehemalige Deutschlehrerin und Ihre ehemalige Klavierlehrerin erst als Liebschaften in den Anekdoten des Herrn von Mahlenburg auftauchen und dann ermordet werden. Das Buch von Herrn von Mahlenburg liegt immer am Tatort.«

»Frau Schmücker und Frau Lorenz wurden ermordet? Das ist ja Wahnsinn! Und Sie verdächtigen Maja? Das glaube ich nicht. Das macht keinen Sinn. Doch nicht wegen dem blöden Klavierwettbewerb. Und auch nicht wegen der doofen Sache in der Firma meines Vaters. Das ist doch alles Jahre her. Und was soll das mit diesem blöden Buch?«

»Frau Lorenz lebt noch. Sie steht jetzt unter Polizeischutz. Es wäre sehr hilfreich, wenn Sie sich einen Reim darauf machen können, welche Frau noch eine Rolle in den Anekdoten des Philipp von Mahlenburg spielt. Ich gehe davon aus, dass Sie die Frau kennen.«

»Und dass Maja sie kennt«, ergänzte Nadja den Gedanken.

Siebels nickte bestätigend. Er war sich sicher, dass Nadja ganz genau gewusst hat, wer Hanni und wer Betti waren. Dass sie auch ganz genau wusste, wer die noch nicht identifizierte Dame ist. Warum sie die Ahnungslose spielte, konnte Siebels sich aber noch nicht erklären. Er hoffte, dass Jens Schäfer bald auftauchen würde, und war gespannt, was Maja Mertens ihm zu Hanni und Betti auftischen würde.

11

Mein perfekter Plan

Der Bauunternehmer hat meinen Rat befolgt und sein untreues Weib aus dem Haus gejagt. Mit dunkler Sonnenbrille und einer Kurzhaarperücke verkleidet saß ich in meinem Wagen vor dem Haus und habe mich köstlich amüsiert, als die ehrenwerte Frau Klavierlehrerin mit ihrem dicken nackten Hintern auf die Straße befördert wurde. Der eitle Pfau kam diesmal ohne Blessuren davon. Kaum hatten die beiden ihre Klamotten wieder an, die ihnen aus dem Fenster hinterhergeflogen waren, setzte sich der Pfau auch ab und ließ seine Eroberung im Regen stehen. Sie rief ihm noch hinterher. Erst weinerlich, dann wütend, schließlich hysterisch. Die Nachbarn erlebten ein dramatisches Schauspiel auf ihrer sonst so ruhigen Straße. Den Pfau kümmerte es nicht, er hatte seinen Spaß gehabt. Die Klavierlehrerin saß dann wie ein Häufchen Elend vor der Einfahrt ihres Hauses. Ihr Mann hatte aber ein Herz. Er stellte ihr noch einen gepackten Koffer vor die Tür und drückte ihr ein paar Scheine in die Hand. Kurz darauf kam ein Taxi und fuhr die Untreue in ihr Exil, in ein schäbiges Hotel am Stadtrand. Dort würde sich der Scheidungsanwalt bestimmt bald bei ihr melden. Die Dinge entwickelten sich zu meiner vollsten Zufriedenheit. Ich fuhr weiter in den Sandweg und wartete auf meinen liebestollen Hampelmann. Es dauerte auch nicht lange, bis er leicht zerknirscht des Weges kam.

»Das war eine tolle Show, ganz großes Kino«, beglückwünschte ich ihn.

»Hast du ihn nach Hause bestellt?«, fragte er verwundert.

»Wer denn sonst?«, sagte ich kokett und zwinkerte ihm zu.

»Warum?« Er konnte sich keinen Reim darauf machen.

»Lass uns nach oben gehen«, schlug ich vor und nahm ihm seinen Schlüssel aus der Hand.

»Hast du sie gekannt? Willst du sie fertigmachen? Was hat sie dir getan?«

Mein armer kleiner Pfau war ganz verwirrt. Ich nahm ihn bei der Hand und zog ihn in seine Wohnung rein. »Das hat doch Spaß gemacht, oder nicht?«

»Ich will aber dich«, sagte er und war noch immer voller Hoffnung.

»Hast du noch einen Ersatzschlüssel?«, wollte ich von ihm wissen. Seinen Schlüssel hielt ich spielend in der Hand. Er suchte in seinen Schubladen und fand einen zweiten Schlüssel. »Dann behalte ich diesen hier. Vielleicht komme ich dich mal ganz überraschend besuchen. Vielleicht sogar mitten in der Nacht. Wer weiß.«

»Das wäre schön«, freute er sich.

»Gefällt dir unser Spiel? Hast du deinen Spaß mit den Damen, die ich dir aussuche?«

»Ich denke dabei nur an dich«, gestand er mir.

So sollte es auch bleiben. Ich knöpfte meine Bluse vor ihm auf. Einen BH trug ich nicht. »Nur gucken, nicht anfassen«, ermahnte ich ihn. Das fiel ihm nicht leicht, doch er blieb brav vor mir sitzen und glotzte mich mit hungrigen Augen an. Ich ließ meine Bluse zu Boden fallen und spielte mit seinem Schlüssel zwischen meinen Fingern. Er verstand den Wink, war in Gedanken schon in der Nacht, in der ich ihn im Schlaf überraschen würde. Ihn wach küssen und anfassen lassen, was er heute nur betrachten durfte. Dieser Gedanke war der Strohhalm, an den er sich klammerte, er stand ihm deutlich auf der Stirn geschrieben. Ich griff in meine Handtasche und zog das neue Foto hervor. Ich hielt es ihm hin, ganz dicht vor meiner entblößten Brust. »Na, möchtest du es dir nicht abholen?«

Er zögerte erst, doch dann kam er näher, streckte seine Hand nach dem Foto aus. Ich zog meine Hand ein Stück zurück, hielt das Foto ganz dicht vor meiner Brust und lächelte ihn an. Er schluckte und berührte fast meinen Busen, als er sich das Foto griff. Während er sich sein nächstes Opfer betrachtete, zog ich mir meine Bluse wieder an. »Ich verlasse mich auf dich«, sagte ich geschäftsmäßig.

»Ich bin fast pleite«, flüsterte er resignierend.

»Einen kleinen Vorschuss hast du dir redlich verdient«, machte ich ihm neuen Mut und drückte ihm 500 Euro in die

Hand. Er steckte das Geld schnell ein und betrachtete sich meine Notizen auf der Rückseite des Fotos.

Till und Kulmbacher hatten noch zwei Stunden im Sandweg ausgeharrt, doch Jens Schäfer war nicht mehr aufgetaucht.

»Ich muss ins Bett und mich ausstrecken«, stöhnte Kulmbacher nach etlichen eintönigen Stunden der Warterei im Auto. Kulmbacher war Siebels und Till schon bei früheren Fällen zur Seite gesprungen, wenn Not am Mann war. Till hatte ihn bei einem Einsatz in Düsseldorf näher kennen gelernt. Damals waren sie bei der Suche nach der entführten Simone Tetzloff in einer verzwickten Szene im SM-Milieu gelandet. Staatsanwalt Jensen war in einer Nacht-und-Nebel-Aktion im Helikopter nach Düsseldorf geflogen, um sich dort vor dem versammelten Düsseldorfer Sondereinsatzkommando bis auf die Knochen zu blamieren. In der zurückliegenden Nacht hatten Till und Kulmbacher diese Aktion noch einmal in allen Einzelheiten analysiert und Tränen dabei gelacht. Auch bei der Beschattung des Unternehmensberaters Paulsen war Kulmbacher mit von der Partie gewesen und konnte Siebels schließlich einen entscheidenden Hinweis geben. Kulmbachers Observierung, die im Messeturm endete, löste eine Kettenreaktion aus. In ganz Europa kam es einige Tage später zu Verhaftungen von führenden Mitgliedern bei der Beratungsgruppe World Consulting. Kulmbacher hatte sich wieder große Hoffnung auf den Fang eines dicken Fisches gemacht, als er zu Tills Unterstützung im Sandweg eintraf. Als Till ihn eingeweiht hatte, war seine Euphorie gedämpft. Einen Hochstapler à la Philipp von Mahlenburg zu stellen, versprach keine allzu großen Lorbeeren.

»Unser Freund liegt bestimmt schon lange im Bett. Fragt sich bloß, in welchem«, sagte Till.

»Also ich will in mein Bett«, beschied Kulmbacher.

»Lass dich nicht aufhalten. Die Aktion hier war für den Arsch. Tut mir leid.«

»Kein Problem. War nett, mal wieder eine Nacht mit dir verbracht zu haben.«

Till schaute Kulmbacher an. »Habe ich irgendwas verpasst?«

Kulmbacher lachte. »Keine Sorge. Ich bin noch ganz der Alte.«

Siebels meldete sich telefonisch und Kulmbacher beendete seinen Einsatz.

»Ist Schäfer aufgetaucht?«, wollte Siebels wissen.

»Nein. Wir haben uns die Nacht und den Vormittag für nix und wieder nix den Hintern wund gesessen.«

»Dann vergiss Schäfer und schau noch mal in der Schule vorbei. Ich war gerade bei Nadja.« Siebels berichtete von seinem Gespräch.

»Die Kamasutrakönigin als Hauptverdächtige? Weil sie immer im Schatten von Nadja stand? Kann ich mir nicht vorstellen.«

»Ich auch nicht. Aber alle Indizien deuten im Moment darauf hin.«

»Wie wäre es mit folgender Theorie: Nadja Sydow war immer die Nummer eins. Maja Mertens die Nummer zwei. Nadja ist hochbegabt. Sie langweilt sich. Sie sucht den Kick. Sie fängt an zu morden. Die ewige Nummer zwei eignet sich hervorragend als Sündenbock. Nadja sucht sich also nur Opfer aus, bei denen es auch eine Verbindung zu Maja Mertens gibt. Sie mimt die Ahnungslose, führt uns aber ganz gezielt zu Maja Mertens. Na, was hältst du davon?«

»Wenn dem so wäre, wäre Nadja ja völlig verkorkst im Kopf. Du kannst dir ja nur nicht vorstellen, dass deine Kamasutrakönigin ein mordender Racheengel sein könnte.«

»So oder so kann ich mir keinen Reim darauf machen. Irgendwie müssen wir unseren Casanova ja noch ins Bild einfügen. Wie passt der da rein?«

»Wenn ich das wüsste. Es fehlen im Verlag jedenfalls zehn seiner Bücher. Das dürften die Bücher sein, die wir bei den Opfern finden. Maja Mertens hatte bestimmt Gelegenheit, sich die Bücher unter den Nagel zu reißen.«

»Sie hätte dir ja nicht sagen müssen, dass die Bücher fehlen. Die hätte einfach eine Bestandskorrektur machen können, wenn sie die Bücher geklaut hätte. Dann wäre das nie aufgefallen.«

»Mörder machen Fehler. Sonst würden wir sie ja nie kriegen.«

»Die Anekdoten des Herrn von Mahlenburg sind aber nicht erfunden. Wir haben das Video mit ihm und der Lehrerin.«

»Wir haben auch die Aussage der Klavierlehrerin.«

»Demnach hat sich der Herr gezielt an Frauen herangemacht, die sowohl Nadja Sydow als auch Maja Mertens kannten. Wie kann das sein?«

»Wenn wir das rausfinden, ist der Rest nur noch ein Kinderspiel.«

»Zu blöd, dass ich Schäfer bei meinem Besuch nicht gleich mitgenommen habe. Der taucht so schnell bestimmt nicht wieder auf.«

»Hoffen wir mal, dass wir ihn lebend in die Finger bekommen.«

»Meinst du, er steht auf der Abschussliste?«

»Wenn er nur Mittel zum Zweck war, ist er jetzt ein unliebsamer Zeuge.«

»Er könnte da oben tot in seiner Wohnung liegen.« Till schaute aus dem Autofenster hinauf zu Schäfers Fenster. Auf die Idee, dass Schäfer ebenfalls ermordet worden sein könnte, war er bisher noch gar nicht gekommen.

Siebels hatte den gleichen Gedanken wie Till. »Geh rein.«

»Durchsuchungsbefehl?«

»Machen wir später. Gefahr in Verzug.«

»Kulmbacher wird sich ganz schön ärgern. Der ist gerade abgehauen.«

»Geh nicht allein. Ruf einen Streifenwagen zur Unterstützung.«

»Okay. Und dann? Tür eintreten?«

»Nein. Schlüsselnotdienst.«

»Wie langweilig.«

»Sei ein braver Junge. Die eingetretene Tür bei Frau Schmücker wird bestimmt noch ein kleines Nachspiel haben.«

»Ach, jetzt bin ich wieder schuld. Du hast den Befehl gegeben.«

»Doch nicht zum Tür eintreten.«

»Geh rein, hast du gesagt. Das klang so wie: Geh gleich rein. Sofort. Es geht um Leben und Tod. Verlier keine Zeit.«

»Jetzt machen wir es mit dem Schlüsseldienst und einem Team von der Streife.«

»Ich müsste mir mal die Zähne putzen. Und duschen. Und was essen.«

»Geh rein - heißt weder auf der Stelle Tür eintreten, noch heißt es, erst mal ein Wellness-Programm zu durchlaufen. Kau einen Kaugummi, wenn du Mundgeruch hast.«

»Ja, ja. Ich gehe jetzt rein. Ich melde mich, wenn ich drin bin.«

»Okay. Ich besuche Maja Mertens. Bis später.«

Ein älterer Herr, Siebels schätzte ihn auf Mitte 70, redete auf Maja Mertens ein, als Siebels das Verlagsbüro betrat.

»Werte Dame, ich habe zwanzig Jahre an diesem Werk gearbeitet. Es steckt so viel Weisheit und Lebenserfahrung in diesem Buch. Glauben Sie mir, die Jugend wird ihre wahre Freude daran haben.«

»Da bin ich fest davon überzeugt, Herr Dahlenbruch. Leider ist es nicht ganz einfach, Käufer für ein Buch mit 1.300 Seiten zu finden.« Maja Mertens gab Siebels ein Zeichen, dass er sich noch einen Moment gedulden möge. Siebels nahm Platz und lauschte dem Gespräch zwischen Autor und Autorenbetreuerin, es wurde ihm schon bald zu einer amüsanten Gewohnheit.

»Es ist ja auch kein Buch, das man mal so eben durchliest. Kein Buch für die kurzweilige Zerstreuung. Nein, nein, es ist doch viel mehr. Es steckt so viel Freude darin, und so viel Leid. Meine Frau ist gestorben, da waren es noch keine 500 Seiten. Meine Enkel wurden geboren, da waren es schon 800 Seiten. Es ist ein Buch der Generationen. Die ersten Seiten handeln von meinem Großvater. Die letzten von den ersten Schritten meines Enkels.«

»Da müssen Sie ja unzählige Stunden mit dem Schreiben verbracht haben, Herr Dahlenbruch. Nun seien Sie doch stolz, dass Ihr Werk vollendet ist und als Buch erscheint.«

Siebels lächelte still in sich hinein. Da hat der gute Mann zwanzig Jahre lang geschrieben, damit seine prosaischen Ergüsse in einer klimatisierten Lagerhalle in Rumänien auf Nimmerwiedersehen verschwanden.

»Ja, das erfüllt mich in der Tat mit Stolz. Doch nun möchte ich damit in die Schulen gehen und den jungen Leuten daraus vorlesen. Möchte der Jugend ein Wegweiser sein, die Zeiten sind ja nicht einfacher geworden. Ich kann mich noch gut erinnern, an die Wirtschaftskrise in den 70er Jahren. Aber die Jugend von heute weiß davon doch schon gar nichts mehr. Ist es nicht die Aufgabe des Schriftstellers, mahnend den Finger zu erheben?«

»Da haben Sie ganz recht, Herr Dahlenbruch. Doch die Werke vieler bedeutender Schriftsteller wurden erst Jahre und Jahrzehnte nach ihrem Erscheinen zu Meilensteinen in der Literatur. Und die Jugend von heute hat ja gerade ihre eigene Wirtschaftskrise erlebt.«

»Manchmal habe ich wirklich das Gefühl, kein Mensch interessiert sich für mein Werk«, lamentierte Herr Dahlenbruch. »Glauben Sie, der Preis ist vielleicht zu hoch angesetzt? 35 Euro ist ja auch kein Pappenstiel.«

»Aber, Herr Dahlenbruch, Sie wollen Ihr Werk jetzt doch nicht als Groschenroman unter das Volk schmeißen, oder? Und überhaupt, 1.300 Seiten, das Hardcover, das goldene Leseband, die edle Verarbeitung, das schwere Papier. Das hat natürlich seinen Preis.«

»Aber warum machen die Käufer dann einen so großen Bogen darum? Das ist mir unverständlich. Vielleicht gab es einen Fehler bei der Kommunikation mit den Buchhandlungen? Sind Sie sicher, dass es noch keine Bestellungen aus dem Buchhandel gibt? Ich habe doch mit der netten Frau aus dem Buchladen bei mir um die Ecke gesprochen. Vielleicht ist die Bestellung ja untergegangen?«

»Aber, Herr Dahlenbruch, bei uns gehen doch keine Bestellungen unter. Wir sind Profis. Sie müssen jedoch bedenken, dass jedes Jahr ca. 90.000 Titel auf dem Buchmarkt erscheinen. Wie soll ein Buchhändler da den Überblick behalten? Rechnen Sie sich doch mal aus, wie viele neue Bücher allein heute wieder erscheinen. Da hilft nur eine deutliche Präsenz des Autors in den Medien. Sie müssen in die Zeitungen, ins Radio, ins Fernsehen. Rufen Sie die Redaktionen an, schreiben Sie Briefe, senden Sie Faxe. Von nichts kommt nichts.«

Herr Dahlenbruch nickte schwer. »Ich hätte nicht gedacht, dass es so schwierig wird.«

»Aller Anfang ist schwer, Herr Dahlenbruch. Jetzt muss ich unser Gespräch aber leider beenden. Der Herr hinter Ihnen hat nicht viel Zeit und ist in einer dringlichen Sache hier.«

»Ja, natürlich. Entschuldigen Sie vielmals. Ich gehe dann. Vielleicht kann ich ja mal bei der Zeitung anrufen.«

»Machen Sie das, Herr Dahlenbruch. Kopf hoch, das wird schon. Und wenn sich etwas tut, melde ich mich bei Ihnen.«

»Ist die Präsentation der Bücher bei den Medien nicht Ihre Aufgabe?«, fragte Siebels, nachdem Herr Dahlenbruch das Büro verlassen hatte.

»Aber nicht doch. Da wir nicht auf Inhalte achten, sondern uns nur auf die Herstellung der Bücher konzentrieren und dafür sorgen, dass sie in die elektronischen Buchverzeichnisse gelangen, können wir kaum einzelne Titel auch noch vermarkten. Das vermitteln wir den Autoren im Vorfeld aber auch deutlich. Leider glauben fast alle, dass sich ihre Bücher dann wie von Geisterhand verkaufen. Das ist natürlich Quatsch.«

»Und wie machen Sie das mit Ihrem eigenen Buch? Das scheint sich doch zu verkaufen.«

»Ja, das tut es. Weil ich mich selbst als Autorin vermarkte. Aber auch meine Verkaufszahlen sind nicht das Gelbe vom Ei. Ein anderer Verlag wäre mir ehrlich gesagt lieber gewesen. Na ja, vielleicht beim nächsten Buch. Was führt Sie zu mir?«

Der Biene Maja Song erklang, Siebels hoffte auf Neuigkeiten von Till.

»Schön, dass Sie wieder mein Lied spielen«, amüsierte sich Maja Mertens, während Siebels sein Handy in den Jackentaschen suchte.

»Bist du drin?«, fragte er dann hastig.

»Anna Lehmkuhl hier. Herr Siebels?«

»Ah, Frau Lehmkuhl. Ich dachte, mein Kollege Krüger wäre dran. Entschuldigung.«

»Keine Ursache. Ich habe noch etwas entdeckt, was wichtig sein könnte. Frau Schmücker hat kurz vor ihrem Tod ein Schlafmittel zu sich genommen. Temazepam. Sie war also nicht voll bei sich, als sie erstickt wurde.«

»Sehr interessant. Haben Sie das auch bei Frau Sydow untersucht?«

»Leider nein. Ich mache das noch und sage Ihnen dann Bescheid, wenn ich das Ergebnis habe.«

»Gut. Danke für die Information.«

Siebels steckte sein Handy wieder weg. »Wir haben ein weiteres Buch von Herrn von Mahlenburg gefunden«, sagte Siebels zu Maja Mertens. »Es war wieder neben einer toten Frau deponiert.«

»Das ist ja schrecklich. Was ist denn jetzt passiert?«

»Sie haben das Buch doch gelesen, oder?«

Maja Mertens trug ein Kleid im Leopardenmuster und einen roten Haarreif in ihrem schwarzen Haar. Der Stirnreif hielt ihren Cleopatra-Pony über der Stirn. Siebels betrachtete sich ihr Gesicht, das ohne den Pony viel weniger dominant wirkte.

»Sie haben doch gerade das Gespräch mit Herrn Dahlenbruch verfolgt. Glauben Sie, ich hätte seine 1.300 Seiten Lebensgeschichte gelesen? Ich habe nicht einen Blick reingeworfen. Herr Möllenbeck prüft die Inhalte. Aber er liest natürlich nicht die ganzen Bücher. Er überfliegt ein paar Seiten. Ich lese ehrlich gesagt nur die Klappentexte der Bücher, damit ich mich mit den Autoren über ihre veröffentlichten Werke unterhalten kann.«

Siebels nickte verständnisvoll. »Daher ist Ihnen auch nichts darin aufgefallen, vermute ich.«

»Ich wollte das nicht so deutlich sagen, bei Ihrem ersten Besuch. Viele Leute verstehen unser Geschäft falsch. Es ist nicht unser Anliegen, die Bücher unserer Autoren zu verkaufen. Wir erwirtschaften unser Geld mit den Zuschüssen der Autoren. Daher nehmen wir auch fast jeden Autor, der bereit ist, für seinen Traum vom eigenen Buch zu bezahlen.«

»Ihre Autoren müssen also deutlich mehr bezahlen, als die Herstellungs- und Lagerkosten der Bücher?«

»Ja, natürlich. Sonst geht das Konzept ja nicht auf. Herr Möllenbeck und ich müssen ja davon leben können.«

»Leben Sie gut davon?«

»Ich kann mich nicht beklagen. Es ist aber auch ein harter Job. Tagein, tagaus muss ich den Autoren erklären, dass sich ihre Bücher nicht verkaufen. Damit nicht genug, ich muss ihnen auch Mut machen, muss ihnen erst einreden, dass sie Geduld haben sollen und später muss ich ihnen klarmachen, dass sie selbst am Misserfolg Schuld haben. Das zerrt an den Nerven.«

Siebels dachte über diesen Sachverhalt nach. Ihm kam ein Gedanke und mit dem Gedanken kam die Lust auf eine Zigarette. Er gab der Lust nach. Maja Mertens griff ebenfalls zu ihren Mentholzigaretten.

»Rein theoretisch würde sich ein Buch aus dem Möllenbeck Verlag aber auch gut verkaufen lassen, wenn die Nachfrage da wäre, oder?«

»Ja, natürlich. Wir listen alle unsere Titel in den gängigen Verzeichnissen. Jeder Buchhändler hat Zugriff darauf.«

»Wenn nun also publik wird, dass Herr von Mahlenburg ein Buch geschrieben hat, ein Buch über seine Affären mit verschiedenen Frauen, und diese Frauen nun nach und nach ermordet werden, dann wäre das doch ein schlagendes Verkaufsargument.«

»Gibt es noch mehr tote Frauen?« Maja Mertens runzelte die freigelegte Stirn.

»Bleiben wir doch vorerst bei meiner Frage«, bat Siebels. »Das Buch würde sich doch verkaufen wie blöd, wenn die Zeitungen davon berichten würden.«

»Das kann ich nicht ausschließen. Es gibt immer wieder mal Bücher aus Verlagen wie dem unseren, die sich aufgrund von bestimmten Themen und Berichterstattungen plötzlich sehr gut verkaufen. Das ist zwar die Ausnahme, aber es ist durchaus möglich. Glauben Sie etwa, Herr von Mahlenburg bringt diese Frauen jetzt um, damit sich sein Buch besser verkauft? Das ist doch absurd.«

»Die ganze Geschichte ist absurd. Vor allem die Auswahl der betroffenen Frauen. Nehmen wir zum Beispiel Beate Sydow. Sie haben bei meinem letzten Besuch doch erwähnt, dass Sie sie ab und an in der Esoterikbar gesehen haben.«

»Ja. Warum fragen Sie?«

»Ich frage mich, warum Sie dabei nicht erwähnt haben, dass Sie Frau Sydow schon von früher kannten. Sie hat Sie doch als Auszubildende eingestellt und kurz darauf wieder entlassen.«

»Das ist richtig, ja. Ich hatte das auch schon auf der Zunge gehabt. Doch dann dachte ich mir, dass das nichts zur Sache tut. Immerhin ist das schon einige Jahre her.«

»Es geht um einen Mordfall. Da erwähnt man so etwas doch.«

»Ich war ziemlich überrascht und wollte meine Gedanken erst einmal sortieren. Ich wollte mir das Buch von Herrn von Mahlenburg erst durchlesen. Leider bin ich immer noch nicht dazu gekommen. Ich habe eines aus dem kleinen Lager in der Druckerei angefordert.«

»Sie waren auch mit Nadja Sydow in einer Klasse. Sie haben zusammen das Abitur gemacht.«

»Ja, aber damals gab es ja noch keine Beate Sydow. Herr Sydow hat sie erst später geheiratet. Nachdem sie mich aus seiner Firma geschmissen hat. Auch das habe ich Ihnen nicht gleich erzählt, weil es alles so verwirrend ist.«

»Die ganze Geschichte ist für mich noch viel verwirrender. Ich habe Ihnen ja gesagt, dass mittlerweile ein zweites Buch aufgetaucht ist. Wir haben es neben der Leiche von Frau Schmücker gefunden.« Siebels ließ seine Worte wirken und beobachtete Maja Mertens aufmerksam. Sie atmete hörbar aus, zeigte ansonsten aber keine sichtbare Reaktion.

»Frau Schmücker? Ich hatte mal eine Lehrerin, die so hieß.«

»Ihre ehemalige Deutschlehrerin. Genau. Auch sie war eine Anekdote des Philipp von Mahlenburg. Sie wurde heute Morgen in ihrem Bett erstickt. Das Buch lag auf ihrem Nachttisch.«

»Ich verstehe das nicht«, stammelte Maja Mertens.

»Wie war denn Ihr Verhältnis zu Nadja Sydow in der Schule früher?«

»Zu Nadja? Warum wollen Sie das wissen?«

»Ich bin einfach neugierig. Zwei tote Frauen. Beide hatten eine Verbindung zu Ihnen und zu Nadja Sydow.«

»Wenn Sie es genau wissen wollen, ich hielt Nadja für verrückt. Es musste sich immer alles um sie drehen. Wenn sie mal fünf Minuten lang nicht im Mittelpunkt stand, wurde sie aggressiv.«

»Ich habe gehört, sie wäre hochbegabt und die Beste in der Klasse gewesen.«

»Das stimmt. Ihr ist einfach alles zugeflogen. Aber genau das war auch ihr Problem. Sie langweilte sich, wenn nicht ständig etwas Neues und Aufregendes passierte. Alle mussten nach ihrer Pfeife tanzen, das galt für die Schüler wie für die

Lehrer. Wenn sich jemand gegen Nadja stellte, wurde er oder sie gnadenlos von ihr gemobbt. Darin war sie unschlagbar.«

»Haben Sie ein Beispiel dafür?«

»Jede Menge. Als wir uns in der zwölften Klasse ein Ziel für die Klassenfahrt aussuchen sollten, plädierte Nadja für Rom. Sie hielt eine große Rede vor der Klasse, was wir in Rom alles unternehmen könnten. Fast alle Schüler schlossen sich ihr an. Dann hat sich Karina zu Wort gemeldet. Sie hatte als Alternative eine Skifreizeit vorgeschlagen. Etliche Klassenkameraden fanden das eine gute Idee und Karina war fortan Nadjas Todfeindin. Wir hatten noch etwa zwei Wochen Zeit, bis wir uns entscheiden mussten. Karina war damals in Robert verliebt gewesen. Robert war aber scharf auf Nadja. Nach dieser Diskussion über die Klassenfahrt dauerte es nur zwei Tage und Karina war mit Robert zusammen gewesen. Sie war richtig glücklich. Dann hat ihr Nadja zugeflüstert, dass sie ihr Robert ausspannen würde, wenn sie sich nicht für Rom entscheiden würde. Karina hielt das für Blödsinn. Sie dachte, Robert wäre jetzt in sie verliebt. Robert machte aber genau das, was Nadja von ihm verlangte. Er war ihr hörig, so wie die meisten Jungs in der Klasse. Nadja ließ noch ein paar Tage verstreichen und gab Karina dann eine letzte Frist. Karina scherte sich nicht darum. Sie wollte die Skifreizeit. Als Karina am nächsten Morgen in die Schule kam, standen Nadja und Robert knutschend am Schultor. Nadja hat es richtig zelebriert, Robert vor Karinas Augen ihre Zunge in den Mund zu stecken. Nach der Schule hat sie Karina zugeflüstert, dass sie es abends mit Robert in seinem Auto treiben würde. Karina war fix und fertig. Robert hat sie gar nicht mehr beachtet und sich geweigert, mit ihr zu sprechen. Karina hat dann eine Woche lang im Unterricht gefehlt. Als sie wiederkam, wollte niemand mehr etwas mit ihr zu tun haben. Dafür hat Nadja gesorgt. Die Klassenfahrt ging natürlich nach Rom. Und Robert durfte noch ein paar Wochen mit Nadja rummachen. Dann hat sie ihn wieder abserviert.«

»Haben Sie noch Kontakt zu Robert oder zu Karina?«

»Nein. Wir haben uns alle aus den Augen verloren.«

Siebels dachte an die Klassenliste, die Till in der Akte abgeheftet hatte. Er schlug sein Notizbuch auf und machte sich eine Notiz. Er wollte die beiden ausfindig machen und sich die Geschichte bestätigen lassen. »Wie war das Verhältnis zwischen Nadja und Frau Schmücker?«

»Oh, das war ein ganz besonderes Verhältnis. Frau Schmücker hat es gewagt, eine schriftliche Ausarbeitung von Nadja mit mickrigen vier Punkten zu bewerten. Nadja war es gewohnt, mindestens zwölf Punkte zu bekommen, meistens dreizehn bis fünfzehn. Diese vier Punkte waren ein Affront gegen sie. Sie hat auch gleich zurückgeschlagen und den Unterricht von Frau Schmücker boykottiert. Die ganze Klasse hat mitgemacht.«

»Sie auch?«

»Nein, ich war die Einzige, die sich nicht dem Willen von Nadja unterworfen hat. Obwohl ich auf meine Arbeit nur sechs Punkte bekommen habe. Damit war ich sehr unzufrieden. Zumal einige Schüler mit schlechteren Texten wesentlich besser benotet worden waren. Aber ich wäre niemals damit durchgekommen, wenn ich dagegen aufgemuckt hätte. Nadja schon. Die ganzen Arbeiten wurden schließlich von einem zweiten Lehrer benotet. Nadja bekam ihre zwölf Punkte. Ich bekam immerhin neun Punkte. Und Frau Schmücker wurde mehrere Wochen krankgeschrieben. Angeblich auf dringende Empfehlung des Rektors.«

»Ich vermute, es gibt noch mehr solcher Beispiele?«

»Ja, natürlich. Da könnte ich jetzt stundenlang weitererzählen. Mit Nadja hat sich niemand angelegt und wer es doch getan hat, hat es bald bitter bereut.«

»Halten Sie es für möglich, dass Nadja den Herrn von Mahlenburg erst dazu anstiftet, sexuelle Beziehungen mit ihrer Stiefmutter und mit ihrer ehemaligen Lehrerin aufzubauen, ihn dann später dazu überredet dieses Buch zu schreiben und zu veröffentlichen, und dann die Frauen umbringt?«

Maja Mertens zündete sich noch eine Zigarette an. »Wenn sie sich in ihrem Charakter weiterentwickelt hat, traue ich ihr das durchaus zu, ja.«

»Aber wo sehen Sie ihr Motiv?«

»Motiv? Ich sagte doch, es ist ihr Charakter. Wahrscheinlich weiß sie auch, dass ich die Autoren hier betreue, und hat dafür gesorgt, dass das Buch bei uns veröffentlicht wird. Auf diese

Weise macht sie mich zu einer Hauptverdächtigen. Das hat sie sich wirklich hübsch ausgedacht, Respekt.«

»Hat Nadja Sie als Rivalin betrachtet? Gab es zwischen Ihnen beiden einen Machtkampf?«

»Ich war die Zweitbeste in der Schule. Nadja war immer bemüht, den Abstand zwischen uns nicht zu klein werden zu lassen. Wenn wir mal auf gleicher Augenhöhe in einem Fach waren, hat sie angefangen zu piesacken. Sie hat dann so Sprüche geklopft wie: Na, du weißt aber schon, wo dein Platz ist, oder? In Englisch habe ich einmal die beste Arbeit geschrieben. Da hat sie das Gerücht gestreut, dass ich den Lehrer öfter in seinem Klassenzimmer besuchen würde. Mit aufgeknöpfter Bluse und ohne BH. Wenn so etwas in der Schule die Runde macht, überlegt man sich schon, ob man bei der nächsten Arbeit nicht lieber mit Absicht ein paar Fehler macht.«

Siebels war hin- und hergerissen. Gab es tatsächlich diese bösartige Nadja, die alle Menschen in ihrem Umfeld manipulierte und auch vor Mord nicht zurückschreckte, nur um ihre Macht zu demonstrieren? Oder war Maja Mertens die bösartige Frau, die es nicht verkraftet hat, immer nur die Zweite hinter Nadja zu sein? Siebels hielt die Geschichte von Nadja für genauso plausibel wie die von Maja Mertens. Eine von den beiden spielte ein böses Spiel, so viel stand für ihn fest. Die Biene Maja summte wieder los. Till meldete sich.

»Ich bin drin. Du hast recht gehabt. Er liegt tot im Bett.«

»Verdammter Mist«, fluchte Siebels laut vor sich hin.

»Keine Einbruchspuren. Ein Buch von ihm habe ich hier nicht gefunden.«

Siebels ging aus dem Verlagsbüro. Maja Mertens brauchte dieses Gespräch nicht mit anzuhören. Er wartete, bis er draußen auf der Straße stand, bevor er wieder mit Till sprach.

»Ist er schon länger tot?«

»Weiß ich nicht, Anna Lehmkuhl ist noch nicht da, sie müsste aber gleich kommen.«

»Ist dir irgendwas aufgefallen, während du mit Kulmbacher die ganze Nacht vor dem Haus gewartet hast?«

»Nee. Sonst hätte ich ja was unternommen.«

»Und Kulmbacher? Der hat wahrscheinlich nur nach Schäfer Ausschau gehalten. Wenn Nadja Sydow oder Maja Mertens ins Haus gegangen wären, hätte der sich doch nichts dabei gedacht.«

»Du glaubst, eine von den beiden war das?«

»Sieht ganz danach aus, ja. Sag Anna Lehmkuhl, dass ich möglichst schnell eine ungefähre Angabe zum Todeszeitpunkt brauche. Und schaffe Kulmbacher wieder bei. Beschreib ihm Nadja und Maja Mertens. Vielleicht klingelt es dann bei ihm.«

»Der wird sich freuen, wenn Schäfer unter unserer Aufsicht umgebracht wurde.«

»Es muss doch Licht in der Wohnung gebrannt haben, als es passiert ist. Habt ihr die Fenster im Auge behalten?«

»Na ja, hauptsächlich die Haustür. Von unserer Position aus war es nicht ganz einfach, die Fenster oben im Blick zu behalten.«

Siebels hielt es nicht länger aus. Er griff zu seinen Zigaretten. »Spitze. Euch beide schicke ich zu einem Observationskurs für Anfänger.«

»Erst mal abwarten, wann er tatsächlich umgebracht wurde. Vielleicht war er ja schon längst tot, als wir hier Stellung bezogen haben.«

»Schau nach, ob er irgendwo Schlafmittel hat. Anna Lehmkuhl hat rausgefunden, dass Hanna Schmücker Schlafmittel intus hatte. Bei Frau Sydow prüft sie das noch. Bei Schäfer soll sie das auch gleich untersuchen.«

»Alles klar. Sie kommt gerade.«

»Ruf mich an, wenn es etwas Neues gibt. Ich brauche noch ein paar Minuten bei Maja Mertens.« Siebels ging wieder hoch ins Büro. Maja Mertens telefonierte gerade wieder mit einer erfolglosen Autorin, beendete das Gespräch aber, als Siebels erschien. Siebels setzte sich wieder zu ihr, atmete einmal tief durch, bevor er seinen vermutlichen Trumpf ausspielen wollte. »Bettina Lorenz«, sagte er nur und schaute Maja Mertens an.

»Die Klavierlehrerin?«

Siebels nickte.

Maja Mertens stand auf, ging zum Fenster auf der anderen Seite des Raumes, schaute kurz hinaus und kam wieder zurück. »So langsam wird mir das aber unheimlich. Frau Lorenz auch? Ist sie tot?«

»Sie ist eine der Anekdoten. Ich habe mit ihr gesprochen.

Sie hat mir von Ihnen und von Nadja erzählt. Von dem Wettbewerb, an dem Sie beide teilnehmen wollten. Auch dort haben Sie den Kürzeren gezogen.«

»Das ist so nicht ganz richtig.« Maja Mertens schüttelte energisch den Kopf. »Nadja hatte bereits als Kind mehrere Jahre Unterricht. Genau wie ich. Aber es war meine Idee, nach einigen Jahren den Unterricht wieder aufzunehmen. Ich habe Stunden bei Frau Lorenz genommen. Ich wollte nur mein Können wiederauffrischen, es nicht restlos verkümmern lassen. Ich habe Nadja in der Schule davon erzählt. Ich wusste, dass sie früher gut gespielt hatte. Sie hatte bis dahin aber überhaupt kein Interesse daran gehabt, wieder Unterricht zu nehmen. Erst als ich das tat, war Nadja plötzlich Feuer und Flamme. Sie ging dann auch zu Frau Lorenz. Ich hatte nichts dagegen. Warum auch. Ich dachte, es wäre lustiger, wenn wir beide hingehen. Wir haben auch oft zusammen gespielt bei Frau Lorenz und hatten Spaß dabei. Dann erzählte uns Frau Lorenz von dem Wettbewerb. Ich hatte zwar Interesse daran, habe meine Bemühungen aber nicht weiter ausgedehnt. Das hätte ich gar nicht geschafft, wenn ich in der Schule nicht nachlassen wollte. Anders Nadja. Sie übte plötzlich jeden Tag stundenlang zuhause. Das merkte man natürlich. Sie war wirklich bald viel besser als ich. Ich hatte ja auch zuhause keinen Flügel, auf dem ich hätte üben können. Frau Lorenz schickte also Nadja zu dem Wettbewerb und das war die richtige Entscheidung. Nadja war mittlerweile viel besser als ich. Ich möchte nicht wissen, wie viel Stunden sie täglich geübt hat. Zum Klavierspielen reicht Begabung allein nicht aus. Das geht nicht ohne stundenlanges Üben. Aber Nadja nimmt alle Strapazen auf sich, nur um die Beste zu sein.«

»Bei dem Wettbewerb belegte sie aber nur den dritten Platz«, versuchte Siebels diese Theorie zu widerlegen.

»Das war schon ein beachtlicher Erfolg. Sie traf dort auf ausgezeichnete Musiker. Aber die gehörten nicht zu ihrem Umfeld. Nadja braucht ein Umfeld, das sie bewundert und vergöttert. Der Wettbewerb war ihr am Ende genauso egal wie mir. Ihr ging es nur darum, mich auszustechen.«

Siebels wurde immer unsicherer. Als er hier ankam, war er sicher, den Fall schon so gut wie gelöst zu haben. Er hatte gehofft, heute ein Geständnis von Maja Mertens zu erhalten, nachdem er mit Bettina Lorenz gesprochen hatte. Nun hing wieder alles in der Schwebe. In seinem Kopf spukten die Gedanken hin und her. Maja Mertens, Nadja Sydow, Philipp von Mahlenburg alias Jens Schäfer. Er nahm sich vor, mehr über den Menschen Jens Schäfer herauszufinden. Vielleicht konnte er sich dann zusammenreimen, wem er auf den Leim gegangen war. Maja Mertens oder Nadja Sydow. Oder es gab noch eine unbekannte Größe in der Gleichung. Siebels wurde immer unsicherer, je länger er darüber nachdachte.

»Was macht sie denn jetzt?«

»Bitte?«, Siebels schaute verwirrt zu Maja Mertens, die ihn aus seinen Gedanken gerissen hatte.

»Nadja. Was macht sie? Beruflich, meine ich.«

»Ach so. Sie studiert Psychologie.«

»Na, das passt ja.«

Siebels konnte nicht widersprechen. Die wichtigste Frage stellte er zum Schluss. »Wo waren Sie am Montag und am Dienstag, morgens zwischen sechs und acht Uhr?«

»Brauche ich ein Alibi? Für diese Zeit habe ich leider keines. Gegen acht Uhr stehe ich für gewöhnlich auf. Zwischen neun und zehn Uhr fange ich dann hier an.«

»Kein Lebensgefährte, der diese Zeit mit Ihnen verbracht hat?«

»Leider nicht, nein.«

Siebels hatte nichts anderes erwartet. Wer hatte als Alleinstehende schon ein Alibi für die frühen Morgenstunden. Er hakte das Gespräch fürs Erste ab und dachte an sein nächstes, das er führen wollte. Mit Julia, der Auszubildenden bei Dr. Ritter. Sie hatte die Unterhaltung mit ihm abrupt beendet, als er sie nach Nadja fragte. Jetzt wollte er unbedingt wissen, warum.

12

Anekdoten des Philipp von Mahlenburg

Kati war ein kleines Persönchen. Sie maß gerade mal 1,58 Meter. Sie war unheimlich lieb und eine hoffnungslose Romantikerin. Abends zählte sie die Sterne am Himmel und morgens die Blumen auf ihrem Balkon. Kati liebte Bücher und las den ganzen Tag. Sie war Lektorin bei einem Verlag. Sie war eine Schmusekatze und liebte es, stundenlang gestreichelt und massiert zu werden. Scheu war sie auch, aber diese Scheu legte sie schnell ab, wenn sie erst mal Vertrauen gefasst hatte. Kati brauchte Sicherheit und Geborgenheit. Wenn sie die vorfand, öffnete sie sich. Sie war meine kleine Knospe, die sich jeden Tag aufs Neue zur vollen Blüte entfaltete. Kati hatte noch nicht viele Männerbekanntschaften in ihrem Leben gemacht, obwohl sie schon Anfang vierzig war. Sie suchte ihren Mr. Right und war nicht bereit, Kompromisse dabei einzugehen. Kati wusste nicht so genau, was sie wollte, aber sie wusste ganz genau, was sie nicht wollte. Sie wollte einen Mann, der nicht raucht und nicht trinkt. Einen Mann, der Sinn für das Schöne hatte. Für gute Literatur, für bunte Blumen, für romantische Sonnenuntergänge und für schöngeistige Gespräche. All das glaubte sie in mir gefunden zu haben. Kati war richtig glücklich, wenn ich sie abends von der Arbeit abholte und mit einem Küsschen begrüßte. Dann erzählte sie mir erst mal ausführlich von ihrem Arbeitstag. Das wurde zwar schnell langweilig, aber ich schenkte ihr mein offenes Ohr. Dass ich gerade klamm bei Kasse war, störte sie dann auch weniger. Sie war nicht nur sehr hilfsbereit, sondern auch sehr großzügig und vor allem gutgläubig. Sie half mir mit 1.500 Euro aus der Patsche, weil ich mit der Miete im Rückstand war. Natürlich zahlte sie die Kinokarten und das Essen beim Italiener übernahm sie auch. Im Gegenzug durfte sie mir von ihren Wünschen und von ihren Sorgen erzählen und ich hörte zwar gelangweilt, aber aufmerksam zu. Sie wünschte sich ein kleines Haus in der Toskana. Mit offenem Kamin im Wohnzimmer und einem Kräu-

tergarten auf dem kleinen Grundstück. Sie sorgte sich um die Autoren, deren Manuskripte sie ablehnen musste, weil sie nicht ins Verlagskonzept passten. Sie sorgte sich auch um die Autoren, deren Bücher in ihrem Verlag veröffentlicht wurden. Das waren zwar nur wenige, aber die mussten schreiben wie die Roboter und bekamen immer engere Terminvorgaben für ihre neuen Bücher. Kati wusste genau, dass die Qualität der Werke darunter litt, aber die Leute vom Verkauf gaben den Takt an und Kati musste mitmarschieren. Das machte sie traurig und ließ sie immer öfter von dem Haus in der Toskana träumen, wo es keine Terminvorgaben gab, sondern nur traumhaft schöne Sonnenuntergänge. Davon erzählte sie mir, wenn sie abends mit mir kuschelte. Wenn sie alles erzählt hatte, es war immer das Gleiche, verstummte sie. Dann wollte sie die Liebe fühlen. Einen Männerkörper entdecken. Ihren kleinen Frauenkörper von sanften großen Männerhänden erforschen lassen. Nur in der Toskana konnte die Liebe noch schöner sein. Auf einem weichen Fell vor dem offenen Kamin. Kati war glücklich, wenn ich mit ihr schlief. Welche Frau hatte schon so einen einfühlsamen und kultivierten Mann. Für Kati hatte sich das lange Warten gelohnt. Mir war sie eigentlich viel zu klein. Ständig musste ich mich verrenken, mich bücken, biegen oder krümmen. Kati mochte das, so einen großen Mann, der das Bett von oben bis unten ausfüllte. Da griff sie nie daneben. Sie schwelgte im Glück. Mich ödete ihr Streben nach perfekter Harmonie mehr und mehr an. Ein wenig Disharmonie konnte unserer kleinen Affäre nur guttun.

Charly hatte sich ein Verzeichnis der Verlage in und um Frankfurt besorgt und angefangen, sie abzutelefonieren. Überall fragte er nach einer Lektorin, 1,58 Meter groß, eine Kati. Wahrscheinlich Katja. Bei seinem achten Anruf hatte er Erfolg. Katja Kullmer arbeitete im Primus-Verlag. Programmschwerpunkte waren Biographien und Ratgeber. Ratgeber zur Selbstfindung, zur Selbstverwirklichung, zur Lebensbewältigung, zur Karriereplanung oder zur mentalen Stressbewältigung. Daneben gab es noch einige Romane, hauptsächlich sogenannte Frauenbücher. Charly rief umgehend Siebels an. Der war gerade auf dem Weg zu Dr. Ritter.

»Ist sie heute im Büro?«, wollte Siebels wissen.

»Ja. Ich habe aber nicht mit ihr gesprochen. Ich dachte, das erledigt ihr besser.«

Siebels schaute auf die Uhr. Sein Gespräch mit Julia würde bestimmt nicht lange dauern. »Kannst du ihr eine Streife schicken, die sie abholt, wenn sie Feierabend macht?«

»Klar. Kommt sie freiwillig mit?«

»Gib mir die Nummer. Ich rufe sie an und erkläre ihr alles. Ich will mich im Präsidium mit ihr unterhalten.«

Charly gab die Nummer durch. Siebels fuhr mit 160 km/h auf der Autobahn Richtung Bad Homburg. »Kannst du mir die Nummer simsen? Ich kann jetzt nicht mitschreiben.«

»Klar kann ich simsen. Ich bin der IT-Beauftragte. Ich bin ein begnadeter Hacker. Und du fragst, ob ich simsen kann.«

»Das war ein Befehl, der in höflicher Sprache ausgesprochen wurde.«

»Befehl wird umgehend ausgeführt. Übrigens hat Staatsanwalt Jensen dich gesucht. Drei Leichen in drei Tagen, das wäre ja mal wieder typisch Siebels, hat er gesagt.«

»Hast du ihm gesagt, dass wir Bettina Lorenz wahrscheinlich gerettet haben?«

»Nö. Ich habe ihm gesagt, dass ich sie wahrscheinlich gerettet habe. Habe ihm erklärt, dass die vierte Leiche noch lebt und unter Polizeischutz steht. Da hat er was von Personalaufwand gefaselt.«

»Man kann es ihm nie recht machen. Hat er sonst noch was gesagt?«

»Dass er sich auf die Hochzeit freut.«

»Ach, Hochzeit, genau. Habe ich dich schon eingeladen?«

»Nö.«

»Na, das mache ich später. Erinnere mich dran. Meine Tochter kommt auch. Und Jensen mit Frau.«

»Kann ich mit Begleitung kommen?«

Siebels hörte die Frage, verarbeitete sie in seinen Gehirnwindungen und war einen Moment sprachlos. Er nutzte den Moment, um sich eine Zigarette anzuzünden.

»Weibliche Begleitung?«, fragte er verblüfft nach.

»Weibliche Begleitung, wenn es recht ist, ja.« Charly klang etwas verlegen.

Siebels kannte Charly nur als Charly ohne weibliche Begleitung. Seine Neugierde nahm überhand. »Wer ist es? Kenne ich sie?«

»Lade uns ein, dann wirst du sie sehen.«

»Klar, Charly. Da bin ich aber gespannt. Du und eine Frau. Dass ich das noch erleben darf.«

»Auch ein blindes Huhn findet mal ein Korn, oder wie?«

»So war das doch nicht gemeint. Ich dachte immer, du wärst überzeugter und kompromissloser Junggeselle.«

»Na ja, es ist nach wie vor deine Hochzeit, nicht meine.«

»Stimmt auch wieder. Kannst du mir noch einen Gefallen tun?«

»Aber sicher doch.«

»In meinem Büro liegt die Akte mit der Klassenliste vom Goethe-Gymnasium. Da stehen ein Robert und eine Karina drauf. Die Nachnamen weiß ich jetzt nicht, die stehen aber auch auf der Liste. Kannst du mir die Adressen der beiden besorgen? Es könnte natürlich sein, dass diese Karina mittlerweile verheiratet ist, und einen anderen Familiennamen hat.«

»Kein Problem, das finde ich raus.«

»Gut, ich bin jetzt in Bad Homburg. Simse mir die Nummer noch rüber.« Siebels beendete das Gespräch und rief umgehend zuhause an.

»Ich habe noch jemanden für meine Liste«, sagte er freudestrahlend, als Sabine sich meldete.

»Hast du jetzt aus Versehen auch noch den Oberstaatsanwalt eingeladen?«

»Nee, den Ministerpräsidenten.«

»Aha. Willst du doch noch Polizeipräsident werden?«

»Ist vielleicht nicht das Schlechteste. Ich habe da wieder einen Fall, der ist zum Verzweifeln. Zwei Frauen, eine davon ist wahrscheinlich ein böses Luder. Aber welche? Während ich versuche das herauszufinden, sterben die Beteiligten wie die Fliegen um mich herum und Jensen wird schon wieder nervös.«

»Du wirst das böse Luder schon überführen, da bin ich mir ganz sicher.«

»Ja, ich auch. Den Ministerpräsidenten habe ich aber nicht eingeladen. Charly kommt mit Begleitung.«
»Na so was. Charly, der einsame Wolf, hat seine Einsamkeit aufgegeben. Wer ist es? Kenne ich sie?«
»Schreibe sie auf die Liste, dann lernst du sie kennen.«
»Hat sie auch einen Namen?«
»Sie heißt Charlys Begleitung.«
»Schöner Name.«
»Finde ich auch. Ich muss Schluss machen. Die Pflicht ruft.«

Siebels parkte den Wagen vor Dr. Ritters Kanzlei. Bevor er ausstieg, rief er die Nummer an, die Charly ihm gerade gesimst hatte. Katja Kullmer war gar nicht erfreut, als Siebels Philipp von Mahlenburg erwähnte. Als er etwas von mehreren Todesfällen sagte, war sie sprachlos. Als sie die Sprache wiederfand, erklärte sie sich bereit, von einer Polizeistreife zum Präsidium gebracht zu werden.

Till hatte Kulmbacher wieder zurück in den Sandweg beordert. Anna Lehmkuhl grenzte den Todeszeitpunkt auf die Spanne zwischen 18:00 und 20:00 Uhr ein. Kulmbacher war erst kurz nach 20:00 Uhr zur Observierung eingetroffen und konnte sich an keine Frau erinnern, die das Haus betreten oder verlassen hätte. Er zählte eine dreiköpfige türkische Familie, einen älteren Herrn und ein jugendliches Pärchen auf, die im Laufe des Abends und der Nacht das Haus betraten oder verlassen hatten. Auf keinen Fall war eine einzelne Frau darunter. Till hatte nur auf Schäfer geachtet. Er wartete noch, bis Anna Lehmkuhl etwas zur voraussichtlichen Todesursache sagen konnte. Sie vermutete eine Überdosis Schlaftabletten. Eine zurückgelassene Verpackung dieser Tabletten konnte aber nicht gefunden werden. Dafür standen zwei geleerte Gläser auf dem Tisch in dem kleinen Zimmer. Sie rochen nach Wodka. Till ließ die Spurensicherung ihre Arbeit machen und fragte sich, warum sie nach dem dritten Opfer immer noch keine verwertbaren Spuren gefunden hatten. Dann fragte er den Chef der Spurensicherung, der ihn aber nur schräg ansah und sich dann wieder seiner Arbeit widmete. Er betrachtete sich noch einmal den toten Jens Schäfer und ärgerte sich, weil er ihn bei seinem Besuch nicht härter rangenommen hatte. Er machte sich auf den Weg zum Goethe-Gymnasium, um sich mit Frau Stollenberg über Maja Mertens zu unterhalten.

Die Auszubildende Julia empfing Siebels an der Tür. Dr. Ritter wäre gerade in einem Gespräch mit einem Mandanten, erklärte sie Siebels. »Wenn Sie noch eine halbe Stunde Geduld haben. Viel länger wird es bestimmt nicht mehr dauern.«

»Eigentlich bin ich gekommen, um mich mit Ihnen zu unterhalten.«

»Mit mir? Ach so. Ich kann Ihnen aber bestimmt nicht weiterhelfen.«

Julia wusste nicht so recht, was sie von Siebels Auftauchen halten sollte, und blieb unschlüssig im Eingangsbereich stehen.

»Können wir uns irgendwo ungestört unterhalten?« Siebels bemerkte die Nervosität der Auszubildenden.

»Aber ich bin doch nur die Auszubildende. Ich weiß gar nicht, was ich sagen darf.«

»Oh, das ist ganz einfach. Sie dürfen die Wahrheit sagen. Nichts als die Wahrheit. Das bleibt auch alles unter uns.«

»Na, wenn Sie meinen. Wir haben eine kleine Kaffeeküche. Da können wir uns unterhalten.« Julia führte Siebels in die kleine Küche, es gab keine Sitzgelegenheiten, nur einen Tisch mit einer Kaffeemaschine darauf und einen Kühlschrank, einen weiteren leeren Tisch und zwei Büroschränke. Julia setzte sich auf den leeren Tisch und ließ die Beine baumeln. Siebels lehnte sich gegen die geschlossene Tür.

»Sind Sie zufrieden mit Ihrer Ausbildung hier?«

Julia zuckte mit den Achseln. »Es ist okay. Manchmal etwas langweilig. Eigentlich wollte ich ja was mit Tieren machen. Bei einem Tierarzt oder so. Aber da hat sich leider nichts ergeben.«

»Ich wollte früher Pilot werden«, erzählte Siebels. »Da ist leider auch nichts daraus geworden. Mittlerweile bin ich ganz froh drum. Immer nur im Flugzeug sitzen wird ja auch langweilig auf die Dauer.«

»Polizist ist bestimmt spannend. Haben Sie schon einen Verdächtigen bei der Sache mit Frau Sydow?«

»Deswegen bin ich hier. Einiges verstehe ich einfach noch nicht. Über Nadja Sydow habe ich schon sehr viel gehört. Aber ich kann mir immer noch kein Bild von ihr machen. Sie haben doch gesagt, Sie hätten sie hier einmal getroffen. Was hatten Sie denn für einen Eindruck von ihr?«

»Haben Sie sie etwa im Verdacht, dass sie ihre Stiefmutter umgebracht hat?«

»Nein. Ich will mir nur einen Überblick über das Umfeld von Frau Sydow verschaffen. Da gehört natürlich auch Nadja dazu. Manche Leute sprechen nur gut von ihr, andere weniger gut. Jetzt frage ich mich, was für ein Mensch Nadja wirklich ist.«

»Ich kenne sie doch kaum.« Julia schaute auf ihre baumelnden Füße.

»Ich glaube, es gibt da etwas, das Sie mir eigentlich gerne erzählen möchten. Trauen Sie sich nicht? Haben Sie Angst, dass Dr. Ritter etwas dagegen haben könnte?«

»Und wenn es so wäre?«

»Er muss es ja nicht erfahren. Ich kann schweigen wie ein Grab.«

»Hmm, ich weiß nicht. Wenn Dr. Ritter ärgerlich ist, kann er unausstehlich sein.«

»Kann ich mir einen Kaffee einschenken?«

»Ich schenke Ihnen einen ein. Mit Milch und Zucker?«

»Ja, bitte.« Siebels wartete, bis Julia ihm den Kaffee reichte.

»Ich mache Ihnen mal einen Vorschlag«, unternahm Siebels einen neuen Anlauf. »Ich habe einen sehr guten Freund bei der Polizei. Wenn ich etwas rausfinden muss und keine Zeit dazu habe, sage ich es ihm. Der kümmert sich dann darum. Und der findet fast alles heraus. Er heißt übrigens Charly. Ich könnte ihn ja beauftragen, dass er sich mal kundig macht, ob es in der Gegend nicht doch einen Tierarzt gibt, der noch eine tüchtige Helferin brauchen könnte. Mit Empfehlung von der Polizei.«

Julia schaute Siebels mit leuchtenden Augen an. »Das würden Sie wirklich machen?«

»Versprochen. Aber ich kann Ihnen natürlich nicht garantieren, dass auch etwas dabei herauskommt. Doch falls es klappt, müssen Sie mir natürlich auch versprechen, dass Sie sich gut benehmen und Spaß bei der Arbeit haben.«

»Abgemacht«, sagte Julia.

»Aber erst möchte ich was über Nadja hören.«

Julia nickte unmerklich und betrachtete wieder ihre baumelnden Beine. »Nadja tut immer so vornehm, wenn sie hier ist. Sie ist sehr höflich und immer toll angezogen. Aber sie hat auch eine andere Seite. Sie ist ein richtiges Luder. Sie war mal bei Dr. Ritter im Büro. Das ist bestimmt schon ein Jahr her. Sie war länger bei ihm drin, ich hatte schon ganz vergessen, dass sie überhaupt im Haus war. Ich war oben gerade auf dem Weg zum Kopierer und bin am Büro von Dr. Ritter vorbeigelaufen, als die Tür aufflog und Nadja herauskam. Im Vorbeilaufen habe ich einen Blick ins Büro geworfen. Dr. Ritter hat sich gerade die Hose zugemacht. Sein Hemd hing noch über der Hose. Ich bin dann schnell weitergelaufen und habe so getan, als wäre nichts gewesen. Ich habe die Kopien gemacht und bin dann wieder die Treppe runter und zu meinem Platz gegangen. Nadja zog sich gerade ihre Jacke an, die hing an der Garderobe. Als sie mich sah, kam sie zu mir. Sie wusste ja, dass ich ihn mit der offenen Hose gesehen haben musste. Sie kam also zu mir und lächelte mich an. Dann fragte sie mich ganz frei heraus, ob ich ihn auch schon gefickt hätte. Mir war das total peinlich. Ich schüttelte nur mit dem Kopf. Nadja fragte mich dann allen Ernstes, ob sie Dr. Ritter fragen sollte, ob er mich auch ficken will. Das wäre doch praktisch, wo wir jeden Tag hier zusammen wären, meinte sie. Ich konnte gar nichts darauf antworten. Ich hatte Angst, dass sie ihn das wirklich fragen würde. Ich habe mich einfach umgedreht und bin hier in die Kaffeeküche gegangen. Als ich wieder rauskam, war Nadja weg. Ich habe sie dann noch zwei- oder dreimal hier gesehen. Sie hat so getan, als wäre nie etwas gewesen. Sie hat mich immer höflich gegrüßt, wenn sie kam und sich freundlich verabschiedet, wenn sie wieder gegangen ist. Aber ich habe jedes Mal Herzrasen bekommen, wenn sie hier aufgetaucht ist.«

»Das kann ich mir denken«, sagte Siebels grübelnd. »Sie haben Nadja in einer peinlichen Situation erwischt. Nadja hat dafür gesorgt, dass Sie auch in eine peinliche Situation kommen. Damit fühlte sie sich Ihnen gegenüber wieder im

Vorteil. Das war bestimmt der Grund für Nadjas Verhalten.«

»Glauben Sie wirklich? Ich weiß nicht. Ich dachte, sie wäre einfach nur ein verdorbenes Miststück.«

»Wer weiß?« Siebels nahm sein Handy und rief Charly an. »Sag mal Charly, du bist doch immer ein hilfsbereiter Mensch.«

»Das klingt schon wieder so nach Heuchelei«, wehrte Charly ab.

»Jetzt hör doch erst mal zu. Ich bin hier gerade mit einer jungen Dame zusammen. Sie hat mir eben sehr weitergeholfen. Sie macht eine Ausbildung zur Notariatsfachangestellten. Eigentlich würde sie aber viel lieber eine Ausbildung bei einem Tierarzt machen.«

»Ich kenne aber keinen Tierarzt, warum rufst du da bei mir an?«

»Na, du hast doch jetzt die Lehrerin gefunden und die Lektorin, da wirst du doch wohl auch einen Tierarzt finden, der noch eine tüchtige Auszubildende brauchen kann.«

»Jetzt bist du wohl völlig senil geworden, oder wie?«

»Charly, wir sind doch die Polizei, der Freund und Helfer.«

»Sag das mal den Kollegen, die mir ständig beschlagnahmte Festplatten vorbeibringen und sofort wissen wollen, was da alles gelöscht wurde.«

»Da kommt so eine kleine Abwechslung doch gerade recht, oder?«

»Ausbildungsstelle beim Tierarzt«, seufzte Charly. »Das kostet dich aber was!«

»Genau, wir gehen mal wieder einen trinken.«

»Erst Robert und Karina oder erst Tierarzt?«

»Robert und Karina haben Vorrang. Ach, wenn wir uns schon so nett unterhalten: Prüf doch mal die Finanzsituation von Jens Schäfer. Der hat seine Bücher selbst bezahlt. Das muss ein größerer Betrag gewesen sein. Vielleicht findest du eine entsprechende Kontobewegung. Würde mich interessieren, wer ihm die Bücher finanziert hat. Seine Anekdoten hast du ja. Schau mal rein, wann die rausgekommen sind. Zu dem Zeitpunkt dürfte er auch die Rechnung bekommen haben.«

»Jede Wette, dass Till gleich anruft und auch noch seine Wunschliste durchgibt.«

»Der hat vorerst keine Wünsche mehr zu äußern. Der hat die Wohnung von Schäfer observiert, als der umgebracht wurde. Das darf man eigentlich gar niemandem erzählen.« Siebels bemerkte, dass Julia ihm aufmerksam zuhörte.

»Ich muss jetzt Schluss machen. Bis nachher, kannst einen Kaffee bei mir trinken, wenn ich da bin.«

»Du willst mir wirklich so einen fürchterlichen Kaffee aus dem Automaten anbieten?«

»Der ist lecker. Bis später.«

»Verdächtigen Sie jetzt Nadja?«, fragte Julia.

»Sagen wir mal so: Ich behalte sie im Auge.« Siebels reichte Julia die Hand und versprach, sich zu melden, falls Charly etwas erreichen würde bei seinen Bemühungen. Julia strahlte über beide Backen.

13

Frau Stollenberg saß tippend im Sekretariat, als Till in der Schule eintraf. Als sie ihn erblickte, stellte sie ihre Arbeit umgehend ein.

»Da bin ich wieder«, kommentierte Till sein Auftauchen.

»Das sehe ich. Der Rektor hält gerade eine Unterrichtsstunde. Wollen Sie auf ihn warten?«

»Vielleicht können Sie mir ja auch weiterhelfen. Es geht noch mal um die Klasse von Nadja Sydow.«

Frau Stollenberg rückte ihre Brille auf die Nasenspitze. »Ist das eine polizeiliche Vernehmung?«

»Eine Zeugenbefragung«, beschwichtigte Till.

»Und was soll ich bezeugen? Ich dachte, Sie ermitteln im Fall von Nadjas Stiefmutter. Ich habe das übrigens noch mal überprüft. In unseren Unterlagen gibt es nur den Vater. Jürgen Sydow.«

Till klärte sie auf, dass Jürgen Sydow noch mal geheiratet hatte, nachdem Nadja bereits die Schule verlassen hatte.

»Hoffentlich keine Frau, die jünger war als seine Tochter?«

»Beate Sydow hätte vom Alter her auch Nadjas richtige Mutter sein können«, beruhigte Siebels die Schulsekretärin.

»Sie glauben ja gar nicht, was ich hier alles erlebe. Das wäre nicht das erste Mal, dass eine Schülerin eine Mutter bekommt, die nicht viel älter ist, als sie selbst. Für ein junges Mädchen bricht bei so was doch das ganze Weltbild zusammen.«

Till dachte an Siebels. Sabine Karlson war zwar einige Jahre älter als die Tochter aus erster Ehe von Siebels. Ihre leibliche Mutter hätte sie aber nicht abgeben können, dafür war der Altersunterschied zu gering. Till schob den Gedanken wieder zur Seite.

»Mir ist aufgefallen, dass auch Maja Mertens in die Klasse von Nadja ging. Können Sie sich an Frau Mertens erinnern?«

Frau Stollenberg blickte Till nachdenklich an. »Helfen Sie mir mal auf die Sprünge. An Gesichter kann ich mich viel besser erinnern als an Namen.«

»Sie sieht aus wie Cleopatra. Schwarzes langes Haar. Ponyfransen über der Stirn.«

»Ach ja, jetzt weiß ich Bescheid. Maja. Genau. Nadja und Maja. Das war so eine Sache.«

»Gab es Probleme zwischen den beiden?«

»Das kann man wohl so sagen. Nadja wurde von Maja mal fürchterlich verprügelt. Maja muss wie eine Furie auf sie losgegangen sein. Mehrere Lehrkräfte waren nötig, um die beiden auseinanderzuziehen. Nadja wurde mit einem blauen Auge, ausgerissenen Haarbüscheln und einem zerkratzten Gesicht für zwei Tage vom Unterricht befreit. Wenn man der Gerüchteküche Glauben schenken soll, hat Maja ihr auch mit aller Kraft in die Brustwarzen gekniffen. Die Mitschüler standen drum herum und haben sich nicht getraut einzugreifen. Nadja hat sich aber auf Teufel komm raus gewehrt. Maja ist auch nicht ohne Blessuren aus der Sache rausgekommen.«

»Das ist ja sehr interessant. Was war denn der Grund für die Auseinandersetzung?«

»Tja, so genau weiß ich das nicht. Die beiden haben sich hinterher ausgeschwiegen. Aber ausschlaggebend war wohl der ewige Zweikampf zwischen den beiden. Sei es die beste Note oder die Anzahl der Jungs, die sich um sie bemühten. Maja war fast in allen Fächern die Zweitbeste. Immer hinter Nadja. Das war fast so eine Art Gesetz. Maja war aber eine sehr gute Schülerin. In jedem anderen Jahrgang wäre sie problemlos die Klassenbeste gewesen. Aber ausgerechnet mit Nadja musste sie in eine Klasse kommen. Ehrgeizig waren sie beide. Aber Nadja war einfach talentierter. In allen Belangen. Sie war ja unser Wunderkind. Maja war nur die Musterschülerin.«

»Ich dachte, Nadja wäre auch sehr rebellisch gewesen. Sie hat doch den Unterricht boykottiert. Die Lehrer und die Mitschüler manipuliert, das haben Sie mir doch erzählt.«

»Das stimmt. Aber Nadja hatte Persönlichkeit. Sie war die geborene Anführerin. Sie konnte sich das erlauben. Als sie diesen Unterrichtsboykott veranstaltet hat, gab es eine Lehrerkonferenz. Jeder andere Schüler hätte mit ernsthaften Konsequenzen rechnen müssen. Bei Nadja wollte das kein Lehrer riskieren. Man einigte sich schließlich darauf, Nadjas Verhalten als soziale Kompetenz zu werten. Schließlich setzte sie sich ja auch für die ganze Klasse ein und in ihrem Amt als Schulsprecherin sollte sie ja auch Verantwortung übernehmen. Übrigens fällt mir dabei ein, dass ausgerechnet Maja gegen den Boykottaufruf verstoßen hat. Sie war die einzige Schülerin, die sich bei Frau Schmücker im Unterricht eingefunden hat. Das war ein spannendes Thema bei den Lehrern. Einige waren der Meinung, Maja wollte Nadja endlich vom Thron stoßen. Wenn das mit dem Boykott schiefgegangen wäre, wenn wegen Maja auch andere Schüler zum Unterricht gegangen wären, dann hätte Nadja den Kampf gegen Frau Schmücker vielleicht verloren. Dann hätte es aus dem Lehrerkreis Konsequenzen für Nadjas Verhalten geben müssen. Soweit jedenfalls die Theorien vom Lehrstuhl. Andere waren der Meinung gewesen, dass Maja Angst vor einem Schulverweis gehabt hätte. Sie gehörte nämlich neben Nadja zu den Hauptbetroffenen. Maja hatte für ihre Verhältnisse auch eine relativ schlechte Note von Frau Schmücker bekommen und hätte daher neben Nadja schnell als Rädelsführerin dagestanden. Um das zu verhindern, hat sie sich gegen Nadja gestellt und den Unterricht besucht. Soweit die Meinung des Mathematiklehrers.«

»Sehr seltsam«, wunderte sich Till über die Lehrer. »Wie war denn nach dieser Aktion das Verhältnis zwischen Frau Schmücker und Maja?«

»Maja bekam hinterher eine bessere Note, genauso wie Nadja. Sie hat also von dem Boykott profitiert. Trotzdem hatte ich den Eindruck, dass Maja nach dieser Geschichte einen Stein im Brett gehabt hat bei Frau Schmücker.«

»Frau Schmücker wurde gestern ermordet«, ließ Till nun die Katze aus dem Sack. Frau Stollenberg wurde kreideweiß im Gesicht.

»Das ist ja furchtbar. Sie glauben doch nicht etwa, dass Nadja oder Maja ihr etwas angetan haben?«

»Wir glauben, dass der Tod von Frau Schmücker im Zusammenhang mit dem Tod von Frau Sydow steht. Nadja und Maja spielen beide eine sehr undurchsichtige Rolle in diesem Fall. Würden Sie einer der beiden so etwas zutrauen?«

»Nein. Das kann ich mir nicht vorstellen. Das ergibt doch gar keinen Sinn. Ich glaube, ich lasse besser den Rektor rufen. Das ist ja alles unglaublich.«

Frau Stollenberg stand auf und verließ wortlos das Zimmer. Till ließ sich ihre Erzählungen durch den Kopf gehen. So, wie es sich für ihn darstellte, hatte Maja nie eine Chance gehabt, sich gegen Nadja durchzusetzen. Maja hatte als letztes Mittel die körperliche Gewalt gewählt. Ob Nadja sie bis aufs Blut provoziert hatte, konnte er nicht sagen. Aber er hätte darauf gewettet. Als Schlägerin konnte er sich die Kamasutrakönigin mit ihren feinen Gesichtszügen überhaupt nicht vorstellen. Die allwissende und auf Rosen gebettete Nadja gefiel ihm als kalte Mörderin viel besser. Frau Stollenberg kam zurück und in ihrem Gefolge befand sich der entsetzte Rektor mit dem sprachlosen Datenschutzbeauftragten Brehm. Till schilderte in groben Zügen, was geschehen war.

Anekdoten des Philipp von Mahlenburg

Das romantische Getue von Kati ging mir mehr und mehr auf die Nerven. Ich verspürte große Lust, ihr heiles Weltbild zu zerstören, ihr Urvertrauen in die Liebe zu erschüttern, ihre Sehnsucht nach Geborgenheit zu untergraben. Ich ließ mir eine kleine Überraschung einfallen. Allein die Vorstellung bereitete mir schon großes Vergnügen und meine Vorfreude wuchs stündlich, als alles seinen Lauf nahm. Kati erwartete mich abends in ihrer kleinen Wohnung, mit ihren vielen kleinen Plüschtieren und ihren Träumen von einem Leben in trauter Zweisamkeit in der Toskana. Ich erschien pünktlich, aber ich erschien nicht allein. Ich kam in Begleitung einer sehr attraktiven Frau. Einer Frau, die eine kleine Rolle spielte. Wir inszenierten ein kleines Theaterstück für die liebe Kati. Ich stellte Kati meine Begleitung Larissa vor. Larissa, eine alte Freundin, die ich zufällig in der Stadt wiedergetroffen hatte, nachdem wir uns jahrelang nicht gesehen hatten. Larissa spielte ihre Rolle gut. Sie war eine ausgezeichnete Schauspielerin. Sehr höflich und zurückhaltend ging sie auf Kati zu, entschuldigte sich für ihr Auftauchen, sie ließ Kati keine Chance, etwas Schlechtes zu denken. Wir aßen zu Abend, Kati hatte Schnittchen zubereitet. Ich hatte Rotwein mitgebracht. Drei Flaschen. Wir unterhielten uns angeregt, tranken die erste und auch die zweite Flasche Rotwein und machten es uns zu dritt auf Katis kleinem Sofa bequem.

Larissa machte Kati Komplimente und Kati nahm sie dankbar entgegen. Kati vertrug nicht viel Alkohol, wir öffneten bald auch die dritte Flasche Rotwein. Larissa zwinkerte mir zu, ich zwinkerte zurück. Unser Pakt war geschlossen und Kati sah dem Unheil überrumpelt entgegen. Ich versank mit Larissa engumschlungen auf dem Sofa. Wir schmiegten uns an Kati, die dicht neben uns saß. Wir küssten uns und Kati sah sprachlos zu.

»Mach doch mit«, raunte Larissa ihr zu. Doch Kati saß wie aus Stein gemeißelt da und rührte sich nicht. Ich knöpfte Larissas Bluse auf und schaute Kati in die Augen. Sie konnte kaum glauben, was da vor ihren Augen geschah. Larissa fing an, mich auszuziehen, Kati fing an zu begreifen, was auf ihrem kleinen Sofa geschah.

»Was soll das jetzt?«, fragte sie empört.

»Sei doch nicht so schüchtern«, forderte Larissa sie auf.

»Ich will das nicht«, sagte Kati und wollte aufstehen. Ich hielt sie zurück, versuchte auch, sie zu küssen, doch sie wehrte sich.

»Entspann dich«, forderte Larissa sie auf und streichelte ihr zärtlich durchs Haar.

»Trink noch einen Rotwein und zieh dich aus«, forderte ich sie nicht sehr freundlich auf. Kati wusste nicht, wie ihr geschah, sie blieb reglos sitzen und sah nicht glücklich aus. »Wenn du keine Lust hast, machen wir es halt ohne dich«, gab ich ihr zu verstehen. Larissa lächelte sie verführerisch an.

»Du bist sehr hübsch«, raunte sie Kati zu. »Ich möchte gerne mehr von dir sehen.« Bevor Kati reagieren konnte, knöpfte Larissa ihr auch schon die Bluse auf.

»Ich stehe nicht auf Frauen«, jammerte Kati. Larissa war das egal. Ich schenkte Kati das Glas voll und reichte es ihr. Sie trank es mit einem Zug aus und ließ es dann geschehen. Kati war schon sehr benebelt vom guten Wein und Larissa gab ihre Bemühungen bald wieder auf. Halbnackt blieb Kati auf ihrem kleinen Sofa liegen, ich vergnügte mich mit Larissa auf dem Fußboden.

Am nächsten Morgen, Larissa war längst wieder verschwunden, versuchte Kati einen klaren Kopf zu bekommen. Sie stand eine halbe Stunde unter der Dusche. Ich war noch *müde und lag in Katis Bett. Nach der ausgedehnten Dusche stellte sie mich zur Rede. Ich betrachtete sie schmunzelnd.*

»Zu dritt wäre es doch viel schöner in der Toskana«, gab ich ihr zu bedenken. Kati verließ weinend das Zimmer und kurz darauf die Wohnung. Zwei Stunden später rief sie mich an. Sie wolle mich nie wiedersehen, teilte sie mir mit. Ich hielt das für sehr vernünftig und ließ sie noch wissen, dass Larissa sie gern mal wiedersehen würde. Da knallte sie den Hörer auf die Gabel.

Als Siebels wieder im Präsidium war, ging er als Erstes bei Charly vorbei. Der saß vor einem Computer und spielte gerade ein Programm auf.

»Kommst du mit auf einen Kaffee?«, fragte Siebels.

»Ich habe welchen gemacht, der ist besser als dein Automatengesöff.«

»Bei deinem Kaffee mache ich heute Nacht doch kein Auge mehr zu.«

»Alte Männer brauchen wenig Schlaf. Du hast übrigens Besuch. Ich habe die Lektorin in dein Büro bringen lassen.«

»Ach, die ist schon da. Dann lasse ich sie besser nicht länger warten. Ich melde mich, wenn ich mit ihr gesprochen habe.«

»Ich mache jetzt Schluss. Ich habe noch was vor.«

»Doch nicht etwa mit Begleitung?«

»Sei nicht so neugierig. Ich habe beschlossen, dass ich ab sofort auch ein Privatleben habe. Du brauchst mich also gar nicht mehr anrufen, wenn dir mitten in der Nacht einfällt, dass du dringend was wissen musst.«

»Apropos. Hast du was über Robert und Karina rausgefunden?«

Charly reichte ihm einen Zettel. »Robert Berghofer und Karina Schramm. Leben beide noch in Frankfurt, die Adressen habe ich aufgeschrieben.«

»Charly, du bist ein Schatz.« Siebels nahm den Zettel entgegen. Dann sah er die Anekdoten auf Charlys Schreibtisch. »Die Anekdote über diese Lektorin muss ich ja auch noch lesen, bevor ich mit ihr spreche.«

Siebels setzte sich hin und las die entsprechende Anekdote. »Mann, Mann, Mann«, stöhnte er. »Was ist das bloß für eine verworrene Geschichte. Möchte mal wissen, wie Schäfer es geschafft hat, bei diesen ganzen Frauen zu landen. Irgendjemand muss sie ja zuvor für ihn ausgesucht haben.«

»Warum ist der jetzt eigentlich auch tot?«, fragte Charly beiläufig.

»Damit er uns nicht erzählen kann, wer ihm seine Liebschaften ausgesucht hat, vermute ich. Wenn wir das wüssten, hätten wir auch unseren Mörder. Oder unsere Mörderin.«

»Hat Schäfer einen Computer in seiner Wohnung stehen?«

»Du meinst, einen Computer, auf dem wir was Interessantes finden können. Gute Idee, Charly. Warum kam die nicht längst schon von mir?«

»Du hättest sie bestimmt heute Nacht gehabt und mich dann umgehend angerufen.«

»Jetzt übertreib mal nicht. Ich bin doch kein Tyrann.« Wie um es zu bestätigen, dudelte der Biene Maja Song los. Till war gerade im Büro eingetroffen und wollte Siebels mitteilen, dass eine Frau Kullmer dort auf ihn wartete.

»Das ist eine der Anekdoten, die Charly ausfindig gemacht hat. Ich bin sofort da. Sag mal, hat Schäfer einen Computer in seiner Wohnung stehen?«

»Computer? Nein, habe keinen gesehen.«

»Na, irgendwie muss er doch sein Buch geschrieben haben.«

»Vielleicht hat er einen Laptop.«

»Prüf das morgen und wenn du einen findest, bring ihn zu Charly. Der hat Langeweile.«

Siebels erntete einen bösen Blick und verdrückte sich.

Mein perfekter Plan

Der eitle Pfau hat mir wieder viel Freude bereitet. Für seine letzte Aufgabe habe ich mir etwas ganz Besonderes einfallen lassen. Ich habe ihm eine Assistentin mit auf den Weg gegeben. Eine Professionelle, die sich gut bezahlen ließ. Aber sie war ihr Geld wert. Der eitle Pfau hat sich natürlich erst geziert. Nicht sein Stil, hat er gemeint. Ich erklärte ihm, dass es mein Stil sei. Wir waren bei ihm in seinem kleinen Hamsterkäfig, als ich ihm meine Wünsche mitteilte.

»Muss das sein?«, fragte er gequält.

»Hast du ein Problem damit?«, fragte ich ihn provozierend. Er druckste nur herum, anstatt sich darauf zu freuen. Dann kam sein üblicher Spruch: Ich will nur dich. Dabei sah er mich an wie ein treuer Dackel. »Vielleicht lasse ich dich ja bald mal ran«, machte ich ihm Mut, hatte aber eine viel bessere Idee. Ich schickte ihn aus dem Zimmer und schloss die Tür hinter ihm. Dann rief ich sie an und bestellte sie her. Sie und ihre beste Freundin. Ich hatte Glück, sie hatten beide Zeit und erschienen eine Dreiviertelstunde später. Ihm hatte ich nichts davon gesagt, es sollte eine kleine Überraschung werden. Als ich den beiden Damen das Geld in die Hand drückte, schaute er mich verschämt an.

»Zeig den Damen dein Schlafzimmer«, forderte ich ihn auf. »Die Zeit läuft, die Rechnung ist bezahlt.« Die beiden Damen zögerten nicht lange, sie hakten sich bei ihm ein und führten ihn in sein Schlafzimmer. Ich kam mit und setzte mich auf den Stuhl in der Ecke. »Ich will was sehen für mein Geld«, ließ ich ihn wissen. Dass ich ihm Gesellschaft leistete, brachte ihn dann doch auf Trab. Die beiden Damen machten es ihm auch leicht. Ich betrachtete mir eine Weile, wie sie sich zu dritt im Bett vergnügten. Dann betätigte ich mich als Regisseur. Sagte ihm, was ich gerne sehen würde und wie ich es gerne sehen würde. Nach einer halben Stunde war er schon viel lockerer und erfüllte meine Anweisungen ganz annehmbar. Mehr wollte ich nicht wissen, ich beendete das kleine Schauspiel und schmiss die Damen wieder raus. Für meinen Plan war er nun vorbereitet, für die kleine Lektorin konnte der Spaß beginnen. Wenn er mit ihr fertig war, hatte er sein Soll erfüllt. Ich konnte es kaum erwarten, die zweite Stufe von meinem Plan in die Tat umzusetzen.

14

Katja Kullmer saß eingeschüchtert vor Siebels Schreibtisch und schaute Löcher in die Luft. Till saß am Computer und tippte seine neuesten Erkenntnisse ein, die ihn auch nicht viel weiterbrachten.

»Guten Tag, Frau Kullmer.« Siebels streckte ihr die Hand entgegen.

»Sind Sie Herr Kommissar Siebels?«

»Der bin ich. Tut mir leid, dass Sie warten mussten.«

»Niemand sagt mir, was eigentlich los ist. Ich wurde auf der Arbeit von zwei Polizisten abgeholt.«

»Ja, das habe ich veranlasst. Kann ich Ihnen etwas anbieten? Einen Kaffee?«

»Ein Glas Wasser, bitte.«

Siebels schaute zu Till, doch der blickte starr auf seinen Bildschirm. »Kannst du mal zwei Glas Wasser bringen, bitte.«

Till seufzte und ging zum Kühlschrank. Siebels legte die Anekdoten vor Katja Kullmer auf den Tisch. »Deswegen haben wir Sie hierherbringen lassen.«

Katja Kullmer schluckte. »Ich verstehe nicht«, murmelte sie verlegen. Siebels erklärte ihr, was passiert war. Till stellte den beiden zwei Gläser Wasser auf den Tisch.

»Sie glauben, dass ich jetzt in Lebensgefahr bin?« Katja Kullmer dachte an die Zeit mit Philipp von Mahlenburg. Sie konnte sich keinen Reim auf das machen, was Siebels ihr erzählt hatte.

»Leider ja. Es sieht so aus, als wären alle Frauen, die in diesem Buch auftauchen, gefährdet. Philipp von Mahlenburg hat Ihnen das Buch mit der Post geschickt, ist das richtig?«

Katja Kullmer nickte und nippte an ihrem Wasser.

»Gab es noch ein Begleitschreiben dazu?«

»Nein. Es war nur das Buch in dem Umschlag.«

»War ein Absender auf dem Umschlag?«

Katja Kullmer überlegte einen Moment. »Nein. Ich habe den Umschlag geöffnet, ohne mir dabei groß Gedanken zu machen. Hätte der Absender auf dem Umschlag gestanden, hätte ich bestimmt anders reagiert.«

»Das Buch könnte Ihnen also auch jemand anderes geschickt haben?«

»Das wäre möglich. Aber wer sollte das sein? Die andere Frau?«

Siebels zuckte mit den Schultern und Till hörte aufmerksam zu.

»Ist Ihnen in letzter Zeit etwas aufgefallen? Fühlten Sie sich beobachtet?«

»Nein. Es war alles wie immer. Mir ist niemand aufgefallen.«

Siebels schwieg einen Moment, bevor er die Frage stellte, die ihm Kopfzerbrechen bereitete. »Hatten Sie schon mal etwas mit einer Nadja Sydow zu tun?«

Katja Kullmer sah ihn überrascht an. »Ja, ich habe ein Buch von ihr lektoriert. Warum fragen Sie?«

Till pfiff leise durch die Zähne. Siebels wurde neugierig.

»Sie hat ein Buch geschrieben? Was für ein Buch?«

»Es handelt sich um eine Art Ratgeber. Der Wille ist der Weg zum Erfolg, heißt der Titel. Sie beschreibt darin Strategien zur Persönlichkeitsentwicklung. Ein sehr gutes Buch. Ursprünglich hat Frau Sydow eine Seminararbeit bei ihrem Psychologiestudium darübergeschrieben. Sie fand das Thema so interessant, dass sie ein Buch in allgemeinverständlicher Sprache darüber verfasst hat. Es verkauft sich ziemlich gut. Aber was hat das mit Philipp zu tun?«

»Dazu möchte ich später kommen. Vorher noch eine andere Frage. Sagt Ihnen auch der Name Maja Mertens etwas?«

Katja Kullmer überlegte. »Ich glaube nicht. Sie ist keine Autorin bei uns. Wer soll das sein?«

»Sie hat auch ein Buch geschrieben.« Siebels zog seine Schublade auf und holte das Kamasutra-Buch hervor. »Maja Mertens hat dieses Buch geschrieben.«

Till traute seinen Augen nicht. Er zog seine Schublade auf. Darin lag das Kamasutra-Buch, welches er aus dem BMW von Siebels mitgenommen hatte.

»Ach, ja«, erinnerte sich Katja Kullmer. »Das hatte ich als Manuskript von Frau Mertens vorgelegt bekommen. Ich musste es aber ablehnen. Das passte nicht wirklich in unser

Programm.« Katja Kullmer nahm das Kamasutra-Buch in die Hand und betrachtete es sich. »Möllenbeck Verlag«, sagte sie dann. »Dort werden die Autoren nur abgezockt. Aber viele nehmen das in Kauf, bevor sie gar nicht veröffentlicht werden.«

»Frau Mertens arbeitet dort. Sie betreut die Autoren. Sie ist also so eine Art Kollegin von Ihnen.«

»Kollegin ist in diesem Fall nicht ganz richtig. Ich muss ja den meisten Autoren absagen. Sie wird jeden Autor dazu überreden, für viel Geld sein Buch bei Möllenbeck verlegen zu lassen. Das ist ein großer Unterschied. Aber wenn sie dort arbeitet, wird sie sich nicht selbst über den Tisch gezogen haben.«

»Wann hatten Sie zuletzt Kontakt mit Nadja Sydow? Wann kam ihr Buch bei Ihnen raus?«

»Das Buch erschien ungefähr vor einem Jahr. Danach hatte ich noch sporadisch Kontakt zu Frau Sydow. Aber unser letztes Gespräch liegt jetzt bestimmt ein halbes Jahr zurück.«

»Wann lag Ihnen das Manuskript von Frau Mertens vor?«

»Das muss früher gewesen sein, wenn ich mich recht erinnere. Das ist bestimmt schon vier Jahre her.«

»Also hat Frau Sydow ihr Manuskript deutlich später eingereicht als Frau Mertens. Sind Sie da ganz sicher?«

»Ja, da bin ich mir ganz sicher. Aber warum wollen Sie das so genau wissen?«

»Weil alle Frauen, die in den Anekdoten von Herrn von Mahlenburg vorkommen, Kontakt zu Nadja Sydow und Maja Mertens gehabt haben. Wir schließen aus, dass es sich dabei um einen Zufall handelt.«

Katja Kullmer versuchte die Worte von Siebels zu erfassen. Sie konnte sich aber keinen Reim darauf machen. »Was soll das heißen? Das ergibt doch keinen Sinn.«

»Da stimme ich Ihnen zu. Trotzdem lässt es sich nicht leugnen. Der Einzige, der uns das hätte erklären können, ist Herr von Mahlenburg. Leider haben wir zu spät bemerkt, was hier vor sich geht. Wahrscheinlich wurde er als unliebsamer Zeuge aus dem Weg geräumt.«

»Ich habe ihm ja den Teufel an den Hals gewünscht. Aber jetzt, wo er wirklich tot ist, macht mich das doch traurig.

Meinen Sie, dass die ganzen Geschichten, die er geschrieben hat, gar nicht auf seinem Mist gewachsen sind?«

»Ich weiß es nicht. Aber es spricht vieles dafür, dass er nur als Marionette missbraucht wurde. Wir sind uns noch nicht einmal sicher, ob er dieses Buch wirklich selbst geschrieben hat.«

Katja Kullmer trank den letzten Schluck von ihrem Wasser und fragte, ob sie noch eines bekommen könnte. Till schenkte ihr nach.

Siebels griff zum Hörer und rief bei Bettina Lorenz an. Er erkundigte sich, ob alles in Ordnung sei. Sie erzählte ihm, dass ihre beiden Wachhunde bei ihr im Wohnzimmer säßen und einen Film guckten. Siebels klärte sie auf, dass zur Nachtschicht eine weibliche Beamtin kommen würde, die die Nacht in der Wohnung verbringen sollte. Ein männlicher Kollege würde im Wagen vor der Haustür Wache schieben. Bettina Lorenz erklärte sich einverstanden. Dann betrachtete Siebels Katja Kullmer und überlegte, was er mit ihr anstellen sollte. Er nickte Till zu und gab ihm ein Zeichen, dass er sich mit ihm unter vier Augen unterhalten wollte. Till ging vor die Tür, Siebels entschuldigte sich bei Katja Kullmer und folgte ihm in den Gang.

»Wenn wir die beiden jetzt rund um die Uhr bewachen, bringt uns das nicht weiter. Ich befürchte, der Anekdotenmörder bemerkt das und zieht sich zurück. Wir können sie ja auch nicht ewig bewachen.«

»Was schlägst du vor?«, fragte Till.

»Wir nutzen sie als Lockvogel. Wir observieren sie, lassen uns aber nicht blicken.«

»Das hätten wir besser mit Frau Lorenz machen sollen. Sie ist die Nächste in der Anekdotenreihe. Wenn sie als Nächstes umgebracht werden soll, macht es wenig Sinn, Frau Kullmer als Lockvogel zu benutzen. Entweder bemerkt unser Mörder die Bewachung bei Frau Lorenz oder er tappt dort schon in die Falle. Wenn er es bemerkt, wird er bestimmt ganz vorsichtig werden.«

»Ja, du hast recht. Hast du einen besseren Vorschlag?«

»Wir haben zwei Hauptverdächtige. Nadja Sydow und Maja Mertens. Wir sollten die beiden observieren.«

Siebels zündete sich eine Zigarette an. »Ja, das könnte auch funktionieren. Mich stören aber die Motive, die wir den beiden unterstellt haben. Die mordende Nadja, weil sie eine psychisch gestörte Hochbegabte sein soll, die nur den Kick sucht. Maja Mertens als Mörderin, weil sie alle Frauen aus dem Weg räumt, die Nadja ihr gegenüber mal bevorzugt haben. Das ist doch alles Wischiwaschi.«

»Eine von beiden wandert wegen mehrfachen Mordes für viele Jahre in den Knast. Wenn es die Falsche ist, und die Richtige das so geplant hat, dann steckt da sehr viel kriminelle Energie dahinter. Das traue ich eher Nadja zu.«

Siebels schaute auf die Uhr. Es war schon wieder spät geworden. »Wir müssen jetzt erst mal eine Lösung für heute Nacht finden. Frau Kullmer kann ich unmöglich allein nach Hause schicken.«

»Wir könnten sie in einem Hotel unterbringen. Dann ist sie erst mal aus der Schusslinie. Da soll sie bleiben, bis uns was Besseres einfällt.«

»Okay, das können wir machen. Wir checken sie aber unter falschem Namen ein. Ich will kein Risiko eingehen. Bringst du sie in ein Hotel und kümmerst dich um das Einchecken?«

»Mache ich.«

Siebels ging wieder in sein Büro und klärte Katja Kullmer über seinen Plan auf, sie in einem Hotel einzuquartieren. Katja Kullmer willigte ein, wollte aber vorher ein paar Sachen aus ihrer Wohnung holen. Siebels gab ihr seine Karte. »Rufen Sie mich sofort an, wenn Ihnen etwas verdächtig vorkommt. Zu jeder Zeit.«

Katja Kullmer nickte eingeschüchtert.

»Morgen früh machen wir als Erstes eine Besprechung«, sagte Siebels zu Till. »Wir müssen das alles noch mal durchkauen. Ich habe das Gefühl, dass wir was übersehen haben.«

»Was ist mit meiner Arbeit morgen?«, fragte Katja Kullmer.

»Sie bleiben in Ihrem Hotelzimmer, bis ich mich bei Ihnen melde. Morgen sollten Sie sich krankmelden. Wenn es nötig ist, besorgen wir Ihnen ein ärztliches Attest.«

Siebels ging wieder ins Büro, Till machte sich mit Katja Kullmer auf den Weg.

Donnerstag, 3. Juni 2010
Siebels hatte den Flipchart im Büro aufgestellt und stand mit einem Filzschreiber davor. Till und Charly saßen mit einem Kaffee in der Hand vor ihm.

»Ich mache mal eine kurze Zusammenfassung vom Fall und notiere die offenen Fragen. Vielleicht hat ja einer von euch eine Idee, wie das alles zusammenhängt.« Siebels fing an, das weiße Blatt auf dem Flipchart zu beschreiben. Ganz oben notierte er das Buch von Philipp von Mahlenburg. Darunter schrieb er die Namen der Frauen. Beate Sydow, Hanna Schmücker, Beate Lorenz, Katja Kullmer. In eine zweite Spalte schrieb er die Namen Nadja Sydow und Maja Mertens.

»Vier Frauen, die alle was gemeinsam haben«, sagte Siebels und deutete auf die erste Spalte. »Nämlich eine Verbindung zu Nadja Sydow und Maja Mertens. Dabei fällt Beate Sydow etwas aus dem Rahmen. Ihre Verbindung zu Nadja ist eine andere als die zu Maja. Sie ist die erste Anekdote im Buch. Aber sie ist nicht der erste gemeinsame Kontakt zu Nadja Sydow und Maja Mertens. Sie arbeitete als Personalleiterin in der Firma von Nadjas Vater und hatte ein Verhältnis mit ihm. Damals hieß sie Beate Knorr. 2004 haben die beiden geheiratet. Beate Sydow wurde die Stiefmutter von Nadja. Ungefähr ein Jahr davor hat Maja Mertens eine Ausbildung in der Firma von Jürgen Sydow begonnen. Beate Knorr hat sie eingestellt, wahrscheinlich auf Empfehlung von Nadja.«

Till meldete sich zu Wort. »Dann muss Nadja schon vor der Hochzeit ihres Vaters Kontakt zu ihrer späteren Stiefmutter gehabt haben.«

»Das muss nicht sein«, erwiderte Siebels. »Nadja könnte bei ihrem Vater vorgesprochen und sich für ihre ehemalige Klassenkameradin eingesetzt haben. Ihr Vater hat dann seiner Personalleiterin Anweisung gegeben, Maja Mertens einzustellen. Wenn dem so wäre, kannte Beate Knorr Maja Mertens schon, bevor sie ihre Stieftochter Nadja kennen gelernt hat. Natürlich können wir auch davon ausgehen, dass Nadja die Geliebte ihres Vaters schon lange vor der Hochzeit kannte. Das müssen wir klären. Dazu kann uns Sarah Fischer bestimmt etwas sagen.« Siebels notierte diese Frage mit dem Filzschreiber. »Maja Mertens war noch nicht lange in der Firma, da flog sie wieder raus. Angeblich hatte sie dem Chef, Nadjas Vater und Beate Knorrs damaligen Geliebten, schöne Augen gemacht.«

Till meldete sich wieder zu Wort. »Es wäre doch interessant zu wissen, ob Nadja und Maja zu der Zeit noch Kontakt hatten. Vielleicht gab es zwischen den beiden Frauengespräche über Nadjas Vater. Vielleicht hat Nadja ihre Freundin sogar angestachelt, sich an ihren Vater ranzumachen.«

Charly schüttelte den Kopf. »Welche junge Frau stachelt denn ihre Freundin an, damit die sich an ihren Vater ranmacht. So etwas habe ich ja noch nie gehört. Das kann ich mir nicht vorstellen.«

Till hielt dagegen. »Angenommen, Nadja war zu der Zeit schon über die Beziehung zwischen ihrem Vater und Beate Knorr im Bilde. Nehmen wir weiter an, dass sie gegen diese Beziehung war. Wie wir wissen, ist sie hochintelligent und versteht es meisterhaft, ihre Mitmenschen zu manipulieren. Sie kommt also auf die Idee, die Beziehung scheitern zu lassen und schickt Maja los, damit die sich an Nadjas Vater ranmacht. Wäre doch eine Möglichkeit.«

»Wir sollten Maja Mertens dazu direkt befragen«, beschied Siebels. »Am besten hier im Präsidium. Ich werde sie nachher anrufen und herbestellen. Wir halten zunächst mal fest, dass Beate Knorr und Jürgen Sydow mehrere Jahre lang eine mehr oder weniger heimliche Beziehung hatten. Nadja könnte ihre spätere Stiefmutter also schon viele Jahre vor der Hochzeit zum ersten Mal getroffen haben, und zwar noch bevor sie ihre Deutschlehrerin Hanna Schmücker kennen gelernt hat.«

»Das war 1999«, kommentierte Till. »Damals wechselte sie in die Oberstufe.«

»Wenn dem so war, passt es, dass Beate Sydow die erste Frau in den Anekdoten ist. Dann passt aber nur die Verbindung zwischen ihr und Nadja ins Bild. Maja Mertens lernte Beate Knorr erst nach Hanna Schmücker und Beate Lorenz kennen.«

»Muss nicht sein«, rief Charly dazwischen. »Wenn Nadja sie bereits zu früheren Zeiten kannte, könnte sie auch schon früher die Verbindung zwischen der Geliebten ihres Vaters und ihrer Schulfreundin hergestellt haben.«

Siebels deutete auf den Flipchart. »Wir werden Sarah Fischer dazu befragen. So kommen wir ja nicht weiter. Machen wir mit Hanna Schmücker weiter, der zweiten Anekdote. Bei ihr ist die Verbindung völlig klar, sie ist die Deutschlehrerin der beiden. Wenn wir Beate Sydow mal außer Acht lassen, ist sie die erste Frau, bei der Nadja und Maja gegeneinander konkurrieren.«

»Das ist ein wichtiges Stichwort«, sagte Till. »Bei Hanna Schmücker, Beate Lorenz und Katja Kullmer gab es eine Konkurrenzsituation zwischen den beiden. Das ist ja auch der rote Faden in dem Fall. Aber wie soll diese Konkurrenzsituation bei Beate Sydow ausgesehen haben?«

»Gute Frage«, sagte Siebels und kratzte sich nachdenklich am Kopf.

»Es gibt noch eine Unregelmäßigkeit bei Beate Sydow«, lenkte Charly ein. »In ihrer Anekdote erwähnt von Mahlenburg sein Aufeinandertreffen mit Nadja. Bei allen anderen Frauen ist weder von Nadja noch von Maja die Rede.«

»Stimmt«, pflichtete Siebels ihm bei. »Das ist ein sehr interessanter Aspekt.« Siebels schrieb die Stichworte auf das Blatt: Konkurrenzsituation Nadja und Maja im Fall Beate Sydow? Erwähnung von Nadja in der Anekdote Sydow!

Siebels fasste zusammen. »Im Fall Beate Sydow haben wir also lauter Unstimmigkeiten. Bei den Fällen Hanna Schmücker, Bettina Lorenz und Katja Kullmer sieht die Sache ziemlich klar aus. In allen Fällen gab es eine Konkurrenzsituation zwischen den beiden, aus der Nadja immer als Siegerin hervorging. Maja Mertens bestach trotzdem immer mit sehr guten Leistungen.«

»Hast du dir deswegen das Kamasutra-Buch gekauft?«, fragte Till und grinste breit. Damit hatte er Siebels auf dem falschen Fuß erwischt. Der blickte Till nur fragend an.

»Du hast gestern das Buch aus deiner Schublade gezaubert und Frau Kullmer gezeigt. Mein Buch war aber in meiner Schublade. Das habe ich aus dem BMW mitgenommen.«

»Falsch. Dein Buch ist in meiner Schublade. Mein Buch ist in deiner Schublade. Das habe ich bei Sarah Fischer gekauft, Maja Mertens liefert es dort persönlich ab zum Verkauf im Laden. Darüber müssen wir auch noch sprechen.«

»Kann ich auch so ein Buch haben?«, fragte Charly.

»Meins brauche ich«, sagte Till.

»Meins brauche ich auch«, sagte Siebels.

»Ihr müsst es ja wirklich nötig haben«, lästerte Charly.

»Können wir jetzt weitermachen?« Siebels schaute leicht genervt seine Kollegen an. »Maja Mertens war also immer sehr gut, aber nie gut genug, um Nadja zu übertreffen. Jahre später kommt Jens Schäfer alias Philipp von Mahlenburg ins Spiel und schreibt seine Anekdoten. Jetzt wird die Sache kompliziert. Was er geschrieben hat, ist auch geschehen. Jedenfalls haben Bettina Lorenz und Katja Kullmer das bestätigt. Das lässt den Schluss zu, dass er zu diesen Frauengeschichten animiert worden ist. Und zwar von Nadja oder von Maja Mertens.«

»Oder von allen beiden«, überlegte Till laut.

»Oder es gibt noch eine unbekannte dritte Person«, erweiterte Charly die Theorien.

»Wenn wir das wüssten, wären alle anderen Fragen bestimmt auch schnell geklärt«, resümierte Siebels. »Aus der ersten Anekdote wissen wir, wie Schäfer Nadja kennen gelernt hat.«

»Jetzt müssten wir ja nur rauskriegen, ob er Maja Mertens schon vorher kannte«, überlegte Till laut.

»Nach Aussage von Maja Mertens hat sie ihn erst kennen gelernt, als er sein Buch veröffentlichen wollte. Wenn dem so wäre, wäre Nadja natürlich unsere Zielperson.« Siebels schrieb wieder mit dem Filzschreiber: Kannte Maja Mertens Jens Schäfer alias Philipp von Mahlenburg schon, bevor er die Frauen aus den Anekdoten kennen lernte?

»Bleibt noch eine offene Frage, deren Beantwortung den Fall auch lösen kann. Wer hat die zehn fehlenden Bücher im Lager vom Möllenbeck Verlag entwendet? Das war auf jeden Fall unser Mörder oder unsere Mörderin. Hier spricht natürlich alles für Maja Mertens. Wir sollten prüfen, ob Nadja überhaupt eine Möglichkeit gehabt haben kann, an diese Bücher ranzukommen. Wenn nicht, ist sie eigentlich als Verdächtige ausgeschieden.«

»Falsch«, beschied Till. »Wir gehen immer davon aus, dass Philipp von Mahlenburg das Buch geschrieben hat. Ich habe ja kurz mit ihm sprechen können. Ich hatte den Eindruck, dass er erst eine große Show abgezogen hat und später, als ich ihm ein bisschen Druck gemacht habe, ist er sehr nervös geworden. Ich könnte mir vorstellen, dass er das Buch gar nicht geschrieben hat, sondern nur als Strohmann aufgetreten ist. Er hat zwar diese Frauengeschichten abgezogen, aber das hat er ja anscheinend fremdgesteuert gemacht. Wenn Nadja ihn entsprechend manipuliert hat, könnte sie auch das Buch geschrieben haben. Sie hätte auch die Rechnung von dem Verlag problemlos bezahlen können. Wenn sie das Buch erst arrangiert, dann geschrieben und später hat verlegen lassen, dann hatte sie bestimmt auch die Möglichkeit, die zehn fehlenden Bücher verschwinden zu lassen.«

Siebels fiel sein letztes Gespräch mit Maja Mertens ein. »Es gibt noch eine andere Betrachtungsweise des Falles. Stellt euch vor, diese Geschichte geht groß durch die Presse und wird von den Medien ausgeschlachtet. Mörder hält sich an Buchvorlage - als Schlagzeile. Dann würde Philipp von Mahlenburg auf die Bestsellerlisten katapultiert werden und Möllenbeck noch groß absahnen. Ich kann mir zwar nicht vorstellen, dass Herr Möllenbeck hinter den Morden steckt, aber wir müssen das auf jeden Fall im Auge behalten. Es wäre interessant zu wissen, wie die finanzielle Situation vom Möllenbeck Verlag ist.« Siebels schaute zu Charly. »Das wäre doch was für dich.«

»Ich kümmere mich drum. Gleichzeitig versuche ich rauszufinden, wo das Geld für den Druck der Bücher herkam. Wenn ich das weiß, will ich aber ein Buch haben, und zwar das andere.«

»Dann kannst du meins haben«, versprach ihm Siebels.

»Meines jedenfalls nicht«, stellte Till klar.

»Und der Tierarztjob?« Charly grinste Siebels an.

»Danke für das Stichwort. Das hätte ich fast vergessen.« Siebels dachte wieder an sein Gespräch mit Julia.

»Tierarztjob? Habe ich da was verpasst?« Till schaute abwechselnd zwischen Charly und Siebels hin und her.

Siebels berichtete den beiden von seinem Gespräch mit Julia. »Willst du ihn ficken?, hat Nadja sie gefragt. Julia ist die Auszubildende. Sie ist sechzehn oder siebzehn Jahre alt.«

»Das passt zur Anekdote von Beate Sydow«, sagte Till. »Das ist halt der Wortschatz von Hochbegabten. Die reden nicht lange um den heißen Brei herum. Aber wie kommt jetzt ein Tierarzt ins Spiel?«

»Ich glaube nicht, dass das der Wortschatz der Hochbegabten ist. Aber ich glaube, dass es eine sehr gute Methode ist, um andere Leute zu manipulieren. Julia hat Nadja und Dr. Ritter in einer peinlichen Situation erwischt. Nadja hat mit ihrer Reaktion dafür gesorgt, dass sich Julia in die Ecke der peinlich Berührten gedrängt fühlte. Das war pure Berechnung, um sich selbst zu schützen. Ähnlich interpretiere ich auch die Situation aus der Anekdote am Pool. Nadja kommt unverhofft zu Besuch, als ihre Stiefmutter mit einem jüngeren Liebhaber zu Gange ist. Sie gewinnt mit ihrer direkten und obszönen Art sofort die Kontrolle über das Geschehen.«

»Du meinst, sie ist ein Kontrollfreak?«, fragte Till.

»Ja. Sie hat den Zwang, andere Leute psychisch zu kontrollieren.«

»Psychologen brauchen für solche Erkenntnisse unzählige Gespräche. Glaubst du wirklich, du kannst sie nach so kurzer Zeit schon so gut einschätzen?« Charly zweifelte daran.

»Wenn ich nur mit ihr gesprochen hätte, wäre ich noch lange nicht so weit mit meiner Einschätzung. Aber die Gespräche mit den Leuten aus ihrem Umfeld waren schon sehr aufschlussreich.«

»Kann mir jetzt einer mal erklären, was es mit dem Tierarzt auf sich hat?«, beschwerte sich Till.

Siebels setzte Till endlich ins Bild.

»Oh je, massive Einflussnahme auf eine Zeugin«, kommentierte Till Siebels› Initiative.

»Besondere Fälle erfordern besondere Maßnahmen«, erklärte ihm Siebels.

»Ginge auch was im Zoo? Vielleicht als Tierpflegerin?« Charly sondierte schon mal die Möglichkeiten der speziellen Maßnahmen.

»Da verlasse ich mich ganz auf dich, Charly. Du machst das schon.« Siebels stellte sich vor sein beschriftetes Blatt am Flipchart und verschaffte sich einen Überblick. »Ich werde jetzt die alten Klassenkameraden von Nadja und Maja Mertens aufsuchen. Robert und Karina. Maja Mertens bestelle ich für 14:00 Uhr hierher. Die werden wir mal ein wenig in die Enge treiben. Charly, es wäre schön, wenn wir bis dahin mehr über die finanzielle Situation von Möllenbeck wüssten. Ebenso über die Finanzierung zum Druck der von Mahlenburg Bücher. Till, du besuchst Sarah Fischer in der Esoterikbar. Versuche rauszufinden, wann sich Maja Mertens und Beate Sydow das erste Mal begegnet sind. Dann fahr noch mal in den Sandweg und prüf, ob Jens Schäfer ein Laptop hatte. Bei der Gelegenheit kannst du auch seine direkten Nachbarn befragen. Vielleicht hatte dort jemand engeren Kontakt zu ihm und kann uns mehr über ihn erzählen. Den Typ kann ich noch nicht einordnen, da brauchen wir noch mehr Hintergrundinformationen. Wir treffen uns dann spätestens um 14:00 Uhr wieder hier für die Befragung von Maja Mertens. Nadja bestelle ich für morgen früh für die gleiche Prozedur her. Also Männer, auf geht's.«

15

Mein perfekter Plan
Der eitle Pfau hat eine wunderschöne Spur hinterlassen. Eine frustrierte Witwe, eine prüde Lehrerin im Pornoformat, eine Klavierlehrerin ohne Dach über dem Kopf und eine Lektorin, der die Lust auf Romantik hoffentlich für immer vergangen ist. Vier enttäuschte Frauen, die letztendlich nur ihrem Selbstbetrug zum Opfer gefallen sind. Wer auf einen Philipp von Mahlenburg hereinfällt, hat es nicht anders verdient. Jede von ihnen hatte ihre Chance. Jede von ihnen hatte die Wahl. Jede von ihnen hat sich für den Pfau entschieden und den gesunden Menschenverstand vermissen lassen. Meine Theorie hat sich bestätigt. Diese Damen betrügen sich selbst und somit auch alle anderen. Es wird Zeit, sie an den Pranger zu stellen. Ich habe den eitlen Pfau zu mir nach Hause bestellt. Ich habe ihm versprochen, dass es keine weiteren Fotos mehr gibt. Keine Rendezvous mehr mit Frauen, die ich ihm aussuche, keine bösartigen Abschiedsszenen. Ich glaube fast, er war ein bisschen enttäuscht. Als er zu mir kam, brachte er rote Rosen mit. Ich schmiss sie in die Ecke und führte ihn ins Wohnzimmer. Zur Feier des Tages hatte ich Champagner kühl gestellt. Wir stießen miteinander an.

»Ich bin sehr zufrieden«, ließ ich ihn wissen.

»Wie soll es nun weitergehen mit uns?«, fragte er hoffnungsvoll und ängstlich zugleich.

»Zieh dich aus«, gab ich ihm zur Antwort. Ein Lächeln umspielte seine Lippen. Artig zog er sich aus, bis er nackt vor mir stand. Das Lächeln lag nun auf meinen Lippen.

»Soll ich mich auch ausziehen?«, fragte ich ihn kokett. Er nickte und schaute mich gierig an. Langsam ließ ich meine Hüllen fallen. Als wir beide nackt in meinem Wohnzimmer standen, wähnte er sich schon an seinem lang ersehnten Ziel. Er täuschte sich. »Ich möchte mir einen Film mit dir anschauen«, hauchte ich ihm zu und führte ihn zum Sofa. Wir machten es uns gemütlich, ich breitete die Lammfelldecke über uns aus und startete den Film. Auf dem Bildschirm erschien mein

Schlafzimmer. Mein Bett. Hanna Schmücker und mein eitler Pfau.

»Du hast sie gut gefickt«, lobte ich ihn und schaute es mir an.

»Warum hast du es aufgenommen?«, fragte er verdutzt.

»Es ist ein Beweisstück«, sagte ich und streichelte ihm sanft die Brust. Er gab sich mit der Antwort zufrieden. Meine sanften Hände auf seiner Haut waren ihm wichtiger als eine Begründung für meinen Einbruch in seine tiefste Intimsphäre. Er fühlte sich an wie weiches Wachs.

»Hast du sie gern gefickt?«, wollte ich wissen.

»Ich habe es nur für dich getan«, sagte er treuherzig und brachte mich zum Schmunzeln.

»Dir kann keine Frau widerstehen«, flüsterte ich ihm ins Ohr und schmiegte mich eng an ihn. »Du gehörst aber nur mir. Weißt du das?«

»Ja, ich gehöre nur dir«, gelobte er mir seinen Gehorsam.

»Wir schreiben es auf«, flüsterte ich ihm aufgeregt ins Ohr. »Wir schreiben alles auf. Philipp von Mahlenburg, der Frauenversteher.«

»Ich verstehe nicht«, murmelte er vor sich hin.

»Schau hin«, sagte ich. »Schau hin, wie die Schmücker sich dir hingibt. Das wäre doch schön, wenn es ein schriftliches Vermächtnis von dir geben würde. Wenn die Männer deine Zeilen lesen und sich dich als Vorbild nehmen. Wenn die Frauen sich wünschten, einmal so begehrt und verstanden zu werden, selbst wenn sie wissen, dass es nur ein Trugschluss ist, dass sie Opfer sind. Wir schreiben es auf!«

»Ja, wir schreiben es auf«, stimmte er mir zu.

Sarah Fischer stand auf einem kleinen Schemel vor einem der Regale und räumte Ware ein, als Till die Esoterikbar betrat. Kundschaft war keine vorhanden. Das Glockenspiel an der Eingangstür erfüllte den Raum mit Gebimmel, als Till hereinkam. »Einen Moment, bin gleich da«, rief Sarah Fischer, ohne sich umzudrehen. Till schaute sich um, nahm Glückssteine in die Hand und roch an Duftkerzen. Er meinte, den Geruch von Domestos in die Nase zu bekommen, und stellte die Kerze wieder zurück. Sarah Fischer kam von ihrem Schemel herunter. »Ach, Sie sind es. Wo haben Sie denn Ihren Kollegen gelassen?«

»Der ist anderweitig beschäftigt. Heute müssen Sie mal mit mir vorliebnehmen.«

Sarah Fischer setzte sich auf einen Hocker hinter der Kasse. »Sind Sie weitergekommen mit Ihren Ermittlungen?«

»Philipp von Mahlenburg ist tot«, sagte Till und schaute Sarah Fischer in die Augen. Ihre Augen sahen Till verständnislos an.

»Philipp? Tot?« Sie brachte die Worte kaum heraus.

»Wir gehen davon aus, dass er als unliebsamer Zeuge im Weg stand.«

Sarah Fischer wurde blass. Ihre Lippen zitterten. Sie öffnete den Mund, wollte etwas sagen, brachte aber keinen Ton heraus.

Till hatte den Eindruck, dass diese Nachricht sie viel betroffener machte als der Tod von Beate Sydow. »Standen Sie ihm nahe?«

Sarah Fischer zog ein Taschentuch aus einer Schublade unter der Kasse und schniefte sich die Nase. Anschließend trocknete sie sich die feucht gewordenen Augen und rang um Fassung. »Nein, nein. Ich kannte ihn nicht besonders gut. Das habe ich Ihrem Kollegen schon erzählt. Aber der Tod hat so etwas Endgültiges. Entschuldigen Sie bitte, das hat mich jetzt aus meinem seelischen Gleichgewicht gebracht.«

Till schöpfte den Verdacht, dass Sarah Fischer sich Hoffnungen auf eine Affäre oder eine Beziehung mit dem nebulösen von Mahlenburg gemacht hatte, nachdem ihre Freundin nicht mehr unter den Lebenden weilte. »Sie mochten ihn, habe ich recht?«, fragte Till behutsam.

Sarah Fischer nickte langsam und bekam wieder feuchte Augen. »Er war so ein einfühlsamer und liebevoller Mann.«

Till verstand die Welt nicht mehr. »Wenn man sein Buch liest, bekommt man aber einen ganz anderen Eindruck.«

»Ja, ich weiß«, schluchzte Sarah Fischer. »Ich weiß nicht, was da in ihn gefahren ist. All diese Frauen. Sie haben ihn alle enttäuscht, glaube ich. Er war so sensibel und verletzlich. Sie können das bestimmt nicht verstehen.«

»Wann haben Sie ihn zum letzten Mal gesehen?«

»Am Montagabend. Ich habe ihn angerufen und ihm erzählt, was mit Beate passiert ist. Ich wollte wissen, warum sein Buch dort lag. Er war völlig verblüfft. Er kam dann zu mir. Völlig verwirrt saß er bei mir. Ich musste ihn trösten.«

Till traute seinen Ohren nicht. »Was hat er Ihnen erzählt?«

Sarah Fischer schaute Till traurig an. »Nichts weiter. Nur, dass er keine Erklärung für all das hat.«

»Hat er Nadja Sydow erwähnt?«

»Nein. Aber ich habe ihm erzählt, dass ich am Vormittag mit Nadja gesprochen hatte, nachdem die Polizei das Haus von Beate verlassen hatte. Da reagierte er ganz komisch.«

»Wie reagierte er denn?«

»Irgendwie komisch. Er stand plötzlich auf und lief wie gehetzt im Zimmer umher. Ich saß auf dem Sofa und wusste nicht, was mit ihm los war. Ich hatte den Eindruck, dass er plötzlich unheimlich wütend war und nicht wusste, wie er mit dieser Wut umgehen sollte. Plötzlich kam er zu mir, sank vor mir auf die Knie, vergrub sein Gesicht in meinem Schoß und fing an zu weinen. Ich habe ihn gefragt, was los sei. Aber er hat mir keine Antwort gegeben. Danach haben wir uns geliebt.« Die letzten Worte sprach Sarah Fischer sehr leise aus.

Till versuchte sich Philipp von Mahlenburg als psychisches Wrack vorzustellen. Philipp von Mahlenburg war aber eine Kunstfigur und in Tills Vorstellungskraft konnte diese Figur keine menschlichen Schwächen offenbaren. Anders stellte sich für Till die Sache dar, wenn er an Jens Schäfer dachte. Den hielt er vom ersten Moment an für ein psychisches Wrack. Till konnte diese beiden Persönlichkeiten nicht unter einen Hut bringen. »Als wer kam er denn an diesem Abend zu Ihnen? Als Philipp von Mahlenburg oder als Jens Schäfer?«

»Er hat mir an diesem Abend reinen Wein eingeschenkt«, gestand Sarah Fischer. »Dass er nur eine Rolle spielte, als er mit Beate zusammen war, war mir ja von Anfang an klar gewesen. Er hat sich bei mir entschuldigt. Wir hatten ja zuvor schon eine Nacht gemeinsam verbracht, als er noch mit Beate zusammen war. Damals hat er seine wahre Identität noch vor mir verheimlicht. Das musste er ja, sonst wäre ihm ja auch Beate auf die Schliche gekommen.«

Till konnte nicht fassen, dass Sarah Fischer ihn jetzt so in Schutz nahm. Er erinnerte sich an seinen Besuch vom Montagmittag bei Schäfer. Als Till ihm mitgeteilt hatte, dass er wegen Beate Sydow kam, hatte Schäfer großkotzig gefragt, ob die blöde Kuh ihn angezeigt hätte. Nur wenige Stunden später soll er dann völlig verblüfft und verwirrt bei Sarah Fischer aufgetaucht sein. Das passte vorne und hinten nicht zusammen.
»Hat er Ihnen erzählt, dass ich ihn am Montag in seiner Wohnung befragt habe?«

»Er hat mir abends gesagt, dass er Besuch von der Polizei gehabt hätte. Er machte sich große Sorgen, wegen dem Buch. Ich habe ihn natürlich gefragt, was das alles zu bedeuten hat. Er wusste es aber nicht. Er war völlig verzweifelt.«

»Weiß Nadja Sydow von diesem Treffen zwischen Ihnen und Schäfer?«

Sarah Fischer schaute Till fragend an. »Nadja? Nein, natürlich nicht. Warum?«

»Wie lange ist Herr Schäfer bei Ihnen geblieben?«

»Ungefähr bis Mitternacht. Ich wollte, dass er bei mir übernachtet und wir morgens gemeinsam frühstücken. Aber das passte ihm nicht. Er wollte unbedingt mitten in der Nacht wieder los. Irgendwas hat ihn sehr beschäftigt. Aber ich weiß nicht, was das war.«

Till versuchte sich darüber klar zu werden, ob Sarah Fischer jetzt auch ein potentielles Opfer war. Wenn der oder die Mörderin von diesem Treffen etwas mitbekommen hatte, musste er oder sie davon ausgehen, dass Schäfer bei Sarah Fischer etwas ausgeplaudert hatte. Vielleicht wurde er deswegen so schnell umgebracht. »Sprechen Sie mit niemandem über dieses Treffen«, bat Till Sarah Fischer. »Schon gar nicht mit Nadja Sydow und auch nicht mit Maja Mertens. Die bringt ja ab und zu mal ein paar ihrer Bücher hier vorbei, habe ich gehört.«

»Verdächtigen Sie die beiden?« Sarah Fischer klang überrascht.

»Es gibt noch einige offene Fragen. Deswegen bin ich eigentlich auch hier. Können Sie mir sagen, wann genau Nadja ihre spätere Stiefmutter kennen gelernt hat?«

Sarah Fischer dachte angestrengt nach. »Ich weiß das nicht so genau«, sagte sie dann.

»War Nadja noch in der Schule gewesen? Als ihr Vater wieder geheiratet hat, studierte Nadja doch schon.«

»Ich bin mir ziemlich sicher, dass Nadja und Beate sich schon einige Jahre vor der Hochzeit kennen gelernt haben. Doch, ganz bestimmt. Beate hat mir erzählt, dass Nadja so begabt sei und die Beste in ihrer Klasse war. Ja, jetzt fällt es mir wieder ein. Jürgen Sydow hat Beate und Nadja zu einer Schifffahrt auf dem Main eingeladen. Das muss so etwa ein Jahr vor der Hochzeit gewesen sein. Damals hat er Beate und Nadja miteinander bekannt gemacht. Ja, jetzt erinnere ich mich wieder, wie Beate mir später davon berichtet hat. Jürgen Sydow wollte, dass seine Tochter als Erste erfuhr, dass er bald wieder heiraten würde. Allerdings weiß ich nicht, ob Nadja nicht schon viel früher von Beate wusste. Schließlich hatte ihr Vater schon viel länger ein Verhältnis mit ihr.«

»Hat Frau Sydow Ihnen gegenüber auch mal Maja Mertens erwähnt?«

»Natürlich. Wir verkaufen doch ihre Bücher. Das hat Ihr Kollege doch gestern hier festgestellt.«

»Ich meine von früher. Als Beate Sydow noch nicht Sydow hieß und Personalleiterin bei der Firma von Herrn Sydow war.«

»Nein. Wie kommen Sie darauf? Was hat Frau Mertens jetzt damit zu tun?«

»Frau Mertens ging in die gleiche Abiturklasse wie Nadja. Die beiden kannten sich also gut von der Schule. Nach dem Abitur hat Frau Mertens einen Ausbildungsplatz in der Firma von Herrn Sydow bekommen. Beate Knorr, die damalige Personalleiterin und Geliebte des Chefs, hat Maja Mertens als Auszubildende eingestellt. Nur ein halbes Jahr später hat sie sie wieder rausgeschmissen. Angeblich, weil Maja Mertens dem Chef bei der Weihnachtsfeier schöne Augen gemacht hat. Hat Frau Sydow nie etwas davon erzählt?«

»Das ist mir völlig neu. Das kann ich mir gar nicht vorstellen. Wo haben Sie das denn her?«

Till winkte ab. »Das ist ein Gerücht, vorerst schenken wir ihm noch nicht viel Bedeutung.«

»Aha«, sagte Sarah Fischer verwundert.

Bevor Till die Esoterikbar verließ, kaufte er noch eine nach Domestos riechende Duftkerze. Die wollte er im Büro anzünden, wenn Siebels dort rauchte.

Robert Berghofer war mittlerweile Abteilungsleiter bei einer Bank. Siebels hatte es erst auf gut Glück bei ihm zuhause probiert und war dort auf Frau Berghofer und zwei kleine Kinder gestoßen. Siebels bat Robert Berghofers Frau bei ihrem Mann anzurufen und ihm sein Erscheinen anzukündigen. Eine halbe Stunde später wurde Siebels am Empfang des Hochhauses von Robert Berghofer abgeholt. Mit dem Aufzug fuhren sie in das fünfzehnte Stockwerk, wo Berghofer ein mit Glaswänden abgetrenntes Zimmer innerhalb eines Großraumbüros sein eigenes Reich nennen durfte.

»Worum geht es denn?«, fragte Berghofer, nachdem Siebels ihm gegenüber Platz genommen hatte.

»Um Ihre alten Schulzeiten«, klärte Siebels ihn auf. »Unter anderem ermitteln wir im Mordfall Hanna Schmücker.«

»Frau Schmücker? Meine alte Lehrerein?«

Siebels nickte.

»Sie wurde ermordet? Das ist ja schrecklich. Hoffentlich nicht von einem Schüler.«

»Momentan konzentrieren wir uns auf ehemalige Schüler.«

Robert Berghofer sah Siebels erstaunt an. »Sie haben jetzt aber nicht mich im Verdacht, oder?«

»Ich interessiere mich hauptsächlich für Ihre beiden Mitschülerinnen Nadja Sydow und Maja Mertens.«

Berghofer versank gedanklich in alten Zeiten. »Nadja und Maja. Unsere beiden Superhirne. Ja, die waren nicht nur sehr intelligent, die hatten auch das gewisse Etwas, wenn Sie verstehen, was ich meine.«

»Ich kann es mir ungefähr vorstellen. Mir kam da eine Geschichte zu Ohren, derentwegen ich nun hier bin.«

»Oh, da bin ich aber gespannt. Um welche Geschichte geht es?«

Siebels erzählte ihm, was Maja Mertens über die Auseinandersetzung zwischen Nadja und Karina berichtet hatte. Berghofer hörte ihm aufmerksam zu und musste ein wenig lächeln.

»Wer hat Ihnen das denn erzählt?«, fragte Berghofer neugierig.

»Hat es sich denn so zugetragen?«

»Na ja, das liegt wohl immer in der Sicht des Betrachters. Nachträglich habe ich diese Episode etwas anders gesehen. Wissen Sie, wir Jungs waren damals alle scharf auf Nadja oder Maja. Das war ein ständiger Wettkampf zwischen uns. Jeder wollte die beiden beeindrucken und mit ihnen in einer Clique sein. Alle anderen Mädchen in der Klasse hatten da das Nachsehen. Ich bin damals entweder um Maja oder um Nadja herumgeschlichen. Das hat sich alle paar Tage oder Wochen geändert. Je nachdem, welche der beiden Damen sich geneigt sah, sich mit mir abzugeben. So ging es auch einigen anderen Jungs. Die meisten hatten allerdings gar keine Chancen, weder bei der einen noch bei der anderen. Ja, und dann kam die Sache mit der Klassenfahrt. Nadja sagte, wir fahren nach Rom. Damit war die Sache eigentlich klar. Maja hielt sich raus. Sie wäre wohl die Einzige gewesen, die einen ernstzunehmenden Alternativvorschlag hätte machen können. Doch zur Überraschung der ganzen Klasse lehnte sich plötzlich Karina gegen Nadjas Vorschlag auf. Das hatte es bis dahin noch nicht gegeben. Und ich muss gestehen, ich fand Karina plötzlich voll gut. Und die Aussicht auf eine Skifreizeit gefiel mir auch viel besser als ein Aufenthalt in Rom. Was dann passierte, war für mich damals aber kaum zu durchschauen. Es war nämlich Maja, die nach dieser Diskussion zuerst aktiv wurde. Sie verbündete sich heimlich mit Karina. Das habe ich erst viel später erfahren. Jedenfalls verbrachten die beiden die Pausen zusammen und unterhielten sich. Das war neu. In einer der Pausen in den nachfolgenden Tagen war es dann auch Maja, die mich auf eine Runde über den Schulhof einlud. Karina war auch dabei. Die zwei lästerten über Nadja und über Rom und ich nutzte die Gunst der Stunde und verbündete mich mit den beiden. Eigentlich hatte ich gehofft, mit Maja anbändeln zu können. Zu Nadja hatte ich in dieser Zeit gar keinen Draht, also nahm ich die Gelegenheit wahr und stieß mit in Majas und Karinas Horn. Wir verabredeten uns für diesen Abend für einen Kinobesuch. Maja kam allerdings nicht und ich ging allein mit Karina in den Film. Während der Film lief, hielten wir plötzlich Händchen. Als der Film aus war, waren wir ein Paar.« Robert Berghofer hielt inne und lächelte verträumt. »Ach ja, wie lange habe ich darüber nicht mehr nachgedacht.«

»Die guten alten Zeiten. Sie verblassen und irgendwann sind sie wie ausgelöscht. Und plötzlich ist alles wieder da, als wäre es gestern gewesen«, stimmte Siebels ihm zu. »Und Nadja hatte gar nichts damit zu tun, dass Sie mit Karina zusammenkamen?«, fragte er nach.

Berghofer zuckte mit den Schultern. »Damals dachte ich einfach nur, ich hätte mich ganz unverhofft in Karina verknallt. Dass Maja oder Nadja das geplant hätten, wäre mir nie in den Sinn gekommen. Kurze Zeit später sah die Welt dann aber wieder ganz anders aus. Kaum war ich mit Karina zusammen, machte mir plötzlich Nadja schöne Augen. Und ich habe mich wie ein kleines dummes Arschloch verhalten, muss ich heute zugeben. Aber Nadja zu widerstehen war einfach nicht drin. Und Nadja ging ran, ohne Rücksicht auf Verluste. Da war Karina schnell vergessen. Dass ich nur ein Spielball war, ging mir erst später auf. Es stimmt, dass ich knutschend mit Nadja am Schultor stand, als Karina angelaufen kam. Ich war stolz wie Oskar und alle Jungs haben mich beneidet. Dass Karina fix und fertig war, habe ich völlig ausgeblendet. Es hat auch nur ein paar Tage gedauert, da hat mich Nadja wieder abserviert. Ob Nadja aber wirklich etwas damit zu tun hatte, dass ich überhaupt mit Karina zusammenkam, das ist mir bis heute unklar. Später habe ich jedenfalls erfahren, dass es zwischen Maja und Nadja zu einem heftigen Streit kam, nachdem Nadja die Sache mit Rom propagiert hatte. Maja hatte wohl auch eine Idee, wo wir die Klassenfahrt verbringen sollten. Das hat sie dann aber nicht vor der Klasse, sondern unter vier Augen mit Nadja klären wollen. Dabei hat anscheinend Nadja selbst den Vorschlag gemacht, dass sich Maja doch mit Karina verbünden sollte, wenn sie gegen Rom wäre. Dass ich von Rom auch nicht so begeistert war, hatte Nadja wohl auch registriert und bei dem Streit mit Maja nicht nur Karina, sondern auch mich erwähnt. Maja hat das dann in die Tat umgesetzt. Ob das alles so stimmt, kann ich aber nicht mit Sicherheit sagen. Nadja hat diese Version erzählt, als wir tatsächlich unsere Klassenfahrt in Rom verbrachten. Sie hat es Yvonne erzählt, die hat es Jürgen erzählt und der hat es mir gesteckt. Ob das jetzt also ein von Anfang an toll durchdachter Plan von Nadja war oder ob sich das Eine zum Anderen ergeben hat oder ob Maja den eigentlichen Plan hatte, der dann schief lief, das kann ich beim besten Willen nicht beantworten.«

»Hat sich Maja denn noch mal zu Wort gemeldet, was das Ziel der Klassenfahrt anging, oder hat sie sich nicht mehr gerührt, nachdem die Sache zwischen Ihnen und Karina aus war?«

»Ich glaube, sie war sehr enttäuscht, als ich plötzlich mit Nadja zusammen war und mich dann natürlich für Rom aussprach. Sie wollte mit mir darüber sprechen, aber ich habe sie abblitzen lassen. Ich hatte nur noch Augen für Nadja. Karina hatte sich krankgemeldet und Maja stand alleine da. Alle anderen haben sich Nadja angeschlossen. Die wenigen, die von Rom nicht so begeistert waren, haben nichts mehr gesagt, nachdem auch ich für Rom war. Kaum war Rom gebucht, servierte Nadja mich ab. Da bekam ich noch einen spöttischen Kommentar von Maja zu hören. Damit war die Geschichte dann auch vorbei und vergessen. Karina hat mich nicht mehr angeschaut, Maja hat mich hin und wieder mal angegiftet und Nadja hat nach kurzer Zeit so getan, als wäre nie etwas gewesen und mich als einen Ex-Freund behandelt, mit dem sie halt noch befreundet war.«

»Jetzt haben Sie ja zwei hübsche Kinder«, stellte Siebels fest.

»Ja. Und eine wunderbare Frau. Mit der habe ich solche Probleme nicht. Aber jetzt verraten Sie mir mal, warum Sie so sehr an diesen alten Kamellen interessiert sind. Weder Nadja noch Maja werden wohl die gute Frau Schmücker auf dem Gewissen haben.«

»Die Sache ist leider viel komplizierter. Frau Schmücker ist nicht das einzige Opfer. Aber alle Opfer hatten eine Verbindung zu Nadja Sydow und zu Maja Mertens. Und das macht mich sehr stutzig.«

»Das ist ja Wahnsinn. Mehrere Morde? Wer denn noch?«

»Die spätere zweite Frau von Nadjas Vater zum Beispiel. Sie hat seltsamerweise Maja Mertens nach dem Abitur als Auszubildende eingestellt und kurz darauf wieder entlassen. Sie war damals Personalleiterin in der Firma von Nadjas Vater.«

»Das kann doch aber auch alles nur Zufall sein«, überlegte Berghofer.

»Es gibt noch mehr. Zu viele, als dass es Zufälle sein könnten. Es hat den Anschein, als hätten die beiden jahrelang in einem Wettstreit miteinander gelegen. Nadja war immer die Nummer eins, die Bessere, die Kaltblütigere, die Ehrgeizigere. Maja war die ewige Nummer zwei, die immer wieder versucht hat, Nadja zu übertrumpfen, und es doch nie geschafft hat. Ich habe den Verdacht, dass es nach all den Jahren jetzt zu einem finalen Endkampf gekommen ist, bei dem eine der beiden über Leichen geht und die andere dafür büßen lassen will. Aber welche von den beiden die Büßerin sein soll und welche die Mörderin, das habe ich noch nicht rausgefunden. Deswegen war ich so sehr an dieser Geschichte interessiert.«

Berghofer sah Siebels ungläubig an. »Das klingt total verrückt. Wie in einem schlechten Film.«

»Ja, schlechte Filme, die Realität werden, kommen in meinem Beruf leider häufiger vor. Noch eine abschließende Frage: Können Sie sich vorstellen, dass Nadja diese Geschichte zwischen Karina, Maja und Ihnen tatsächlich von Anfang an so geplant hat?«

Berghofer überlegte einen Moment. »Es würde jedenfalls zu Nadja passen. Sie hat nie etwas dem Zufall überlassen. Aber wie gesagt, Maja war auch nicht ohne.«

Eine Mitarbeiterin klopfte von außen gegen die Glaswand. Berghofer winkte sie herein. Sie hatte einige Papiere, die unterschrieben werden mussten. Siebels verabschiedete sich.

16

Till stand vor dem Hauseingang am Sandweg und betrachtete sich die Namen auf den Klingelknöpfen. M. Öztürk war der direkte Nachbar von Jens Schäfer. Till klingelte. Kurz darauf ertönte der Summer und die Tür öffnete sich. Till stieg die Treppen hinauf und machte sich auf einen älteren Türken gefasst, der nur gebrochen deutsch sprach. Als er schließlich vor Mesut Öztürk stand, musste er seine Meinung revidieren. Till schätzte ihn auf Ende zwanzig.

»Wollen Sie zu mir?«, fragte Öztürk.

Till zeigte seinen Ausweis. »Kriminalpolizei. Ich würde mich mit Ihnen gerne über Ihren verstorbenen Nachbarn unterhalten. Kann ich kurz reinkommen?«

»Klar, immer reinspaziert.« Öztürk winkte ihn in die Wohnung und Till stellte fest, dass er mit Frankfurter Dialekt sprach.

»Wohnen Sie alleine hier?«, fragte Till und überlegte, ob er die Schuhe ausziehen sollte. Öztürk schien es aber egal zu sein, ob Till mit oder ohne Schuhwerk die Wohnung betrat.

»Ja, ich wohne allein hier. Ich bin Student. Setzen Sie sich doch. Schlimme Sache mit Jens. Ich war ganz schön durch den Wind, als ich davon gehört habe.«

Till setzte sich auf einen Stuhl. Es war eine kleine Zweizimmerwohnung und Ordnung schien nicht die Stärke von Mesut Öztürk zu sein. Überall lagen Sachen verstreut auf dem Fußboden herum. Bücher, Klamotten, ein Fußball und Fußballschuhe. »Was studieren Sie denn?«

»Germanistik im vierzehnten Semester.« Öztürk lächelte Till an und zuckte verlegen mit den Schultern. »Meistens fahre ich aber Taxi.«

»Was macht man denn mit einem abgeschlossenen Germanistikstudium?«

Öztürk zuckte wieder mit den Schultern. »Wahrscheinlich Taxi fahren.«

»Und wie kommt man als Türke auf die Idee, Germanistik zu studieren?«

»Deutsch war in der Schule immer mein Lieblingsfach. Ich habe schon immer gern viel gelesen. Brecht, Kafka, Thomas Mann.«

Die meisten Türken, mit denen Till bisher zu tun hatte, waren in Drogengeschäfte verwickelt gewesen. Mesut Öztürk war aber ein ganz anderes Kaliber. »Haben Sie auch die Anekdoten des Philipp von Mahlenburg gelesen?«

Öztürk sah Till verwundert an. »Muss man das kennen? Ich habe noch nie davon gehört.«

»Ihr Nachbar Jens Schäfer hat das geschrieben. Sein Pseudonym war Philipp von Mahlenburg.«

»Jens hat ein Buch geschrieben? Der Jens, der neben mir gewohnt hat? Nee, oder?«

»Doch. Allerdings ist es wirklich keine gute Literatur. Es ist eher Schund, würde ich sagen. Kannten Sie ihn näher? Waren Sie befreundet?«

»Richtige Freunde waren wir nicht. Wir waren Nachbarn, die ganz gut miteinander ausgekommen sind. Manchmal haben wir gemeinsam ein Bier getrunken und zusammen Fußball im Fernsehen geguckt.«

»Sie sind in Deutschland geboren?«, fragte Till.

»Ich bin waschechter Frankfurter. Mein Vater ist Türke, meine Mutter kommt aus Bulgarien. Ich spreche aber nur Deutsch und war in meinem Leben noch nicht in der Türkei. In Bulgarien habe ich mal Urlaub gemacht bei der Familie meiner Mutter. Da war ich noch ein Kind. Aber jetzt erzählen Sie doch mal, was passiert ist. Stimmt es, dass Jens ermordet wurde?«

»Davon gehen wir aus, ja. Ist Ihnen etwas Ungewöhnliches aufgefallen? Hatte Jens Schäfer Besuch gehabt? Gab es Krach in seiner Wohnung? Einen Streit? Hat er sich in den Tagen vor seinem Tod sonderbar verhalten?«

»Hm. Jens hat sich eigentlich immer sonderbar verhalten. Etwas Außergewöhnliches ist mir jedenfalls nicht aufgefallen. Das habe ich auch schon dem Streifenbeamten gesagt, der mich befragt hat, als Jens gefunden wurde.«

»Was meinen Sie damit, dass er sich immer sonderbar verhalten hat?«

»Na ja, er hatte keine geregelte Arbeit und hatte auch gar nicht die Absicht, sich einen richtigen Job zu suchen. Er hat gern groß aufgetragen. Ich habe ihn ziemlich oft in teuren Anzügen gesehen. Mit Krawatte und sauber geputzten schwarzen Schuhen. Wie ein Top-Manager. Wenn er so gekleidet war, hat er aber immer nur kurz gegrüßt, wenn wir uns im Treppenhaus begegnet sind. So, als würden wir uns gar nicht kennen. Obwohl wir vielleicht am Abend zuvor zusammen ein Fußballspiel angeschaut haben. Da trug er dann ausgelatschte Turnschuhe und verwaschene Jeans und war ein ganz anderer.«

»Haben Sie eine Ahnung, wie er sich diese teuren Anzüge leisten konnte, wenn er keinen richtigen Job hatte?«

»Das habe ich ihn auch mal gefragt. Da hat er aber nur rumgedruckst und wollte nicht raus mit der Sprache. Ich habe nicht weiter nachgefragt. Ist das wichtig?«

»Alles, was uns weiterhilft, ist wichtig. Hatte er eine feste Freundin? Oder eher wechselnde Frauenbekanntschaften?«

»Von einer festen Freundin weiß ich nichts. Wir haben uns beim Fußball gucken aber auch oft über Frauen unterhalten. Das war schon komisch. Jens war irgendwie ziemlich überheblich, wenn es um Frauen ging. So, als würde er jede rumkriegen, wenn er nur wollte. Aber da war halt nie eine Frau. Jedenfalls habe ich nie eine mit ihm gesehen.«

»Er hatte viele Frauen«, sagte Till.

»Tatsächlich?« Mesut Öztürk zweifelte daran.

»Ja, aber nur, wenn er die teuren Anzüge trug. Dann war er nicht mehr Jens Schäfer. Dann war er Philipp von Mahlenburg.«

»Aha. Sie meinen, ich habe jahrelang neben einer gespaltenen Persönlichkeit gewohnt?«

»Jedenfalls hat er eine Rolle gespielt. So eine Art Playboy, der sich von älteren Frauen hat aushalten lassen, bis er ihrer überdrüssig wurde und sie erst gedemütigt und dann verlassen hat.«

»Jens? Jens hat sich von älteren Frauen aushalten lassen? Ein Playboy? Cool. Ich hatte manchmal eher den Verdacht, dass er nicht auf Frauen steht.«

»Vielleicht war er ja tatsächlich schwul«, überlegte Till laut. Der Ausspruch von Öztürk, dass Jens Schäfer eine gespaltene

Persönlichkeit gewesen sein könnte, gab ihm zu denken. In seinen Anekdoten war er jedenfalls absolut gefühlskalt gegenüber seinen Liebhaberinnen gewesen.

»Nein, nein. Das hätte ich bemerkt. Ich studiere Germanistik. Da gibt es viele Schwule. Da kenne ich mich aus. Jens war nicht schwul. Aber ein Problem mit Frauen hatte er vielleicht schon. Wenn es stimmt, was Sie sagen, hat er es vielleicht nur wegen dem Geld gemacht. Er war sehr sensibel. Wenn er für Kohle mit den Frauen ins Bett gestiegen ist, hat ihm das seelisch bestimmt nicht gutgetan.«

»Hat er Ihnen gegenüber mal eine Nadja erwähnt?«

Öztürk schüttelte den Kopf.

»Oder eine Maja? Maja Mertens?«

»Nein. Wie gesagt, ich wusste überhaupt nichts von irgendwelchen Frauen, mit denen er zu tun hatte. Aber wenn ich so darüber nachdenke, was sie mir erzählt haben, macht das schon Sinn. Wenn er die teuren Anzüge trug, sah er nicht nur wegen der Klamotten anders aus. Sein Gesichtsausdruck war auch ein anderer. Auch seine Bewegungen. Als wäre er ein anderer Mensch, wenn er sich abends im feinen Zwirn auf den Weg gemacht hat. Eine gespaltene Persönlichkeit. Sehr interessant. Vielleicht sollte ich mein Germanistikstudium an den Nagel hängen und Psychologie studieren.«

Till gab Öztürk seine Karte. »Falls Ihnen noch irgendetwas einfällt zu dieser gespaltenen Persönlichkeit, rufen Sie mich bitte an.«

Öztürk nahm die Karte. »Aber klar doch, Herr Kommissar. Wissen Sie schon, wann er beerdigt wird? Ich möchte gerne hingehen.«

Till zuckte mit den Schultern. »Da möchte ich auch hingehen. Das könnte interessant werden. Ich sage Ihnen Bescheid, wenn ich etwas weiß.«

Karina Schramm studierte Deutsch und Kunst auf Lehramt. Nebenbei kellnerte sie in einem Restaurant in der Innenstadt. Siebels traf sie in ihrer kleinen Wohnung im Nordend an.

»Kriminalpolizei?«, fragte sie und betrachtete sich den Ausweis von Siebels. »Worum geht es denn?«

»Es geht um Ihre Zeit im Goethe-Gymnasium. Ihre ehemalige Deutschlehrerin Frau Schmücker ist einem Gewaltverbrechen zum Opfer gefallen.«

Karina Schramm gab Siebels den Ausweis zurück. »Das ist ja furchtbar. Suchen Sie jetzt etwa alle ehemaligen Schüler auf?«

»Nein, nur Sie und Herrn Robert Berghofer. Mit dem habe ich gerade gesprochen.«

»Robert? Was macht der denn jetzt?«

»Er ist leitender Bankangestellter und glücklicher Familienvater. Darf ich hereinkommen?«

»Ja, natürlich.« Karina Schramm trat zur Seite und ließ Siebels eintreten. Siebels betrachtete sich die ehemalige Mitschülerin von Nadja und Maja. Sie war ein ganz anderer Typ. Die blonden Haare trug sie kurz geschnitten. Sie war etwa 1,65 groß und machte einen sportlichen Eindruck. Siebels wartete, bis sie einige Kleidungsstücke vom Sofa geräumt hatte und setzte sich dann.

»Warum kommen Sie ausgerechnet zu Robert und mir?«

Siebels erzählte ihr, warum er sich für sie interessierte.

»Oh je, die alten Geschichten. Zum Glück ist das vorbei. Aber was hat das mit dem Tod von Frau Schmücker zu tun?«

»Frau Schmücker hatte eine Affäre mit einem jüngeren Mann«, erklärte Siebels und suchte nach den richtigen Worten, um diesen verzwickten Fall kurz und knapp zu schildern. »Dieser Mann hatte auch Affären mit anderen Frauen. Es hat sich herausgestellt, dass alle diese Frauen früher auch Kontakt mit Nadja Sydow und Maja Mertens hatten. Das machte uns stutzig.«

»Und was sagt dieser Mann dazu?«

»Leider nichts mehr. Er wurde auch umgebracht.«

Karina Schramm zog die Augenbrauen verwundert hoch. »Das klingt aber sehr merkwürdig. Verdächtigen Sie etwa Nadja oder Maja dieser Morde?«

»Ich versuche, mir ein Bild zu machen«, wich Siebels der Frage aus. »Es gibt weder für die eine noch für die andere ein nachvollziehbares Motiv für diese Taten. Deshalb möchte ich gern mehr über die Damen erfahren.« Siebels berichtete knapp, was Robert Berghofer ihm über die Geschichte von der damaligen Klassenfahrt erzählt hatte. »Mich interessiert nun Ihre Sichtweise über diese Vorfälle.«

Karina Schramm griff zu einer Tüte Gummibärchen und schob sich einen Goldbären in den Mund. »Ich hatte es endlich mal gewagt, mich gegen Nadja zu stellen. Das hatte ich mir damals schon lange vorgenommen, aber ich bekam nie die richtige Gelegenheit. Als dann diese Klassenfahrt besprochen wurde, habe ich meine Chance endlich gesehen. Die kleine Karina widersetzte sich dem Willen der großen Nadja. Wenn ich gewusst hätte, auf was für ein Schlachtfeld ich mich da begebe, hätte ich wahrscheinlich meinen Mund gehalten.«

»Klingt ja martialisch«, stellte Siebels fest.

»So könnte man das nennen, ja. Nadja bedachte mich nach meiner Äußerung erst mal nur mit einem kühlen Blick und ließ die Sache scheinbar auf sich beruhen. Aber kaum war diese Schulstunde vorüber, gesellte sich Maja zu mir. Sie schmiedete gleich Pläne, wie sie mit meiner Unterstützung Nadja als Meinungsführerin in der Klasse absetzen wollte. Mir ging das alles zu weit, ich wollte nicht in den ewigen Krieg der beiden hineingezogen werden. Aber Maja war schlau. Sie brachte Robert ins Spiel, weil sie wusste, dass ich ein Auge auf ihn geworfen hatte. Sie hat Robert angemacht und der ist auf ihre Masche reingefallen. Dann hat sie mir ein Date mit Robert versprochen und das bekam ich ja auch. Allerdings wusste ich nicht, unter welchen Voraussetzungen ich dieses Treffen mit Robert hatte. Maja hat ihm nämlich eine Nacht mit ihr versprochen, wenn er vorher für ein oder zwei Wochen mit mir gehen würde. Gleichzeitig gaukelte Maja mir vor, meine Freundin sein zu wollen. Maja dachte, mit dieser fiesen Nummer würden Robert und ich voll hinter ihr stehen, wenn es gegen Nadja ging. Wie Sie sehen, wurde bei uns in der Klasse mit harten Bandagen gekämpft, ohne Rücksicht auf Verluste.«

»Trotzdem wollen Sie Lehrerin werden«, bemerkte Siebels süffisant.

»Wahrscheinlich, weil ich noch genauso naiv bin wie damals«, sagte Karina Schramm lächelnd. »Vielleicht möchte ich auch verhindern, dass so Egomanen wie Nadja und Maja ein Klassenzimmer beherrschen können, keine Ahnung. Ich freue mich jedenfalls auf diesen Beruf.«

»Damals hat Nadja ja anscheinend den Kampf um die Klassenfahrt gewonnen.«

»Ja, mit wehenden Fahnen hat sie den Sieg davongetragen. Ich bin als Häufchen Elend auf der Strecke geblieben.«

»Was ist passiert?«

»Na ja, zunächst ging Majas Plan auf. Ich verknallte mich in Robert und wir wurden ein Pärchen. Jedenfalls dachte ich das. Maja hat Robert wohl genaue Anweisung gegeben, was er zu tun hatte. Nämlich alles, um mich auf seine Seite und damit auf Majas Seite zu bringen. Das hätte auch fast geklappt. Ich war total happy. Ich war mit Robert zusammen und hatte Maja in meinem engeren Freundeskreis. Ich fühlte mich gut und mit den beiden an meiner Seite hätte ich Nadja klipp und klar ins Gesicht gesagt, dass sie alleine nach Rom fahren kann, wenn sie dorthin will. Aber dann hat Maja den entscheidenden Fehler begangen. Sie hat abends bei Nadja angerufen und ihr brühwarm erzählt, dass sie mit mir und Robert bestimmen würde, wo die Klassenfahrt hingeht. Kaum hatte Maja das Gespräch beendet, hat sich Nadja auf den Weg zu Robert gemacht. Und Robert konnte Nadja nicht widerstehen. Die beiden haben die Nacht zusammen verbracht und mir das am nächsten Morgen deutlich zu verstehen gegeben. Für mich ist meine kleine heile Welt zusammengebrochen und Maja stand wieder alleine da und hat wie so oft zuvor den Kampf gegen Nadja verloren. Robert bekam kurz danach von Nadja den Laufpass und alles ging so weiter, wie Nadja es gefiel. Punkt aus.«

»So ähnlich hat mir Herr Berghofer diese Geschichte auch erzählt. Er war aber der Ansicht, dass Nadja sogar die ganze Geschichte im Vorfeld geplant hätte. Sehen Sie das auch so?«

»Es gab Gerüchte in der Klasse, ja. Angeblich hat Nadja das ganze Prozedere im Voraus geplant. Am Tag nach der ersten Diskussion in der Schule über dieses Thema hat sie angeblich zu Maja gesagt: Wenn ihr euch mit der Skifreizeit durchsetzen wollt, müsst ihr euch schon ficken lassen. Der Robert macht das bestimmt gern.« Karina Schramm errötete leicht, nachdem sie das ausgesprochen hatte. »Maja ist darauf angesprungen und Nadja hat schön abgewartet und sich Robert dann selbst geschnappt. Sie war ein richtiges Biest, aber nach außen hin immer die Musterschülerin.«

Siebels verließ Karina Schramm und war genauso schlau wie vor den Gesprächen mit den beiden Klassenkameraden von Nadja und Maja. Er rief Till an und hoffte, dass der etwas Neues zu berichten hatte.

»Unsere Esoterikerin hatte nach dem Ableben von Beate Sydow noch ein Schäferstündchen mit Schäfer und sich anscheinend in ihn verliebt. Dabei hat sie von seiner wahren Identität erfahren. Sein Nachbar ist jetzt überzeugt, dass Schäfer eine gespaltene Persönlichkeit war. Er kannte ihn nur als Jens Schäfer. Wenn er ihm im Treppenhaus begegnet ist, wenn Schäfer gerade im feinen Zwirn des Philipp von Mahlenburg das Haus verließ, war der nicht nur äußerlich ein anderer. Er hat sich ganz und gar verwandelt, sagt sein Nachbar. Anschließend habe ich Schäfers Wohnung nach einem Laptop durchsucht. Nichts. Kein Computer, kein Laptop.«

»Das ist doch kein Fall, das ist doch Kinderkacke«, fluchte Siebels. »Zwei Zicken die sich seit der Schulzeit bekriegen und eine gespaltene Persönlichkeit, die ein Buch schreibt, aber keinen Computer besitzt. Das Resultat von dem Quatsch sind mittlerweile drei Tote und zwei Frauen, die unter Polizeischutz stehen. So geht das nicht weiter. Wir treffen uns gleich im Präsidium zur Vernehmung von Maja Mertens. Die Dame werden wir jetzt mal härter anpacken. Und wenn wir mit der fertig sind, kommt die andere dran.«

»Endlich mal wieder richtige Vernehmungen«, freute sich Till.

Mein perfekter Plan

Die Anekdoten des Philipp von Mahlenburg. Als ich die kleinen Episoden endlich in schriftlicher Form vor mir hatte, bedauerte ich fast, dass wir nicht noch die eine oder andere hinzugefügt haben. Aber leider gibt es keine Opfer mehr, die sich so leicht mir und ihr zuordnen lassen. Jedenfalls keine, die ich meinem Pfau als Anekdote überlassen will. Die Anekdoten sind nämlich dem Tode geweiht.

Das Buch wird leider nicht sehr füllig werden. Aber mit einer großen Schrift und dickem Hochglanzpapier lässt es sich schon aufpeppen. Wenn es erst einmal gedruckt ist, bekommt jede tote Anekdote ein Exemplar davon. Eines für die frustrierte Witwe, eines für die ungerechte Lehrerin, eines für die untreue Klavierlehrerin, eines für die romantische Lektorin. Eine von uns beiden wird die Taten büßen müssen. Das wird ein schöner Wettkampf.

Jeder Schachzug ist geplant. Meine Gegnerin wird sich wundern, wie schnell sie matt gesetzt sein wird. Schachmatt und abgeführt. Eine demütigende Gerichtsverhandlung und ein langer Aufenthalt hinter Gittern. Ich werde sie besuchen. Jedes Jahr einmal. An ihrem Geburtstag. Ich will in ihren Augen sehen, wie sie Jahr für Jahr ein Stück mehr zerbricht. Sie soll mir in die Augen sehen und in meinem Blick die niederschmetternde Wahrheit erkennen. Wenn sie mich erst als die Herrin über ihr Schicksal akzeptiert hat, wird sie sich besser fühlen. Kein Kampf kann ewig dauern.

17

Siebels und Till trafen sich eine halbe Stunde vor dem eingeräumten Termin mit Maja Mertens im Büro. Sie diskutierten den Fall noch einmal durch und durchleuchteten die Beziehung zwischen Maja und Nadja und den Opfern in allen bekannten Einzelheiten. Siebels notierte sich Stichpunkte, mit denen er Maja Mertens im Verhör konfrontieren wollte. Als er damit fertig war, rief er Charly an.

»Hast du was Neues für mich?«, fragte er neugierig.

»Ich habe mir die finanzielle Situation vom Möllenbeck Verlag genau betrachtet. Möllenbeck benötigt keinen Bestseller-Autoren. Der lebt hervorragend von dem Geld, das die Autoren ihm für die Veröffentlichung ihrer Bücher bezahlten. Pro Jahr bringt Möllenbeck etwa 150 neue Titel raus. Im Durchschnitt bleiben Möllenbeck nach Abzug aller Kosten pro Titel zwischen eintausend und dreitausend Euro als Gewinn. Je nachdem, wie zahlungskräftig seine Autoren sind und wie sie sich von ihm über den Tisch ziehen lassen. Möllenbeck druckt ein paar Exemplare von jedem Titel und lagert das in Rumänien ein. Er sorgt dafür, dass die Bücher in den offiziellen Verzeichnissen des Buchhandels geführt werden und druckt manchmal eine kleinere Anzahl an Werbezetteln, die aber nur in der näheren Umgebung des jeweiligen Autors verteilt werden. Meist an Buchhandlungen, die davon nichts wissen wollen. Ansonsten gibt er weder für Werbung noch für Marketing größere Summen aus. Wenn die Autoren ihre teuer bezahlten Werke nicht selbst mit großem Aufwand bewerben, erfährt nie jemand überhaupt, dass es diese Bücher gibt.«

»Wie kann so ein Geschäft eigentlich funktionieren?«, fragte Siebels. »Wenn die Leute, die die Bücher schreiben, damit nur Geld zum Fenster rauswerfen, sollte es doch eigentlich keine Bücher geben.«

»Das liegt am marktwirtschaftlichen Prinzip von Angebot und Nachfrage«, klärte Charly ihn auf. »Die Verlage, die ihre Autoren bezahlen, anstatt sich von ihnen bezahlen zu lassen, und dann auch noch viel Geld für Marketing und Werbung ausgeben, bekommen viel mehr Manuskripte von verlagssuchenden Autoren angeboten, als sie verlegen können. Es bleiben also unzählige Schriftsteller auf ihren unveröffentlichten Manuskripten sitzen. In den achtziger Jahren haben dann pfiffige Geschäftsleute die sogenannten Zuschussverlage erfunden. Die sammeln alle Autoren ein, die bei der Verlagssuche leer ausgegangen sind und geben ihnen dann doch ein Angebot. Allerdings ein Angebot, das in die andere Richtung geht. Der Autor zahlt einen Zuschuss. Der Zuschuss ist bei Verlagen wie Möllenbeck so hoch angesetzt, dass der Verlag nicht nur die Kosten abgibt, sondern auch noch Gewinne damit erwirtschaftet. Bei Möllenbeck waren das im letzten Jahr 340.000 Euro. Bücher verkaufen gehört da gar nicht zur Philosophie. Daher brauchen die auch nicht auf die Qualität des Buches zu achten.«

»Klar, das verschwindet ja eh in Rumänien in der Lagerhalle.«

»Genau. Allerdings haben Verlage wie Möllenbeck wegen dieser Geschäftspraktiken auch einen sehr zweifelhaften Ruf und sehen sich immer wieder in Rechtsstreitigkeiten verwickelt. Ich kann mir also kaum vorstellen, dass Möllenbeck mit diesem Fall einen Bestseller forcieren will. Das hat er erstens nicht nötig, zweitens passt das nicht in sein Geschäftsmodell und drittens würde es den Rahmen seiner Möglichkeiten sprengen. Einen Bestseller kann er logistisch gar nicht bewältigen. Er ist mit seinem Zweikopf-Betrieb darauf angewiesen, die Bücher in Rumänien einzulagern und dort lagern zu lassen. Beliefert werden in der Regel nur die Autoren, wenn sie ein paar Exemplare ihrer Bücher im Freundeskreis loswerden.«

»Wie hast du das alles so schnell rausgefunden?«

»Wie ich das halt immer so mache. Ein bisschen im Internet geforscht, mit ein paar Leuten aus der Branche telefoniert und schon weiß Charly Bescheid. Möllenbecks Finanzstatus habe ich natürlich genau geprüft. Das war nicht so schwer, die Kreditauskunft hat geholfen.«

Maja Mertens erschien pünktlich auf dem Präsidium. Sie trug eine rote Bluse, die einen auffallenden Kontrast zu ihrem schwarzen langen Haar bot. Ihre Füße und Unterschenkel steckten in engen Lederstiefeln. Siebels half ihr aus dem Mantel und bot ihr einen Kaffee an. Maja Mertens fragte nach einem Tee. Till kümmerte sich darum.

»Sind Sie mit Ihren Ermittlungen weitergekommen?«, fragte Maja Mertens.

»Setzen Sie sich doch«, bat Siebels und deutete auf einen Stuhl vor seinem Schreibtisch. Maja Mertens setzte sich. Till brachte ihr den gewünschten Tee und setzte sich an den Beistelltisch neben Siebels Schreibtisch. Von dort konnte er Maja Mertens im Profil beobachten, während Siebels frontal vor ihr saß. Till übernahm die Rolle des Beobachters.

»Es gibt noch sehr viele offene Fragen«, sagte Siebels. »Dieses Gespräch wird aufgezeichnet.« Er drückte die Aufnahmetaste von seinem Diktiergerät, das er zwischen sich und Maja Mertens stellte. Siebels sprach das Datum und die Uhrzeit auf das Band und nannte die Aktennummer des Falles Beate Sydow. »Frau Maja Mertens wird heute als Zeugin im besagten Fall befragt«, fuhr er in sachlichem Ton fort. »Frau Mertens ist ohne Begleitung eines Rechtsbeistandes erschienen«, stellte Siebels weiter klar.

»Brauche ich etwa einen Anwalt?«, fragte Maja Mertens verblüfft.

»Wir befragen Sie heute als Zeugin. Es besteht weder ein dringender Tatverdacht gegen Sie, noch gibt es Indizienbeweise, die Sie mit den Morden an Beate Sydow, Hanna Schmücker oder Jens Schäfer in Verbindung bringen.«

»Da bin ich aber beruhigt«, antwortete Maja Mertens süffisant.

»Sie können sich jederzeit einen Anwalt nehmen, wenn Sie glauben, rechtlichen Beistand zu benötigen«, klärte Siebels sie auf.

»Ich habe mit diesen Morden nichts zu tun und verzichte vorerst auf einen Anwalt«, sagte Maja Mertens und beugte sich dabei vor das Mikrofon des Aufnahmegerätes. »Zufrieden?«, fragte sie.

Siebels ignorierte sie. Till stellte fest, dass sie sehr selbstsicher wirkte.

»Wann haben Sie Nadja Sydow das letzte Mal gesehen?«, wollte Siebels wissen.

»An unserem letzten Schultag, schätze ich.« Maja Mertens kramte in ihrer Handtasche und zog ein Päckchen Zigaretten heraus. »Darf ich rauchen?«

Siebels nickte und schob ihr seinen Aschenbecher hin.

»Marlboro light«, sagte Maja Mertens in das Mikrofon. »Damit alles seine Ordnung hat«, ergänzte sie in Richtung Siebels und zündete sich eine Zigarette an.

»Wann haben Sie Beate Sydow das erste Mal gesehen?«, fragte Siebels mit ruhiger Stimme weiter.

»Das war eine zufällige Begegnung. Ich kannte sie nicht, sie war mit Nadjas Vater unterwegs. Den kannte ich. Die beiden sind mir in der Stadt im Kaufhaus über den Weg gelaufen. Nadjas Vater hat sich kurz mit mir unterhalten und mich dann mit seiner Begleitung bekannt gemacht. Das war noch zu unserer Schulzeit. Die beiden waren noch nicht verheiratet. Sie hieß damals noch Beate Knorr.«

»Beate Knorr hat Sie nach Ihrem Abitur bei der Firma Sydow als Auszubildende eingestellt, ist das richtig?«

»Ja, das stimmt.«

»Wie kam es dazu? Hat Nadja sie empfohlen?«

»Nein. Nadja wusste nichts davon. Ich habe mich ganz offiziell beworben.«

»Warum ausgerechnet bei der Firma Sydow? Hatte das etwas mit Ihrem Verhältnis zu Nadja zu tun?«

Maja Mertens nahm einen letzten Zug an ihrer Zigarette und drückte sie im Aschenbecher aus. »Ich hatte kein Verhältnis mit Nadja.«

»Sollte ich es besser einen Konkurrenzkampf zwischen zwei begabten Schülerinnen nennen?«

»Klingt eindeutig besser, ja.«

»Haben Sie sich bei der Firma Sydow beworben, weil die Firma dem Vater Ihrer langjährigen Konkurrentin aus der Schule gehörte?«, formulierte Siebels die Frage neu.

»Ich habe mich dort beworben, weil ich eine Ausbildung machen wollte. Die Firma Sydow lag in der Nähe und vergab Ausbildungsplätze.«

»Hatte Nadja Sydow zuvor erwähnt, dass sie auch vorhatte, in der Firma ihres Vaters eine Ausbildung zu absolvieren?«

»Nicht, dass ich wüsste«, antwortete Maja Mertens knapp.

»Nadja wollte an die Uni.«

»Warum wollten Sie nicht an die Uni? Sie hatten ein sehr gutes Abitur abgelegt.«

»Ich habe leider keinen Vater, der mich finanziert. Ich hatte mich zwar um einen Studienplatz beworben, mich dann aber entschieden, erst mal einen Beruf zu erlernen.«

»Wusste Nadja Sydow, dass Sie sich dort um einen Ausbildungsplatz beworben haben?«

»Von mir wusste sie es jedenfalls nicht. Aber wahrscheinlich hat sie es von ihrem Vater erfahren. Oder von Beate Knorr.«

»Hat Nadja Sydow Sie deswegen angesprochen?«

»Nein. Ich habe mich ja erst nach den Abiturprüfungen dort beworben. Zu der Zeit hatte ich keinen Kontakt mehr zu Nadja.«

»Sie hätte doch ein gutes Wort für Sie einlegen können.«

»Oder ein schlechtes Wort. Wir waren nicht gerade die besten Freundinnen, wie Sie ja wissen.«

»Beate Knorr hat Sie nach dem ersten Lehrjahr wieder entlassen. Was war der Grund? Ein schlechtes Wort von Nadja?«

»Das wäre möglich. Aber das war natürlich nicht der offizielle Grund. Sie hat mir gekündigt, weil ich angeblich den Betriebsfrieden gestört hätte.«

»Haben Sie den Betriebsfrieden gestört?«

»Nein. Ich bin eine sehr friedliebende Person.« Maja Mertens trank von ihrem Tee und machte einen sehr gelassenen Eindruck.

»Wie war Ihr Verhältnis zu Herrn Sydow?«

»Wir hatten keine Probleme miteinander. Ich glaube nicht, dass er eingeweiht war, als ich die Kündigung bekam. Beate Knorr war ja die Personalleiterin und um die Belange der Azubis kümmerte sich der Chef nicht persönlich.«

»Sie wussten aber, dass Beate Knorr und Jürgen Sydow privat in einer Beziehung lebten.«

»Ja, ich sagte ja, dass ich die beiden einmal in der Stadt getroffen habe.«

»Konnte Beate Knorr einen Grund zu der Annahme haben, dass Sie Herrn Sydow auch privat näherkommen wollten?«

»Jürgen Sydow war ein netter und attraktiver Mann. Leider hat er dann ja nicht mehr allzu lange gelebt.«

»Hatten Sie ein Verhältnis mit Herrn Sydow?«

Maja Mertens trank entspannt ihren Tee. Till beobachtete sie und konnte nach wie vor keinerlei Anzeichen von Nervosität feststellen.

»Muss ich das beantworten?«

»Wenn Sie sich mit einer Antwort selbst belasten, sollten Sie das Gespräch jetzt beenden und sich einen Anwalt nehmen. Dann bekommen Sie in Kürze eine Vorladung zu einer Vernehmung.«

Siebels blieb sachlich und unterkühlt. Maja Mertens schien das nicht weiter zu beeindrucken.

»Ich hatte Sex mit ihm«, sagte sie dann ohne Umschweife.

»Weil er ein netter und attraktiver Mann war oder weil er der Vater von Nadja war?«, fragte Siebels provokativ.

»Macht das einen Unterschied?«

»Wenn Ihr Konkurrenzkampf mit Nadja ein Grund für die Morde ist, macht es einen ganz gewaltigen Unterschied.« Siebels schaute Maja Mertens eindringlich an. Die zeigte sich aber weiter unbeeindruckt.

»Wenn ich ehrlich sein soll, war es schon ein ganz besonderer Kick, es mit Nadjas Vater zu machen. Aber warum sollte Nadja deswegen Jahre später Beate Sydow töten? Das macht doch keinen Sinn. Ich habe sie ganz bestimmt nicht getötet, falls Sie das glauben.«

»Wir glauben gar nichts, wir wollen die Wahrheit herausfinden. Wusste Nadja damals von dem Verhältnis zwischen ihrem Vater und Ihnen?«

»Es war kein Verhältnis. Wir hatten Sex. Nur ein Mal.«

»Hat Nadja davon erfahren?«

»Selbstverständlich.«

Till konnte seine Überraschung nicht verbergen. Diese scheinbar lockere Offenheit von Maja Mertens hatte er bei diesem sensiblen Thema nicht erwartet. Er war gespannt, wie sich das alles später im Gespräch mit Nadja darstellen würde. Momentan sah es so aus, als hätte auch Maja Mertens Siege im Wettstreit mit Nadja Sydow davongetragen. Sex mit dem Vater der Feindin war ein guter Schachzug, um die Widersacherin zu demütigen, überlegte Till.

»Haben Sie es ihr erzählt? War das der einzige Grund für Sie, Sex mit Jürgen Sydow zu haben? Um es anschließend vor Nadja auszubreiten?«

Maja Mertens zuckte mit den Schultern. »Manchmal bin ich halt ein böses Mädchen«, kommentierte sie die Situation.

»Sie sagten aber gerade, dass Sie zu dieser Zeit gar keinen Kontakt mehr mit Nadja hatten. Was stimmt denn nun?«

»Ich sagte, dass ich sie seit der Schulzeit nicht mehr gesehen habe. Von dem Techtelmechtel mit ihrem Vater habe ich ihr in einer E-Mail berichtet.«

»Haben Sie diese E-Mail noch gespeichert?«, wollte Till wissen.

Für einen kurzen Moment glaubte er, einen Anflug von Unsicherheit in Maja Mertens Gesichtszügen erkennen zu können.

»Nein. Ich lösche meine E-Mails regelmäßig.« Maja Mertens schaute jetzt zwischen Siebels und Till hin und her.

»Wie reagierte Nadja darauf?«, hakte Siebels nach.

»Wie eine Zicke. Ich nehme an, dass sie es war, die dafür gesorgt hat, dass ich umgehend aus der Firma geflogen bin.«

»Hat Sie das überrascht?«, fragte Siebels ungläubig.

»Kann ich noch einen Tee haben?«, fragte Maja Mertens und hielt Till die leere Tasse hin. Till nickte nur und verließ mit der leeren Tasse das Büro. Er ahnte, dass Maja Mertens keinen Tee, sondern eine Verschnaufpause benötigte.

»Ja, ich war schon ein wenig überrascht«, sagte sie dann nachdenklich zu Siebels. »Ich hatte eigentlich erwartet, dass Nadja die Sache erst mal auf sich beruhen lässt und sich später auf einen Rachefeldzug begibt. Ich war mir eigentlich sicher, dass sie sich den nächsten Mann schnappen würde, der mir etwas bedeutet. Aber gut, dann bin ich halt aus der Firma geflogen und Nadja hatte wieder einen Sieg auf ihrer Seite zu verbuchen.«

»Ist das Hass, was zwischen Ihnen und Nadja ist?«

Maja Mertens überlegte einen Moment. »Nein, ich hasse Nadja nicht. Ich mag es nur nicht, wenn sie glaubt, dass alle nach ihrer Pfeife tanzen.«

»Es gab keinen Kontakt mehr zwischen Ihnen und Nadja, als Sie ihren Vater verführten. Trotzdem haben Sie es darauf angelegt, ihr weh zu tun. Sie haben Ihren Ausbildungsplatz dafür aufs Spiel gesetzt. Warum?«

Till kam wieder herein und stellte die Teetasse vor Maja Mertens ab. Sie bedankte sich bei ihm.

»Es ging ja nicht nur um Nadja. Jürgen Sydow war ein toller Mann. Ich mag ältere Männer mit Lebenserfahrung. Dass er Nadjas Vater war, war ja nur der besondere Kick für mich. Wahrscheinlich hätte ich es auch getan, wenn er nicht der Vater von Nadja gewesen wäre.«

»Kommen wir mal auf die Anekdoten des Philipp von Mahlenburg zu sprechen«, wechselte Siebels das Thema und legte das Buch auf den Tisch. »Er hat sein Verhältnis mit Hanna Schmücker beschrieben. Sie und Nadja haben im Unterricht von Hanna Schmücker Ihren Konkurrenzkampf ausgetragen.«

»Haben wir das? Wie kommen Sie darauf?«

»Nadja hat für einen Unterrichtsboykott gesorgt, weil Frau Schmücker angeblich ungerecht benotete. Sie haben den Boykott durchbrochen und am Unterricht teilgenommen. Obwohl Sie zu den Benachteiligten gehört haben.«

»Ich mochte Frau Schmücker irgendwie. Sie hatte es nicht leicht.«

Siebels verzog die Mundwinkel. Er fühlte sich von Maja Mertens veräppelt. Er klopfte auf den Buchumschlag. »In dem Buch gibt es ja noch andere Episoden. Ihre Klavierlehrerin Frau Lorenz war auch ein Opfer des Philipp von Mahlenburg. Wieder eine Frau, bei der Sie mit Nadja im Wettstreit lagen. Es ging um die Teilnahme an einem Klavierwettbewerb, an dem Nadja teilgenommen hat. Und schließlich haben wir da noch Frau Kullmer. Sie kennen doch Frau Kullmer? Sie ist Lektorin und hat es abgelehnt, Ihr Kamasutra-Buch ins Programm aufzunehmen. Einige Zeit später nimmt sie aber ein Buch ins Programm, das Nadja Sydow im Rahmen ihres Studiums geschrieben hat. Drei Frauen, bei denen Sie und Nadja miteinander konkurrierten. Können Sie mir erklären, wie Beate Sydow in dieses Muster passt?«

»Nein, das kann ich Ihnen auch nicht erklären. Wenn es nicht ins Muster passt, ist es vielleicht gar kein Muster. Ich kann mir auch nicht erklären, warum dieser von Mahlenburg ausgerechnet mit Frauen rummacht, die ich alle gekannt habe und dieses Buch dann auch noch in unserem Verlag erscheint. Es sei denn, Nadja steckt hinter all dem.«

Till blieb gedanklich bei dem Muster hängen, das offensichtlich kein gleichmäßiges Muster war. Er überlegte, ob die Anekdote mit Beate Sydow vielleicht erst der Auslöser für die anderen Episoden war. Bisher waren sie davon ausgegangen, dass alle Episoden im Voraus geplant waren. Viel logischer erschien es ihm aber, dass die Ideen zu den Episoden mit Hanna Schmücker, Bettina Lorenz und Katja Kullmer erst entstanden sind, während Philipp von Mahlenburg schon seine Show bei Beate Sydow abzog.

Siebels zündete sich auch eine Zigarette an. »Wie kommt es, dass Sie Ihre Bücher in der Esoterikbar verkaufen? Einem Geschäft, an dem Frau Sydow beteiligt war. Nach der Sache in der Firma Sydow erscheint mir das etwas merkwürdig.«

Maja Mertens zuckte mit den Schultern. »Als ich mein Buch dort vorstellte, sprach ich mit Sarah Fischer. Das Buch passte ganz gut in ihr Sortiment, also hat sie mir einige Exemplare abgenommen. Die waren schnell verkauft und seitdem liefere ich regelmäßig Bücher nach. Dass Beate Sydow dort nach dem Tod ihres Mannes eingestiegen ist, habe ich erst später erfahren. Wir sind uns in der Esoterikbar dann auch öfter mal begegnet, haben aber über die alte Geschichte nicht mehr gesprochen. Sie war Witwe und ich hatte einen ganz neuen Weg eingeschlagen mit meiner Tätigkeit bei Möllenbeck und als Autorin. Natürlich waren unsere Begegnungen dort eher unterkühlt als herzlich.«

»Haben Sie bei solchen Gelegenheiten auch mal Philipp von Mahlenburg in der Esoterikbar angetroffen?«

»Nein. Den habe ich erst kennen gelernt, als er sein Buch bei Möllenbeck veröffentlichte.«

Siebels nickte schweigend. Wenn er Maja Mertens ernsthaft verdächtigen wollte, musste er ihr nachweisen, dass sie schon lange vorher Kontakt mit Philipp von Mahlenburg hatte. Im Gegensatz zu Nadja, deren Kontakt zu Philipp von Mahlenburg eindringlich in der Sydow-Episode beschrieben war. Siebels zog an seiner Zigarette und dachte angestrengt nach. Hast du sie gut gefickt?, hatte Nadja Philipp von Mahlenburg gefragt, als sie im Haus ihrer Stiefmutter aufgetaucht war. Das passte zu Nadjas Stil. Siebels ging davon aus, dass diese Anekdote der Wahrheit entsprach. Nadja hatte es auch nicht bestritten. Maja Mertens konnte davon nur wissen, wenn Philipp von Mahlenburg es ihr erzählt hatte. Oder Beate Sydow. Oder Nadja. Siebels drückte seine Zigarette im Ascher aus. Maja Mertens sah ihn fragend an.

»Sind wir fertig?«

»Die zehn verschwundenen Bücher«, wechselte Siebels das Thema. »Haben Sie herausgefunden, wie die verschwunden sind?«

»Die sind aus unserem Lager in Rumänien entwendet worden. Das sagte ich ja bereits.«

»Nur diese zehn Bücher? Oder fehlen auch Bücher von anderen Autoren?«

»Das ist eine gute Frage. Ich werde das überprüfen lassen.«

»Tun Sie das. Wer hat denn alles Zugang zu diesem Lager?«

»Dort hält sich eigentlich nur unser Lagerleiter Igor auf. Herr Möllenbeck hat natürlich einen Schlüssel. Aber der war dort nur vor Ort, als die Lagerhalle im Bau war und schließlich in Betrieb genommen worden ist. Er hat Igor eingearbeitet und soweit ich weiß, war er seitdem nicht mehr dort.«

Siebels nickte. Er nahm sich vor, diesen Igor telefonisch zu befragen. »Haben Sie das Buch von Philipp von Mahlenburg denn mittlerweile mal genauer gelesen?«, fragte Siebels und kritzelte dabei geistesabwesend auf seiner Schreibtischunterlage herum.

»Natürlich. Sogar zweimal. Ehrlich gesagt, ist mir die ganze Sache mittlerweile ziemlich unheimlich.«

»Ich hätte gerne die Unterlagen zu dem Zahlungsvorgang der Mahlenburg Bücher. Die Rechnung und den Kontoauszug mit dem Zahlungseingang. Können Sie mir das besorgen?«

»Natürlich. Unsere Buchhaltung ist vorbildlich.«

»Na prima. Ich komme morgen vorbei und hole mir die Belege ab. Wo waren Sie denn gestern Abend zwischen 18:00 und 20:00 Uhr?«

»Gestern war ich bis 22:00 Uhr im Büro. Warum?«

»So lange? Gibt es dafür Zeugen?«

Maja Mertens schüttelte den Kopf. »Herr Möllenbeck war bis etwa 18:00 Uhr anwesend. Danach war ich alleine und habe mich um die Buchhaltung gekümmert.«

»Haben Sie auch keine Telefongespräche geführt?«

»Nein. Wenn ich Buchhaltung mache, nehme ich keine Anrufe entgegen. Warum brauche ich jetzt auch für gestern Abend noch ein Alibi?«

»Weil zu diesem Zeitpunkt Jens Schäfer alias Philipp von Mahlenburg eines unnatürlichen Todes gestorben ist.«

Maja Mertens Gesichtsausdruck verfinsterte sich. »Drei Morde in drei Tagen«, sagte sie ungläubig.

»Frau Lorenz und Frau Kullmer leben noch«, verriet Siebels.

»Wer ist Frau Kullmer?« Maja Mertens zeigte sich ahnungslos.

»In den Anekdoten heißt sie Kati. Haben Sie sich nicht gefragt, wer Kati ist, nachdem Sie das Buch jetzt sogar zweimal gelesen haben?«

»Ich habe mir natürlich überlegt, ob ich diese Kati kennen könnte, mir ist dazu aber niemand eingefallen.«

»Katja Kullmer ist Lektorin. Sie arbeitet für einen Verlag. Nadja hat übrigens ein Buch dort veröffentlicht. Frau Kullmer hat es lektoriert. Die gleiche Frau Kullmer, die Ihr Kamasutra-Buch abgelehnt hat. Klingelt es jetzt bei Ihnen?«

Maja Mertens schaute Siebels schweigend an. Dann griff sie zu ihren Zigaretten und zündete sich eine an. Nervös blies sie den Rauch aus.

»Bevor ich mein Buch bei Möllenbeck herausgebracht habe, habe ich es über dreißig anderen Verlagen angeboten. Ich bekam über dreißig Absagen. An eine Frau Kullmer kann ich mich wirklich nicht erinnern. Ich hatte diesbezüglich mit keiner einzigen Lektorin direkten Kontakt gehabt. Ich bekam nur schriftliche Absagen, die ich weggeschmissen habe.« Maja Mertens Selbstsicherheit war wie weggeblasen. Sie klang jetzt verzweifelt. »Dann gibt es also tatsächlich zu allen diesen Frauen eine Verbindung zu mir und Nadja? Das ist ja wie ein böser Spuk.«

»Wussten Sie, dass Nadja ein Buch geschrieben hat?«

»Nein. Das ist mir neu. Was für ein Buch denn?«

»Der Wille ist der Weg zum Erfolg, lautet der Titel. Es geht dabei um Persönlichkeitsentwicklung. Nadja hat eine Seminararbeit über dieses Thema geschrieben und es anschließend zu einem Buch weiter ausgebaut. Es verkauft sich anscheinend ganz gut.«

»Haben Sie es gelesen?«

Siebels verneinte und fragte sich, ob er das besser nachholen sollte.

»Vielleicht ist es ja aufschlussreich. Ich werde es mir besorgen.«

»Tun Sie das. Und sagen Sie mir Bescheid, wenn Sie daraus neue Erkenntnisse gewinnen. Hat Nadja denn gewusst, dass Sie einen Verlag für Ihr Kamasutra-Buch gesucht haben?«

»Ja, das wusste sie. Nachdem die Sache zwischen mir und Ihrem Vater passiert war, hatten wir über einen längeren Zeitraum regen E-Mailverkehr. Wir haben uns sozusagen schriftlich bekriegt. Ich habe ihr über die Sache mit ihrem Vater geschrieben, so hat es angefangen. Sie hat daraufhin diverse unterschwellige Drohungen losgelassen. Sie wollte Fotos von mir ins Internet stellen. Es gab einige Fotos aus der Schulzeit. Von einer Klassenfahrt, nicht die nach Rom, sondern aus dem Schuljahr davor. Das eine oder andere Oben-ohne-Foto war dabei. Nichts Dramatisches, aber auch nichts, was man gerne im Netz sehen möchte. Jedenfalls habe ich ihr als Gegenmaßnahme von meinem Kamasutra-Buch erzählt. Dass ich es veröffentlichen will und mir vorstellen könnte, ihren Vater als begnadeten Liebhaber darin zu verewigen. Als kleine Anekdote, sozusagen. Vielleicht als Aktzeichnung. Er hätte gut reingepasst, in mein Buch. Das hatte ich zwar nicht ernsthaft vorgehabt, aber es hat gewirkt. Nadja hat die Bilder nicht ins Netz gestellt.«

Siebels zündete sich noch eine Zigarette an. Mit dieser Aussage war Maja Mertens entlastet und Nadja belastet. Es passte auch zur Anekdote mit der Klavierlehrerin Bettina Lorenz. Nadja nahm erst Unterricht, als Maja bereits Stunden bekam. Sie überholte Maja und gewann die Auseinandersetzung mit ihr. Das gleiche Muster gab es auch bei Katja Kullmer. Maja Mertens hatte ihr Buch schon geschrieben und suchte vergebens nach einem Verlag. Nadja wusste davon, schrieb später selbst ein Buch und fand einen Verlag. Dass Maja Mertens bis heute nichts von Nadjas Buch wusste, musste Siebels ihr vorerst glauben. Wenn dem so war, hätte Maja Mertens keinen Grund gehabt, Philipp von Mahlenburg auf Katja Kullmer zu hetzen. Wenn sie aber frühzeitig von Nadjas Buch wusste, hätte er jetzt eine klare Falschaussage von ihr auf Band. Siebels kritzelte wieder auf seine Schreibtischunterlage. Er machte sich eine Notiz für das nächste Gespräch mit Nadja. Wenn Nadja die Urheberin der Anekdoten war, musste sie gewusst haben, dass Katja Kullmer das Kamasutra-Buch von Maja Mertens abgelehnt hatte. Siebels erschien das zweifelhaft. Er beendete das Gespräch, bedankte sich bei Maja Mertens für ihr Erscheinen und begleitete sie aus dem Büro. Er brachte sie bis zum Ausgang des Präsidiums, gab aber Till ein Zeichen, bevor er das Büro verließ. Till rief bei Kulmbacher an. Es war abgesprochen, dass der mit einem Kollegen Maja Mertens ab sofort observieren sollte. Wer auch immer die Morde auf dem Gewissen hatte, würde auch Bettina Lorenz und Katja Kullmer demnächst aufsuchen.

»Was denkst du?«, fragte Siebels, als er Till wieder gegenübersaß.

Till berichtete von seinen Gedanken über das Muster, das keines war. »Die Sydow-Anekdote war der Auslöser für die anderen Anekdoten. Nadja hat Philipp von Mahlenburg tatsächlich bei dieser Anekdote kennen gelernt und später zusammen mit Jens Schäfer die anderen Anekdoten ausgeklüngelt. Ich habe den Verdacht, dass Nadja ursprünglich nur ihre Stiefmutter ertränken wollte, um Philipp von Mahlenburg dann den Schwarzen Peter zuzuschieben. Dann hat sie ihren Plan geändert. Sie kam auf die Idee, noch mehr Frauen aus dem Weg zu räumen, und den Schwarzen Peter nicht von Mahlenburg, sondern ihrer alten Widersacherin Maja Mertens zuzuschieben. Jens Schäfer bekam anstatt der Rolle des Mörders kurzerhand eine weitere Opferrolle zugeteilt. Vorher hat er natürlich nach Nadjas Plan die nächsten Anekdoten verwirklicht und zu Papier gebracht. Drei Frauen, bei denen Maja gegenüber Nadja den Kürzeren gezogen hat und somit perfekt in die Rolle der Mörderin passt. Das ist der Plan einer hochbegabten Irren, wenn du mich fragst.«

Siebels dachte angestrengt nach. Ihm gefiel einiges nicht an dieser Theorie. »Warum erscheint die erste Anekdote dann überhaupt in dem Buch? Ob Maja Mertens gegenüber Nadja bei Frau Schmücker den Kürzeren gezogen hat, ist auch nicht klar. Bisher gibt es dafür keinen Nachweis. Nadja hat den Unterricht boykottiert, Maja hat als einzige Schülerin den Unterricht besucht. Beide haben mit einer besseren Note von dem Boykott profitiert. Das passt nicht so richtig zu den Anekdoten mit Bettina Lorenz und Katja Kullmer.«

»Vielleicht gab es ja noch eine Geschichte mit Hanna Schmücker, von der wir noch gar nichts wissen«, gab Till zu bedenken. »Der Unterrichtsboykott ist vielleicht der falsche Ansatz im Fall Schmücker. In ihrer Anekdote sind die Pornofilme die tragende Säule. Mit diesen Filmen hat von Mahlenburg sie abserviert. Als wir ihre Leiche gefunden haben, war das Video von ihr und Mahlenburg eingelegt. Ein Film mit Pornocharakter. Der Porno ist der Schlüssel im Fall Schmücker. Nicht der Unterrichtsboykott.«

Siebels ließ sich das durch den Kopf gehen. »Und was ist mit Katja Kullmer? Bei ihr ist ein flotter Dreier die tragende Säule, mit der sie abserviert wird. Das hat aber nichts damit zu tun, dass sie das Kamasutra-Buch abgelehnt und das Buch von Nadja ins Verlagsprogramm genommen hat. Nein, Frau Schmücker galt als knöchern und prüde. Für sie gab es die Pornos. Katja Kullmer galt als hoffnungslose Romantikerin. Für sie gab es den unromantischen Sex zu dritt. Bettina Lorenz war die einzige verheiratete Frau bei den Anekdoten. Die treue Klavierlehrerin wurde zum Ehebruch verleitet. Diese drei Frauen sollten von von Mahlenburg dazu gebracht werden, gegen ihre Prinzipien zu verstoßen. So, wie es mit Sicherheit gegen die Prinzipien von Beate Sydow war, sich einen jungen Mann als Loverboy zu halten. Sie war Personalleiterin und spätere Frau eines Unternehmers. Sie war mit Sicherheit sehr konservativ. Sie hat gegen ihre Prinzipien gehandelt, als sie sich mit Philipp von Mahlenburg eingelassen hat. Das ist ihr spätestens dann aufgegangen, als er sie vor den Augen von Nadja fast ertränkt hätte.«

Siebels und Till saßen mittlerweile mit ausgestreckten Beinen und den Füßen auf ihren Schreibtischen entspannt in ihren Stühlen, während sie sich gegenseitig mit ihren Theorien befruchteten. Keiner von beiden achtete auf die halb geöffnete

Bürotür. Keiner von beiden bemerkte Staatsanwalt Jensen, der vor der Tür stand und seinen Kopf durch den Türspalt schob.

»Drei Morde in drei Tagen und die Herren Kommissare legen die Beine hoch und schmachten sich gegenseitig an.« Jensen kam nun herein und stellte sich zwischen die beiden Schreibtische. Till nahm sofort die Füße vom Tisch und nahm Haltung an. Siebels bewegte sich keinen Millimeter. Jensen wedelte mit einen Stoß Papier in der Hand in der Luft herum. »Was hat es denn hiermit auf sich? Personenschutz für eine Frau Lorenz? Rund um die Uhr? Und obendrein ein Hotelaufenthalt für eine Frau Kullmer? Wissen Sie eigentlich, was das alles kostet?«

Siebels griff zu seinen Zigaretten und zündete sich eine an. Genüsslich blies er den Rauch in Richtung Jensen. Till griff zu seiner neu erstandenen Duftkerze und zündete sie wortlos an. Der Kerzenduft breitete sich sofort im Büro aus.

»Beide Frauen befinden sich in akuter Lebensgefahr«, sagte Siebels betont gelassen.

Jensen hustete und versuchte sich mit den Händen frische Luft zuzuwedeln. Als das nicht gelang, ging er zum Fenster und öffnete beide Fensterflügel. »Sie haben doch die Rauchmelder hier lahmgelegt, sonst wäre schon längst die Feuerwehr angerückt. So geht das nicht, meine Herren. Morgen bekommen Sie Besuch vom Brandschutzbeauftragten, der soll sich das hier mal anschauen.«

»Ich habe nix lahmgelegt«, verteidigte sich Till. Siebels konnte sich ein leichtes Grinsen nicht verkneifen, sagte aber nichts.

Jensen pustete die Kerze auf Tills Schreibtisch aus. »Das stinkt ja widerlich«, schimpfte er.

»Das riecht viel besser als der Qualm, der von da drüben kommt.«

Siebels übte sich in einer Deeskalationsstrategie und schnippte seine Zigarette aus dem offenen Fenster.

»Wie lange soll das jetzt so weitergehen?«, fragte Jensen.

»Im Büro rauche ich eigentlich nur noch sehr selten«, beantwortete Siebels die Frage.

»Ich rede von dem Personenschutz und dem Hotelaufenthalt«, mokierte sich Jensen.

»Noch 24 Stunden. Eventuell auch 48 Stunden. Spätestens dann sollten wir den Fall gelöst haben.«

Jensen schaute auf seine Uhr. »Die Zeit läuft«, sagte er grimmig. »Ich erwarte Ergebnisse.«

Anstatt einer Antwort von Siebels bekam er den Biene Maja Song zu hören. »Was ist das hier eigentlich? Ein Kommissariat oder ein Kindergarten?«, seufzte Jensen und trippelte unschlüssig im Büro auf und ab.

»Im Kindergarten wird doch nicht geraucht«, sagte Till mit leichter Empörung in der Stimme.

Siebels fand endlich sein Handy und nahm das Gespräch entgegen.

»Sie sind übrigens nicht mehr auf Platz eins auf der Schützenliste vom Schießstand«, sagte Jensen zu Till. »Liegt wohl an der schlechten Luft hier im Büro. Mit vernebelten Sinnen schießt es sich halt schlecht.«

»Wer ist denn jetzt die Nummer eins?«, fragte Till und fühlte sich in seiner Ehre verletzt.

Jensen stellte sich vor Till auf und wippte leicht auf seinen Schuhspitzen. »Eine junge Frau von der Streife. Die Kollegen nennen sie nur die wilde Simone.«

Till schaute Jensen sprachlos an. Das war ein Tiefschlag.

»Jede Ära hat einmal ein Ende«, sinnierte Jensen.

»Das war Kulmbacher«, sagte Siebels, der das Gespräch wieder beendet hatte. »Es gibt interessante Neuigkeiten.«

»Das spricht sich wohl überall herum«, schimpfte Till. »Aber das bringe ich schon wieder in Ordnung, keine Sorge.«

Siebels schaute Till verwirrt an.

»Immerhin habe ich ihr das beigebracht«, sagte Till trotzig.

»Das Kamasutra?« Siebels grinste schadenfroh.

»Das Schießen«, brummte Till beleidigt vor sich hin.

»Schießen kann sie auch? Jetzt hat sie aber Kamasutrastunde, schätze ich.«

»Wovon reden Sie eigentlich?«, fragte Jensen und schaute Siebels verwirrt an.

»Das frage ich mich allerdings auch«, warf Till ein.

»Na, von deiner Kamasutrakönigin. Kulmbacher hat gerade angerufen. Sie ist von hier direkt nach Bad Homburg gefahren. Dort hat sie sich in einem Hotel mit einem Mann getroffen.

Kulmbacher bestätigt, dass es eindeutig nach einer Liebesbeziehung ausgesehen hat, als die beiden sich begrüßt haben. Jetzt rate mal, auf wen die Beschreibung des Mannes passt.«

Till zuckte mit den Schultern und Jensen hörte neugierig zu.

»Auf Dr. Ritter. Den Anwalt und Vermögensverwalter von Nadja und Beate Sydow.«

»Und wer ist die Kamasutrakönigin?«, wollte Jensen wissen.

»Was hat das denn jetzt zu bedeuten?«, fragte Till.

Siebels ignorierte beide Fragen und griff zum Telefon. »Hallo Charly. Du, ich bräuchte dich noch mal. Check doch mal einen gewissen Dr. Ritter durch. Er ist der Vermögensverwalter der Familie Sydow. Ich möchte alles über ihn wissen. Privat wie geschäftlich. Finanzstatus, Schulden, Lebenswandel. Du weißt schon.«

»Sollte ich mir besser die Ohren zuhalten?«, fragte Jensen.

Till drückte Jensen das Kamasutra-Buch in die Hand. »Von der Kamasutrakönigin«, klärte er den Staatsanwalt auf.

»In bar eingezahlt, sehr interessant«, kommentierte Siebels die neueste Erkenntnis von Charly.

Jensen blätterte im Buch von Maja Mertens. »Was hat das denn bitte schön mit dem Fall zu tun?«

»Wenn wir das wüssten«, seufzte Till.

Siebels beendete sein Gespräch mit Charly. »Jens Schäfer hat bei seiner Bank 12.000 Euro in bar eingezahlt und diesen Betrag einen Tag später an Möllenbeck überwiesen.«

»Klingt nach einem Sponsor«, überlegte Till.

»Soll das Beweismaterial sein?«, fragte Jensen und hielt Siebels das Kamasutra-Buch vor die Nase.

»Wenn wir das wüssten«, seufzte Siebels.

»Ja, was wissen Sie eigentlich? Oder verheimlichen Sie mir wieder mal die Hälfte? So geht das nicht weiter, meine Herren.«

»Dr. Ritter weiß alles über Jens Schäfer alias Philipp von Mahlenburg und er weiß alles über Nadja. Vielleicht ist er der Sponsor von den Anekdoten«, überlegte Siebels laut.

»Verstehe ich nicht«, sagte Till.

»Wenn er mit Maja Mertens unter einer Decke steckt, im doppelten Sinne, sozusagen, landet das Erbe von Nadja bei ihm, wenn Nadja im Knast landet.«

»Das wird ja immer komplizierter. Ich mache jetzt Feierabend.« Till schaltete seinen Computer ab und zog sich seine Jacke über.

Jensen gab Till das Kamasutra-Buch zurück. »Lassen Sie das bloß nicht sichtbar im Büro rumliegen«, mahnte er.

»Das nehme ich besser mit nach Hause«, sagte Till gewissenhaft.

»Beweismaterial?« Jensen war die Sache nicht ganz geheuer.

»Die Beweise liegen bei mir«, schaltete Siebels sich ein, holte sein Exemplar vom Kamasutra-Buch aus der Schublade und hielt es hoch.

Jensen schüttelte den Kopf und verließ das Büro.

»Morgen früh um 9:00 Uhr habe ich Nadja herbestellt«, sagte Siebels zu Till. »Wir sollten uns spätestens um acht hier treffen.«

»Alles klar. Morgen Nachmittag muss ich dann auf den Schießstand.«

»Schon wieder? Du warst doch erst. Gibt es etwa schon wieder Probleme mit Schneider?«

Schneider war der Ausbilder auf der Schießanlage im Keller des Polizeipräsidiums. Till ärgerte ihn regelmäßig mit absichtlichen Fehlschüssen, die er hinterher mit abenteuerlichen Kommentaren als Volltreffer deklarierte.

»Schneider hat mir letztes Mal einen Schuss als Fehlschuss eingetragen. Das muss ich korrigieren.«

»Also, ich erkläre es dir noch mal«, seufzte Siebels. »Den Rauhaardackel darfst du nicht erschießen. Den Rottweiler nur, wenn er zähnefletschend auf ein kleines Kind zu rennt.«

»Schneider hat von Hunden doch keine Ahnung«, murrte Till und verließ das Büro mit dem Kamasutra-Buch in der Hand.

18

Mein perfekter Plan

Ich traf mich mit meinem eitlen Pfau im Zoo. Wir schlenderten um das Pfauengehege, es war das passende Ambiente.

»Hast du schon etwas geschrieben?«, wollte ich von ihm wissen.

»Zwei Seiten«, verkündete er stolz.

»Die kannst du wegschmeißen«, sagte ich lächelnd und drückte ihm einen ausgedruckten Stoß Papier in die Hand, den ich in meiner Handtasche verstaut hatte. Er fing an zu lesen. Die Anekdoten des Philipp von Mahlenburg.

»Wie findest du dein Buch?«, fragte ich ihn, als er es gelesen hatte.

»Es ist ziemlich gemein«, war sein Kommentar.

»Dann ist es gut«, freute ich mich. »Wir machen ein schönes Buch daraus.«

Er protestierte erst zaghaft, doch dann ergab er sich in sein Schicksal.

»Eine zweite Version davon habe ich übrigens einer guten Freundin von mir geschickt«, verriet ich ihm nebenbei. »Allerdings habe ich ihr nicht alles geschickt, nur Auszüge daraus.«

Er sah mich verständnislos an.

»Zufälligerweise kennt sie alle Damen aus den Episoden. Sie kennt sie genauso gut wie ich. Nun ist sie natürlich sehr neugierig, sie will alles lesen.«

»Wenn es ein Buch wird, kann es doch sowieso jeder lesen«, wunderte er sich.

»Dann ist es für sie vielleicht zu spät«, sagte ich geheimnisvoll und zwinkerte ihm zu.

Freitag, 4. Juni 2010

Siebels saß am Küchentisch, hatte seinen Sohn Dennis auf dem Schoß und versuchte, seinem Nachwuchs einen Löffel Brei in den Mund zu schieben. Die Hälfte davon landete tatsächlich im Mund von Dennis, die andere Hälfte auf seinem Lätzchen.

»Schön aufmachen«, gab Siebels ihm Anweisung. »Aaahhh«, machte er mit weit geöffnetem Mund vor.

»Wie der Papa«, kommentierte Sabine Karlson die Essbemühungen von Dennis.

»Was soll das denn heißen?«, fragte Siebels empört.

»Du hast dein Bier auch zur Hälfte auf den Tisch gespuckt, als wir das letzte Mal hier gemütlich beisammengesessen haben.«

»Ich habe mich verschluckt«, wehrte sich Siebels.

»Du hast gesabbert.«

Siebels schob Dennis zielsicher den nächsten aufgehäuften Löffel in den Mund, als der Biene Maja Song ertönte. Siebels schaute auf die Uhr. Es war kurz vor sieben. Dennis spuckte seinen Brei aus, diesmal nicht auf sein Lätzchen, sondern auf Siebels Hose.

»Sauerei«, schimpfte Siebels und setzte Dennis auf seinen Kinderstuhl. Er fand sein Handy auf dem Sofa. Der Anruf kam von der Kollegin, die den Personenschutz für Bettina Lorenz übernommen hatte. Sie schluchzte am Telefon und Siebels brauchte einen Moment, bis er überhaupt einordnen konnte, wer sie war.

»Sie ist tot?«, fragte er ungläubig. »Wie konnte das passieren?« Siebels hörte fassungslos zu, was die schluchzende Kollegin ihm erzählte. »Ich komme sofort«, sagte er und beendete das Gespräch. Er rief Till an und beorderte ihn umgehend in die Mainzer Landstraße zur Wohnung von Bettina Lorenz. Auf der Fahrt dorthin rief er Anna Lehmkuhl an und bestellte sie ebenfalls dorthin.

Mehrere Uniformierte standen am Hauseingang und unterhielten sich. Siebels zeigte seinen Ausweis und lief die Treppe zur Wohnung hoch. Im Treppenhaus saß die Kollegin vor der Wohnungstür. »Wie geht es Ihnen?«, fragte Siebels.

»Bescheiden«, war die knappe Antwort.

»Dann erzählen Sie mal der Reihe nach.«

»Frau Lorenz wollte sich gestern Abend die Füße vertreten, bevor sie zu Bett ging. Mir ging es ähnlich, wir haben den ganzen Tag in der kleinen Wohnung verbracht. Ich habe Peter per Funk Bescheid gegeben. Peter saß unten im Auto und hat den Hauseingang bewacht. Als ich mit Frau Lorenz unten war, habe ich mich noch kurz mit Peter unterhalten. Dann bin ich mit Frau Lorenz um den Block gelaufen.«

»Um wie viel Uhr war das?«

»Es war kurz nach elf, als wir das Haus verlassen haben. Dann sind wir höchstens fünfzehn Minuten gelaufen, bis wir wieder hier eingetroffen sind.«

»Okay, was ist dann passiert?«

»Frau Lorenz hat unten die Haustüre aufgeschlossen. Ich habe noch mal zu Peter geschaut und ihm gewinkt, konnte aber in der Dunkelheit nicht erkennen, ob er reagierte. Frau Lorenz ging ins Haus und ich folgte ihr. Wir sind die Treppen zu ihrer Wohnung hochgelaufen. Sie hat die Wohnungstür aufgeschlossen und ist reingegangen. An mehr kann ich mich nicht erinnern.«

Aus der Wohnung kam ein Notarzt. Siebels wies sich aus und fragte ihn nach Einzelheiten.

»Ihr Kollege, der unten im Auto saß, wurde mit einem Elektroschocker außer Gefecht gesetzt. Er war mit seinen Handschellen am Lenkrad festgekettet, als er gefunden wurde. Er wird gerade behandelt. Ihre Kollegin hier wurde ebenfalls mit einem Elektroschocker niedergestreckt. Auch sie war mit Handschellen festgekettet, am Heizkörper in der Küche. Außerdem war sie geknebelt. In dem Zustand hätte sie ersticken können. Sie hat Glück gehabt. Die Tote liegt mit aufgeschnittenen Pulsadern in der Badewanne. Sie hat eine Schädelfraktur. Vermutlich wurde sie erst mit einem harten Gegenstand niedergeschlagen, bevor sie auch eine Ladung Strom von dem Elektroschocker abbekommen hat. Sie wurde bewusstlos in die Badewanne gelegt. In der gefüllten Wanne wurden ihr die Pulsadern aufgeschnitten.«

Till kam die Treppe herauf. Kurz hinter ihm erschien Anna Lehmkuhl. Siebels berichtete den beiden, was er bereits wusste.

»Ihre Kollegin hier bringen wir ins Krankenhaus«, sagte der Notarzt.

»Einen Moment noch«, bat Siebels und wendete sich wieder der Kollegin auf der Treppe zu. »Konnten Sie jemanden erkennen?«

»Nein, niemanden.«

»Sie können auch nicht sagen, ob es sich um eine Frau oder um einen Mann handelte?«

»Nein. Tut mir leid. Ich wurde völlig überrumpelt.«

»Wer hat Sie gefunden?«

»Ich weiß es nicht. Plötzlich waren die Kollegen da.«

Ein Uniformierter kam die Treppe herauf. Er stellte sich als Polizeimeister Hoffmann vor und klärte Siebels auf. »Ein Passant wurde heute Morgen auf die missliche Situation vom Kollegen im Wagen vor der Tür aufmerksam. Polizeiobermeister Peter Hartmann bewegte sich auffällig im Wagen, er konnte seine Hände ja nicht bewegen. Der Passant schaute in den Wagen und erkannte, dass der Kollege am Lenkrad festgekettet war. Der Passant entdeckte den Autoschlüssel auf dem Autodach und entriegelte den Wagen. Polizeiobermeister Hartmann klärte den Mann auf, der uns dann umgehend verständigte.«

»Um wie viel Uhr war das?«

»Der Anruf ging um 6:10 Uhr in der Zentrale ein. Drei Minuten später war die erste Streife hier. Das waren mein Kollege Holler und ich. Als wir Polizeiobermeister Hartmann befreit hatten, hat er uns von seinem Einsatz berichtet. Wir sind sofort in die Wohnung hoch. Dann wurden Sie umgehend verständigt.«

»Danke«, sagte Siebels. »Ich komme nachher noch mal zu Ihnen.«

»Böse Sache«, sagte Till.

»Da steckt verdammt viel kriminelle Energie dahinter. Zwei Polizeibeamte auszuschalten und dann in aller Ruhe den Mord zu begehen. Das klingt nach einem ausgebildeten Killer, so was bringt doch weder Maja Mertens noch Nadja Sydow fertig.«

Till zuckte mit den Schultern. »Wer weiß. Nach drei gelungenen Morden braucht eine hochbegabte Irre vielleicht neue Herausforderungen.«

»Es muss bei so einer Aktion doch Spuren geben. Ein Haar oder irgendwas, das wir einer der beiden Damen zuordnen können. Wo bleibt überhaupt die Spurensicherung? Von denen sieht und hört man überhaupt nichts mehr.« Siebels nahm sein Handy und tätigte einen Anruf beim Chef der Spurensicherung.

»Ich betrachte mir dann mal die Tote«, sagte Anna Lehmkuhl, die immer noch im Hausflur herumstand.

»Wir haben ein Problem«, sagte Till.

»Nur eins?« Siebels schaute grimmig.

»Nur eins, das noch lebt. Hoffentlich.«

»Katja Kullmer«, stieß Siebels hervor. »Was machen wir jetzt bloß mit ihr?«

»Die wäre jetzt der perfekte Lockvogel«, überlegte Till.

»Ja, klingt verlockend. Wenn das dann aber auch schief geht, erklärst du das dem Staatsanwalt.«

»Wir brauchen erst mal einen Plan. Hast du einen?«

»Nein. Ich bin völlig planlos im Moment. Wir müssen auch bald ins Präsidium. Oder soll ich Nadja für später bestellen?«

»Die würde ich lieber so schnell wie möglich sprechen.«

»Ich auch. Wir könnten Frau Kullmer vorübergehend in Sicherheitsverwahrung nehmen.«

»Wenn sie das dann auch nicht überlebt, haben wir es wirklich mit einer Hochbegabten zu tun.«

»Ich rufe Jensen an, der soll das veranlassen.«

Till ging in die Wohnung und schaute ins Bad, wo Anna Lehmkuhl vor der Badewanne saß. Das Wasser, in dem der Leichnam von Bettina Lorenz lag, war blutrot.

»Haben Sie denn bei den anderen Fällen noch etwas entdeckt«, fragte Till.

Anna Lehmkuhl betastete die Tote. »Bei Beate Sydow konnte ich keine Rückstände des Schlafmittels finden. Ob diese Frau hier vor ihrem Tod Schlaftabletten eingenommen hat, kann ich noch nicht sagen. Aber ich bezweifele es.«

»Seit wann ist sie tot?«

»Der Tod ist schätzungsweise gegen Mitternacht eingetreten.«

»Wie soll man denn auch Spuren finden, wenn die Herren Kommissare überall rumtrampeln«, eiferte sich Müller von der Spurensicherung, der in einem Plastiküberzieher die Wohnung betrat.

»Ich bin ja schon weg«, sagte Till und tümmelte sich.

»Ich bin auch schon fertig.« Anna Lehmkuhl verließ das Badezimmer und folgte Till in den Hausflur, wo Siebels gerade sein Gespräch mit Jensen beendete.

»Frau Kullmer wird im Hotel abgeholt. Jensen schickt ein Sondereinsatzkommando. Die bringen sie vorübergehend in einer Zelle im Präsidium unter. Jensen will bis heute Nachmittag wissen, wie es mit ihr weitergehen soll.«

»Wir schicken sie als Lockvogel los.«

»Das besprechen wir später. Jetzt will ich erst mal mit Kulmbacher reden. Maja Mertens kann die Sauerei hier ja eigentlich nicht veranstaltet haben, es sei denn Kulmbacher hat ihr dabei zugeschaut.«

Siebels tippte hektisch auf den Tasten seines Handys herum.

»Klappt das morgen mit unserer Spritztour? Vielleicht auf den Feldberg hoch?«, fragte Anna Lehmkuhl und schaute Till neugierig an.

»Nichts lieber als das. Aber ich befürchte der Kerl mit dem Handy hier versaut mir das Wochenende.« Till zeigte auf Siebels, der jetzt mit Kulmbacher sprach.

»Immer noch im Hotel? ... Die ganze Nacht? Sicher? ... Was? Er ist gestern Abend allein rausgekommen und weggefahren?«

»Ich glaube, Kulmbacher hat Mist gebaut«, flüsterte Till.

»Ja, verdammt noch mal. Geh rein. Erkundige dich am Empfang. Wenn sie noch da ist, warte dort und bleib an ihr dran. Wenn du sie verloren hast, will ich sofort Bescheid wissen. Verstanden? ... Ablösung? Darüber reden wir nachher.«

»Was ist los?«, fragte Till.

»Dr. Ritter hat das Hotel gestern Abend gegen 20:30 Uhr wieder verlassen. Allein. Kulmbacher hat die ganze Nacht vor dem Hotel gewartet, Maja Mertens ist aber nicht mehr rausgekommen. Ich glaube aber kaum, dass sie allein die Nacht im Hotel verbracht hat.«

»Wäre ja zu schön, wenn sie noch da wäre. Dann könnten wir uns ganz um Nadja kümmern.«

»Ich melde mich, bis dann.« Anna Lehmkuhl stieg die Treppen herunter.

»Wenn es klappt, melde ich mich«, rief Till ihr hinterher.
»Wenn was klappt?«, wollte Siebels wissen.
»Wenn ich ein freies Wochenende vor mir habe.«
»Das kannst du dir abschminken.«
»Es sei denn, wir kriegen Nadja jetzt dran.«
»Stimmt. Wir müssen los, in zwanzig Minuten hat sie ihren Termin.«

Till machte sich auf den Weg. Siebels ging runter zum Notarztwagen, wo die Kollegin vom Personenschutz behandelt wurde. »Wurden Sie mit Ihren eigenen Handschellen an den Heizkörper gekettet?«, wollte Siebels wissen.

»Ja, es waren meine Handschellen.«

»Und der Kollege Hartmann wurde im Wagen auch mit seinen eigenen Handschellen an das Lenkrad gekettet?«

»Das weiß ich nicht, tut mir leid.«

Siebels ging zu Polizeimeister Hoffmann und stellte ihm die gleiche Frage.

»Nein, es waren nicht seine Handschellen. Seine trug er noch vorschriftsmäßig an der Hose. Es waren zwei Paar Handschellen. Jede Hand war mit einer am Lenkrad befestigt.«

»Also war jemand gut vorbereitet«, stellte Siebels fest. »Wo sind diese Handschellen jetzt?«

»Wahrscheinlich noch im Wagen. Wir haben sie mit einem Bolzenschneider aufgebrochen.«

»Geben Sie die Dinger her. Ich bringe sie hoch zur Spurensicherung.« Siebels stieg wieder die Treppen hoch und betrat die Wohnung. Er überreichte einem der Kollegen von der Spurensicherung die aufgebrochenen Handschellen. »Wäre schön, wenn ihr rausfinden könnt, wo die herstammen.« Siebels ging ins Badezimmer. Bettina Lorenz lag noch in dem blutroten Wasser. Neben der Wanne stand die Kloschüssel. Die Anekdoten des Philipp von Mahlenburg lagen auf dem Klodeckel. Siebels wies die Spurensicherung an, das Buch auf Fingerabdrücke zu untersuchen und als Beweismittel einzutüten.

19

Nadja saß bereits im Büro, als Siebels dort auftauchte. Charly hatte sie hochgebracht und ihr einen Kaffee gemacht. »Entschuldigen Sie die Verspätung«, sagte Siebels und setzte sich an seinen Platz.

»Fünf Minuten sind ja noch im grünen Bereich«, sagte Nadja lächelnd. »Haben Sie verschlafen?«

»Ich wurde noch zu einem Tatort gerufen. Ich werde unser Gespräch auf Band aufzeichnen.« Siebels stellte das Diktiergerät wieder auf den Tisch zwischen sich und Nadja und sagte das Datum, die Uhrzeit und die Aktennummer sowie den Namen der Vorgeladenen auf.

»Wo waren Sie heute Nacht zwischen 23:00 und 24:00 Uhr?«

Nadja lehnte sich zurück und schaute Siebels verwundert an. »In der Disco«, sagte sie dann.

»Waren Sie in Begleitung?«

»Nein. Ich war allein. Ich wollte einfach nur abtanzen.«

»Gibt es schon einen Termin für die Beerdigung Ihrer Stiefmutter?«

»Ja. Nächsten Montag. Um 10:00 Uhr auf dem Südfriedhof.«

»Kann jemand bezeugen, dass sie heute Nacht allein in der Disco abgetanzt haben?«

»Die Disco war gut besucht. Es kann sich bestimmt jemand an mich erinnern.«

»Wie heißt die Disco?«

»Ich war im Cocoon Club.«

»Gehen Sie dort öfter alleine hin?«

»Wenn mir danach ist. Aber nicht regelmäßig.«

»Ein Türsteher oder Barkeeper sollte sich also an Sie erinnern können?«

»Das wäre möglich.«

»Was haben Sie getragen?«

»Ein schwarzes Kleid. Schulterfrei.«

Der Biene Maja Song unterbrach Siebels bei seiner Befragung. Kulmbacher meldete sich.

»Sie ist nicht mehr da. Sie hat das Hotel kurz vor dem Mann verlassen. Allerdings nicht durch den Haupteingang. Sie ist in die Tiefgarage gegangen.«

»Hatte sie dort einen Wagen stehen?«, wollte Siebels wissen.

»Das weiß ich nicht.«

»Es gibt in der Tiefgarage bestimmt Überwachungskameras. Finde es raus. Wenn das geklärt ist, kannst du Feierabend machen.« Siebels beendete das Gespräch und fuhr mit seiner Befragung fort.

»Wo waren Sie, als Ihre Stiefmutter ums Leben kam?«

»Das war am Montagmorgen, ziemlich früh, oder?«

»Gegen 6.00 Uhr.«

»Da lag ich noch im Bett. Allein.«

»Wann haben Sie die Disco gestern wieder verlassen?«

»Gar nicht.«

Siebels schaute Nadja fragend an.

»Ich habe sie heute Morgen verlassen. So zwischen 2:00 und 3:00 Uhr.«

»Sind Sie mit einem Taxi gefahren?«

»Nein. Mit meinem Wagen.«

»Was für einen Wagen fahren Sie?«

»Einen gelben Spider von Alfa Romeo.«

»Wo waren Sie am Dienstagmorgen zwischen 7:00 und 10:00 Uhr?«

Nadja machte eine nachdenkliche Miene. »Da war ich joggen«, sagte sie dann.

»Drei Stunden lang?«

»Eine Dreiviertelstunde. Kurz vor acht war ich wieder zuhause und habe geduscht. Anschließend habe ich gefrühstückt.«

»Wo waren sie joggen?«

»Im Stadtwald. Ganz in der Nähe von meiner Wohnung.«

»Gibt es Zeugen?«

»Ich bin bestimmt anderen Joggern begegnet. Vielleicht auch Spaziergängern, die ihre Hunde ausgeführt haben.«

»Aber niemanden, den Sie kennen?«

»Nein, ich glaube nicht.«

»Was haben Sie beim Joggen getragen?«

»Möchten Sie ein paar Fotos von mir? Das macht die Suche nach Zeugen vielleicht einfacher?«

»Das wäre sehr hilfreich, ja. Eine Antwort hätte ich aber auch gerne.«

»Ein weißes T-Shirt und eine schwarze kurze Sporthose.«

Siebels machte sich Notizen. Er wollte nicht später das ganze Band wieder abhören, um solche Details für mögliche Zeugenbefragungen parat zu haben. Till kam ins Büro und nickte Nadja kurz zu, bevor er sich seitlich vom Schreibtisch auf seinen Stuhl setzte und die Befragung von Siebels beobachtete.

»Kommen wir zum Mittwoch«, fuhr Siebels fort. »Mittwochabend zwischen 18:00 und 20:00 Uhr.«

Nadja lehnte sich vor und stützte sich mit den Unterarmen auf dem Schreibtisch auf. »Halten Sie mich jetzt für eine Serienmörderin?«

»Sind Sie eine?«

»Gibt es wirklich so viele Tote? Montag meine Stiefmutter, am Dienstag Frau Schmücker. Und dann? Habe ich etwas verpasst?«

»Am Mittwoch Herr Schäfer und in der Nacht von gestern auf heute Frau Lorenz. Die gesamte Mannschaft aus den Anekdoten, inklusive des Autors.«

»Das ist ja verrückt«, sagte Nadja leise vor sich hin. »Sagten Sie nicht, dass Frau Lorenz unter Polizeischutz steht?«

Siebels nickte bedächtig. »Das hat den Mörder nicht abgehalten.«

»Oder die Mörderin«, ergänzte Till und schaute Nadja ernst an.

»Stehe ich unter Mordverdacht?«

»Würde Sie das in Anbetracht der Umstände wundern?«, fragte Siebels.

»Ich wundere mich selten über etwas. Ich analysiere die Dinge lieber. Und momentan komme ich zu dem Ergebnis, dass ich meinen Anwalt verständigen sollte.«

»Dr. Ritter?«

»Ja, Dr. Ritter. Oder wollen Sie ihn verständigen?«

»Das kann ich gerne tun. Ich weiß aber nicht, ob er der richtige Anwalt für Sie ist.«

»Er ist mein einziger Anwalt. Was soll nicht richtig an ihm sein? Sein Fachgebiet?«

»Haben oder hatten Sie ein Verhältnis oder eine sexuelle Beziehung mit ihm?«

»Was spielt das für eine Rolle?«

»Immerhin ist er der Treuhänder über Ihr Vermögen. Sie sind also in gewisser Hinsicht von ihm abhängig.«

»Bin ich das? Es liegt nicht in seinem Ermessen, ob und wann er mir mein Erbe zugänglich macht. Das hat mein Vater geregelt. Dr. Ritter ist nur das ausführende Organ. Ob ich mit ihm schlafe oder nicht ist völlig irrelevant.«

»Sie bekommen auf Ihr Erbe erst Zugriff, wenn Sie Ihr Studium erfolgreich abgeschlossen haben, ist das richtig?«

»Ja, das ist korrekt.«

»Wann wird das voraussichtlich sein?«

»Wenn nichts dazwischenkommt, in einem halben Jahr.«

»Was könnte dazwischenkommen?«

Nadja schaute abwechselnd zu Siebels und zu Till, konnte aber keinem von beiden im Gesicht ablesen, was genau sie eigentlich von ihr wollten. »Vielleicht bekomme ich wieder Lust, noch ein Buch zu schreiben. Oder ich werde krank. Oder ich mache eine längere Reise und schaue mir einen Teil der Welt an. Vielleicht Asien. Wer weiß. Es gibt immer irgendwas, was dazwischenkommen könnte.«

»Vielleicht auch ein längerer Aufenthalt im Gefängnis?«

Nadjas Gesichtszüge verhärteten sich. »Das schließe ich aus. Wollen Sie mir etwas anhängen? Ist diese Befragung hier überhaupt zulässig, wenn ich keinen juristischen Beistand bekomme?«

Siebels schob ihr sein Telefon hin. »Bitte schön. Rufen Sie Ihren Anwalt an.«

Nadja betrachtete das Telefon, rührte sich aber nicht. Siebels lehnte sich zurück und betrachtete schweigend Nadja.

»Was meinten Sie damit, dass Dr. Ritter nicht der richtige Anwalt für mich wäre?«, fragte Nadja.

»Stellen wir uns doch einmal vor, es wird tatsächlich nichts mit Ihrem Studium. Irgendetwas kommt dazwischen, was auch immer. Was passiert dann mit Ihrem Erbe?«

»Laut Testament meines Vaters gründet Dr. Ritter dann eine Stiftung, in die das Geld einfließt.«

»Für Sie ist die Sache dann aber erledigt? Kein Abschluss, kein Erbe?«

»Ein Pflichtanteil steht mir auf jeden Fall zu. Daraus bekomme ich ja auch während meines Studiums eine monatliche Auszahlung.«

»Können Sie sich vorstellen, dass Dr. Ritter Sie um Ihr Erbe bringen will? Zum Beispiel mit einer Anklage wegen mehrfachen Mordes?«

Nadja schaute Siebels verwundert an. Dann suchte sie in ihrer Handtasche nach ihren Zigaretten und zündete sich eine an. »Sie glauben, Dr. Ritter steckt hinter diesen Morden und will sie mir anhängen? Das ist aber eine weit hergeholte Theorie, finden Sie nicht?«

»Bei unserem letzten Gespräch haben Sie mir erzählt, dass Maja Mertens aus der Firma Ihres Vaters geflogen ist. Angeblichen Gerüchten zufolge, weil sie Ihrem Vater schöne Augen gemacht hat. Wo haben Sie dieses Gerücht denn aufgegriffen?«

Nadja zog tief den Rauch ihrer Zigarette ein und blies ihn geräuschvoll wieder aus. Dann zuckte sie mit den Schultern. »Ist das jetzt wichtig?«

»Sonst würde ich nicht danach fragen«, versicherte ihr Siebels.

Nadjas Blick ging wieder zu dem Telefon, das immer noch unberührt vor ihr stand. Ihr Blick wanderte zwischen dem Telefon und Siebels hin und her. Dann konzentrierte sie sich wieder auf Siebels und seine Frage. »Das ist ja das Komische an den Gerüchten. Jeder erzählt jedem etwas und jeder, der es weitererzählt, dichtet noch ein klein wenig dazu. Ich habe bestimmt mehrere Versionen von unterschiedlichen Quellen gehört. Von Mitarbeitern, mit denen ich sporadischen Kontakt hatte.«

»Was für Mitarbeiter waren das?«

»Der Produktionsleiter, der früher in der Wohnung gewohnt hat, in der ich jetzt wohne. Oder der Verkaufsleiter, Herr Haberland. Er war oft auch zu Besuch im Hause meines

Vaters, als ich dort noch gewohnt habe.«

»Hatten Sie mit Dr. Ritter schon zu Lebzeiten Ihres Vaters sexuellen Kontakt?«

»Sie wechseln anscheinend gerne und oft das Thema«, bemerkte Nadja und drückte ihre Zigarette aus.

»Für mich ist das alles ein großes Thema«, antwortete Siebels lapidar.

»Ich kann mich nicht erinnern, dass ich etwas über einen sexuellen Kontakt zwischen mir und Dr. Ritter gesagt hätte. Das unterstellen Sie mir. Wie kommen Sie überhaupt darauf?«

»Streiten Sie es ab?«

»Ich sagte ja bereits, dass ich das für irrelevant halte. Das ist keine Bestätigung für Ihre Behauptung.«

»Maja Mertens hat gestern auf dem Stuhl gesessen, auf dem Sie jetzt sitzen. Sie hat ausgesagt, eine Affäre mit Ihrem Vater gehabt zu haben, damals vor etwa sechs Jahren. Sie hat auch ausgesagt, dass sie Ihnen davon per E-Mail berichtet hat.«

»Ach, daher weht der Wind. Maja plaudert gerne. Manchmal stimmt es, was sie erzählt, manchmal sind es einfach nur platte Lügen, die sie einem auftischt. Ja, sie hat mir damals eine E-Mail geschrieben. Da war sie aber schon aus der Firma geflogen und die Gerüchteküche brodelte schon längst. Ich glaube, sie wollte mir eins auswischen und aus ihrer Niederlage nachträglich noch einen Sieg mir gegenüber machen. So nach dem Motto: Hey Nadja, ich habe es mit deinem Vater gemacht. Der war ganz scharf auf mich.« Nadja schaute Siebels mit unschuldigen Augen an. »So ist sie halt.«

»Hatten Sie sexuellen Kontakt mit Jens Schäfer alias Philipp von Mahlenburg?«

»Sie glauben wohl, ich mache es mit jedem, der mir über den Weg läuft?«

»Ich glaube gar nichts, ich frage nur.«

»Nein, ich hatte keinen sexuellen Kontakt mit ihm.«

»Hatte Maja Mertens sexuellen Kontakt mit Jens Schäfer alias Philipp von Mahlenburg?«

»Das müssen Sie sie schon selbst fragen.«

»Hat Frau Mertens Ihnen diesbezüglich jemals Andeutungen gemacht? Vielleicht in Form von einer Mitteilung per E-Mail?«

»Nein. Warum auch? Sie konnte ja nicht wissen, dass ich ihn kenne.«

»Sie hat sein Buch im Verlag Möllenbeck betreut. In dem Buch steht drin, dass Sie ihn kennen gelernt haben.«

»Sie hätte es bestenfalls vermuten können. Es stehen ja nur Vornamen in dem Buch.«

»Wo waren Sie nun eigentlich am Mittwochabend zwischen 18:00 und 20:00 Uhr? Zu dieser Zeit wurde Jens Schäfer ermordet.«

»Ich war zuhause und habe für mein Studium gearbeitet.«

»Zu welchem Thema?«

»Verhaltensweisen von gespaltenen Persönlichkeiten in Stresssituationen.«

»Sehr interessant.«

»In der Tat.«

»Haben Sie im Rahmen Ihres Studiums auch praktische Erfahrungen mit gespaltenen Persönlichkeiten gemacht?«

»Leider hat sich mir noch niemand persönlich als gespaltene Persönlichkeit vorgestellt. Nein, ich kann nur mit theoretischen Grundlagen dienen.«

Siebels wendete sich an Till. »Hat nicht kürzlich jemand den Verdacht geäußert, Jens Schäfer wäre eine gespaltene Persönlichkeit gewesen? Jens Schäfer und Philipp von Mahlenburg. Letzterer wäre dann keine Rolle gewesen, die Schäfer gespielt hat, sondern ein eigenständiges Individuum. Wenn er von Mahlenburg war, wusste er gar nicht, wer Jens Schäfer überhaupt ist. Sehr interessante Vorstellung. Was halten Sie davon?«

»Das ist eine hypothetische Frage, die sich im Nachhinein kaum beantworten lassen wird. Oder war er in psychologischer Behandlung gewesen?«

»Davon ist mir nichts bekannt. Wussten Sie eigentlich, dass Maja Mertens auch eine Affäre mit Dr. Ritter hat?«

Nadja blieb einen Moment regungslos sitzen. Till beobachtete sie und ahnte, wie es in ihrem Kopf auf Hochtouren arbeitete. Kurz darauf schien sie sich wieder zu entspannen. »Auch? Wer denn noch?«, fragte Nadja mit einer gewissen Ironie in der Stimme.

»Es gibt Aussagen, die eine Affäre zwischen Ihnen und Dr. Ritter bestätigen. So lange Sie das nicht abstreiten, gehe ich davon aus, dass das stimmt.«

»Wir haben zwei- oder dreimal gefickt«, sagte Nadja und im selben Moment meldete die Biene Maja einen Anruf von Kulmbacher.

»Und?«, fragte Siebels.

»Sie ist mit einem Mietwagen davongefahren. Den hat sie vor zwei Tagen angemietet und dann direkt in der Tiefgarage abgestellt. Das Zimmer war auch für zwei Tage gemietet.«

»Klingt nach einem Plan«, überlegte Siebels. »Haben die beiden schon öfter in dem Hotel ein Zimmer gemietet?«

»Ja. Das geht schon über einen längeren Zeitraum so. Manchmal sind sie nur stundenweise geblieben, manchmal die ganze Nacht, manchmal auch ein ganzes Wochenende.«

»Okay, dann mach jetzt Feierabend. Wahrscheinlich brauchen wir dich morgen wieder.« Siebels wendete sich wieder Nadja zu.

»Haben Sie sich mit Dr. Ritter in einem Hotel getroffen?«

»Zum Ficken?«

»Wenn Sie es so nennen wollen.«

»Nein, warum auch? Er ist nicht verheiratet und ich auch nicht.«

»Wer hat die Initiative ergriffen? Sie oder er?«

Nadja lächelte versonnen. »Ich habe gemerkt, dass er scharf auf mich war. Ich habe ein wenig mit ihm gespielt, habe ihn eine Weile zappeln lassen. Dann habe ich ihn gefickt.«

»Haben Sie ihm jemals etwas über Ihr Verhältnis zu Maja Mertens erzählt?«

»Sie glauben, die beiden machen gemeinsame Sache? Ritter und Maja als Mörderpärchen? Damit ich in den Knast komme und die beiden mit meinem Erbe durchbrennen?«

Till war das zu einfach. Er schaltete sich jetzt in das Gespräch ein. »Oder haben Sie Dr. Ritter erst auf diese Idee gebracht? Haben Sie ihm ein paar kleine Details aus dem ewig andauernden Zickenkrieg zwischen Maja Mertens und Ihnen erzählt? Und umgekehrt Ihre alte Schulfreundin Maja Mertens auf Dr. Ritter aufmerksam gemacht? Haben Sie ihr vielleicht mitgeteilt, dass Sie eine Affäre mit ihm haben, weil er scharf auf Sie ist. Weil Sie wussten, dass Maja Mertens am liebsten Männer hat, die mit Ihnen in Verbindung stehen.«

»Vielleicht ist Dr. Ritter in dieser Angelegenheit tatsächlich nicht der richtige Anwalt für mich. Danke, dass Sie mich davor gewarnt haben. Ich werde mir wohl einen anderen Anwalt nehmen müssen. Können Sie mir einen empfehlen?«

»Ich empfehle Ihnen, jetzt endlich mit der Wahrheit herauszurücken«, sagte Siebels ärgerlich. »Sie stecken bis zum Hals in der Scheiße. Das ist kein Spielchen mehr zwischen zwei Schülerinnen. Es geht mittlerweile um vierfachen Mord. Sie haben nicht ein brauchbares Alibi.«

»Ich habe aber auch kein brauchbares Motiv. Bei der anderen Dame sieht das ja wohl etwas anders aus, wenn ich mich nicht irre. Mein Erbe ist ein ziemlich gutes Motiv, nicht wahr.«

»Tja, wenn das so einfach wäre«, sinnierte Siebels und holte die Anekdoten des Philipp von Mahlenburg aus seiner Schublade hervor. Er schlug es auf und las daraus vor. »*Hast du sie gefickt?* Das haben Sie Jens Schäfer im Hause Ihrer Stiefmutter gefragt.« Siebels blätterte ein paar Seiten weiter. »*Ich drückte fester auf Beas Schultern, drückte sie ein Stück nach unten. Und dann noch ein Stück, bis ihr Kopf unter der Wasseroberfläche versank. Für einen Moment war ich außer mir. Als hätte Nadja Besitz von mir ergriffen. Nur durch ihren Blick, mit dem sie mich in ihren Bann zog. Bea drückte ihren Körper nach oben. Ich drückte sie fester nach unten. Nur einige wenige Sekunden. Ich glaubte, ein Lächeln über Nadjas Gesicht huschen zu sehen.*« Siebels klappte das Buch wieder zu und legte es gut sichtbar auf den Tisch.

»Ich kenne den Inhalt«, sagte Nadja gelangweilt.

»Außer den hier beschriebenen Anekdoten sind uns keine anderen Frauengeschichten des Philipp von Mahlenburg bekannt«, holte Siebels aus. »Es sieht fast so aus, als wäre Ihre Stiefmutter seine erste Liebschaft gewesen. Jedenfalls in seiner Identität als Philipp von Mahlenburg. Nach der Szene, in der Sie auftauchen, geht die Beziehung zwischen Beate Sydow und von Mahlenburg zu Ende. Sie sind der Auslöser. Dann kommen die anderen Anekdoten. Es ist nichts davon erfunden. Alles ist so passiert, wie er es beschrieben hat. Wenn Dr. Ritter und Maja Mertens das alles geplant haben, muss den beiden diese Szene am Pool im Detail bekannt gewesen sein. Ich frage mich, woher sie davon gewusst haben sollen.«

Nadja zündete sich wieder eine Zigarette an und zog mehrmals den Rauch ein, bevor sie darauf einging. »Wenn sich tatsächlich alles so zugetragen hat, wie er dort beschrieben, gibt es nur zwei Möglichkeiten. Die beiden haben es entweder von Jens Schäfer oder von Philipp von Mahlenburg erfahren. Er beschreibt ja auch Szenen zwischen sich und meiner Stiefmutter, bei denen ich nicht anwesend war. Und er beschreibt Szenen zwischen mir und ihm, bei denen meine Stiefmutter nicht anwesend war. Also bleibt nur einer übrig, der Ihrer Meinung nach auch zwei sein könnte.« Nadja lächelte selbstzufrieden.

»Dann muss Maja Mertens bereits damals guten Kontakt zu Philipp von Mahlenburg gehabt haben. Das wiederum lässt sich bis jetzt nicht nachweisen.«

»Doch, tut es«, widersprach Nadja.

»Ach ja.«

»Ja. Dr. Ritter hat damals Jens Schäfer überprüfen lassen. Er wollte meine Stiefmutter vor ihm schützen. Wenn es also eine Beziehung zwischen Maja und ihm gibt, kann es durchaus auch eine Verbindung zwischen Maja und Jens Schäfer gegeben haben.«

Siebels nickte. Diesen Gedankengang hatte er noch nicht gehabt. Er kritzelte in sein Notizbuch: Seit wann kennen sich Dr. Ritter und Maja Mertens? »Woher wussten Sie eigentlich, dass Maja Mertens ihr Buch dem Verlag angeboten hat, bei dem Sie später Ihr Buch herausgebracht haben?«

»Hat sie das? Das ist mir neu. Soweit ich informiert bin, hat sie dieses sogenannte Buch in dem komischen Pseudoverlag herausgebracht, in dem sie selbst arbeitet.«

»Ja, nachdem sie von anderen Verlagen nur Absagen bekommen hat. Unter anderem auch von Frau Kullmer, die Lektorin, die auch Ihr Buch betreut.«

Nadja lächelte überheblich. »Ich habe mir das Buch besorgt, als es bei Möllenbeck erschienen ist. Ein kläglicher Versuch war das von Maja, sich als Autorin präsentieren zu wollen. Da war nichts Neues dabei, alles abgekupfert und ein wenig aufpoliert. Sehr technische Beschreibungen, ohne Sinn für die wahre Erotik. Ohne Sinn für das Sinnliche, aber so war Maja schon immer. Es wundert mich also nicht, dass sie dafür keinen vernünftigen Verlag gefunden hat.«

Till schaute verlegen an Nadja vorbei und nahm sich vor, vor seinem Treffen mit Anna Lehmkuhl besser nicht mehr in dem Kamasutra-Buch zu blättern. Er hielt es nun für sinnvoller, sich auf seine altbewährten Stärken zu verlassen. Siebels hegte ähnliche Gedanken, erinnerte sich aber auch daran, dass Sabine ihn nach der Kamasutranacht gelobt hatte.

»Zu der Anekdote von Kati der Lektorin ist Ihnen dann auch gar nichts eingefallen?«, fragte Siebels zweifelnd.

»Frau Kullmer ist tatsächlich Kati?«, fragte Nadja neugierig.

»Ich glaube Ihnen nicht, dass Sie da nicht von selbst draufgekommen sind. Man braucht doch wirklich nicht viel Grips im Hirn, um sich einen Reim darauf machen zu können. Warum lügen Sie?«

Nadja schaute auf ihre Hände, die auf ihrem Schoß lagen. Sie rieb ihre Zeigefinger aneinander. »Wer A sagt, muss auch B sagen«, sagte sie dann nachdenklich.

»Aha.« Siebels schaute fragend Till an und der schaute genauso fragend Nadja an.

»Ja, ich habe mir natürlich gedacht, dass es sich um Frau Schmücker, Frau Lorenz und Frau Kullmer handeln könnte. Aber ich hatte absolut keine Ahnung, wie das alles zusammenhängt. Ich habe oft und lange darüber nachgedacht. Jedenfalls nachdem meine Stiefmutter ermordet wurde. Aber ich kam zu keinem vernünftigen Ergebnis. Also habe ich das erst mal nicht herausposaunt. Ich habe die Lage gerne unter Kontrolle, wissen Sie. Und bei dieser Geschichte hatte ich das Gefühl, überhaupt nichts unter Kontrolle zu haben.«

»Vielleicht könnten die Frauen noch leben, wenn Sie uns gleich reinen Wein eingeschenkt hätten.«

Nadja schaute Siebels traurig an. »Das war wohl ein schlimmer Fehler. Hinterher ist man schlauer. Was ist denn mit Frau Kullmer? Ist sie auch schon tot?«

»Frau Kullmer lebt noch. Wir haben sie im Holiday Inn untergebracht. Dort wird sie gut bewacht.«

»So gut wie Frau Lorenz?« Leichter Spott lag in Nadjas Stimme.

»Hinterher ist man immer schlauer. An Frau Kullmer kommt jetzt niemand mehr ran«, stellte Siebels klar.

»Maja scheint ja vor nichts und niemandem mehr zurückzuschrecken«, kommentierte Nadja die Situation.

»Ob sie mit der Sache etwas zu tun hat, ist noch vollkommen unklar«, sagte Siebels. »Da gibt es übrigens eine alte Geschichte zwischen Ihnen und Frau Mertens, die mir noch Kopfzerbrechen bereitet.«

»Welche alte Geschichte?«

»Der Unterrichtsboykott bei Frau Schmücker. Bei unserem letzten Gespräch sagten Sie, dass Maja Mertens Sie bei dem Boykott voll unterstützt hätte und am Ende genauso wie Sie mit einer besseren Note von der ganzen Sache profitiert hätte.«

»Ja, und? Wo ist das Problem?«

»Wir haben auch die Aussage, dass Maja Mertens als einzige Schülerin nicht an dem Boykott teilgenommen, sondern ganz allein den Unterricht bei Frau Schmücker besuchte hätte. Was stimmt denn nun?«

Nadja griff wieder zu den Zigaretten und zündete sich eine an. »Beides stimmt«, sagte sie dann gelassen.

Siebels zog verwundert die Augenbrauen hoch. »Wie das?«

»Wir haben damals zur Abwechslung mal an einem Strang gezogen. Dass Maja den Unterricht besucht, war meine Idee. Außerhalb des Unterrichtes kamen wir an Frau Schmücker nicht heran. Und wir haben uns wirklich vorgenommen, sie fertigzumachen. Das war vielleicht nicht sehr nett, aber es war nötig. Ich habe also für den äußeren Eklat gesorgt. Maja war dann mit Frau Schmücker allein im Klassenzimmer. Wollen Sie wirklich wissen, was dort vorgefallen ist?«

»Ja, das will ich wirklich wissen.«

Nadja nickte und tat so, als hätte sie ein schlechtes Gewissen. »Maja hat ihr gedroht, dass wir jemanden engagieren, der sie vergewaltigen soll. Einen Mann aus dem Milieu. Sie wäre nicht mehr sicher, an keinem Ort, zu keiner Zeit. Nicht zuhause und nicht auf dem Weg in die Schule. Natürlich hatten wir keine Kontakte zu irgendwelchen Leuten aus dem Milieu. Aber Maja war schon eine ganz gute Schauspielerin. Frau Schmücker war eingeschüchtert, Majas kleine Einlage hat gewirkt. Frau Schmücker machte noch am gleichen Tag dem Direktor den Vorschlag, unsere Arbeiten von einem zweiten Prüfer begutachten zu lassen. Sie hatte auch keinerlei Einwände, als ihre Noten dann nachträglich korrigiert wurden.« Nadja schaute Siebels mit großen Augen an. »Wir waren manchmal ganz schön böse Mädchen, ich weiß.«

Siebels betrachtete das böse Mädchen, das mit den Sommersprossen um die Nase so gar keinen bösen Eindruck machte. Sie konnte nicht ein Alibi für die vier Morde aufweisen, aber sie hatte auch für alle Ungereimtheiten eine Erklärung parat und leistete sich keinen einzigen Widerspruch in ihren Aussagen. Stattdessen stand nach diesem Gespräch und den neusten Erkenntnissen jetzt Maja Mertens ganz weit vor Nadja als Hauptverdächtige da. »Das war es fürs Erste. Wenn Ihnen doch noch etwas Wichtiges einfällt, lassen Sie mich es bitte unverzüglich wissen.«

»Selbstverständlich. Um einen Anwalt muss ich mich ja wohl nicht bemühen, nur um einen neuen Vermögensverwalter, wie ich die Sache so sehe.«

»Hinterher ist man immer schlauer«, sagte Siebels süffisant. »Ein guter Anwalt kann Ihnen im Moment bestimmt nicht schaden.«

Nadja winkte den beiden lächelnd zu und verließ das Büro.

»Klingt irgendwie alles schlüssig, was sie uns aufgetischt hat. Was meinst du?«, fragte Siebels.

»Nach der Sache mit Dr. Ritter und Maja Mertens steht sie jetzt wie der reinste Unschuldsengel da. Wäre ja ein Ding, wenn sie sich tatsächlich im Hotel blicken lässt. Wie geht es nun weiter?«

»Ich besuche jetzt Dr. Ritter. Anschließend fahre ich bei Möllenbeck vorbei und knöpfe mir Maja Mertens vor. Du gehst in die Schule. Sprich mit den Lehrern, nimm dir diese Sekretärin noch mal vor. Versuch herauszufinden, ob es mit dieser Pornogeschichte aus den Anekdoten einen Zusammenhang mit der Schule geben kann. Vielleicht gibt es einen Lehrer oder eine Lehrerin, der sich Frau Schmücker damals anvertraut hat. Jemand, der die Geschichte mit der Vergewaltigungsdrohung bestätigen kann. Das wäre sehr hilfreich.«

20

Siebels machte einen Abstecher bei Charly, bevor er sich auf den Weg zu Dr. Ritter begab. Charly hantierte gerade an einer Festplatte herum, als Siebels eintrat.

»Ich habe keine Zeit«, sagte Charly und schenkte Siebels nur einen kurzen Blick.

»Wer hat die schon?«, brummte Siebels und setzte sich. »Einen schönen Gruß von Sabine soll ich dir sagen.«

»Danke. Die besten Grüße zurück. Sie kann sich hier ja mal blicken lassen. Euren Kleinen soll sie ruhig mitbringen.«

»Wenn er sprechen kann, stelle ich ihn euch allen vor«, versprach Siebels. »Sabine würde gerne wissen, wer deine Begleitung ist. Sie ist halt neugierig, wie Frauen eben so sind.«

Charly wendete seinen Blick von der Festplatte jetzt doch zu Siebels. »Ich glaube eher, du bist neugierig. Du wirst sie schon kennen lernen. Spätestens bei eurer Hochzeit.«

»Na, wie du meinst. Wir hätten halt gerne einen Namen gehabt. Für die Sitzordnung und so.«

»Sie sitzt neben mir.«

»Wie kann man nur so verbohrt sein«, lästerte Siebels. »Hast du irgendwelche Neuigkeiten für mich?«

»Ja.«

»Ja? Ja, was denn?«

»Hans-Peter Bach. Dr. Hans-Peter Bach. Tierarzt. Seine Auszubildende hat kurzfristig gekündigt. Sie modelt jetzt lieber. Er braucht aber dringend Ersatz. Besser heute als morgen.«

»Mensch, Charly. Du bist echt spitze. Wie hast du das denn hingekriegt?«

»Das zukünftige Model ist die Tochter meiner Begleitung.«

»Aha. So so. Kommt das Model dann auch mit zur Hochzeit?«

Charly zuckte mit den Schultern. »Weiß nicht. Hab sie nicht gefragt.«

»Na, dann frag sie. Wie alt ist sie denn?«

»Siebzehn.«

»Siebzehn Jahr, blondes Haar«, trällerte Siebels vergnügt.

»Kastanienbraunes Haar«, verbesserte Charly ihn.

»Vielleicht versteht sie sich ja mit meiner Tochter. Wäre ja schön.«

»Pass nur auf, sonst will deine Tochter auch Model werden. So eine Göre, die Model werden will, ist doppelt so anstrengend wie du.«

Siebels grinste vergnügt. Dann rief er spontan zuhause an. »Ich habe noch jemanden für meine Liste«, sagte er, als Sabine ans Telefon ging. »Das Model. Schreibe sie bei Charly dazu. Genau. Charly mit Begleitung und Model.«

»Sie heißt Christina«, knurrte Charly.

»Wer? Die Begleitung oder das Model?«

Charly schüttelte den Kopf und machte sich wieder über seine Festplatte her.

»Das erzähle ich dir heute Abend«, antwortete Siebels auf die Nachfrage von Sabine. »Kann sein, dass es später wird. Ich habe hier gerade ein großes Problem mit einer Mordserie. Letzte Nacht wurde eine Frau umgebracht, die unter Polizeischutz stand.« Siebels beendete das Gespräch und fragte Charly nach der Adresse vom Tierarzt. Charly reichte ihm einen Zettel mit Adresse und Telefonnummer.

»Was macht eigentlich Till?«, wollte Charly wissen.

»Den hab ich in die Schule geschickt.«

»Ich hab gehört, dass er jetzt auf der Schützenliste nur noch den zweiten Platz einnimmt.«

Siebels lachte. »Die wilde Simone bleibt sein größter Albtraum. Er hat aber schon bei Schneider angeklopft und will seinen nächsten Termin vorziehen.«

»Pass nur auf, dass er nicht irgendwann den Schneider abknallt.«

»Ach was, der Till schwebt gerade auf Wolke sieben. Er hat ein Auge auf unsere neue Gerichtsmedizinerin geworfen.«

»Frau Lehmkuhl? Bei der hat er doch keine Chance.«

»Immerhin will sie eine Spritztour mit ihm machen, auf seiner Gold Wing.«

»Echt? Vielleicht sollte ich meine Harley aus der Garage holen und bei der Gerichtsmedizin vorfahren.«

»Könnte sein, dass Till deine Harley dann als Zielscheibe für seine Schießübungen benutzt.«

»Dann hetze ich die wilde Simone auf seine Gold Wing.«

»Kümmere du dich lieber um deine Begleitung und das Model. Ich muss jetzt los. Danke für den Tierarzt.«

»War mir ein Vergnügen.«

»Und vergiss Dr. Ritter nicht. Der ist jetzt heiß.«

»Ja, ja, raus jetzt. Ich melde mich, wenn ich was weiß.«

In der Eingangshalle zum Goethe-Gymnasium hatte sich eine kleine Schülergruppe vor einer Gedenkstätte für Frau Schmücker versammelt. An einer Säule hing ein schwarz umrahmtes Foto der verstorbenen Lehrerin, auf dem Boden standen brennende Kerzen. Abschiedsbriefe der Schüler hingen an der Wand. Es herrschte eine gedrückte Stimmung. Till gesellte sich zu der Schülergruppe und stand einen Moment schweigend bei ihnen.

»Kannten Sie Frau Schmücker?«, fragte ihn ein Mädchen aus der Gruppe. Sie war vielleicht siebzehn Jahre alt, hatte die blonden langen Haare zu einem Zopf geflochten und einen Rucksack über der Schuler hängen. Till wies sich als Polizeibeamter aus und erklärte der Schülerin, dass er im Fall Schmücker ermittelte.

»Waren Sie eine Schülerin von Frau Schmücker?«

Das Mädchen nickte traurig. »Sie war meine Klassenlehrerin. Wer macht denn so was? Sie konnte doch keiner Fliege etwas zu Leide tun.«

»Kann ich Ihnen ein paar Fragen stellen. An einem ruhigen Plätzchen?«

»Ja, wir können in unser Klassenzimmer gehen. Die Deutschstunde fällt aus, der Klassenraum ist leer. Ich heiße übrigens Melanie.«

Till folgte Melanie die Treppe hoch in das erste Stockwerk. Im Klassenzimmer setzten sie sich an einen der Tische. Melanie betrachtete traurig die Tafel. Wir trauern um unsere Lehrerin Hanna Schmücker, stand dort geschrieben.

»Wie war sie denn so als Lehrerin?«

Melanie wischte sich eine Träne aus dem Auge. »Eigentlich war sie nicht sehr beliebt. Aber jetzt, wo sie tot ist, sehe ich sie irgendwie mit ganz anderen Augen. Ich glaube, sie wollte nur das Beste für ihre Schüler. Ich habe mich manchmal ganz schön danebenbenommen im Unterricht. Jetzt tut mir das so leid.«

»Sie dürfen sich keine Vorwürfe machen«, versuchte Till sie zu trösten. »Mit so etwas kann man ja nicht rechnen.«

»Warum wollen Sie denn mit mir reden?«, fragte Melanie.

»Ich möchte ein wenig mehr über Frau Schmücker erfahren. Was sie für ein Mensch war. Ob sie gute Freunde hatte, zum Beispiel bei den anderen Lehrern. Oder ob sie Feinde hatte.«

»Es gab oft Spannungen zwischen den Schülern und ihr. Aber deswegen war eigentlich niemand ihr Feind. Jedenfalls würde sie deswegen niemand umbringen. Sie war nicht gerade humorvoll. Eher ziemlich spröde. Zu den anderen Lehrern hatte sie auch keinen so guten Draht. Außer zu Frau Leibnitz.«

»Wer ist denn Frau Leibnitz?«

»Unsere Englischlehrerin. Sie ist zwar ein ganz anderer Typ als Frau Schmücker, aber die beiden haben sich gut verstanden. Zu unserem Direktor hatte sie auch einen ganz guten Draht. Der ist genauso spröde wie sie. Wie sie gewesen ist«, verbesserte sich Melanie.

»Ist Frau Leibnitz heute an der Schule?«

»Ja, ich habe sie schon gesehen. Sie ist bestimmt im Lehrerzimmer. Soll ich Sie hinbringen?«

Till ließ sich von Melanie ins Lehrerzimmer führen. Dort lief ihnen zunächst der Datenschutzbeauftragte Brehm über den Weg.

»Gibt es etwas Neues?«, fragte er Till.

»Nein, leider nicht. Ich bin gerade auf dem Weg zu Frau Leibnitz.«

»Weiß der Direktor, dass Sie hier sind? Der ist ganz nervös, seitdem diese Sache passiert ist.«

»Mit dem spreche ich nachher auch noch. Sie können ihn ja schon mal vorwarnen.«

Brehm nickte und Melanie führte Till zu Frau Leibnitz. Frau Leibnitz war eine füllige Frau im Faltenrock und ordnete gerade einen Stapel Hausarbeiten auf ihrem Schreibtisch.

»Die Polizei möchte mit Ihnen reden«, sprach Melanie sie an.

»Till Krüger von der Mordkommission«, stellte Till sich vor.

Melanie verließ das Lehrerzimmer. Frau Leibnitz nahm ihre Lesebrille ab und schüttelte Till die Hand. Sie war die einzige Lehrerin im Raum, Till nahm vor ihr Platz.

»Sie standen Frau Schmücker auch privat etwas näher, ist das richtig?«

»Hat Melanie Ihnen das erzählt?«

»Sie hat gesagt, sie wären die einzige Lehrerin hier an der Schule, die einen ganz guten Draht zu Frau Schmücker gehabt hätte.«

»Das stimmt schon eher, ja. Privat hatten wir aber keinen Kontakt. Frau Schmücker lebte allein und zog sich sehr zurück. Sie lebte nur für ihren Beruf.«

»Hat sie Ihnen denn auch mal ihr Herz ausgeschüttet, wenn es Probleme mit Schülern gab?«

»Probleme mit Schülern sind ja nichts Außergewöhnliches. Hin und wieder haben wir uns auch mal ausgetauscht. Wenn ein Schüler sich im Unterricht besonders auffällig verhalten hat, zum Beispiel. Dann will man als Lehrer ja auch wissen, ob das bei den Kollegen genauso ist und was die Ursache dafür sein könnte.«

»Ich interessiere mich im Besonderen für Vorfälle, die schon einige Jahre zurückliegen. Es geht um die Klasse von Nadja Sydow und Maja Mertens.«

Frau Leibnitz sah Till mit großen Augen an. »An die beiden kann ich mich noch sehr gut erinnern. Ermitteln Sie etwa gegen die zwei?«

»Die beiden sind uns aufgefallen. Haben Sie diese Klasse damals auch unterrichtet?«

»Ja, ich habe dort Englisch unterrichtet. Und es war bei mir genauso wie bei den Kollegen. Nadja war die Klassenbeste. Maja war die Zweitbeste. Nadja verhöhnte Maja bei jedem Fehler, der ihr unterlaufen war und Maja ließ nichts unversucht, um Nadja zu schaden. Einmal hat sie sogar Nadjas Schulhefte auf dem Schulhof verbrannt. Kurz vor einer Klassenarbeit.«

»Und wie hat Nadja reagiert?«, fragte Till neugierig.

»Sie hat bei der Klassenarbeit wie üblich die beste Arbeit abgeliefert. Maja hatte einige Punkte weniger erreicht. Als ich die korrigierten Arbeiten in der Klasse austeilte und die Noten dazu verkündete, stand Nadja auf, ging zu Majas Platz, legte ihr ein Feuerzeug auf die Arbeit und sagte: Den Mist kannst du auch verbrennen. Die Klasse johlte und Maja war die Gelackmeierte.«

»Interessante Geschichte. Was mich am meisten interessiert, ist der Unterrichtsboykott bei Frau Schmücker, den Nadja angekurbelt hat. Maja hat diesen Boykott ja nicht mitgemacht und ist ganz allein im Unterricht von Frau Schmücker erschienen.«

»Ja, daran erinnere ich mich auch noch«, seufzte Frau Leibnitz.

»Hat Frau Schmücker später mit Ihnen über diese Geschichte gesprochen?«

»Ach, das war eine ganz schwere Zeit für Hanna. Dass sie ausgerechnet Nadja und Maja schlechter benotete als viele andere Schüler, kam ja nicht von ungefähr. Hanna hatte den beiden absichtlich schlechte Noten gegeben. Sie wollte den Status von Nadja als unantastbare Schülerin brechen. Und sie wollte den Krieg zwischen Nadja und Maja beenden und ihnen deutlich machen, dass sie nur zwei Schülerinnen von vielen waren. Die Methode mit der schlechten Benotung von guten Arbeiten war natürlich ein Eigentor. Nadja ging sofort auf die Barrikaden.«

»Und Maja? Warum hat sie den Boykott durchbrochen?«

Frau Leibnitz zuckte mit den Mundwinkeln. Sie holte Luft, um etwas zu sagen, sagte dann aber doch nichts.

»Hat Frau Schmücker später mit Ihnen darüber gesprochen, was zwischen ihr und Maja vorgefallen ist, als die beiden allein im Klassenzimmer waren?«

»Was spielt das denn jetzt noch für eine Rolle?«

»Es muss in der Schule ja niemand erfahren«, versprach Till.

»Sie wissen es doch schon, oder?«

»Ich weiß etwas, ja. Aber ich weiß nicht, ob es stimmt. Ich brauche eine Bestätigung.«

»Also gut«, seufzte Frau Leibnitz. »Maja hat Frau Schmücker vor Nadja gewarnt. Nicht wegen dem Boykott. Maja sagte, dass Nadja einen Mann dafür bezahlen wolle, damit er Frau Schmücker vergewaltigt. Damit wollte Maja angeblich nichts zu tun haben. Sie riet Frau Schmücker, deswegen mit dem Direktor zu sprechen und Nadja bei der Polizei anzuzeigen.«

»Und?«, fragte Till. »Wie hat Frau Schmücker daraufhin reagiert?«

»Sie war geschockt und hat sich erst mal krankschreiben lassen. Ich habe sie zuhause besucht. Da hat sie es mir erzählt. Ich war natürlich auch erst mal geschockt. Bin dann aber zu dem Schluss gekommen, dass das nur eine leere Drohung von Nadja gewesen war. Andererseits konnte ich mir auch vorstellen, dass Maja diese Geschichte nur erfunden hat. Immerhin war durch den Boykottaufruf ein Schulverweis für Nadja im Gespräch gewesen. Vielleicht wollte Maja auch dafür sorgen, dass Nadja auf jeden Fall von der Schule flog. Hanna sah das schließlich genauso und unternahm gar nichts. Nach ein paar Tagen kehrte wieder Ruhe ein. Und es ist ja auch nie etwas in dieser Richtung passiert.«

Till sah Frau Leibnitz einen Moment schweigend an und dachte angestrengt nach. Für Nadja änderte diese Aussage nichts. Sie konnte bei ihrer Version bleiben und behaupten, ihre Mitstreiterin wäre ihr damals in den Rücken gefallen. Wie Maja sich zu dieser Geschichte äußerte, blieb abzuwarten. Till hätte die beiden am liebsten umgehend in einen Raum gesteckt und gewartet, bis sie sich gegenseitig erwürgten.

Siebels telefonierte auf dem Weg zu Dr. Ritter mit dem Tierarzt Dr. Bach. Der bestätigte ihm, was Charly bereits erzählt hatte.

»Kann ich nachher vielleicht kurz mit ihr vorbeikommen?«, fragte Siebels hoffnungsvoll. Dr. Bach war einverstanden und Siebels fühlte sich gut. Er hoffte nur, dass Julia keinen Rückzieher machte.

Eine Viertelstunde später öffnete ihm Julia die Tür. »Ach, Sie sind es. Kommen Sie rein.«

»Ich habe Neuigkeiten«, platzte es aus Siebels heraus.

»Haben Sie den Mörder von Frau Sydow gefangen?«, fragte Julia mit großen Augen.

»Ähm, nein. Noch nicht. Aber ich kenne einen netten Tierarzt in Frankfurt, der dringend eine Auszubildende benötigt.«

Julias sah Siebels mit leuchtenden Augen an. »Wirklich? Das ist ja toll. Damit habe ich gar nicht mehr gerechnet.«

»Nein? Haben Sie etwa gedacht, ich mache nur große Sprüche?«

Julia schaute verlegen auf ihre Füße. »Na ja, ich habe gedacht, Sie wollen nur, dass ich Ihnen erzähle, was ich erzählt habe.«

»Ich muss mich jetzt mit Dr. Ritter unterhalten. Wenn Sie wollen, können wir anschließend bei dem Tierarzt vorbeifahren. Er erwartet uns schon.«

Julia fiel Siebels plötzlich um den Hals. »Das ist ja Wahnsinn«, stammelte sie.

»Immer mit der Ruhe, junge Frau. Schauen Sie sich die Praxis erst mal an und reden Sie mit Dr. Bach, dann sehen wir weiter. Und jetzt gehe ich hoch zu Dr. Ritter. Ist er allein?«

»Ja, gehen Sie nur hoch. Ich warte hier unten auf Sie.«

Siebels stieg die Treppe hoch, klopfte kurz an die Tür und betrat das Büro. Dr. Ritter unterzeichnete gerade einige Papiere, als Siebels hereinkam.

»Ah, der Herr Hauptkommissar«, begrüßte Dr. Ritter seinen Gast. »Was kann ich für Sie tun?« Mit einer Geste forderte er Siebels auf, Platz zu nehmen.

»Gehört Ihnen eigentlich dieses Haus hier oder haben Sie sich eingemietet?«, fragte Siebels und versuchte einfach nur neugierig zu klingen.

»Die Räume sind gemietet. Ich hätte das Anwesen zwar auch gern gekauft, aber der Vermieter sträubt sich noch.«

Siebels schaute sich um. Die Wände waren bestimmt vier Meter hoch, die Decken mit Stuck verziert, breite Fensterfronten ließen viel Licht einfallen. »Das ist bestimmt nicht billig«, sinnierte Siebels.

»Eine Kanzlei in billigen Räumlichkeiten macht auf Mandanten meist keinen guten Eindruck«, belehrte Dr. Ritter ihn.

»Haben Sie denn viele Mandanten?«

Dr. Ritter schaute Siebels misstrauisch an. »Darf ich fragen, was Sie zu mir führt?«

»Leichen«, sagte Siebels lapidar.

Dr. Ritter spielte an seinem Zeigefinger, bog ihn nach hinten und ließ ihn laut knacksen. »Leichen?«

»Leichen«, bestätigte Siebels. »Jens Schäfer ist auch tot. Im Mordfall Beate Sydow schließen wir ihn als Täter mittlerweile aus.«

»Ein Selbstmord ist ausgeschlossen?«, fragte Dr. Ritter und ließ seinen Finger wieder knacksen.

»Wir ermitteln in einem Mordfall. Genauer gesagt sind es mittlerweile vier Mordfälle. Sie hängen alle zusammen.«

»Und das ist alles seit letztem Montag passiert?«

»Ja. Seit dem Mord an Frau Sydow ist die Sache eskaliert.«

»Und Sie tappen noch völlig im Dunkeln?«

»So würde ich das nicht nennen. Ich denke, wir stehen kurz vor dem Durchbruch.«

»Verdächtigen Sie etwa Nadja Sydow?«

»Zu den laufenden Ermittlungen kann ich im Moment keine Auskünfte geben. Aber sie ist der Grund meines Besuches.«

Dr. Ritter trommelte nervös mit seinen Fingern auf der Tischplatte. »Nadja ist schwer zu durchschauen«, murmelte er vor sich hin. »So etwas hätte ich ihr aber nicht zugetraut.«

»Sie ist sehr auf sich selbst fixiert«, lenkte Siebels das Gespräch weiter in die von ihm gewünschte Richtung.

Dr. Ritter entspannte sich. Er lehnte sich zurück und betrachtete seine manikürten Fingerspitzen. »Sie hat die Mutter früh verloren und ist bei einem Vater aufgewachsen, der nur wenig Zeit für sie hatte. Als junge Frau hat sie dann auch den Vater verloren. Sie ist hochintelligent und hat früh gelernt, auf eigenen Beinen zu stehen. Was blieb ihr anderes übrig, als sich auf sich selbst zu fixieren?«

»Ich wundere mich nur über den Zeitpunkt der Mordserie«, sagte Siebels nachdenklich.

»Wie meinen Sie das?«

»Nun ja, sollte sich tatsächlich herausstellen, dass Nadja mit dieser Mordserie etwas zu tun hat, dann wird sie vor Gericht gestellt werden. Kurz vor dem Ende ihres Studiums. Dann wird sie ihren Abschluss nicht mehr machen können.

Ohne Abschluss kein Erbe. Das ist doch so, oder?«

»Mit diesem Gedanken habe ich mich noch gar nicht beschäftigt. Für mich stand bisher außer Frage, dass Nadja in wenigen Monaten ihr Erbe übertragen bekommt. Sollte sie das Studium nicht abschließen, aus welchen Gründen auch immer, geht ihr Erbe in eine Stiftung ein.«

»Was für eine Stiftung ist das?«

»Das kann ich noch nicht sagen. In Lichtenstein gibt es verschiedene Modelle, die sehr vielversprechend sind. Aber wie gesagt, das käme sehr überraschend für mich.«

»Pflegen Sie eigentlich immer noch den sexuellen Kontakt mit Nadja?«, fragte Siebels und schaute Dr. Ritter in die Augen.

Dr. Ritter runzelte die Stirn. »Wie kommen Sie denn auf so eine Idee?«

»Bestreiten Sie etwa, sexuellen Kontakt mit ihr gehabt zu haben?«

»Ich kommentiere solche haltlosen Aussagen nicht. Wie käme ich denn dazu?«

»Ist das nicht sittenwidrig? Als Treuhänder über Nadjas Vermögen sind Sie doch an gewisse moralische Regeln gebunden, oder?«

»Wenn hier etwas sittenwidrig ist, dann sind das Ihre Unterstellungen. Wollen Sie mir jetzt vielleicht die Schuld geben, weil Nadja außer Kontrolle geraten ist?«

»Oh, sie macht mir bisher einen sehr kontrollierten Eindruck. Sie scheinen Ihre Meinung über sie aber schnell geändert zu haben. Bei unserem letzten Gespräch klang Ihre Einschätzung zu Nadja noch ganz anders. Wie kommt der Sinneswandel?«

»Bei unserem letzten Gespräch ging es auch noch nicht um vier Morde. Wenn dieser Jens Schäfer auch umgebracht wurde, braucht man ja nur eins und eins zusammenzuzählen.«

»Dann zählen Sie doch mal zusammen, ich komme nämlich noch auf kein brauchbares Ergebnis.«

»Jens Schäfer hatte ein Verhältnis mit Beate Sydow und mit Nadja.« Dr. Ritter setzte eine angewiderte Miene auf. »Sie haben das Buch von ihm doch gelesen. Nadja hat ihm den Kopf verdreht, als sie ihn bei ihrer Stiefmutter kennen gelernt hat. Er hätte Beate Sydow fast umgebracht, und Nadja hat lächelnd zugeschaut. Das ist doch schon krank. Und einige Zeit später stirbt Beate Sydow tatsächlich. Sie wird im Pool ertränkt. In der Zwischenzeit hatte Jens Schäfer ein Verhältnis mit Nadja. Was wollen Sie noch mehr?«

»Beweise«, sagte Siebels. »Beweise. Es gibt nicht einen Beweis dafür, dass Nadja wirklich etwas mit diesen Morden zu tun hat.«

»Ist das Buch denn nicht Beweis genug? Wer soll es denn nach dem Mord an Beate Sydow dort hingelegt haben, wenn nicht Schäfer oder Nadja. Oder beide zusammen. Diesen Schäfer hätten Sie bestimmt bald zu einer Aussage gedrängt. Der war ein Schwächling und leicht zu manipulieren. Solche Leute waren ein gefundenes Fressen für Nadja. Deswegen musste er wohl auch sterben. Damit er nicht mehr ausplaudern kann, was wirklich im Hause Sydow geschehen ist.«

»Woher wissen Sie, dass er auch eine Affäre mit Nadja hatte?«

»Nadja hat es mir erzählt«, sagte Dr. Ritter zerknirscht.

»Einfach so?«, fragte Siebels verwundert nach.

»Nein. Nicht einfach so. Ich habe Ihnen ja schon erzählt, dass ich ihn habe überprüfen lassen. Weil ich mir Sorgen um Beate Sydow gemacht habe. Ich habe befürchtet, dass er sie ausnimmt wie eine Weihnachtsgans. Ich habe einen Privatdetektiv dazu beauftragt. Das war genau zu der Zeit, als die Sache am Pool passiert ist. Kurze Zeit später war die Beziehung zwischen Beate Sydow und Schäfer beendet. Ich habe die Sache daraufhin für erledigt angesehen und von dem Detektiv einen abschließenden Bericht angefordert. Den Bericht bekam ich erst drei Wochen später. Ich habe ihn auf meinem Schreibtisch liegen lassen und wollte ihn bei Gelegenheit durchlesen. Zu dieser Zeit kam Nadja eines Tages unangemeldet ins Haus. Ich war gerade in einem anderen Raum bei einer Besprechung. Nadja sollte in meinem Büro hier auf mich warten, habe ich ihr ausrichten lassen. An den Bericht habe ich nicht mehr gedacht. Nadja hat ihn natürlich gefunden und gelesen. Als ich wieder in mein Büro kam, saß sie da, wo Sie jetzt sitzen, und hatte den Bericht in der Hand. Ich wollte es ihr gerade erklären, als sie ihn achtlos ihn den Papierkorb warf. Sie sagte:

Dieser Detektiv ist sein Geld nicht wert. Sonst wäre ihm bestimmt aufgefallen, dass Philipp von Mahlenburg alias Jens Schäfer nicht nur meine Stiefmutter, sondern auch mich fickt.«

»Haben Sie ihr das geglaubt?«

»Ja. Sie hat es genossen, mir das auf den Kopf zuzusagen.«

»Hat Sie das gekränkt?«

»Warum? Weil ich einen unfähigen Detektiv beauftragt habe?«

»Nein. Weil Nadja auch etwas mit Ihnen hatte.«

»Behauptet Nadja das etwa?«

»Es gibt Zeugen.«

»Blödsinn. Wer so etwas behauptet, der lügt.«

»Welche Detektei haben Sie damals beauftragt?«

Dr. Ritter zog eine Schreibtischschublade auf und holte eine Visitenkarte heraus. Er schmiss sie vor Siebels auf den Tisch. Ermittlungen aller Art, Johann A. Golz. »Ein ehemaliger Polizist«, sagte Dr. Ritter.

»Wo waren Sie gestern Abend zwischen 18:00 und 24:00 Uhr?«, fragte Siebels.

»Brauche ich ein Alibi? Für was?«

»Ob Sie eins brauchen, weiß ich nicht. Mich würde interessieren, ob Sie eins haben. Gestern Abend wurde eine Frau ermordet, die auch in den Anekdoten des Philipp von Mahlenburg vorkommt.«

»Ich habe gearbeitet. Hier im Büro. Ich musste noch zwei Verträge aufsetzen. Ich schätze, ich war bis etwa 22:00 Uhr hier. Dann bin ich nach Hause gefahren.«

»Kann das jemand bezeugen?«

»Nein. Die letzten Mitarbeiter sind gegen 18:00 Uhr gegangen.«

»Sie leben allein?«

»Ja, ich lebe allein.«

»Warum gehen Sie mit Frau Mertens dann in ein Hotel?«

Dr. Ritter saß wie versteinert auf seinem Stuhl und wich dem Blick von Siebels aus. Fahrig griff er sich an den Hals und lockerte seinen Krawattenknoten. »Beschatten Sie mich etwa?«, fragte er konsterniert.

Siebels lehnte sich entspannt zurück. »Sie nicht, nein. Aber auf Frau Mertens haben wir ein Auge geworfen. Also: Warum treffen Sie sich mit ihr in einem Hotel?«

»Das geht Sie gar nichts an. Das ist meine Privatsache. Was wollen Sie eigentlich von mir?«

»Ihre volle Unterstützung bei der Aufklärung von vier Mordfällen, nicht mehr und nicht weniger.«

»Ich habe eher den Eindruck, dass Sie mir etwas anhängen wollen. Ich werde mich an allerhöchster Stelle über Ihre stümperhaften Ermittlungen beschweren. Und jetzt verlassen Sie bitte meine Räumlichkeiten.« Dr. Ritter stand auf und wies mit der Hand zur Tür.

Siebels rührte sich nicht. »Warum hat Frau Mertens das Hotel denn klammheimlich mit einem zuvor in der Tiefgarage abgestellten Mietwagen verlassen? Kurz darauf ist ein kaltblütiger Mord passiert, bei dem zwei Polizeibeamte außer Gefecht gesetzt wurden.«

Dr. Ritter blieb vor Siebels stehen. »Ich habe Ihnen nichts mehr zu sagen. Ihre Unterstellungen sind unerhört. Ich bin langjähriger Anwalt und Berater der Familie Sydow.«

»Wer hat sich diesen verrückten Plan eigentlich ausgedacht? Sie oder Frau Mertens? Was haben Sie sich vorgestellt? Mit dem Erbe von Nadja Sydow und Maja Mertens an Ihrer Seite den Rest Ihres Lebens in der Karibik zu verbringen? Drei Millionen würden dazu bestimmt reichen. Ich frage mich nur, ob Frau Mertens da nicht schon weitergedacht hat und sich den einzigen Mitwisser vom Hals schafft, wenn sie erst mal an das Geld rankommt.«

»Sie sind ja verrückt.« Dr. Ritter ging zur Tür und öffnete sie demonstrativ.

Siebels nickte bedächtig, erhob sich von seinem Stuhl und verließ das Zimmer. An der Türschwelle blieb er stehen und blickte Dr. Ritter in die Augen. »Ich erwarte Sie morgen früh um 9:00 Uhr auf dem Präsidium. Das ist eine offizielle Vorladung. Wenn Sie nicht pünktlich erscheinen, lasse ich Sie von einem Streifenwagen abholen. Wünsche noch einen schönen Tag.« Siebels machte einen Schritt nach draußen, die Tür knallte hinter ihm zu. Siebels öffnete sie wieder. »Ach, das hätte ich fast vergessen. Ihre Auszubildende hat einen wichtigen Termin. Ich nehme Sie gleich mit.« Bevor Dr. Ritter etwas entgegnen konnte, warf Siebels die Tür mit voller Wucht wieder zu. Er ging die Treppen hinunter, wo Julia bereits auf ihn wartete. »So, dann fahren wir mal zu dem Tierarzt. Ich hoffe, das klappt. Hier sollten Sie wirklich nicht länger arbeiten.«

Auf dem Weg zurück nach Frankfurt rief Siebels bei Till an. »Wie schaut es aus? Gibt es was Neues?«

Till berichtete von seinem Gespräch mit der Lehrerin Frau Leibnitz. »Ob Maja Mertens die Geschichte mit der Vergewaltigung wirklich mit Nadja im Vorfeld abgesprochen hat und ihr dann in den Rücken gefallen ist und Frau Schmücker gewarnt hat oder ob Nadja sie jetzt nachträglich in die Sache mit reinziehen will, sei einmal dahingestellt. Wie es wirklich abgelaufen ist, wissen nur die beiden. Und die verdrehen die Wahrheit so, wie sie sie gerade gebrauchen können. Wie läuft es bei dir?«

»Ich bin gerade auf dem Weg zum Tierarzt.«

»Aha.«

Siebels erzählte von seinem Besuch bei Dr. Ritter. »Mein Bauch sagt mir, dass wir auf der richtigen Spur sind. Wenn der Termin beim Tierarzt erledigt ist, schaue ich mir noch den Privatdetektiv an, den Dr. Ritter auf Schäfer angesetzt hat.«

»Und was mache ich jetzt?«

»Du besuchst die Kamasutrakönigin. Lass dir ihre Version von dieser Vergewaltigungsgeschichte erzählen und dann nimm sie wegen ihrem gestrigen Treffen mit Dr. Ritter in die Mangel. Der hat sie bestimmt schon informiert, sie wird also eine passable Erklärung haben. Treib sie in die Enge. Wir treffen uns dann später noch im Präsidium.«

»Glaubst du wirklich, dass sie unsere Frau ist?«

»Wie gesagt, mein Bauchgefühl tendiert ganz stark dazu. Was sagt denn dein Bauch?«

»Mein Bauch sagt nix und der denkt auch nicht. Mein Kopf sagt mir weiterhin, dass die hochbegabte Irre ein ganz böses Mädchen ist.«

Siebels lachte. »Pass auf dich auf, wenn du die Höhle der Kamasutrakönigin betrittst. Sie könnte auch das böse Mädchen sein.«

21

Maja Mertens befand sich gerade mit Herrn Möllenbeck in dessen Büro, als Till die Verlagsräume betrat.

»Ah, der Herr Kommissar«, begrüßte Möllenbeck ihn und wedelte mit einem Stapel Papier in der Hand. Maja Mertens verzog ihre dunkelrot geschminkten Lippen zu einem gezwungenen Lächeln und nickte Till zu. »Wir besprechen gerade ein neues Werk«, sagte Möllenbeck und legte den Papierstapel auf seinen Schreibtisch. »Das Mörder-Gen, lautet der Titel. Ein Buch, das erklärt, warum manche von uns zum Mörder werden. Es steckt in den Genen. Das wäre doch gutes Material für die Fortbildung bei der Kriminalpolizei.«

Till schaute ungläubig auf den Papierstapel. »Ich werde unsere Gerichtsmedizinerin darauf hinweisen«, sagte er und freute sich schon auf das nächste Gespräch mit Anna Lehmkuhl. »Hat das ein Genforscher geschrieben?«

Möllenbeck winkte ab. »Wir sind doch kein wissenschaftlicher Verlag. Wir geben hautsächlich Autoren eine Chance, die sonst keine Aufmerksamkeit finden.« Möllenbeck nahm wieder das Manuskript zur Hand und studierte das Deckblatt. »Der Autor ist im richtigen Leben als Busfahrer unterwegs«, sagte er dann und klang selbst ein wenig erstaunt.

»Busfahrer?«

»Ja was glauben Sie denn, wie viele Doktoren ihr Einkommen mit Taxifahren verdienen«, hielt Möllenbeck Till entgegen.

Till dachte an den Germanistikstudenten Öztürk, der sein Geld auch mit Taxifahren verdiente. »Bevor Sie das Mörder-Gen in Rumänien einlagern, können Sie mir ja ein Exemplar zur Seite legen. Apropos Rumänien. Haben Sie etwas über die zehn verschwundenen Bücher in Erfahrung bringen können?«

Möllenbeck sah ratlos zu Maja Mertens. »Gibt es da etwas Neues?«

»Igor«, sagte Maja Mertens.

»Igor? Du glaubst doch nicht etwa, dass Igor uns bestohlen hat?«

»Leider doch. Es ist die einzige Erklärung. Wir sollten uns um einen neuen Lagerleiter bemühen.«

»Du willst Igor rausschmeißen?«

»Wer weiß, wie viele Bücher er sich noch unter den Nagel gerissen hat. Je schneller wir uns um das Problem kümmern, desto besser.«

»Du hast wohl recht«, seufzte Möllenbeck. »Ich hielt ihn wirklich für zuverlässig.«

»Spricht Igor Deutsch?«, wollte Till wissen.

»Ja. Sehr gut sogar. Mit einem leichten Akzent.«

»Dann schreiben Sie mir bitte die Telefonnummer auf, unter der ich ihn erreichen kann. Ich würde ihn gern selbst sprechen, bevor Sie ihn rausschmeißen.«

Möllenbeck kritzelte die Nummer auf einen Zettel und reichte ihn Till. »Was führt Sie eigentlich zu uns? Nur die Frage nach den verschwundenen Büchern von diesem Mahlenburg?«

»Ich würde mich gerne mit Frau Mertens noch einmal unter vier Augen unterhalten.«

»Privat oder beruflich?«, fragte Maja Mertens und zwinkerte Till zu.

»Dienstlich«, sagte Till und zwinkerte zurück.

»Na dann kommen Sie, gehen wir zu meinem Platz. Herr Möllenbeck hat noch einiges zu tun.« Till folgte Maja Mertens zu ihrem Schreibtisch im Eingangsbereich. Sie setzte sich auf ihren Platz, zog ihre Handtasche unter ihrem Tisch hervor, kramte einen Lippenstift heraus und zog sich die Lippen dunkelrot nach. Anschließend betrachtete sie sich das Ergebnis in einem kleinen Spiegel und, schien zufrieden zu sein. »So, dann kommen wir doch zum dienstlichen Teil«, sagte sie und schmiss Lippenstift und Spiegel wieder in die Handtasche.

»Wo waren Sie gestern Abend zwischen 22:00 Uhr und Mitternacht?«, kam Till gleich zur Sache.

»Da war ich mit einem Mann zusammen. Was ist denn jetzt schon wieder passiert?«

»Wie ist sein Name?«

»Ritter. Dr. Ritter. Wir haben uns in Bad Homburg getroffen.«

»Dr. Ritter hat Sie ja bestimmt schon über sein Gespräch mit meinem Kollegen informiert«, spekulierte Till.

»Ja, das hat er. Er ist ganz schön durcheinander. Anscheinend hat Ihr Kollege ihn verdächtigt, etwas mit diesen Morden zu tun zu haben. Das ist doch lächerlich.«

»Wie lange geht das schon zwischen Dr. Ritter und Ihnen?«

Maja Mertens zuckte mit den Schultern. »Ein paar Monate vielleicht. Es hat sich so ergeben.«

»Dass er der Anwalt und Treuhänder von Nadja Sydow ist, ist bestimmt ein Zufall«, sagte Till mit einem Schuss Ironie in der Stimme.

»Komisch, nicht? Die Wege von Nadja und mir kreuzen sich ständig. Ehrlich gesagt habe ich auch keine Erklärung dafür. Vielleicht ist es einfach unser Schicksal, das uns immer wieder auf die eine oder andere Weise verbindet.«

»Wie haben Sie und Dr. Ritter sich denn kennen gelernt?«

»Oh, das war eine lustige Geschichte. Dr. Ritter wollte dem Möllenbeck Verlag das Erscheinen von den Anekdoten des Philipp von Mahlenburg untersagen. Er hat hier angerufen und wüste Drohungen gegen mich und unseren Verlag ausgestoßen. Ich habe ihn abblitzen lassen und das Gespräch beendet. Zwei Tage später stand er plötzlich vor mir. Hier vor meinem Schreibtisch. Als er mich sah, war er aber plötzlich sehr freundlich. Er hat mich zum Essen eingeladen. Wir haben die Sache mit dem Buch dann in einem italienischen Restaurant besprochen. Als ich ihm erklärt habe, dass Bücher aus unserem Verlag nur selten in die Hände anderer Menschen gelangen, war er beruhigt. Er wollte die Sache dann mit seiner Mandantin besprechen, mit Beate Sydow, und sich dann wieder bei mir melden. Er rief mich schon am nächsten Tag an. Er hatte unseren Verlag überprüfen lassen und machte sich wegen dem Buch keine Sorgen mehr. Aber mich wollte er gerne wiedersehen. Tja, so hat sich das entwickelt.«

»Tja, so haben Sie bestimmt auch erfahren, dass Nadja bald drei Millionen Euro aus ihrem Erbe übertragen bekommt. Das hat sie bestimmt gefuchst, oder?«

Maja Mertens kramte wieder in ihrer Handtasche herum, holte ihre Zigaretten hervor und zündete sich eine an. »Ich kann mich Dr. Ritter nur anschließen. Das sind völlig aus der

Luft gegriffene Unterstellungen. Einfach lächerlich. Kümmern Sie sich lieber um Nadja. So wie ich die Sache sehe, ist sie völlig durchgedreht und bringt sinnlos Menschen um, die in unser beider Leben mal eine Rolle gespielt haben.«

»Warum sollte sie das tun? Was ist ihr Motiv?«

»Sie war schon immer verrückt. Hochbegabt und total durchgeknallt. Vielleicht war meine Beziehung zu Dr. Ritter der Auslöser. Sie hatte ja auch mal was mit ihm.«

»Jetzt hat sie nichts mehr mit ihm?«, hakte Till nach.

»Nein. Er hat nichts mehr mit ihr. Da war auch nichts, außer dass Nadja ihn zwei- oder dreimal vernascht hat. Er hat schnell gemerkt, wie sie wirklich tickt und die Sache beendet. Schließlich ist er ihr Treuhänder. Ist der Ruf erst mal ruiniert ... Na, das scheinen Sie ja jetzt erledigen zu wollen.«

Till rutschte ein wenig zur Seite, um dem Rauch auszuweichen, den Maja Mertens ihm ins Gesicht blies. »Kommen wir doch mal zurück auf die gestrige Nacht. Sie haben sich also mit Dr. Ritter in dem Hotel in Bad Homburg getroffen. Sie sind zusammen mit Dr. Ritter in seinem Wagen dort angekommen und sind auf ein Zimmer gegangen. Allerdings hat Dr. Ritter das Hotel dann alleine verlassen und ist allein in seinem Wagen davongefahren. Sie haben das Hotel bereits kurz zuvor mit einem Mietwagen verlassen, den sie bereits zwei Tage vorher dort in der Tiefgarage geparkt haben. Stimmen Sie mir so weit zu?«

»Sie haben anscheinend tatsächlich ein Auge auf mich geworfen«, flachste Maja Mertens. »Auf Schritt und Tritt von der Polizei überwacht, das ist gut. Ein wenig Sorgen mache ich mir nämlich schon, dass ich auch auf Nadjas Todesliste stehe. Vielleicht als krönender Abschluss ihrer kleinen Mordserie.«

»Warum der Mietwagen in der Tiefgarage?«, fragte Till, ohne sich beirren zu lassen.

Maja Mertens drückte ihre Zigarette im Aschenbecher aus. »Dr. Ritter ist ein vielbeschäftigter Mann mit wenig Freizeit. Mir geht es genauso. Unsere Treffen sind leider viel zu selten und viel zu kurz. Damit es bei den wenigen Treffen dann wenigstens reibungslos läuft, planen wir das vorher, so gut es eben geht. Mein Wagen war an diesem Tag in der Werkstatt zur Inspektion. Dr. Ritter hatte abends noch einen wichtigen

Termin. Er konnte mich nicht fahren, es sei denn, wir wären früher aufgebrochen. Das wollten wir aber nicht. Deswegen habe ich mir zwei Tage vorher den Mietwagen besorgt und in der Tiefgarage abgestellt. So einfach ist das.«

»Warum sind Sie denn nicht einfach mit einem Taxi gefahren?«

»Weil ich auch noch andere Fahrten zu erledigen hatte, in der Zeit, in der mein Wagen in der Werkstatt war.«

»Wie haben Sie denn das Hotel verlassen, nachdem Sie den Mietwagen dort abgestellt haben?«

Maja Mertens zog leicht genervt die Augenbrauen nach oben. »Sie sind aber wirklich hartnäckig. Also noch einmal zum Mitschreiben: Ich habe meinen Wagen in der Werkstatt abgegeben und mir den Mietwagen dorthin bringen lassen. Dann bin ich mit dem Mietwagen zur Arbeit gefahren. Das war vor zwei Tagen. Am Abend habe ich mich mit Dr. Ritter in dem Hotel getroffen. Den Mietwagen habe ich in der Tiefgarage abgestellt. Im Zimmer haben wir eine Flasche Sekt getrunken. Das meiste habe ich getrunken. Ich war also etwas beschwipst. Dr. Ritter hat mich daher anschließend nach Hause gefahren und den Mietwagen habe ich in der Hotelgarage stehen gelassen. Am nächsten Mittag konnte ich meinen Wagen wieder aus der Werkstatt abholen. Das ging schneller als erwartet mit der Inspektion. Ich bin also von hier aus mit einem Taxi zur Werkstatt gefahren und mit meinem Wagen wieder hierher ins Büro gekommen. Gestern Abend bin ich dann mit meinem Wagen zu Dr. Ritter gefahren. Mit seinem Wagen sind wir ins Hotel gefahren. Das Hotel habe ich mit dem noch dort geparkten Mietwagen wieder verlassen. Den Mietwagen habe ich heute Morgen abgegeben. Jetzt muss ich mir nur noch überlegen, wie ich meinen Wagen wieder aus Bad Homburg abhole, da steht er nämlich noch. Zufrieden?«

»Bei welcher Werkstatt war Ihr Wagen zur Inspektion?«

»Bei VW in der Mainzer Landstraße.« Maja Mertens zündete sich eine weitere Zigarette an. Allmählich verlor sie ihre kontrollierte Selbstsicherheit.

»Letzte Nacht wurde Frau Lorenz umgebracht«, sagte Till nachdenklich. »Obwohl sie unter Polizeischutz stand. Die Sache gerät völlig außer Kontrolle. Und der Schlüssel zu all diesen Morden ist das Buch von Herrn von Mahlenburg. Sie stecken also ganz tief drin.«

»Ja, das ist mir klar. Wenn Nadja etwas plant, tut sie das sehr sorgfältig. Wie gesagt, ich bin eher beruhigt als beunruhigt, wenn Sie mich überwachen. Kann ich mich auch weiterhin auf Ihr aufmerksames Auge verlassen?«

»Frau Lorenz konnten wir leider auch nicht beschützen, obwohl zwei Beamte für ihre Bewachung abgestellt worden sind. Sie sollten also auf jeden Fall gut auf sich selbst aufpassen.«

»Na wunderbar. Was ist denn mit dieser Lektorin? Das ist doch jetzt die letzte Überlebende aus dem Buch. Warten Sie jetzt ab, bis Nadja auch sie umbringt? Bis dahin bin ich wohl in Sicherheit. Nadja ändert ihre Pläne zum Glück nicht, sie zieht ihr Ding durch bis zum bitteren Ende. Und bevor sie mich aus dem Weg räumt, wird sie diese Lektorin erst noch killen. Da können Sie sich drauf verlassen.«

»Frau Kullmer ist in Sicherheit. Wir haben sie im Holiday Inn untergebracht und bewachen ihr Zimmer. Da kommt niemand rein.« Till beobachtete bei seinen Worten Maja Mertens genau. Er bildete sich ein, ein kleines Zucken an ihren Mundwinkeln beobachtet zu haben, als er ihr erzählte, wo Katja Kullmer zu finden war.

»Da bin ich ja gespannt, wie Nadja mit dieser Situation umgeht. Bei Frau Lorenz hatte sie ja anscheinend keine größeren Probleme mit deren Polizeischutz«, sagte Maja Mertens spöttisch.

»Die Leute, die Frau Kullmer jetzt bewachen, sind von einem anderen Kaliber«, bemerkte Till trocken. »Ich habe jetzt aber noch eine ganz andere Frage.«

»Ich werde sie mit bestem Wissen und Gewissen beantworten, wenn ich kann.«

»Es geht wieder um die guten alten Schulzeiten. Genauer gesagt um die Zeit, als Nadja bei Frau Schmücker den Boykott durchgeführt hat. Sie waren die einzige Schülerin, die den Unterricht bei Frau Schmücker besucht hat.«

»Das hatten wir doch schon«, warf Maja Mertens genervt dazwischen.

»Ja, das hatten wir schon. Was wir noch nicht hatten, war die Sache mit der Vergewaltigung.«

Maja Mertens schaute Till überrascht an. Sie drückte ihre bis auf den Filter heruntergebrannte Zigarette aus und zündete sich gleich darauf eine neue an. »Die Sache mit der Vergewaltigung?«, fragte sie mit unschuldiger Miene.

»Können Sie sich nicht mehr daran erinnern?«, fragte Till und lächelte dabei wissend.

»Was wissen Sie denn darüber?«, fragte Maja Mertens und klang etwas verunsichert.

»Soviel ich weiß, haben Sie den Unterricht bei Frau Schmücker damals nur besucht, um ihr unverhohlen und ohne Zeugen mit einer organisierten Vergewaltigung zu drohen. Eine Vergewaltigung, die Nadja organisieren wollte.«

»Hat Nadja Ihnen das so erzählt?«

»Wie würden Sie es denn interpretieren wollen?«

Maja Mertens zog hastig an ihrer Zigarette. Till versuchte, den Rauchschwaden auszuweichen.

»Nadja hat tatsächlich damit geprahlt, einen Mann auftreiben zu wollen, der es der Schmücker mal ordentlich besorgt«, sagte Maja Mertens mit nachdenklicher Stimme.

»Hat sie nur vor Ihnen damit geprahlt oder waren auch andere Mitschüler anwesend?«

»Nur ich. Es war nach Schulschluss. Wir sind zusammen in die Stadt zum Shoppen gefahren. Da fing sie plötzlich damit an, mir von ihrem Plan zu erzählen. Wir sind sogar von der Zeil aus zum Bahnhofsviertel gelaufen und haben uns dort die einschlägigen Lokale von außen betrachtet. Nadja wollte sich ein Bild machen und an einem der nächsten Abende zurückkommen und sich nach einem geeigneten Mann erkundigen, der für Geld alles machen würde.«

»Hat sie einen entsprechenden Mann gefunden?«

»Das weiß ich nicht. Wir haben nicht mehr darüber gesprochen. Ich vermute, sie hat mir nicht über den Weg getraut. Vielleicht hat sie auch den Mut verloren. Keine Ahnung.«

»Sie haben aber Frau Schmücker im Klassenzimmer damit gedroht?«

»Nein, natürlich nicht. Ich habe ihr gesagt, dass sie auf der Hut sein soll. Ich wollte es ihr eigentlich nicht so direkt sagen, weil ich nicht wusste, wie ernst es Nadja damit wirklich war. Frau Schmücker war total schockiert, nachdem ich die ersten Worte ausgesprochen hatte. Ich kam gar nicht dazu, alles zu sagen, was ich ihr eigentlich sagen wollte. Sie hat mich aus dem Zimmer geschickt. Dann blieb sie ein paar Tage der Schule fern, bis sich alles wieder normalisiert hatte.«

Till hatte mit so einer Antwort gerechnet, die sich mehr oder weniger mit der Aussage von Frau Leibnitz deckte. Er war nicht felsenfest von dieser Version überzeugt, glaubte aber auch nicht, dass Maja Mertens und Nadja bei dieser Geschichte bis zum Schluss zusammenhielten, so wie Nadja es ausgesagt hatte. Er hatte für heute genug von Maja Mertens gehört. Er wollte jetzt lieber abwarten, ob sich eine der beiden Damen in der Nähe vom Holiday Inn blicken ließ.

22

Siebels hatte nur zehn Minuten in der Praxis von Dr. Bach verbracht. Julia hatte sich dort sofort wohl gefühlt und sich liebevoll um einen Langhaardackel gekümmert, dem der Tierarzt kurz zuvor eine Glasscherbe aus der Pfote geschnitten hatte. Julia war in der Praxis geblieben und Dr. Bach versprach, sich umgehend um einen Ausbildungsvertrag zu kümmern. Bevor Siebels sich verabschiedete, versprach er Julia noch, ihrem alten Arbeitgeber bei dessen Besuch auf dem Präsidium am nächsten Morgen die fristlose Kündigung seiner Auszubildenden mitzuteilen.

Von der Praxis aus war Siebels zu dem Privatdetektiv Johann A. Golz gefahren. Die Detektei Golz befand sich in der Klapperfeldstraße in unmittelbarer Nähe zum Gericht. Golz warf gerade Dartpfeile auf die Scheibe an der Wand in seinem engen Büro, als Siebels hereinkam. Sämtliche Türen im Haus bis zum Büro von Golz hatten offen gestanden. Golz nahm von Siebels keine Notiz, er konzentrierte sich auf die Scheibe und warf dann seinen Pfeil.

»Herr Golz?«

»Ich bin beschäftigt.« Der Detektiv nahm den nächsten Pfeil und visierte mit zusammengekniffenen Augen die Dartscheibe.

»Siebels. Kriminalpolizei. Ich hätte ein paar Fragen an Sie. Dauert auch nicht lange.«

Golz würdigte Siebels keines Blickes. Er warf seinen Pfeil und fluchte, als der sein Ziel knapp verfehlte. Dann drehte er sich endlich seinem Besucher zu. »Worum geht es denn?«

»Um Jens Schäfer, den Sie im Auftrag von Dr. Ritter überprüft haben.«

»Ach der. Das ist doch ein harmloser Spinner. Hat er was ausgefressen?«

»Er ist tot.«

Golz setzte sich und deutete Siebels mit einer Handbewegung an, sich ebenfalls zu setzen. Siebels nahm die Einladung an. »Hat ihn etwa eine seiner Geliebten über den Jordan geschickt?«

»Schlimmer. Seine Geliebten folgen ihm alle über den Jordan.«

Golz schaute Siebels verständnislos an.

»Es gibt mittlerweile drei tote Frauen, die mit Schäfer eine Affäre hatten. Alle drei Frauen und Schäfer wurden in den letzten vier Tagen umgebracht.«

Golz kratzte sich am Kopf. »Wer macht denn so was?«

»Das rauszufinden ist mein Job«, klärte Siebels ihn auf und schaute auf den überquellenden Aschenbecher auf Golz Schreibtisch. »Darf ich rauchen?«

»Tun Sie sich keinen Zwang an. Ich nehme an, Dr. Ritter hat Ihnen meine Adresse gegeben?«

»Korrekt«, bestätigte Siebels und steckte sich eine Zigarette an. »Wie lange haben Sie Schäfer denn beschattet?«

Golz überlegte einen Moment. »Zwei bis drei Wochen. Dann war die Geschichte zwischen ihm und Frau Sydow beendet und Dr. Ritter hat mich ausgezahlt und den Auftrag für beendet erklärt.«

»In der Zeit habe Sie doch bestimmt viele Fotos geschossen?«

»Klar, das gehört zu meinem Job. Die habe ich alle Dr. Ritter ausgehändigt.«

»Sie haben nicht zufällig Abzüge davon?«

Golz kratzte sich wieder am Kopf. »Selbst wenn ich welche hätte, ohne die Zustimmung von meinem Auftraggeber kann ich Ihnen die nicht zeigen.«

Jetzt kratzte sich Siebels am Kopf und tat so, als wäre er in einer verzwickten Situation. »Ihr Auftraggeber gehört in den engeren Kreis der Verdächtigen. Ich glaube nicht, dass er in dieser Sache kooperativ sein wird.«

»Dr. Ritter? Das ist doch ein angesehener Anwalt. Warum sollte er Schäfer und dessen Liebschaften umbringen? Ist Frau Sydow etwa auch tot?«

»Frau Sydow war das erste Opfer. Ihre Leiche wurde am Montagvormittag gefunden. Sie wurde in ihrem Pool ertränkt.«

»Klingt nach einer beschissenen Geschichte. Kann ich mal bitte Ihren Ausweis sehen?«

Siebels reichte Golz seinen Ausweis und Golz betrachtete ihn eingehend.

»Hauptkommissar Siebels«, murmelte er. »Ich erinnere mich an Sie. Ist aber schon lange her.«

»Sie waren auch mal bei uns? Dr. Ritter hat so etwas schon erwähnt.«

»Vor zwölf Jahren habe ich aufgehört. Nicht ganz freiwillig. Ich hatte ein kleineres Alkoholproblem und größere Probleme mit meinem Vorgesetzten. Na, egal. Jetzt habe ich weder das eine noch das andere Problem. Jetzt habe ich nur noch Geldsorgen.«

»Hatten Ihre Probleme damals etwas mit einem Fall zu tun?«, fragte Siebels neugierig.

Golz nickte gedankenverloren. »Ein vierzehnjähriges Mädchen. Vergewaltigt und halbtot geprügelt. Sie starb einige Tage später im Krankenhaus. Ich hatte ein Familienmitglied in Verdacht. Einen Onkel. Den Bruder der Mutter. Konnte ihm aber nichts nachweisen und die Familie hat ihn gedeckt. Selbst die Eltern der Kleinen. Und von meinem Vorgesetzten bekam ich Stress, weil ich nicht vorankam. Da habe ich mit dem Saufen angefangen. Habe mir die Welt schön gesoffen, bis ich mehr oder weniger dienstuntauglich war. Aber das ist vorbei, ich will Sie nicht mit meinen Geschichten langweilen. Warten Sie, ich hole die Fotos.«

Siebels nahm einen tiefen Zug an seiner Zigarette. Er konnte sich gut in die damalige Situation von Golz hineinversetzen. Oft genug war er in der Situation, wo man Täter und Opfer nicht auseinanderhalten konnte. Wo man Unschuldige einer schlimmen Tat verdächtigte oder Schuldigen nichts anhaben konnte oder einfach nicht wusste, wer schuldig und wer unschuldig war. Genauso ging es ihm jetzt mit Maja Mertens und Nadja Sydow. Das war aber nicht annähernd so belastend wie der Fall, den Golz ihm gerade geschildert hatte. Siebels kam der erste Fall in den Sinn, den er gemeinsam mit Till bearbeitet hatte. Till hatte sehr gute Arbeit geleistet, dann aber den falschen Mann des Mordes beschuldigt und in Untersuchungshaft bringen lassen. Till war bei seinem Verhör nicht zimperlich gewesen. Es gab auch viele gute Gründe für den Verdacht gegen diesen Mann. Dann stellte sich aber dessen

Unschuld heraus, kurz nachdem er sich in seiner Zelle erhängt hatte. Das war einer der schwärzesten Tage in der sonst sehr erfolgreichen Ära Siebels und Till. Siebels versuchte, diesen Gedanken wieder zu verdrängen, und konzentrierte sich auf seinen aktuellen Fall. Auch hier war die Gefahr groß, eine Unschuldige vor den Richter zu bringen.

Golz kam mit einem Schuhkarton zurück, aus dem er einen Stapel Fotos holte. Er legte sie vor Siebels auf den Tisch. »Bitte schön. Aber hängen Sie das bitte nicht an die große Glocke. Ich lebe von dem Vertrauen der wenigen Kunden, die ich habe.«

»Danke. Sie haben was gut bei mir. Und ich werde das vertraulich behandeln, mein Wort drauf.«

Golz winkte ab, nahm einen seiner Dartpfeile und drehte ihn zwischen seinen Fingern, während Siebels die Fotos begutachtete. Die Bilder waren gestochen scharf. Sie zeigten Beate Sydow und Jens Schäfer beim Einkaufsbummel, vor dem Eingang zum Kino, vor der Alten Oper oder beim Kuchenessen in einem Straßencafé. Siebels betrachtete die Fotos nur flüchtig, bis er bei einem innehielt. Beate Sydow und Jens Schäfer waren in der Mitte des Pools abgelichtet. Nur Nadja war auf der Terrasse nicht zu erkennen, sonst hätte Siebels es für möglich gehalten, dass Golz die Szene aus den Anekdoten festgehalten hatte.

»Von wo aus haben Sie dieses Bild geschossen?«, wollte Siebels wissen und reichte es Golz.

Golz warf nur einen kurzen Blick darauf. »Das war auf dem Dach eines der Nachbarhäuser. Ich hatte vorher stundenlang in meinem Auto vor dem Haus gesessen und mich zu Tode gelangweilt. Die halbe Nacht habe ich da verbracht. Dann bin ich um die Ecken gelaufen, um mir die Füße zu vertreten, und da sah ich, dass die Haustür des gegenüberliegenden Hauses offenstand. Ich bin einfach reingegangen und kam bis auf das Dach hoch. Es war ein Flachdach von einem dreistöckigen Haus. Von dort hat man einen wunderbaren Ausblick auf das Sydow Grundstück.«

Siebels nickte anerkennend und schaute sich die anderen Fotos an. Es folgten belanglose Fotos von dem Haus im Sandweg, wo Schäfer wohnte. Siebels schob die Bilder in schneller Folge weiter und dachte schon, er hätte alle gesehen, als zum

Schluss des Stapels noch drei Bilder kamen, denen er seine volle Aufmerksamkeit schenkte. Die Bilder zeigten wieder den Pool auf dem Sydow-Grundstück. Beate Sydow und Jens Schäfer lagen eng umschlungen auf der breiten Rattanliege. Die Sonne stand tief, es muss schon später Nachmittag gewesen sein, als die Bilder aufgenommen wurden. Jemand stand im Hintergrund an der Terrassentür und beobachtete die beiden vom Haus aus. Im ersten Moment dachte Siebels, dass es sich um Nadja handeln würde. Doch es war nicht Nadja. Siebels war sich unsicher, er fragte Golz nach einer Lupe. Golz gab ihm eine aus seiner Schreibtischschublade. Siebels pfiff leise durch die Zähne, als er durch die Lupe klar erkennen konnte, dass Maja Mertens dort stand. Siebels betrachtete sich die anderen beiden Fotos. Maja Mertens war auf beiden zu erkennen. Sie beobachtete das Liebespaar durch das Fenster im Haus von Beate Sydow.

»Wissen Sie, wer das ist?«, fragte Siebels und deutete auf Maja Mertens.

Golz schüttelte den Kopf. »Als ich die Bilder geschossen habe, ist mir die Frau erst gar nicht aufgefallen. Als ich sie dann entdeckte, dachte ich erst, es wäre die Stieftochter von Frau Sydow. Erst als ich die Bilder zuhause in Ruhe betrachtete, fiel mir auf, dass es eine mir unbekannte Frau war. Ich tippte auf die Putzfrau. Als ich die Bilder bei Dr. Ritter ablieferte, machte ich ihn darauf aufmerksam. Er winkte aber nur ab und sagte, dass er sich nur für Schäfer interessiere.«

»Haben Sie ihm das abgenommen, dass er sich nicht für diese Frau interessierte?«

»Er hat sich sogar sehr für sie interessiert, aber mir gegenüber wollte er das nicht zugeben. Im Gegenteil, ich glaube sogar, dass er verhindern wollte, dass ich nähere Informationen zu dieser Frau beschaffe.«

»Sehr interessant«, murmelte Siebels. »Und Sie haben es dabei belassen?«

»Ja. Aus reiner Neugier arbeite ich auch nicht. Dr. Ritter war der Chef und er wollte keine Informationen zu dieser Frau.«

Siebels wedelte mit den drei Fotos in der Hand. »Die sind sehr wichtig für meine Ermittlungen.«

»Dann nehmen Sie sie halt mit«, sagte Golz.

Till war wieder im Büro und wählte die Nummer in Rumänien. Nach dem fünften Klingeln wurde sein Anruf entgegengenommen.

»Herr Igor? Mein Name ist Krüger. Till Krüger. Kriminalpolizei aus Frankfurt. Ich rufe an wegen der fehlenden zehn Bücher, nach denen Herr Möllenbeck schon gefragt hat.«

»Kriminalpolizei? Wegen diesen blöden Büchern? Hier gibt so viele von den Büchern.«

»Herr Igor, wir ermitteln nicht wegen Diebstahl von Büchern. Es geht um Mord.«

»Mord? Was für ein Mord? Hier nur Bücher. Zehn Stück fehlen von dem einen Buch. Hier gibt es so viele Bücher. Das Buch, wo zehn Stück fehlen, ist blödes Buch. Ich habe gelesen.«

»Hören Sie mir bitte mal zu, Herr Igor. Das ist jetzt sehr wichtig. Die Person, die diese zehn Bücher gestohlen hat, diese Person hat etwas mit mehreren Morden zu tun. Verstehen Sie das?«

Es blieb einen Moment still in der Leitung. Dann räusperte Igor sich. »Sie suchen Mörder, habe verstanden, ja.«

»Gut. Also, haben Sie eine Ahnung, wer diese Bücher an sich genommen hat? Hat Ihnen jemand Geld dafür geboten?«

»Ich weiß nichts«, kam es zögerlich zur Antwort.

»Herr Igor, wir können das jetzt bei einem Telefonat klären und die Sache ist erledigt. Ich kann aber auch die rumänische Polizei um Amtshilfe bitten. Das muss aber nicht sein. Verstehen Sie?«

Wieder war es eine kleine Weile ruhig. »Ich weiß wirklich nichts von Mord«, stammelte Igor dann.

»Wenn Sie etwas über die verschwundenen Bücher wissen und nichts sagen, dann decken Sie einen Mord. Wenn Sie mir sagen, was Sie wissen, haben Sie nichts zu befürchten.«

»Bleibt unter uns?«, fragte Igor kleinlaut.

»Ja, bleibt unter uns«, versicherte Till.

»Eine junge Frau kam hierher. Sie sagte, sie sei gute Freundin von Frau Mertens. Sie wollte zehn von den Büchern mitnehmen. Ich sagte: Das geht nicht. Sie lachte, sagte mir, dass sie die Bücher in Deutschland in jeder Buchhandlung bestellen könne. Sie brauche aber schnell, für ein Geschenk. Dann gab sie mir fünfhundert Euro. Viel Geld für mich. Habe ich gedacht, ist nicht schlimm. Liegen so viele Bücher hier, niemand kauft sie. Habe ich also verkauft.«

»Danke, Sie haben mir sehr geholfen. Das bleibt auch unter uns. Aber ich muss wissen, wer diese Frau war. Haben Sie eine E-Mail-Adresse? Ich schicke Ihnen ein Bild.«

»Ja, habe hier E-Mail«, sagte Igor wieder zögerlich und nannte dann die Adresse.

Till legte auf. Er brauchte ein Foto von Nadja. Die neue Information von Igor machte ihn wieder munter. Er durchstöberte die Akte Sydow nach einem Foto von Nadja, fand aber keines. Dann fiel ihm der Verlag ein, in dem Nadja ihr Buch veröffentlicht hatte. Den Verlagsnamen fand er in der Akte bei dem Bericht über Katja Kullmer. Er ging auf die Internetseite des Verlages und suchte dort bei den Autoren nach Nadja Sydow. Kurz darauf erschien ein Bild von Nadja mit einer kurzen Personenbeschreibung auf seinem Monitor. Er speicherte ihr Bild ab und schickte es per E-Mail zu Igor.

Siebels kam eine halbe Stunde nach Till ins Büro. Till tippte gerade seinen Bericht über seinen Arbeitstag in den Computer. Siebels schmiss ihm kommentarlos die Bilder von Golz vor die Nase. Till zog die Augenbrauen hoch und betrachtete sich die Fotos.

»Und?«, fragte er dann neugierig.

»Schau genau hin. Die Frau hinter dem Fenster und an der Terrassentür. Sie beobachtet die beiden. Erkennst du sie?«

Till konzentrierte sich auf die Frau im Hintergrund. »Nadja?«

»Nein. Das ist Maja Mertens.«

»Was macht die denn da?«

»Das werden wir sie bei Gelegenheit mal fragen. Jedenfalls können wir die Anekdote mit Beate Sydow jetzt aus dem gleichen Blickwinkel betrachten wie die anderen. Maja Mertens spielte schon eine Rolle, als Beate Sydow und Jens Schäfer alias Philipp von Mahlenburg noch ein Liebespaar waren. Also lange bevor das Buch erschien. In dem Punkt hat sie uns definitiv angelogen.«

»Woher hast du die Fotos?«

Siebels berichtete von seinem Besuch bei Golz. »Übrigens war Dr. Ritter nach außen hin gar nicht daran interessiert, wer die Frau auf den Bildern ist. Golz meint aber, dass er in Wirklichkeit großes Interesse an der Frau hatte.«

»Wenn du glaubst, deine Hauptverdächtige liegt jetzt weit vorn im Rennen, dann warte mal ab. Ich habe mit diesem Igor in Rumänien Kontakt aufgenommen. Bei ihm ist eine Frau aufgetaucht, die fünfhundert Euro für die zehn Bücher hingelegt hat. Ich habe ihm ein Foto von Nadja geschickt. Ich erwarte jeden Moment seine Antwort. Und ich wette, sie war es.«

»Na, dann warten wir mal ab. Gibt es eigentlich von der Spurensicherung mal irgendwelche Nachrichten?«

»Vier Morde in vier Tagen. Die sind überlastet.«

Siebels griff zum Hörer und rief beim Chef der Spurensicherung an. »Siebels hier. Was ist denn los bei euch? Ich warte auf Ergebnisse. Was? Vergleichsmaterial? Ja logisch. Ich warte doch nur auf euren Bericht, ob es überhaupt etwas zu vergleichen gibt.« Siebels verdrehte genervt die Augen. »Na wunderbar. Vergleichsproben bekommt ihr so schnell wie möglich.« Siebels knallte den Hörer wieder auf. »Die haben bei der Schmücker und bei der Lorenz einzelne Kopfhaare gefunden, die nicht zu den Opfern gehören und auch sonst niemandem zugeordnet werden können. Allerdings haben sie keine Zeit, ihre Berichte zeitnah zu schreiben und an mich zu schicken. Jetzt hocken sie da und warten, ob jemand Vergleichsproben vorbeibringt. Unglaublich.«

»Dann nehmen wir morgen mal die Schere mit. Ein Haar von Nadja, ein Haar von Maja Mertens, ein Haar von Dr. Ritter. Sonst noch jemand im engeren Kreis?«

»Das sind unsere Favoriten. Wenn es von den Dreien niemand ist, stehen wir ganz schön blöd da. Dr. Ritter habe ich übrigens für morgen früh um 9:00 Uhr herbestellt. Der ist mir ziemlich blöd gekommen, der kriegt jetzt Stress. Seine Auszubildende ist er schon los, die habe ich beim Tierarzt untergebracht.«

»Du bist ein Held.«

»Sagt Sabine auch immer.« Siebels schaute auf die Uhr. Seine Sabine erwartete ihn bestimmt schon. Er wollte sie gerade anrufen und ihr Bescheid geben, dass er jetzt Feierabend machen wolle, da kam Charly rein.

»Ich habe euren Dr. Ritter unter die Lupe genommen«, sagte er und tat geheimnisvoll.

»Und so, wie du das sagst, hast du bestimmt etwas sehr Interessantes herausgefunden.«

»Euer Dr. Ritter hat ein kleines Problem. Er spielt gerne. Er ist in Bad Homburg Stammgast im Casino und liebt es, mit hohen Einsätzen zu spielen. Im letzten Jahr hat er dort gut hunderttausend Euro gelassen. Allerdings ist sein Bankkonto ausgeglichen. Eine dicke schwarze Null hat er da drauf. Es gibt regelmäßig Geldeingänge, die seine Spielverluste wieder ausgleichen. Dass diese Informationen nicht so einfach zu bekommen sind, muss ich ja nicht erwähnen.«

»Wollen wir gar nicht wissen, Charly. Lass dich bloß nicht erwischen bei deinen Aktionen.«

»Nicht, dass ich große Wertschätzung von euch erwarte. Aber ein klitzekleines Lob, zum Beispiel ein: Gut gemacht, Charly, hätte ich mir jetzt schon gewünscht.«

»Gut gemacht, Charly«, sagten Siebels und Till im Chor.

»Meinst du, Dr. Ritter verzockt das Erbe von Nadja im Spielcasino?«

»Sieht jedenfalls ganz danach aus. Im Topf sind drei Millionen. Einen Teil davon hat er anscheinend schon veruntreut. Vielleicht hatte er am Anfang noch die Absicht gehabt, sich nur etwas zu leihen und später wieder unbemerkt auf Nadjas Konto einzuzahlen. Dann hat er irgendwann die Kontrolle verloren und seine Verluste wurden immer höher. Plötzlich erschien Maja Mertens auf der Bildfläche, die Todfeindin von Nadja. Die Geschichte mit Schäfer und Frau Sydow kam für die beiden wie gerufen. Die beiden haben einen Plan ausgeheckt, um an das Geld von Nadja ranzukommen. Wahrscheinlich hat sich Maja Mertens diesen Plan ausgedacht.«

»Die hätten doch einfach Nadja umbringen können. Warum so viele Morde?« Till hielt immer noch an Nadja als Hauptverdächtige fest.

»Das wäre viel zu offensichtlich gewesen. Außerdem will Maja Mertens ihren Sieg über Nadja genießen. Wenn sie mit Dr. Ritter an Nadjas Vermögen rankommt, während Nadja unschuldig wegen mehrfachen Mordes einsitzt, hat sie sich für alle Niederlagen gerächt, die Nadja ihr in all den Jahren beigebracht hat.«

»Ich muss los«, sagte Siebels und fuhr seinen Rechner runter. »Checkst du bitte noch, ob mit Frau Kullmer alles glatt läuft. Und sensibilisiere die Kollegen noch mal, die das Holiday Inn observieren. Heute Nacht könnte dort durchaus Interessantes passieren.«

»Stimmt. Und da willst du wirklich Feierabend machen und nach Hause gehen?«

»Ja. Fällt mir zwar schwer, aber ich habe Sabine versprochen, etwas kürzer zu treten. Willst du dir die Nacht um die Ohren schlagen?«

»Es gibt Dinge, die sollte man einfach nicht verpassen. Ich frage mal bei Kulmbacher an, ob er Lust auf eine lange Nacht mit mir hat.«

»Mach das. Und wenn sich was tut, ruf mich an!«

Als Siebels verschwunden war, fiel Till die angedachte Spritztour mit Anna Lehmkuhl wieder ein. Schweren Herzens rief er in der Gerichtsmedizin an. Sie war noch dort.

»Unsere Spritztour für morgen muss ich leider absagen. Ich werde noch eine Nachtschicht dranhängen und morgen brauche ich dann dringend eine Runde Schlaf. Vielleicht am Sonntag?«

»Am Sonntag soll das Wetter noch viel besser werden. Rufen Sie mich einfach auf meiner Handynummer an, wenn es bei Ihnen klappt.«

»Wir können uns auch duzen, ich bin der Till.«

»Anna«, sagte Anna Lehmkuhl. »Ich habe Frau Lorenz noch auf dem Tisch. Das kann noch ein paar Stunden dauern. Morgen werde ich also auch nicht so ganz taufrisch sein.«

Till beendete das Gespräch wieder und legte seine ganze Hoffnung auf den Sonntag. Dann rief er Kulmbacher an. Der hatte gerade frei, ließ sich aber für eine bevorstehende Nachtschicht mit Till überreden. Die beiden wollten sich in einer Stunde vor dem Holiday Inn treffen. Als Till wieder aufgelegt hatte, bemerkte er, dass eine E-Mail eingegangen war. Igor hatte geantwortet. Gespannt öffnete Till die E-Mail und ballte siegessicher die Faust. Igor hatte Nadja wiedererkannt.

»Dich kriege ich dran«, murmelte Till vor sich hin und betrachtete das Foto von Nadja auf dem Monitor. Dabei war ihm gar nicht aufgefallen, dass Staatsanwalt Jensen gerade das Büro betreten hatte.

»Ah, der Herr Krüger. Schön, dass man mal einen von Ihnen beiden antrifft. Wie stellen Sie sich das denn alles vor? So geht das nicht weiter.«

Till musste erst seine Gedanken ordnen, dann dämmerte ihm, worauf Jensen hinauswollte. Katja Kullmer saß immer noch in einer der Zellen. »Wie geht es Frau Kullmer?«, fragte Till mit schlechtem Gewissen.

»Wie geht es mit ihr weiter?, so muss die Frage lauten. Haben Sie eine Antwort darauf? Sie fragt das nämlich schon den ganzen Tag und niemand weiß es.«

»Tja, am besten wäre es, wenn sie noch ein bisschen einsitzen könnte.«

»Wie weit sind Sie denn mit dem Fall? Wir können die Frau doch nicht noch das ganze Wochenende in der Zelle sitzen lassen.«

»Wenn alles nach Plan läuft, schnappt die Falle heute Nacht zu.« Till erklärte Jensen, dass die beiden hauptverdächtigen Frauen die Information erhalten haben, Katja Kullmer wäre im Holliday Inn untergebracht. »Wir beobachten das Hotel. Zwei Leute sind schon vor Ort. Ich treffe mich dort gleich mit dem Kollegen Kulmbacher.«

»Also gut«, seufzte Jensen. »Spätestens morgen früh erwarte ich einen Lagebericht. Sie erreichen mich auf meinem Handy.« Jensen stapfte wieder aus dem Büro und Till machte sich fertig für die Nacht vor dem Holiday Inn. Er besorgte sich noch ein paar belegte Brötchen und zwei Flaschen Cola und nahm auch eine Digitalkamera und ein Fernglas mit.

Siebels ging auf leisen Sohlen in das Kinderzimmer und warf noch einen Blick auf den schlafenden Dennis. Anschließend holte er sich eine Flasche Bier aus dem Kühlschrank und setzte sich auf das Sofa neben Sabine, die einen Film anschaute.

»Das Wochenende werde ich wohl leider arbeiten müssen«, seufzte er.

Sabine sah ihn schräg von der Seite an. »Wir wollten uns doch um ein Restaurant für die Hochzeitsfeier kümmern.«

»Vier Morde in vier Tagen und wir warten auf den fünften. Ich habe im Moment wirklich keinen Kopf für andere Sachen.«

Sabine hauchte ihm einen flüchtigen Kuss auf die Wange. »Mein armer Kommissar. Streng dich an, vielleicht fängst du morgen deinen Mörder, dann haben wir ja noch den Sonntag.«

»Ehrlich gesagt habe ich Angst, dass ich den falschen Mörder fange. Die falsche Mörderin, besser gesagt. Die Mörderin begeht nicht nur die Morde, sie tut auch alles, um ihrer Rivalin die Schuld in die Schuhe zu schieben. Und ich frage mich tagein, tagaus, welche von beiden die Unschuldige und welche die Schuldige ist. Aber ich kann mich nicht wirklich entscheiden und Till ist anderer Meinung als ich.«

»Was sagt denn dein berühmtes Bauchgefühl?«

»Das sagt mir, dass Nadja unschuldig ist und Maja schuldig. Aber es ist nur ein sehr vages Gefühl, auf das ich nicht viel gebe.«

»Vielleicht stecken die beiden ja auch unter einer Decke?«, gab Sabine zu bedenken.

»Das würde die Sache erst richtig kompliziert machen. Ein Gedankengang wäre es wert. Aber nicht mehr heute Abend. Ich bin müde.«

»So richtig müde? Ich habe gedacht, wir wiederholen das noch mal, was du vorletzte Nacht zelebriert hast. Das war gar nicht so schlecht. Ausbaufähig, würde ich sagen.« Sabine wartete auf eine Antwort, Siebels blieb aber stumm, bis er leise zu schnarchen anfing.

23

Till saß neben Kulmbacher im Wagen und klärte ihn über die Geschehnisse der letzten Tage auf. Die beiden hatten vom Wagen aus die Eingangshalle zum Hotel im Blick. Der Empfangschef des Hotels und zwei weitere Mitarbeiter an der Rezeption waren involviert. Auf Katja Kullmer war ein Zimmer reserviert. Es lag im dritten Stockwerk und zwei Kameras der Hotelüberwachung waren auf dieses Zimmer fokussiert. Niemand konnte sich dem Zimmer nähern, ohne dass es dem Mitarbeiter des Hotels auffiel, der die Monitore der Hotelüberwachung im Blick hatte. Im Zimmer selbst war niemand. Siebels und Till hatten vereinbart, dass es für eine Festnahme genügen würde, wenn die gesuchte Person das Zimmer aufsuchen würde.

»Und du glaubst, diese Nadja ist eure Frau?«, fragte Kulmbacher, als Till seine Ausführungen abgeschlossen hatte.

»Jede Wette. Sie hat sogar die Bücher in Rumänien abgeholt, die wir nun bei den Leichen finden.«

»Aber warum zehn Bücher, wenn es doch nur vier potentielle Mordopfer gibt?«

»Keine Ahnung. Wenn wir sie überführt haben, werde ich sie fragen.«

Kulmbacher schwieg und dachte über dieses Rätsel nach.
»Bei diesem Schäfer habt ihr kein Buch gefunden?«, fragte er dann.

»Nein. Beim Autor des Buches gab es kein Buch. Der hatte nicht mal einen Computer. Schon komisch, was?«

»Warum habt eigentlich immer nur ihr zwei so geile Fälle?«

Till schaute Kulmbacher schräg von der Seite an. »Geil? Mann, ich hätte Morgen mit einer super Frau eine Motorradtour machen können. Die habe ich abgesagt, damit ich mir die Nacht mit dir um die Ohren schlagen kann. Total geil, echt.«

»Was für eine Frau?«

»Eine super Frau, habe ich doch gesagt.«

»Name? Alter? Haarfarbe? Körbchengröße? Komm schon, raus mit der Sprache.«

»Neugierig bist du gar nicht, oder?«

»Ich bin halt ein Bulle. Ich muss immer die Wahrheit wissen.«

»Sie heißt Anna und hat Grübchen, wenn sie lächelt.«

»Und weiter? Grübchen allein ist ja noch nicht so sexy.«

»Sie wühlt in Leichen rum. Nimmt die Organe raus, wiegt sie, legt sie wieder rein und näht die Leichen wieder zu.«

»Die Lehmkuhl? Echt? Wow! Mit so einer Frau könnte ich aber nicht. Wenn ich mir das vorstelle, was die tagsüber so macht. Hast du da kein Problem mit?«

»Nö. Wie schaut es denn bei dir so aus, frauentechnisch?«

»Immer das Gleiche. Der große Wurf war noch nicht dabei. Letzte Woche habe ich mit Petra Schluss gemacht.«

»Ich dachte, sie heißt Nina.«

»Nina? Nina war vor Petra. Die hatte einen Putzfimmel. Ganz schlimm. Das ging ja gar nicht.«

»Du solltest ein Buch schreiben. Die Anekdoten des Kulmbacher. So was ist voll im Trend.«

»Lieber nicht. Habe gehört, dass so Anekdoten eine tödliche Wirkung für alle Beteiligten haben können.«

»Hältst du mal die Augen offen und die Klappe geschlossen? Ich würde gern mal ein oder zwei Stündchen schlafen.«

»Klar, ich habe alles im Blick. Gib mir aber sicherheitshalber die Fotos von den beiden Damen.«

Till reichte Kulmbacher ein Foto von Nadja und eins von Maja und drehte seinen Sitz in Liegeposition. Es war kurz nach 22:00 Uhr.

Drei Stunden später wachte Till wieder auf. Kulmbacher beobachtete gelangweilt und mit müden Augen den Hoteleingang. Till streckte sich und schaute auf die Uhr. Erschrocken stellte er fest, wie lange er geschlafen hatte. »Mensch Kulmbacher, warum hast du mich denn nicht geweckt?«

»Du solltest ausgeschlafen sein, wenn deine Mörderin hier auftaucht.«

Till drehte seinen Sitz wieder hoch und betrachtete sich das Hotel. Weit und breit war keine Menschenseele zu sehen. »Du hast nicht zufälligerweise zwischendurch auch ein kurzes Nickerchen gemacht?«, fragte Till.

Kulmbacher schaute Till beleidigt an. »Hey, ich bin ein Profi.«

»Okay, dann übernehme ich die nächsten zwei Stunden mit Augen aufhalten und wenn sich dann noch nichts gerührt hat, brechen wir die Aktion hier ab.«

Samstag, 5. Juni 2010

Um Punkt 7:00 Uhr klingelte im Schlafzimmer der Wecker von Siebels. Sabine war schon seit einer halben Stunde wach. Sie hatte noch ein wenig gedöst, nachdem sie sich vergewissert hatte, dass Dennis friedlich vor sich hin schlummerte. Kurz nach dem der Wecker losging, lag sie hellwach im Bett und betrachtete sich den noch schlafenden Siebels. Er knurrte nur, als der Wecker seinen Dienst tat und rollte sich auf die andere Seite. Sabine machte sich ein wenig Sorgen. Normalerweise schlug Siebels die Augen auf, streckte sich kurz und hievte sich dann umgehend aus dem Bett, wenn er Dienst hatte. Und heute wollte er frühzeitig im Präsidium sein. Er blieb aber trotz des andauernden Weckrufes in tiefem Schlaf. Sabine rüttelte ihn leicht an der Schulter. Siebels gab einen undefinierbaren Laut von sich, machte aber keine Anstalten, wach zu werden.

»Aufstehen«, säuselte ihm Sabine ins Ohr.

»Ich habe versucht, die Wahrheit rauszufinden«, entgegnete ihr Siebels mit geschlossenen Augen. »Warum waren Sie denn nicht ein wenig kooperativer? Was hätte ich denn tun sollen?« Seine Stimme klang verzweifelt.

Sabine rüttelte ihn nun ein wenig fester. »Aufwachen«, rief sie.

»Ich habe getan, was ich konnte. Ich bin doch auch nur ein Mensch und kann in andere Menschen nicht hineinsehen«, beklagte sich Siebels.

Sabine schüttelte den träumenden Siebels nun regelrecht und plötzlich schlug er die Augen auf und sah verwundert in das Gesicht von Sabine.

»Du hast geträumt«, klärte sie ihn auf.

»Ja«, sagte er leise und rieb sich den Schlaf aus den Augen. »Ich hatte ein Treffen mit Nadja. Sie kam gerade aus dem Gefängnis, alt und grau, nach zwanzig Jahren Haft. Sie war noch keine fünfzig, sah aber aus wie siebzig. Sie war ein gebrochener Mensch und machte mir Vorwürfe, weil sie unschuldig eingesessen hat. Sie gab mir die Schuld.«

Sabine streichelte über Siebels behaarte Brust. »Du darfst dich nicht so reinsteigern in deine Fälle. Das ist nicht gut. Weniger ist manchmal mehr.«

»Ich weiß. Aber das ist einfacher gesagt als getan. Vielleicht hatte ich ein schlechtes Gewissen, weil ich gestern nicht mehr raus zum Hotel gefahren bin.«

»Denk einfach öfter mal an unsere bevorstehende Hochzeit. Schöne Gedanken sind gut für die Psyche.«

»Ich würde dich am liebsten jeden Tag heiraten.«

»Ich bin ja schon froh, wenn wir das an dem einen Tag hinbekommen. Manchmal habe ich auch Albträume, weißt du. Da sehe ich mich allein vor dem Standesbeamten stehen, weil du bei deinen Ermittlungen unseren Hochzeitstermin vergessen hast.«

»So was träumst du?«

»Der Traum geht ja noch weiter.«

»So? Wie denn?«

»Till springt für dich ein. Und ich denke mir, besser Till als gar keiner. Und dann heirate ich Till.«

Siebels sah Sabine mit offenem Mund an und Sabine fing laut an zu lachen. Siebels stimmte in ihr Lachen mit ein, rollte sich über sie und begann den Tag mit einem langen Kuss.

»Schade, dass du heute arbeiten willst«, seufzte Sabine. Siebels war drauf und dran, den Termin mit Dr. Ritter abzusagen, als Dennis sich lautstark bemerkbar machte.

»Dann geh du mal duschen, ich wechsele die Windeln«, teilte Sabine die bevorstehenden Aufgaben ein.

Um viertel vor neun traf Siebels im Büro ein. Zu seiner Verwunderung saß Till schon am Schreibtisch und tippte auf seiner Tastatur herum.

»Mit dir hatte ich heute Vormittag gar nicht gerechnet«, begrüßte Siebels ihn.

»Ich habe die Nacht auch nur drei Stunden in meinem Bett gelegen. Die Aktion am Hotel hat leider nichts gebracht. Aber wir müssen den Fall abschließen. Wenn wir heute Gas geben, sind wir morgen vielleicht durch damit.«

»Anna Lehmkuhl hat eine sonderbare Wirkung auf dich.«
»Wie meinst du das denn?«
»Du blühst ja richtig auf. Bei mir ist momentan irgendwie genau das Gegenteil der Fall. Ich bin ständig müde.«
»Pass bloß auf, Sabine will bestimmt keinen Mann heiraten, der ständig müde ist.«

Siebels dachte an den Traum von Sabine. Wenn dieser Fall abgeschlossen war, würde er sich mindestens eine Woche frei nehmen, um mal richtig abzuschalten, nahm er sich vor. Ein Telefonanruf vom Empfang kündigte das Eintreffen von Dr. Ritter an. Siebels fragte nach, ob er allein oder in Begleitung eines Anwalts erschienen war. Dr. Ritter war alleine gekommen. »Holst du ihn hoch?«, bat Siebels.

Während Till Dr. Ritter am Haupteingang des Präsidiums abholte, zog Siebels zwei Becher Kaffee am Automaten im Gang um die Ecke. Als er mit den zwei dampfenden Bechern in der Hand zurückkam, kamen ihm Till und Dr. Ritter entgegen.

»Kaffee?«, fragte Siebels.

»Dauert es länger?«, fragte Dr. Ritter unwirsch. Er war in legerer Kleidung erschienen. Auf der Jeans prangte das Etikett von Hugo Boss, dazu trug er ein schwarzes Polo-Shirt mit einem grünen Krokodil auf der Brust.

»Das wird sich zeigen. Ein paar offene Fragen gibt es schon noch zu klären. Gehen wir doch rein.«

»Mit Milch und Zucker, bitte«, äußerte Dr. Ritter seinen Wunsch. Siebels hielt zwei Kaffee ohne Milch und Zucker in der Hand.

»Ich kümmere mich drum«, sagte Till und machte kehrt.

Siebels setzte sich mit Dr. Ritter an den runden Tisch, der zusätzlich zu den Schreibtischen im Büro stand. Er stellte das Aufnahmegerät auf den Tisch, gab Datum und Uhrzeit an und diktierte, dass Dr. Ritter zu einer Zeugenaussage vorgeladen war.

»Hatten Sie in den letzten Tagen Kontakt zu Nadja Sydow?«, begann Siebels seine Befragung.

»Das wissen Sie doch. Ich habe am Montag mit ihr gesprochen, nachdem ihre Stiefmutter tot aufgefunden wurde.«

»Danach gab es keinen Kontakt mehr?« Siebels dachte kurz an den letzten Montag zurück. Es kam ihm vor, als läge eine kleine Ewigkeit zwischen den letzten fünf Tagen.

»Doch. Wir haben gestern noch kurz miteinander telefoniert. Es ging um die Beerdigung von Beate Sydow.«

»Wurde in diesem Gespräch auch Frau Mertens erwähnt?«

Till kam herein und stellte Milch und Zucker auf den Tisch und setzte sich kommentarlos dazu.

»Nein«, antwortete Dr. Ritter knapp. »Werden meine Gespräche abgehört?«, fragte er dann argwöhnisch.

»Wenn wir einen richterlichen Beschluss dazu hätten, könnten wir das tun«, sagte Siebels zweideutig. »Ich habe mich gestern noch mit Herrn Golz unterhalten. Er war so freundlich und hat mir ein paar Aufnahmen überlassen, die er gemacht hat, als er Jens Schäfer in Ihrem Auftrag überwachte.« Siebels nahm sich die Fotos zur Hand, die er zuvor griffbereit auf dem Tisch platziert hatte. Eines davon zeigte er Dr. Ritter. »Was sehen Sie auf diesem Foto?«

Dr. Ritter musterte das Bild. »Das ist geschmacklos«, ereiferte er sich.

»Das ist ein Mordfall«, entgegnete Siebels. »Zwei Mordopfer sind auf dem Bild zu sehen. Würden Sie mir nun bitte schildern, wen genau Sie alles auf dem Bild erkennen.«

»Frau Beate Sydow und Jens Schäfer. Sie liegen auf einer Liege auf der Terrasse von Frau Sydow«, sagte Dr. Ritter zerknirscht.

»Danke. Es ist aber noch jemand auf dem Foto zu sehen. Schauen Sie genau hin. Soll ich Ihnen eine Lupe geben?«

Dr. Ritter hielt sich das Foto dichter vor die Augen. »Da steht noch jemand hinter dem Fenster im Haus.«

»Genau. Erkennen Sie auch diese Person?«

Dr. Ritter kniff die Augen zusammen. »Nein. Tut mir leid.«

»Nehmen Sie die Lupe.« Siebels reichte ihm das Vergrößerungsglas. »Und? Erkennen Sie jetzt die Person?«

Dr. Ritter atmete schwer aus. »Ich bin mir nicht sicher. Es könnte sich um Frau Mertens handeln.«

»Es handelt sich zweifelsohne um Frau Mertens. Haben Sie eine Erklärung für die Anwesenheit von Frau Mertens? Immerhin liegt Ihre Mandantin in einer sehr intimen Situation auf ihrer Terrasse.«

»Tut mir leid. Das kann ich nicht beantworten.«

»Haben Sie Ihre Mandantin nicht darauf angesprochen, nachdem Sie die Fotos von Herrn Golz entgegengenommen haben?«

»Nein. Wie Sie bereits sagten, handelt es sich um eine sehr intime Situation. Frau Sydow ist meine Mandantin, nicht meine Frau oder meine Tochter.«

»Haben Sie auch sonst niemanden darauf angesprochen? Vielleicht Nadja Sydow?«

»Nein. Warum sollte ich?«

»Na ja, Sie haben Herrn Golz ja beauftragt, weil Sie sich Sorgen um Ihre Mandantin gemacht haben. Und dann steht da eine Frau im Haus, die da eigentlich gar nichts zu suchen hat. Kannten Sie Frau Mertens damals schon?«

»Nein. Ich habe sie erst kennen gelernt, als das Buch von diesem Schäfer aufgetaucht ist. Ich habe Frau Mertens daraufhin im Möllenbeck Verlag besucht. Dort habe ich sie das erste Mal gesehen. Das war lange, nachdem diese Aufnahmen gemacht wurden.«

»Also war es für Sie zu dem Zeitpunkt eine fremde Frau. Eine fremde Frau im Haus Ihrer Mandantin. Beate Sydow war ja nicht nur eine Mandantin, sie war ja auch so eine Art Freundin, oder?«

»Ich war mit Ihrem verstorbenen Mann gut befreundet. Und somit bestand auch ein besonderes Verhältnis zu ihr. Das ist richtig.«

»Aber die fremde Frau im Haus hat sie nicht weiter beunruhigt?«

»Man erkennt sie ja kaum auf dem Foto. Ohne die Lupe wäre sie mir nicht aufgefallen.«

Siebels zeigte Dr. Ritter ein anderes Foto. »Hier sieht man sie auch ohne Lupe deutlich. Sie steht an der Terrassentür und beobachtet Ihre Mandantin und Herrn Schäfer in einer sehr intimen Situation.«

Dr. Ritter nahm das Foto in die Hand, schaute kurz darauf und schmiss es dann auf den Tisch. »Was soll das?«, fragte er wütend.

»Genau das fragen wir uns auch«, entgegnete Till. »Wenn Sie sich weiter in Widersprüche verwickeln, stecken Sie ganz schnell ganz tief in der Scheiße.«

Siebels schaute zu Till und war froh, dass der den Elan zeigte, der ihm gerade fehlte.

»Das hat Nadja wirklich hübsch eingefädelt«, sagte Dr. Ritter und schlug mit der Faust auf den Tisch. »Also gut, ich kenne Frau Mertens schon länger.«

»Wie lange?«, hakte Siebels nach.

»Seit der Zeit, als sie mit Nadja die Schulbank drückte. Wir haben uns bei einer Feier im Hause Sydow kennen gelernt. Es waren auch zwei oder drei Freundinnen von Nadja eingeladen. Unter anderem Frau Mertens. Wir kamen ins Gespräch und daraus hat sich später mehr entwickelt.«

Siebels deutete auf die Fotos. »Und was hat Nadja hübsch eingefädelt? Die Bilder wurden doch in Ihrem Auftrag gemacht.«

»Nadja hat mich dazu überredet, Golz zu beauftragen. Angeblich machte sie sich Sorgen, weil ihre Stiefmutter sich mit diesem Schäfer eingelassen hatte. Sie wusste vermutlich genau, wann Golz um das Haus schlich, um seine Fotos zu schießen.«

»Und da hat sie dafür gesorgt, dass Frau Mertens sich im Haus aufhält? Damit Golz sie auf den Fotos hat? Warum?«

»Warum, warum. Weil Nadja und Maja schon immer ihre Spielchen gespielt haben. Nadja hat damals wahrscheinlich angefangen ihren Plan zu spinnen, den sie nun durchführt.«

»Das Auftauchen von Philipp von Mahlenburg war also der Auslöser für den mörderischen Plan, den Nadja ausgeheckt hat?«

»Ob er der Auslöser war, weiß ich nicht. Jedenfalls war er der Hampelmann, der sich mit den Frauen eingelassen hat, die Nadja nun umgebracht hat.«

»Immer der Reihe nach«, beschwichtigte Siebels. »Mir ist immer noch nicht klar, was Frau Mertens im Haus Sydow gemacht hat, als die Fotos geschossen wurden.«

Dr. Ritter atmete geräuschvoll aus, bevor er darauf einging. »Nadja hat Maja von dem Verhältnis zwischen Beate Sydow und diesem von Mahlenburg berichtet. Sie sagte, dass sie einen tollen Lover an der Hand hätte, der für ein wenig Kleingeld zur Verfügung stehe. Sie bot Maja an, sich den Kerl live anzuschauen, wenn er sich mit ihrer Stiefmutter vergnügte.

Für Maja war das natürlich ein verlockendes Angebot. Immerhin gab es diese Vorgeschichte. Frau Sydow hatte Maja aus der Firma geschmissen, angeblich weil sie mit Jürgen Sydow kokettierte. Und nun bot sich ihr die Möglichkeit, Beate Sydow mit ihrem Liebhaber zu beobachten und diesen Liebhaber auch in ihr Bett zu holen. Ein später Racheakt gegen Beate Sydow, den Nadja eingefädelt hat. Nadja wusste, dass Golz das Haus beobachtete und Fotos schoss. Ihr ging es nur darum, Maja in möglichst viele kompromittierende Situationen zu bringen, die ihren Plan betrafen. Dazu gehörten die Morde an ihrer Stiefmutter und an Schäfer.«

»Schöne Geschichte«, brummte Siebels. »Haben Sie Ihre Informationen von Frau Mertens persönlich?«

»Ja. Ich habe sie natürlich gefragt, nachdem Golz mir die Fotos vorgelegt hat. Da ist ihr aufgegangen, dass Nadja sie wieder einmal hinters Licht geführt hat und ganz andere Pläne verfolgte.«

»Warum hat sie sich überhaupt darauf eingelassen? Warum sollte Nadja ihr den Liebhaber ihrer Stiefmutter zeigen und schmackhaft machen?«

»Die beiden haben schon immer mit dem Feuer gespielt. Sie brauchten den Kick, alle beide. Es war ein Spiel, bei dem eine von beiden ständig die Spielregeln änderte. Nun ist es ein tödliches Spiel geworden.«

»Wie fühlt man sich denn so als Spielball?«, fragte Till provokativ.

»Ich fühle mich nicht als Spielball«, entgegnete Dr. Ritter gelassen.

»Sie hatten oder haben mit beiden etwas. Sind Sie sicher, dass die zwei Sie nicht verarschen?«

»Wenn ich Ihnen jetzt sage, dass es mir mit Frau Mertens ernst ist, unterstellen Sie mir doch wieder, dass ich mit ihrer Unterstützung das Erbe von Nadja erschleichen will. Die Unterstützung wäre ein vierfacher Mord. Das ist absurd.«

»Das wäre ein Motiv. Was für ein Motiv soll Nadja denn bitte schön haben?«

»Sie hat kein klassisches Motiv. Nicht Geld, nicht Rache, nicht Eifersucht. Sie will genial sein. Kriminell genial. Sie will das ganz große Spiel mit Maja spielen. Die Verliererin wandert für lange Zeit ins Gefängnis. Das ist der Einsatz. Maja hat das Spiel lange vor dem ersten Mord durchschaut und sie will das Spiel mitspielen. Sie ist davon überzeugt, dass Nadja keine Chance mit ihren Intrigen hat.«

»Der einzige Grund, warum diese drei Frauen sterben mussten, ist der, weil sie alle mit Nadja und mit Maja in Verbindung zu bringen sind?«

»Ich befürchte es, ja. Vielleicht gibt es noch andere Gründe. Aber dass sie alle mit Nadja und Maja zu tun hatten, war Voraussetzung für den Plan. Für das große Spiel.«

»Das klingt mir zu sehr nach einem Hollywoodfilm«, sagte Siebels. »Nadja würde bei diesem angeblichen Spiel ja nicht nur ihre Freiheit einsetzen, sie würde auch drei Millionen aufs Spiel setzen. Drei Millionen, die Sie ihr in einigen Monaten aushändigen müssten. Nach meinen Erkenntnissen haben Sie ein kleines Problem. Sie sind spielsüchtig und Stammgast im Spielcasino. Und dort haben Sie schon einen Teil von Nadjas Erbe verzockt, habe ich recht?«

Dr. Ritter schaute Siebels ungläubig an. Sein Gesicht wurde blass.

»Wenn Nadja ihr Studium beendet und ihr Geld einfordert, stehen Sie ganz schön dumm da«, hakte Till nach. »Oder haben Sie noch Hoffnung, Ihre Verluste im Casino wieder auszugleichen? Wahrscheinlich haben Sie es versucht und dabei noch viel mehr Geld in den Sand gesetzt. Not macht ja bekanntlich erfinderisch. Und da haben Sie mit Maja Mertens einen ganz tollen Plan ausgeheckt. Wer hatte denn die Idee, Nadja ein paar Morde anzuhängen? Sie oder Frau Mertens?« Till hatte nun den Finger in die scheinbar offene Wunde gelegt. Aber er musste jetzt gegen seine Intuition angehen, denn er war eigentlich immer noch auf dem Standpunkt, dass Nadja für die Morde verantwortlich war. Als Igor ihm gestern bestätigte, dass Nadja die Empfängerin der zehn fehlenden Bücher war, gab es für ihn keine Zweifel mehr.

»Das ist doch scheiße«, schrie Dr. Ritter. »Ja, ich bin Stammgast im Spielcasino. Ja, ich habe auch viel Geld verloren. Nein, es ist nicht aus dem Topf von Nadjas Erbschaft. Es ist mein Geld und das kann ich verzocken, wie ich will.«

»Woher haben Sie das Geld denn?«, fragte Siebels mit ruhigem Ton.

»Das tut nichts zur Sache. Nadjas Erbe liegt unangetastet auf dem Treuhänderkonto. Es ist sogar mehr geworden und nicht weniger.«

»Dann nennen Sie uns doch mal die Bank, bei der wir das überprüfen können.«

Dr. Ritter nannte das Bankinstitut und den Namen des zuständigen Angestellten. »Wenn Sie das überprüft haben, sollte Ihre Theorie ja hoffentlich widerlegt sein.«

»Montag früh wissen wir mehr. Sollte entgegen Ihrer Aussage ein größerer Fehlbetrag auf dem Konto sein, werde ich einen Haftbefehl gegen Sie beantragen.«

»Kann ich jetzt gehen?«

»Nein. Wir müssen Sie noch erkennungsdienstlich behandeln. Abnahme der Fingerabdrücke und eine DNA-Probe benötigen wir noch von Ihnen.«

»Und wenn ich mich weigere?«

Siebels stand auf, nahm mit spitzen Fingern den Kaffeebecher von Dr. Ritter und die Fotos in die Hände und hielt sie ihm vor die Nase, bevor er die Utensilien in seiner Schreibtischschublade abstellte. »Bringt Ihnen auch nichts. Wir haben alles, was wir brauchen. Wenn wir es jetzt aber offiziell machen, ist es für uns einfacher und Sie stehen weniger verdächtig da. Also?«

»Also bringen wir es hinter uns«, schimpfte Dr. Ritter. »Ich habe nichts zu verbergen. Aber wenn meine Unschuld erwiesen ist, löschen Sie meine Daten aus Ihrem System. Und zwar unverzüglich.«

»Keine Sorge. Wenn Sie aus der Nummer raus sind, kommen Sie erst gar nicht rein ins System. Es geht nur um einen Abgleich mit den sichergestellten Spuren bei den Mordopfern.«

Siebels geleitete Dr. Ritter zur erkennungsdienstlichen Untersuchung. Nach wenigen Minuten war alles erledigt und er verließ das Präsidium wieder.

24

»Und jetzt?«, fragte Till, als Siebels wieder im Büro erschien.

»Jetzt hat er uns erst mal den Wind aus den Segeln genommen. Vielleicht haben wir Glück, und er versucht über das Wochenende seine finanzielle Schieflage mit irgendwelchen Manövern zu kaschieren. Das würden wir allerdings schnell rauskriegen.«

»Jensen wartet auf deinen Anruf. Ich habe ihm gesagt, dass wir die Sache heute wahrscheinlich klären und Frau Kullmer dann aus ihrer Zelle darf.«

»Mist. Die haben wir ja auch noch. Eigentlich wollte ich ihr heute Morgen noch einen Besuch abstatten. Aber ich kam nicht rechtzeitig aus den Federn. Mit der sprechen wir jetzt gleich, bevor ich Jensen anrufe.«

Till berichtete noch von Igor und der neuen Tatsache, dass Nadja die Bücher höchstpersönlich in Rumänien abgeholt hat.

»500 Euro hat sie ihm dafür in die Hand gedrückt.«

»Macht die Sache jetzt auch nicht einfacher. Meinst du immer noch, dass sie es war?«

»Zu ihr passt das alles doch viel besser als zur Mertens. Sie hat die Bücher gehabt, die wir bei den Toten gefunden haben. Das ist jetzt der entscheidende Hinweis.«

»Es gab keine Fingerabdrücke auf den Büchern. Das ist noch kein handfester Beweis. Maja Mertens hat mehrfach wissentlich die Unwahrheit gesagt. Sie kennt Dr. Ritter viel länger, als sie uns weismachen wollte, und sie kannte Philipp von Mahlenburg, lange bevor sie sein Buch im Möllenbeck Verlag in die Finger bekam. Das stinkt doch alles zum Himmel.«

»Das bringt uns keinen Deut weiter. Alles Spekulation. Lass uns mal nach Frau Kullmer sehen.«

Katja Kullmer lag auf der Pritsche in ihrer Zelle und las ein Buch.

»Guten Morgen, Frau Kullmer. Es tut mir sehr leid, dass Sie immer noch hier sein müssen und dass ich mich nicht mehr bei Ihnen gemeldet habe. Wie geht es Ihnen?«

Katja Kullmer legte das Buch zur Seite und setzte sich auf die Pritsche. »Na ja, wenigstens hat mir eine Kollegin vom Verlag ausreichend Lesestoff besorgt. Sonst wäre ich vor Langeweile schon gestorben.«

»Tja, ich bin wirklich froh, dass Sie noch leben. Leider haben wir den Fall noch nicht geklärt. Aber Sie sind in akuter Gefahr. Deswegen möchte ich Sie gerne noch ein wenig hinter Schloss und Riegel halten. Das geht natürlich nur, wenn Sie einverstanden sind.«

»Eigentlich geht das ja gar nicht«, murmelte einer der wachhabenden Beamten hinter Siebels.

»Die Frau wäre wahrscheinlich schon tot, wenn sie nicht hier wäre«, stutzte Siebels den Mann zurecht.

»Sie machen mir Angst«, sagte Katja Kullmer. »Glauben Sie wirklich, dass Frau Sydow mich umbringen will? Ich verstehe das alles nicht.«

»Das ist auch nicht zu verstehen. Das macht den Fall ja so verzwickt. Sind Sie denn ansonsten gut versorgt? Haben Sie noch irgendwelche Wünsche?«

»Man kümmert sich hier wirklich gut um mich. Ich komme auch alle paar Stunden raus in den Hof und vertrete mir die Beine. Immer in Begleitung von zwei Polizisten.«

»So lange Sie hier sind, können wir Sie beschützen. Lange wird es nicht mehr dauern. Aber über das Wochenende und den Montag wird sich die Situation kaum verändern.«

Katja Kullmer seufzte. »Lieber ein paar Tage in dieser Zelle als ein Leben lang tot.«

»Das sehe ich auch so. Wenn es irgendwelche Probleme gibt, lassen Sie mich bitte sofort rufen. Falls Ihnen doch noch etwas einfällt, was den Fall betrifft, zögern Sie nicht, es mir zu erzählen. Wenn es auch noch so irrelevant erscheint. Jede Information ist sehr wichtig.«

Katja Kullmer nickte gedankenverloren. »Wenn Sie wüssten, was ich schon gegrübelt habe. Die ganze Sache mit Philipp und dem Buch macht mich völlig durcheinander. Haben Sie denn die Frau gefunden, mit der Philipp bei mir aufgetaucht ist? Sie wissen schon, die aus der Anekdote in seinem Buch. Die, mit der er es bei mir gemacht hat.« Die Stimme von Frau

Kullmer versagte bei den letzten Worten.

Siebels schaute Till an und der schaute stumm zurück. »Die konnten wir leider noch nicht auffinden. Wir arbeiten aber auf Hochtouren daran. Wir müssen wieder los, ich schaue am Montag wieder nach Ihnen. Auf Wiedersehen.«

Als sie den Zellentrakt im Präsidium wieder verlassen hatten, redete Siebels auf Till ein. »Mensch, daran haben wir noch gar keinen Gedanken verschwendet. Das ist doch eine Zeugin, die müssen wir auftreiben.«

»Ja wie denn?«, fragte Till irritiert.

»Wie hieß die noch?«, wollte Siebels wissen.

Till zuckte hilflos die Schultern.

»Auf, zurück ins Büro. In den Anekdoten steht es.«

Die beiden gingen im Eilschritt zurück. Im Büro riss Siebels seine Schreibtischschublade auf und nahm das Buch heraus. Hastig blätterte er zur Anekdote von Kati Kullmer. »Na also. Larissa heißt die Dame.«

»Das wird kaum ihr richtiger Name sein«, zweifelte Till.

»Warum denn nicht? Jedenfalls kann es der Name sein, unter dem sie sich anbietet. Sie war bestimmt aus dem Gewerbe. Da werden wir doch wohl eine Larissa ausfindig machen.«

»Soll ich jetzt das restliche Wochenende die Puffs abklappern?«

Siebels schüttelte den Kopf und griff zum Telefon. »Vielleicht haben die Jungs von der Sitte ja eine Idee.«

»Hi Jo«, rief Siebels in den Hörer. »Ich bin es, Steffen Siebels. Gcnau, der vom Mord. Ja, der, der sich die Karlson geschnappt hat.« Sabine Karlson hatte als Kommissarin bei der Milieukriminalität gearbeitet, als Siebels sie kennen lernte. Mit der Geburt von Dennis hatte sie sich aber eine Auszeit vom Dienst genommen und es war noch nicht klar, ob sie wieder zurückkehren würde.

»Ja, ihr geht es sehr gut. Wir heiraten übrigens bald. Ich sage euch noch wann und wo genau. Deswegen rufe ich jetzt aber nicht an. Es geht um einen aktuellen Fall. Vierfacher Mord. Es könnte eine wichtige Zeugin geben. Rufname Larissa. Wahrscheinlich eine Käufliche auf höherem Niveau. Hast du eine Ahnung, wer diese Larissa sein könnte?«

»Ich kenne im Milieu nur eine Larissa«, ließ Jo Siebels wissen. »Die spielt in der ersten Liga. Sie betreibt einen Begleitservice und stellt sich selbst nur noch für besondere Angelegenheiten zur Verfügung. Die hat sich von ganz unten nach ganz oben gearbeitet. Ein cleveres Mädchen. Sie gehört zu meinen ersten Adressen, wenn ich Informationen aus dem Milieu benötige. Sag ihr einen schönen Gruß von mir, wenn du sie besuchst, dann wird sie mit dir sprechen. Aber benimm dich, Larissa legt großen Wert auf Diskretion.«

»Wo finde ich sie?«, fragte Siebels ungeduldig.

»Sie hat Büroräume in der Münchener Straße. Begleitservice Larissa. Über einer Spielhalle, oben Richtung Hauptbahnhof.«

»Danke, Jo, du hast mir sehr geholfen.«

»Und wie war das jetzt mit eurer Hochzeit?«

»Ihr seid natürlich alle eingeladen«, sagte Siebels beiläufig. »Näheres gebe ich bald bekannt. Ich freu mich, wenn ihr kommt.« Siebels beendete das Gespräch und fragte sich, was er da gerade wieder getan hatte. Die Truppe von der Milieukriminalität war ein wilder Haufen.

Mein perfekter Plan

Über ein Jahr Vorbereitung habe ich in meinen Plan gesteckt. Nun kann ein Rädchen ins andere greifen. Die Anekdoten sind geschrieben und in hoher Auflage gedruckt. Der Möllenbeck Verlag verlangte für das dünne Büchlein einen Wucherpreis. Philipp von Mahlenburg wurde ausgenommen wie alle anderen Autoren bei Möllenbeck auch. Ich drückte dem Pfau das Geld in die Hand und er bezahlte seine Bücher, die kurz darauf gestapelt auf Paletten in der großen Halle in Rumänien verschwanden. Zehn Bücher besorgte ich mir dort unter der Hand. Ich gönnte mir bei der Gelegenheit ein paar freie Tage in Rumänien und erkundete Bukarest. Ich besuchte das Athenäum, betrachtete mir die dort ausgestellten Partituren des rumänischen Komponisten George Enescu, dessen Philharmonie dort beherbergt ist. Im Zentrum der Altstadt besuchte ich die Stavropoleoskirche und auf der Calea Victoriei stattete ich dem Cantacuzino Palais, dem Museum der

Musik, einen Besuch ab. Zwei Nächte verbrachte ich mit Igor. Igor war ein leidenschaftlicher Liebhaber, den ich mit viel Hingabe zu meinem Verbündeten machte. Nach meinen kulturell geprägten Ausflügen in Bukarest zeigte mir Igor noch die schönen landschaftlichen Seiten seines Landes. Wir fuhren durch die Bukowina, ein dicht bewaldetes Gebiet mit sanften Höhen und geschützten Tälern, in denen sich alte Ortschaften mit traditionellen Handwerksbetrieben befanden. Es war eine wundervolle und friedliche Zeit, die ich mit Igor dort verbrachte. Es war die Ruhe vor dem Sturm.

Auf der Rückfahrt hatte ich die zehn Bücher im Gepäck. Eins für Beate Sydow, eins für Hanna Schmücker, eins für Bettina Lorenz und eins für Katja Kullmer. Die Damen haben zwar allesamt schon ein Exemplar erhalten, aber ich befürchte, sie werden es nicht gebührend behandeln. Sie bekommen es dann noch einmal, als Abschiedsgeschenk. Zum Abschied aus einem verkorksten Leben.

Ein fünftes Abschiedsbuch bekommt dann noch meine beste Freundin. Die anderen fünf Bücher sind meine Reserve. Man weiß ja nie, von wem man noch alles Abschied nehmen muss.

Auf der Fahrt ins Bahnhofsviertel zur Münchener Straße saß Siebels grübelnd hinter dem Steuer.

»Worüber denkst du nach?«, wollte Till wissen.

»Über die zehn Bücher, die Nadja bei Igor abgeholt hat. Warum zehn? Es sind vier Anekdoten. Da stimmt doch etwas nicht.«

»Vielleicht hat sie ja noch mehr vor. Larissa ist eine Zeugin, für sie hat sie vielleicht auch eines vorgesehen.«

»Hm«, brummte Siebels. »Sollen wir sie gleich mitnehmen und zur Frau Kullmer in die Zelle stecken?«

»Jensen wird begeistert sein. Außerdem sind dann immer noch fünf übrig.«

»Dr. Ritter könnte noch ein Kandidat sein.«

»Und Maja Mertens natürlich. Die zwei können wir ja in eine separate Zelle stecken.«

»Bleiben noch drei übrig.«

»Sarah Fischer«, mutmaßte Till.

»Warum denn die?«

»Die hatte auch was mit dem Anekdotenschreiber. Außerdem kennt sie Nadja und Maja. Sie passt also ins Schema.«

»Bleiben immer noch zwei übrig. Haben wir jemanden vergessen?«

»Eins für Siebels und eins für Till«, sagte Till.

Siebels schaute Till mit hochgezogenen Augenbrauen an. »Und wer löst den Fall, wenn wir uns auch in der Zelle verkriechen?«

»Na wer schon. Charly natürlich.«

Siebels fand eine Parklücke vor einem Telefonladen in der Münchener Straße. Beste Tarife in alle Länder, stand auf der Fensterscheibe. Ein Kollege von der Drogenfahndung schlenderte betont lässig die Straße entlang und blieb bei Siebels und Till stehen. »Macht hier bloß keinen Aufstand, wir sind im Einsatz«, raunte er Siebels zu, ohne ihn dabei anzuschauen.

»Hoffentlich nicht bei Larissa«, gab Siebels zurück und sprach Till dabei an.

»Macht euch vom Acker. Wir haben den Laden im Visier, in dessen Fensterscheibe du gerade glotzt.«

»Passt bloß auf, dass meinem Auto nix passiert«, raunte Siebels und lief unauffällig weiter. Das Büro vom Begleitservice Larissa befand sich drei Häuser weiter. Die Haustür war geöffnet, Siebels und Till liefen die Treppe hoch in das erste Stockwerk. Dort wurden sie von Larissa höchstpersönlich empfangen.

»Ihr seid doch Bullen«, sagte sie den beiden auf den Kopf zu.

»Hauptkommissare Siebels und Krüger«, stellte Siebels klar und zeigte seinen Ausweis. »Mit den besten Grüßen von Jo.«

»Na, wenn Ihr auf Empfehlung von Jo kommt, dann kommt mal rein.«

Das Büro war spartanisch eingerichtet. Ein Schreibtisch und eine Schrankwand aus Buchenholz. An den Wänden hingen Porträts von schönen Frauen. Auf einem kleinen runden Besprechungstisch lag der Katalog mit den Steckbriefen der Begleiterinnen, die man hier buchen konnte.

»Was führt euch zu mir?«

Siebels hatte ein Anekdotenbuch bei sich. Er schlug die Anekdote von Kati auf und legte sie vor Larissa auf den Tisch.

»Lesen Sie sich das doch bitte mal durch. Ich möchte gerne wissen, ob Ihnen das bekannt vorkommt.«

Larissa schaute Siebels erst verwundert an, dann las sie die Anekdote.

»Eine Szene, wie aus dem echten Leben«, sagte sie dann vielsagend. »Was ist das für ein Buch?«

»Den Autor haben Sie ja kennen gelernt. Hat er sich Ihnen als Philipp von Mahlenburg oder als Jens Schäfer vorgestellt?«

»Warum interessiert Sie das? Geht es um verletzte Persönlichkeitsrechte?«

»Es geht um Mord. Wir sind von der Mordkommission.«

»Oh. Wurde er von ihr ermordet? Oder hat er sie umgebracht?«

»Er ist tot, aber sie war es nicht. Wir würden gerne wissen, wie der Kontakt damals mit Ihnen geknüpft wurde.«

»Der Typ hat den Kontakt jedenfalls nicht geknüpft. Der war nur der Hampelmann, der erst noch eingearbeitet werden musste.«

»Soll heißen?«, fragte Till.

»Soll heißen, dass ich bereits vorher zu einem Probetermin gebucht wurde. Ich und eine meiner Angestellten. Wir sollten zu zweit mit dem Typ ins Bett gehen. Damit er bei dieser Kati keinen Mist baut, wenn er zwei Frauen zu beglücken hat. Und seine Chefin hat sich das angeschaut. Als sie zufrieden war, hat sie uns wieder fortgeschickt. Kurz darauf wurde ich für diesen Termin gebucht.« Larissa deutete auf das Buch. »War aber nur halb so wild. Diese Kati war ziemlich prüde und hat sich geweigert, den angedachten Dreier mitzumachen. War eine ziemlich blöde Nummer, wurde aber gut bezahlt.«

»Bezahlt hat die Chefin?«

»Die Chefin hat bezahlt, richtig.«

Siebels zeigte Larissa zwei Fotos. Eines von Nadja und eines von Maja. »Ist eine von den beiden Damen die Chefin?«

Larissa betrachtete sich die Bilder eingehend. »Die da«, sagte sie und zeigte auf eines der beiden Fotos.

Siebels schaute stumm auf das Bild, auf das Larissa gedeutet hatte. Die Stille wurde durch den Biene Maja Song unterbrochen. Siebels erkannte die Nummer von Jensen im Display. »Hallo Herr Jensen. Ja, ich hätte Sie in einer Minute angerufen. Wir brauchen einen Haftbefehl gegen Nadja Sydow.«

Mein perfekter Plan

Es ist viel einfacher gewesen, als ich es mir vorgestellt hatte. Wie ich es erwartet hatte, stieg sie schon früh am Morgen in den Pool und schwamm ihre Runden. Ich hatte mich heimlich in das Haus geschlichen und dann gewartet. Sie ließ ihren Bademantel am Beckenrand zu Boden gleiten und stieg nackt in das beheizte Wasser. Sie war ein Opfer, daran zweifelte ich nicht mehr, als ich ihr beim Schwimmen zusah. Langsam kam ich aus meinem Versteck und betrat die Terrasse. Noch hatte sie mich nicht bemerkt. Ich schlenderte zum Beckenrand. Erstaunt hob sie den Kopf aus dem Wasser, als sie mich erkannte.

»Was willst du hier um diese Zeit?«, fragte sie.

Ich betrachtete sie schweigend. Schenkte ihr einen verachtungsvollen Blick.

»Ist es wegen ihm? Wegen Philipp?«, fragte sie und kam langsam zum Beckenrand, wo ich auf sie wartete.

»Fehlt er dir?«, fragte ich sie und beugte mich zu ihr hinunter. »Wusstest du, dass er auch Sarah gefickt hat?«

»Nur um mir das zu sagen, kommst du so früh hierher?«

»Nein. Eigentlich wollte ich wissen, wie dir sein Buch gefallen hat. Du hast es doch gelesen, oder?«

»Was soll das?«, fragte sie genervt und machte Anstalten, aus dem Pool zu klettern.

Ich trat auf ihre Hände, mit denen sie sich am Beckenrand hochziehen wollte. Sie schrie kurz auf und blieb brav im Wasser. Ich trug Holzclocks.

»Wie hat dir die Lektüre der Anekdoten des Philipp von Mahlenburg denn gefallen? Immerhin bist du die einzige von den Schlampen, die er freiwillig gefickt hat. Das ist doch ein Trost, oder? Zu den anderen Episoden musste ich den guten Philipp erst mit viel Mühe überreden. Zwischendurch hat er sogar Sarah gefickt. Die war eigentlich gar nicht eingeplant. Die blöde Schlampe hat sich einfach dazwischengeschoben. Na ja, egal. Was hast du denn gedacht, als du das Buch gelesen hast?«

»*Du bist doch verrückt. Verschwinde*«, *rief sie empört.*

Ich schlüpfte aus den Holzclocks und setzte mich auf den Beckenrand. Ließ meine Füße und Unterschenkel im warmen Wasser baumeln und schaute sie mitleidig an. Dann griff ich nach ihrem Kopf und drückte sie unter Wasser. Ich zählte langsam bis zwanzig, bevor ich sie wiederauftauchen ließ. Prustend und hustend kam sie wieder zum Vorschein. Sie spuckte Wasser und fing an, nach mir zu schlagen. Ich drückte sie erneut unter Wasser, zählte wieder bis zwanzig. Mit aller Kraft drückte ich sie nach unten, mit aller Kraft versuchte sie, nach oben zu gelangen. Als ich sie wieder losließ, schnappte sie panisch nach Luft.

»*Empfandest du Genugtuung, dass er die anderen Schlampen genauso abserviert hat wie dich? Oder warst du eifersüchtig auf sie gewesen? Hast du gehofft, dass er zu dir zurückkommt? Los, erzähl es mir.*« *Sie schaute mich mit hasserfüllten Augen an. Ich legte wieder meine Hände auf ihren Kopf, drückte sie nach unten. Sie wirkte schon entkräftet und fing an zu schluchzen. Ich lockerte meinen Griff und ließ sie reden.*

»*Ich wollte ihn wiederhaben*«, *rief sie hysterisch.* »*Ich wollte noch mal von vorne mit ihm anfangen. Ihm seine Wünsche erfüllen, damit er bei mir bleibt.*« *Sie fing wieder an zu schluchzen und hustete immer noch dabei.*

»*Das ist doch erbärmlich*«, *sagte ich angewidert.*

»*Ja, vielleicht*«, *sagte sie resignierend.* »*Bist du nun zufrieden? Was willst du?*«

»*Ich will mein Spiel zu Ende spielen. Mach es gut, es war schön, dich kennen gelernt zu haben. Dein Leben hast du leider verloren bei meinem großen Spiel.*« *Schnell fassten meine Hände ihren Kopf und drückten sie wieder unter Wasser. Sie wehrte sich mit Händen und Füßen. Es gelang ihr mehrmals, kurzzeitig wieder aufzutauchen und nach Luft zu schnappen. Aber sie war schon zu entkräftet, um sich noch aus meinem Griff befreien zu können. Ich zog meine Beine wieder aus dem Wasser, schlüpfte in die Holzschuhe und trat ihr kräftig auf die Hände, mit denen sie sich am Beckenrand festzukrallen versuchte. Sie schrie vor Schmerz, klammerte sich aber weiter am Beckenrand und an ihrem Leben fest.*

Schließlich blieb ich auf ihren Händen stehen, beugte mich nach unten und drückte sie unter die Wasseroberfläche. Als ich kein Aufbäumen mehr spürte, zählte ich langsam bis hundert. Dann ließ ich sie los. Sie trieb leblos umher. Ich ließ sie treiben, holte das Buch und legte es auf den Tisch auf der Terrasse. Mein Abschiedsgruß. Das Spiel konnte weitergehen.

25

Es war Samstagabend um 18:30 Uhr, als Siebels und Till mit dem Haftbefehl bei Nadja Sydow eintrafen. Nadja öffnete die Tür und ahnte nichts Böses, als Siebels sie wegen vierfachen Mordes festnahm.

»Ich hätte nicht gedacht, dass Maja damit durchkommt«, sagte Nadja nur und begleitete Siebels und Till auf das Präsidium.

»Möchten Sie einen Kaffee oder ein Glas Wasser?«, fragte Siebels, als Nadja im Vernehmungszimmer Platz genommen hatte. Nadja wollte Wasser. Till besorgte es und brachte für sich und Siebels zwei Becher Kaffee aus dem Automaten mit.

Siebels wartete mit der Vernehmung, bis Till wieder zurück war. Das Aufnahmegerät stand auf dem Tisch. Schweigend schaute er Nadja an. Nadja schaute schweigend zurück. Sie machte einen selbstbewussten Eindruck.

»Warum?«, fragte Siebels, als Till wieder zurück war.

»Das müssen Sie Maja fragen. Es ist ihr Spiel.«

»Es ist kein Spiel, es ist Mord. Vierfacher Mord. Dass Frau Kullmer noch lebt, ist unserer Ermittlungsarbeit zu verdanken.«

Siebels verließ kurz den Raum. Till hoffte, dass Nadja heute Abend noch ein umfassendes Geständnis ablegen würde. Dann könnte er morgen mit Anna Lehmkuhl die geplante Spritztour unternehmen.

»Sie haben Fehler gemacht«, bemerkte Till. »Ein umfassendes Geständnis ist immer gut, wenn der Richter später das Strafmaß festlegt.«

»Sie haben Fehler gemacht«, gab ihm Nadja zur Antwort. »Schlampige Ermittlungsarbeiten, würde ich das nennen. Oder hat Maja Sie gefickt?«

»Das scheint ja Ihr Lieblingswort zu sein. Etwas ordinär, für eine so begabte Frau wie Sie, oder?«

»Hat sie oder hat sie nicht?«

Till fühlte sich unwohl. »Hat sie nicht«, sagte er. »Und jetzt konzentrieren wir uns auf die Fakten.«

Siebels kam wieder rein. Er hatte einen Laptop dabei und das Buch des Philipp von Mahlenburg. »Fangen wir doch mal ganz von vorne an«, sagte Siebels und legte das Buch auf den Tisch. »Die Anekdoten des Philipp von Mahlenburg. Es beginnt mit der Anekdote Beate Sydow. Sie werden darin erwähnt. Sie schauen zu, wie von Mahlenburg drauf und dran ist, ihre Stiefmutter im Pool zu ertränken. Sie lächeln ihn an, als er es tut. Können Sie mir diese Szene erklären?«

»Die Szene gab es so nicht«, erklärte Nadja ohne Umschweife. »Dass er sie unter Wasser drückte, ist eine Erfindung. Die beiden haben lustig im Wasser geplanscht. Ich habe ihnen dabei zugeschaut.«

Siebels nickte nachdenklich. »Diese Szene war aber der Grund, warum Ihre Stiefmutter die Beziehung mit Philipp von Mahlenburg beendet hat.«

»Er war scharf auf Maja. Er wollte sie ficken und hat sich das deutlich anmerken lassen. Das war der Grund. Der einzige Grund. In der Anekdote hat Maja die Geschehnisse ein wenig verdreht, um mich zu belasten und sich zu entlasten.«

»Sie haben aber dafür gesorgt, dass Maja Mertens überhaupt auf Philipp von Mahlenburg aufmerksam geworden ist. Ist das richtig?«

»Das stimmt. Leider. Hätte ich gewusst, auf was für wahnwitzige Ideen ich Maja damit bringe, hätte ich das bestimmt unterlassen. Ich wollte diesen unsäglichen Philipp von Mahlenburg aus dem Haus meines Vaters raushaben und die Beziehung zwischen ihm und Beate zerstören. Da fiel mir meine alte Freundin Maja ein. Sie hatte mit Beate ja noch eine alte Rechnung offen. Als ich ihr von meinem Plan erzählte, war sie ganz entzückt. Ich lud sie ein, mit mir ins Haus zu gehen, als Beate in der Esoterikbar war. Philipp von Mahlenburg sonnte sich an diesem Tag allein am Pool, als ich mich mit Maja zu ihm gesellte. Wir alberten zu dritt ein wenig am Pool herum und bald flirtete Maja schon sehr heftig mit ihm. In meiner Gegenwart hielten sie sich aber noch zurück. Am nächsten Tag rief Maja mich an und fragte, ob sie Philipp nicht besser mal allein besuchen sollte. Beate hatte an diesem Tag wieder in der Esoterikbar zu tun. Ich versprach Maja, ihr die Tür zum Haus zu öffnen und mich dann zurückzuziehen. Maja war in meine Falle getappt. Am nächsten Tag vergnügte sie sich mit ihm am Pool. Ich wartete eine Stunde, dann rief ich Beate an und erzählte ihr, dass ihr Liebhaber fremdgeht. Eine halbe Stunde später stand Beate auf der Matte und hat die beiden in flagranti erwischt. Für mich war die Sache damit erledigt. Für Maja war es anscheinend der Auftakt für den ganz großen Rachefeldzug. Jedenfalls wurden sie und der gute Philipp an diesem Tag von Beate aus dem Haus gejagt.«

Siebels spürte wieder die Müdigkeit in seinen Knochen. Am liebsten wäre er jetzt aufgestanden und nach Hause gegangen. Er war es leid, jeden Satz, jedes Wort und jede Silbe von Nadja Sydow auf Unstimmigkeiten mit seinen bisherigen Erkenntnissen abzugleichen. Nadja war ihm bisher immer nur mit Halbwahrheiten gekommen, genauso wie Maja Mertens. In Till brannte dagegen ein Feuer. Er wollte den Fall lösen.

»Hat Frau Mertens die Anekdoten selbst geschrieben?«

»So ist es.«

»Und sie hat dafür gesorgt, dass Jens Schäfer als Philipp von Mahlenburg die Beziehungen zu Hanna Schmücker, Bettina Lorenz und Katja Kullmer einging? Jede der Frauen hat Sie gegenüber Frau Mertens einmal vorgezogen oder bessergestellt. Bettina Lorenz hat Sie bei dem Klavierunterricht unterstützt. Maja Mertens hat den Kürzeren gezogen. Frau Kullmer hat Ihr Buch angenommen, das von Maja Mertens hat sie abgelehnt. Wie war das bei Frau Schmücker?«

»Das ist eine gute Frage. Eigentlich haben wir bei Frau Schmücker gemeinsame Sache gemacht und im Nachhinein auch beide davon profitiert.«

»Über Ihre angedachte Drohung mit der Vergewaltigung liegen uns aber unterschiedliche Versionen vor. Sie haben behauptet, Maja Mertens hätte den Unterricht besucht, um Frau Schmücker in aller Ruhe damit drohen zu können. Es gibt aber eine glaubhafte Zeugenaussage, die bestätigt, dass Maja Mertens Frau Schmücker nicht gedroht, sondern dass sie sie vor Ihnen und Ihrer Ankündigung einer organisierten Vergewaltigung gewarnt hat.«

Nadja lächelte versonnen. »Dieses Miststück«, raunte sie. »Ich habe meinen Plan vom Unterrichtsboykott damals mit Maja vorab besprochen. Wir zwei waren von Frau Schmückers willkürlicher Benotung am härtesten betroffen. Wir hatten gemeinsam besprochen, dass wir ihr einen ordentlichen Schrecken zusetzen müssten. Bisher hatte ich angenommen, dass sie das durchgezogen hat.«

»Hat sie nicht«, klärte Siebels Nadja auf. »Jedenfalls nicht so, wie Sie das schildern.«

Nadja nickte anerkennend. »Dann war ich wohl viel näher am Schulverweis, als ich bisher gedacht hatte. Wenn Maja mir dermaßen in den Rücken gefallen ist und Frau Schmücker nicht die gewünschte Reaktion gezeigt hat, sehe ich das natürlich im Nachhinein als eine böse Niederlage für Majas Intrigen an. Deswegen hat sie sich an Frau Schmücker gerächt. Das verstehe ich jetzt erst richtig.«

Siebels hatte es satt, sich Geschichten anzuhören, die stimmen konnten oder auch nicht. Nadja hatte für alles eine Erklärung. Genauso wie Maja. Er klopfte mit den Fingerknöcheln auf das Buch. »Das klingt ja alles sehr schön, was Sie uns da auftischen, Frau Sydow. Sie haben sich aber Fehler geleistet. Bei Frau Kullmer sind Sie unvorsichtig geworden. Da brachten Sie nämlich Larissa mit ins Spiel. Sie haben Larissa engagiert, damit sie bei der Anekdote Kati mitspielt. Maja Mertens können Sie das nicht in die Schuhe schieben. Sie sollten sich also Ihre bisherigen Aussagen noch einmal durch den Kopf gehen lassen.«

Mein perfekter Plan

Ich war mir die ganze Zeit nicht sicher gewesen, ob ich fähig bin, einen Menschen umzubringen. Das war der schwache Punkt in meinem Plan. Ich hatte die Morde zwar lange zuvor geplant, aber die eigentliche Ausführung habe ich verdrängt. Alles zu seiner Zeit, habe ich mir immer gesagt. Als ich es tatsächlich getan hatte, fühlte ich mich unverwundbar. Es war so einfach. Ich verschwendete keinen Gedanken mehr an Bea, nachdem ich sie leblos im Pool treiben sah. Ich konzentrierte mich auf Hanni. Ich freute mich richtig darauf, sie Bea hinterherzuschicken. Gleich am nächsten Tag stattete ich ihr einen Besuch ab. Sie erkannte mich sofort wieder, als ich vor ihrer Tür stand. Ich begrüßte sie ganz herzlich und freute mich schon darauf, sie umzubringen. Sie ließ mich in ihre

Wohnung eintreten und bot mir einen Pfefferminztee an. Wir saßen in ihrer Küche und tranken Tee. Dabei erzählte ich ihr, dass ich ein Klassentreffen vorbereiten und sie dazu einladen wollte. Natürlich erwähnte ich auch, wie unangenehm mir mittlerweile die eine oder andere Geschichte von damals war. Frau Schmücker lächelte zufrieden. Als sie mir einen Moment den Rücken zudrehte, ließ ich die Schlaftabletten in ihren Tee fallen. Wenn sie müde war, würde es für uns beide einfacher werden. Sie trank ihren Tee dann auch brav aus. Ich wartete noch ein paar Minuten, bevor ich ihr mein wahres Gesicht zeigte. Sie schaute ziemlich verwirrt, als ich plötzlich das Buch aus meiner Tasche holte und auf den Küchentisch legte. Die Anekdoten des Philipp von Mahlenburg.

»Sind Sie schließlich doch noch einmal gut gefickt worden«, sagte ich ihr freundlich ins Gesicht. Ihr Gesichtsausdruck war weniger freundlich.

»Woher haben Sie das?«, stotterte sie.

»Na, von Philipp«, sagte ich belustigt. »Eigentlich hat er Sie ja nur für mich gefickt. Aber ich hoffe, er hat es gut gemacht. Hat er doch, oder?« Hanna Schmücker lief erst rot an, dann wurde sie ganz blass.

»Ich verstehe nicht«, stotterte sie wieder.

»Sie sollten ja damals schon Bekanntschaft mit einem guten Stecher machen. Das hat sich dann ja leider doch nicht ergeben. Aber aufgeschoben ist ja bekanntlich nicht aufgehoben.«

Das Schlafmittel schien zu wirken. Frau Schmücker machte einen schlappen Eindruck. Sie wollte mich aus der Wohnung schmeißen, konnte sich aber kaum noch auf den Beinen halten.

»Ich habe übrigens auch einen schönen Film. Möchtest du ihn mal sehen?« In meiner großen Umhängetasche befand sich auch mein Laptop, den ich auf dem Küchentisch aufstellte. Ich beeilte mich, damit Hanni noch etwas sah, bevor sie einschlief. Genüsslich ließ ich das Video abspielen, dass sie mit Philipp in meinem Bett zeigte. Hanni schlug die Hände vor ihr Gesicht. Das wollte sie nicht sehen, glaube ich. »Mensch, Hanni, du kannst aber ganz schön nuttig sein, wer hätte das gedacht«, goss ich noch ein wenig Öl ins vernichtende Feuer.

»Warum tun Sie mir das an?«, schluchzte Hanni. Ihre Aussprache war schon etwas schwerfällig.

»Es ist doch nur ein Spiel. Ein Spiel, bei dem es Gewinner und Verlierer gibt. Gestern hat übrigens Bea verloren. Du kennst doch Bea, oder? Sie war die erste Anekdote des berüchtigten Philipp von Mahlenburg. Heute hast du wohl verloren. Aber es ist ja nur ein Spiel. Ein Spiel, bei dem es am Ende nur eine Gewinnerin gibt. Und eine Verliererin. Die Randfiguren sind ja eigentlich nur Bauernopfer. Aber das weißt du ja, deine Schüler sind ja auch verlorene Opfer, wenn sie mehr im Kopf haben als du, Hannilein.«

Hanni stand auf und torkelte zum Flur. Sie wollte zum Telefon. Ich ging ihr hinterher und stupste sie gleich weiter. Vorbei am Telefon, rein in ihr Schlafzimmer. Ich musste sie nur noch in ihr Bett stupsen und ihr das Kissen ins Gesicht drücken. Die Schlaftabletten hatten gute Arbeit geleistet. Hanni wehrte sich nur zaghaft und ergab sich schnell in ihr Schicksal. Ich zählte langsam bis fünfzig und drückte das Kissen dabei fest auf Hannis Nase. Bei vierzig lag sie schon ganz reglos da. Sicherheitshalber zählte ich dann aber noch mal von fünfzig an rückwärts zurück. Als ich wieder bei null war, war Hanni mausetot. Ich legte das Buch auf ihren Nachttisch und eine Kopie von ihrem kleinen Porno in den Rekorder und verließ zufrieden die Wohnung.

»Gute Huren machen alles für Geld. Warum nicht auch eine kleine Falschaussage?« Nadja zeigte sich von Larissas Zeugenaussage wenig beeindruckt.

»Das ist nicht die einzige Zeugenaussage, die Sie belastet«, stöhnte Till und berichtete von Igors Aussage, der Nadja eindeutig identifiziert hatte.

»Ein rumänischer Lagerarbeiter, der seinen Job verliert, wenn er nicht das sagt, was Maja ihm aufträgt? Haben Sie noch mehr so unglaubwürdige Zeugen?«

Siebels atmete hörbar aus. Nadja hatte mit ihrer Einschätzung über die vorhandenen Zeugen ins Schwarze getroffen. Trotzdem bezweifelte er, dass Maja so präzise und vorausschauend vorgegangen sein sollte, wie Nadja es ihr hier unterstellte. Trotzdem musste er die Aussagen von Larissa und Igor noch einmal auf Herz und Nieren überprüfen, bevor er den Fall an die Staatsanwaltschaft übergeben konnte. Was er jetzt brauchte, war ein klarer Widerspruch in Nadjas Aussagen. Dann würde ihr Kartenhaus schnell zusammenbrechen, da war er sich sicher. Wenn er sie so weit brachte, dann würde sie alles gestehen, redete er sich ein. »Wir haben noch mehr«, sagte er dann aus dem Bauch heraus. »Unsere Kriminaltechniker haben Spuren von Ihnen an den Tatorten gefunden. Bei Beate Sydow ist das nicht von Bedeutung, Ihre Stiefmutter haben Sie ja hin und wieder besucht. Aber bei Hanna Schmücker und Bettina Lorenz konnten ebenfalls Spuren Ihrer DNA nachgewiesen werden. Bei Hanna Schmücker haben wir Hautpartikel auf dem Kissen nachgewiesen, mit dem sie erstickt wurde. Bei Bettina Lorenz haben wir fast einen Fehler gemacht. Aber nur fast. In der Wohnung waren Sie ja sehr vorsichtig. Aber als sie den Polizeibeamten im Wagen vor der Tür ausgeschaltet haben, waren Sie nicht so vorsichtig. Wir haben im Wagen ein Haar von Ihnen gefunden. Von Maja Mertens haben wir nirgendwo eine Spur gefunden. Habe Sie dafür auch eine Erklärung?«

Nadja sah Siebels stumm an. Man sah ihr an, wie es in ihrem Kopf arbeitete. »Woher haben Sie denn eine Vergleichsprobe für den DNA-Test?«, fragte sie dann herausfordernd.

Till sah Siebels genauso neugierig an wie Nadja. Mit diesem Bluff von Siebels hatte er nun gar nicht gerechnet. Wenn die Sache schief ging, würde Nadja ihnen bei weiteren Verhören auf der Nase herumtanzen. Wenn es klappte, konnte er morgen mit Anna Lehmkuhl auf Spritztour gehen.

»Sie haben Speichel auf dem Glas hinterlassen, aus dem Sie bei Ihrem letzten Besuch bei uns getrunken haben«, sagte Siebels lächelnd.

»Man sollte halt immer aus dem eigenen Becherlein trinken«, sagte Nadja und lächelte Siebels dabei an. »Könnte ich mal fünf Minuten alleine über meine Situation nachdenken?«

Siebels ließ sich darauf ein und verließ mit Till den Raum. Er ließ die Tür einen Spalt weit offen, so dass er Nadja im Auge hatte.

»Jetzt bin ich aber gespannt, was sie sich überlegt«, sagte Till leise.

»Ganz egal, was sie jetzt sagt, momentan besteht dringender Tatverdacht. Wir beenden das Ganze für heute und behalten sie bis Montag unter Arrest.«

»Fluchtgefahr?«, fragte Till.

»Eine Gefahr für die Menschheit«, sagte Siebels und beobachtete Nadja durch den Türspalt. Sie hatte sich auch eine Zigarette angezündet.

»Da hast du jetzt ja gut getrickst mit den DNA-Tests. Was ist, wenn sie nicht darauf reinfällt?«

»Ich habe nur vorgegriffen. Es wurden ja tatsächlich Spuren gefunden. Wir haben nur verschlafen, die Vergleichsproben rechtzeitig einzuholen und abzugeben. Das holen wir jetzt nach. Ihr Wasserglas bringen wir gleich ins Labor. Die sollen dann Gas geben mit ihren Untersuchungen. Ich werde Jensen sagen, dass er ihnen Beine macht.«

»Dann brauchen wir aber zur Sicherheit auch noch eine Probe von Maja Mertens.«

»Wenn du die heute Abend noch besorgst, hast du morgen frei.«

Till schaute auf die Uhr und seufzte. »Hoffentlich ist sie zuhause.«

Siebels grinste. »Wenn nicht, wartest du auf sie. Denk dabei einfach an Anna Lehmkuhl.«

»Ich denke an nichts anderes«, seufzte Till ein weiteres Mal.

Siebels drückte seine Zigarette aus und suchte nach einer Möglichkeit, sie im Flur zu entsorgen. Als er keine fand, wickelte er die Kippe in ein Taschentuch und steckte es wieder in seine Hosentasche. Im nächsten Moment erschien Nadja an der Tür.

»Haben Sie nachgedacht?«, fragte Siebels.

»Ja. Es hat wohl keinen Sinn mehr. Ich habe sie unterschätzt. Ich werde ein Geständnis ablegen.«

Siebels und Till gingen mit Nadja wieder in den Raum und setzten sich an den Tisch.

Siebels schaltete das Aufnahmegerät wieder ein, das er vor wenigen Minuten abgestellt hatte. Er sprach auf das Band, dass die Befragung von Nadja Sydow fortgesetzt werden würde und die Befragte im Folgenden ein Geständnis ablegen wolle.

»Ich habe Beate Sydow, Hanna Schmücker, Bettina Lorenz und Jens Schäfer getötet«, sagte Nadja mit emotionsloser Stimme.

»Warum haben Sie die Morde begangen?«, fragte Siebels.

»Dazu möchte ich im Moment nichts sagen«, erklärte Nadja.

»Die Befragung ist für heute beendet und wird am Sonntag, den 6. Juni 2010 fortgesetzt«, beendete Siebels das Gespräch und schaltete das Gerät ab. »Wir werden Sie bis morgen hierbehalten. Waschzeug wird Ihnen in der Zelle zur Verfügung gestellt. Sie können einen Anwalt Ihrer Wahl anrufen. Haben Sie noch Fragen?«

»Nein.« Nadja stand auf und war bereit für den Gang in eine der Zellen im Präsidium.

»Warten Sie hier bitte einen Moment«, bat Siebels und verließ mit Till wieder den Raum. »Katja Kullmer fahre ich dann wohl besser nach Hause«, sagte Siebels und sah Till ratlos an.

»Die Mörderin neben ihr potentielles Opfer zu stecken geht nicht wirklich. Am Ende bringt sie es noch fertig und tötet die Kullmer im Zellentrakt.«

»Maja Mertens können wir ausschließen?«, fragte Siebels.

»Wir haben ein Geständnis. Mehr geht nicht.«

»Und wenn sie es tatsächlich gemeinsam gemacht haben?«

»Wir können Katja Kullmer ja noch ein bis zwei Nächte im Hotel unterbringen. Dann dürfte der Fall endgültig geklärt sein.«

»Okay. Geh du schon mal vor und hol Frau Kullmer aus der Zelle. Bring sie in unser Büro, ich hole sie dort ab.«

Till machte sich auf den Weg zu dem kleinen Zellentrakt, Siebels rief einen Beamten, der Nadja dorthin bringen sollte. Nach wenigen Minuten erschien der Beamte. Nadja wurden für den kurzen Weg Handschellen angelegt. Als Siebels alleine war, nahm er das Wasserglas, aus dem Nadja getrunken hatte, und brachte es ins Labor zur kriminaltechnischen Untersuchung. Anschließend rief er Staatsanwalt Jensen an und klärte ihn über den Stand der Dinge auf.

»Gute Arbeit«, lobte Jensen. »Das mit der DNA-Analyse lasse ich auf oberste Priorität setzen. Ein Geständnis und handfeste Beweise sind mir ja immer am liebsten. Dann können Sie den Fall bald abschließen. Vier Morde in einer Woche aufgeklärt. Das ist doch was. Gut für die Statistik. Glückwunsch, Herr Siebels.«

Siebels gab nicht viel auf die Glückwünsche. Er ging in sein Büro, wo Katja Kullmer auf ihn wartete. »Hat mein Kollege Ihnen erzählt, was passiert ist?«

Katja Kullmer nickte. »Ich kann es gar nicht glauben. Frau Sydow war immer so nett gewesen, wenn wir uns wegen ihrem Buch unterhalten haben. Jetzt bin ich fast noch geschockter als vorher.«

»Sie hat gestanden«, sagte Siebels. »Trotzdem würde ich Sie gerne bis Montagabend wieder in dem Hotel unterbringen. Noch ist nicht ganz klar, ob sie alleine für die Taten verantwortlich ist oder ob sie es zusammen mit einer Freundin geplant und durchgeführt hat.«

»Sie meinen, ich bin immer noch in Gefahr?«

»Wahrscheinlich nicht. Ich möchte aber kein unnötiges Risiko eingehen.«

»Na schön. Bis Montagabend werde ich das auch noch aushalten.«

Siebels brachte Frau Kullmer in das Hotel. Er klärte den Hotelmanager auf, dass die Staatskasse wieder die Kosten übernehmen würde, und machte sich dann hundemüde auf den Heimweg.

26

Mein perfekter Plan

Vor der Eliminierung von Bea war mir noch ziemlich mulmig zumute gewesen. Als ich dann bei Hanni aufkreuzte, um sie über den Jordan zu schicken, verspürte ich schon eine gewisse Vorfreude. Als ich ihr schließlich das Kissen ins Gesicht drückte, fühlte ich mich richtig gut. Als Hanni aufhörte zu zappeln und diese böse Welt endlich verlassen hatte, spürte ich einen tiefen inneren Frieden. Alles wurde gut. Alles verlief nach Plan. Jetzt musste ich aber den letzten verbliebenen Störfaktor schnellstens beseitigen. Mein eitler Pfau hatte schon Besuch von der Polizei gehabt. Das ging schneller, als ich erwartet hatte. Beas Tod hat ihn doch schwer getroffen. Als ich am Mittwochabend bei ihm eintraf, hat er mir gebeichtet, dass er nach der schlimmen Nachricht von Beas Ableben gleich mal Sarah Fischer gefickt hat. »Habe ich dir das erlaubt?«, fragte ich ihn mit scharfer Stimme. Er druckste nur herum. »Was hast du ihr alles erzählt?«, wollte ich wissen.

»Nichts. Ich weiß doch nichts. Was läuft denn hier eigentlich ab?«, wimmerte er. Ich ging in die Küche und holte zwei Flaschen Bier. In seiner Flasche ließ ich die bewährten Schlaftabletten einsinken. Erst zwei Stück. Dann überlegte ich und ließ zwei weitere hineinfallen. Mir gefiel die Idee. Ich schüttelte die Flasche, wartete einen Moment und ließ die halbe Schachtel Tabletten hineinfallen. Ich hatte keine Ahnung, ob er am Geschmack des Bieres etwas merken würde. Hanni hatte jedenfalls nichts bemerkt an ihrem Tee. »Auf Ex«, forderte ich ihn sicherheitshalber auf und setzte meine Flasche an. Erst guckte er komisch, dann trank er. Alles in einem Zug. Sehr schön. »Willst du mich jetzt ficken?«, fragte ich ihn herausfordernd.

Er bekam ganz große Augen und nickte stumm. »Vorher trinken wir aber noch ein Bier auf Ex«, sagte ich und ging in die Küche. Zum Glück hatte ich noch genügend Schlaftabletten. Ich mixte ihm einen neuen Cocktail. Auch den trank er artig in einem Zug aus. Dann dauerte es auch nicht lange und er wurde müde. So müde, dass er gar keinen mehr hochbekam, als ich mein Angebot einlösen wollte. Er schlief einfach ein. Da ich nicht wusste, ob die Dosis tödlich war, half ich auch bei ihm mit dem Kissen nach. Er zappelte gar nicht mehr, so wie Hanni es getan hatte. Er starb einfach still und heimlich. Nun war er fort, der einzige Zeuge, der sie vor einer langen Zeit hinter Gittern hätte bewahren können. Wahrscheinlich hatte sie gedacht, er wäre ihr Trumpf in unserem Spiel. Die Trümpfe habe aber alle ich in der Hand, mon cheri.

Als Siebels bei Frau und Kind im trauten Heim eintraf, ging er wortlos in die Küche und holte sich ein Bier aus dem Kühlschrank. Mit der Flasche in der Hand ließ er sich neben Sabine auf die Couch fallen.

»Wie war dein Tag, Liebling?«, fragte sie mit einem gewissen Ton Ironie in der Stimme.

»Ich habe eine junge Frau verhaftet. Sie hat vier Morde gestanden. Ich bin müde.«

»Wie mein Tag war, interessiert dich dann ja nicht so sehr, nehme ich an.«

»Wie war dein Tag?«, brummte Siebels und schielte mit einem Auge auf den laufenden Fernseher.

»Ich habe ein Restaurant für unsere Hochzeitsfeier gesucht und gefunden.«

Siebels ließ das kühle Bier die Kehle hinunterlaufen.

»Es gibt einen separaten Raum. Dort haben 25 Leute Platz.«

»Wie viele haben wir denn auf unserer Liste?«

»Da müssen wir noch drüber reden. Es sollten schon 25 Leute kommen, wenn wir Platz für 25 haben.«

»Ach ja, fast hätte ich es vergessen. Ich habe Jo und seine Bande eingeladen.«

Sabine schaute Siebels schräg von der Seite an. »Jo? Meinen Jo? Die ganze Abteilung?«

»Den Trupp von der Sitte, ja. Dann geht es moralisch wenigstens integer zu, wenn die Sitte anwesend ist.«

»Unbedingt. Vielleicht sollte ich das Restaurant aber doch lieber gegen einen Partyraum tauschen, den man am nächsten Tag mit einem Kärcher reinigen kann.«

»Ach komm, das sind doch alles ganz manierliche Kollegen.«

»Sind es, keine Frage. Vor allem wissen die, wie man richtig feiert. Sei aber so nett und lade nicht auch noch meine alte Kundschaft ein. Schaffst du das?«

Siebels schielte zu Sabine. »Ein paar lustige Mädels aus dem Puff wären doch eine Bereicherung. Vielleicht noch zwei oder drei Zuhälter, dann hätten wir sogar ein paar hübsche Ferraris in der Autokolonne.«

»Klingt vernünftig. Noch ein paar minderjährige Stricher vom Bahnhof und es wird eine Bilderbuchhochzeit. Ich freue mich schon riesig.«

»Was für ein Restaurant hast du denn rausgesucht?«

»Es ist in Praunheim, an der Nidda. Parkplätze gibt es dort auch. Schuch`s Restaurant heißt es.«

Siebels nickte, trank sein Bier aus, schloss die Augen und schlummerte ein.

Till klingelte an der Haustür von Maja Mertens und wartete. Es war bereits kurz nach neun Uhr abends. Er wollte schon kehrtmachen, als der Summer doch noch ertönte. Till drückte die Tür auf und ging in die erste Etage, wo Maja Mertens ihn an der Wohnungstür erwartete.

»So spät noch am Samstagabend unterwegs?«

»Darf ich kurz reinkommen? Es dauert auch nicht lange.«

»Natürlich. Kommen Sie.« Maja Mertens war barfuß und trug nur eine schwarze weite Bluse, die ihr bis an die Knie reichte. Till folgte ihr in das Wohnzimmer. Es lief Musik von den Rolling Stones. Wild Horses.

»Ich bräuchte eine Speichelprobe von Ihnen«, sagte Till wie beiläufig und sah sich im Zimmer um. Ein breites rechtwinkliges Sofa nahm die Hälfte des Zimmers ein. Zahlreiche Kissen und Decken lagen darauf, farblich war alles in einem dunklen lila gehalten.

»War das eine Aufforderung zum Küssen?«, fragte Maja Mertens mit einem verschmitzten Lächeln und leiser, rauer Stimme.

Till war noch von der gemütlichen Sofalandschaft abgelenkt und registrierte die Frage mit einem verwirrten Gesichtsausdruck. Kurz ließ er seine Gedanken abschweifen. Er stellte sich vor, wie es wäre, mit der Kamasutrakönigin knutschend zwischen den lila Plüschkissen zu liegen. Sein Blick wechselte von den lilafarbenen Polstern zu den roten Lippen von Maja Mertens. Till fragte sich, warum ihm das immer passierte und wie er solchen Versuchungen widerstehen sollte. Anna Lehmkuhl schoss ihm dann durch den Kopf und Sekunden später saß auch sein Verstand wieder im selbigen.

»Küssen schon, aber nur das Wattestäbchen bitte.« Till zog das Stäbchen aus dem Kästchen, das er in seiner Brusttasche verstaut hatte. Er hatte es schon mit »Maja Mertens« beschriftet.

»Und dann?«, fragte Maja Mertens. Von Mick Jagger drang mittlerweile Angie aus den Boxen.

»Dann machen wir einen DNA-Abgleich.«

»Wow. Klingt spannend. Haben Sie von Nadja auch so ein geküsstes Wattestäbchen?«

»So etwas Ähnliches, ja. Es ist bei Ihnen jetzt nur noch Formsache. Nadja hat ein Geständnis abgelegt.«

Maja Mertens schaute Till erstaunt an. Dann ging sie zur Stereoanlage und stellte die Musik ab. »Sie hat gestanden? Alle Morde?«

»So ist es.«

»Das ist ja ein Ding. Und warum brauchen Sie dann noch eine Speichelprobe von mir?«

»Wie gesagt, das ist Formsache. Es gab in diesem Fall nur zwei verdächtige Personen. Sie und Nadja. Wenn wir Sie als Täterin anhand der Spurenanalyse eindeutig ausschließen können, haben wir einen wasserdichten Fall. Wenn Frau Sydow sich einen Anwalt nimmt, widerruft sie vielleicht ihr Geständnis. Wir wollen also nur sichergehen. Bitte ah sagen«, bat Till und hielt ihr das Wattestäbchen vor den Mund. Er nahm einen Abstrich und verschloss die Probe in einem Beutelchen.

»Nadja wollte mich für ihre Morde ins Gefängnis schicken.«

»Davon gehen wir auch aus«, bestätigte Till. »Aber warum?«

»Weil sie dann endgültig bewiesen hätte, wie überlegen sie mir ist. Sie hat mich immer als ihre Rivalin angesehen, die es auf Abstand zu halten galt. Das ist ihr auch immer gelungen. Sie manipulierte unsere Mitschüler und Lehrer, um ihre Stellung als Meinungsführerin zu behaupten. Nadja war der Mittelpunkt und alle anderen Menschen in ihrem Umfeld behandelte sie wie Spielfiguren, die sie beliebig auf dem Spielfeld der zwischenmenschlichen Beziehungen hin und her schob. Die meisten Figuren ließen sich auch ohne großen Widerstand von Nadja durch die Gegend schieben, so wie es ihr gerade gefiel. Nadja liebte aber Spielfiguren, die eine Herausforderung darstellten. Die sie nur mit großem strategischen Geschick in die Ecke bekam, wo sie sie hinhaben wollte. Ich war wohl ihre Lieblingsfigur in ihrem Spiel. In der Schule habe ich auch immer versucht mitzuspielen und ihre Spielzüge zu durchkreuzen. Was mir leider nur selten gelungen ist. Aber ich ließ mich von Nadja nie so weit in eine Ecke drängen, wie sie sich das vorgenommen hatte. Das wollte sie jetzt wohl endgültig ändern. Die Ecke, in der sie mich haben wollte, heißt wohl Gefängnis. Lebenslänglich.«

»Klingt verrückt«, sagte Till kopfschüttelnd.

»Ich befürchte, sie ist verrückt. Ich hoffe, dass sie am Ende nicht noch für unzurechnungsfähig erklärt wird.«

»Das glaube ich kaum. Dazu wurden die Taten viel zu gut und langfristig vorbereitet.« Till hatte den Fall nach dem Geständnis von Nadja eigentlich schon abgehakt und nicht mehr weiter darüber nachgedacht. Er hatte nur noch die geplante Spritztour mit Anna Lehmkuhl im Kopf gehabt und war der Form halber bei Maja Mertens aufgetaucht, um mit dem Speichelabstrich die Beweisführung endgültig abzuschließen. Jetzt war seine Neugierde über die Geschichte aber wieder zu neuem Leben erweckt.

»Wann haben Sie Philipp von Mahlenburg oder Jens Schäfer eigentlich wirklich kennen gelernt?«

Maja Mertens setzte sich auf die Plüschlandschaft. Ihre Bluse rutschte dabei weit über ihre Oberschenkel. Ein schwarzer Seidenslip offenbarte sich für einen kurzen Augenblick Tills Augen, bevor Maja Mertens ihre Bluse wieder ein Stück nach unten zog.

»Wollen Sie sich nicht setzen?«, fragte sie kokett. »Das scheint ja doch noch ein längeres Gespräch zu werden.«

Till vermutete für einen Augenblick, dass sich unter den vielen Kissen ein Elektroschocker befand, der ihn gleich außer Gefecht setzen sollte. Er verwarf den Gedanken wieder und ließ sich mit einem gewissen Sicherheitsabstand von Maja Mertens auf der Couch nieder. Ob er mehr Angst vor einem Elektroschocker oder vor den Verführungskünsten der Kamasutrakönigin hatte, wusste er selbst nicht.

»Das ist alles etwas kompliziert«, versuchte Maja Mertens der Frage von Till auszuweichen.

»Sie haben ihn im Haus von Beate Sydow kennen gelernt«, gab Till sein Wissen preis.

Maja Mertens zog ihre Beine unter sich und drehte sich zu Till. »Sie haben aber ganz schön viel rausbekommen in der kurzen Zeit. Ja, das ist richtig. Dr. Ritter hat mir einen Zweitschlüssel vom Haus gegeben. Ich sollte mir einen Überblick verschaffen, was dieser Philipp von Mahlenburg dort so treibt. Er hat gleichzeitig diesen Detektiv beauftragt und mich als Spionin hingeschickt. Dass der Detektiv dann Bilder von mir macht, als ich mich heimlich ins Haus geschlichen hatte, war natürlich nicht vorgesehen. Dr. Ritter hat die Bilder in der Schublade verschwinden lassen. Ich nehme an, Sie haben Abzüge von dem Detektiv bekommen?«

»So ist es. Wieso hat er Sie denn mit einem Zweitschlüssel in das Haus geschickt? Immerhin war Frau Sydow die Frau gewesen, die Sie aus der Firma geschmissen hat. Was wäre denn gewesen, wenn Frau Sydow Sie in ihrem Haus entdeckt hätte?«

Maja Mertens schmunzelte und streckte sich zwischen den Plüschkissen. Till kam nicht umhin, einen Blick in den Ausschnitt ihrer Bluse zu werfen.

»Von der Geschichte damals in der Firma Sydow habe ich Dr. Ritter nichts erzählt. Er wusste nur, dass ich mit Nadja zusammen die Schulbank gedrückt hatte. Für mich hatte das einen unwiderstehlichen Reiz, als er mich gefragt hatte, ob ich Beate Sydow beobachten wolle. Von einem Schlüssel für das Haus war da noch nicht die Rede. Er dachte eher daran, dass ich mich in Begleitung von Nadja als deren Freundin dort mal blicken lassen sollte. Dr. Ritter wusste ja, dass ich mein Buch in die Esoterikbar lieferte. Sein Plan war, dass Nadja mich ihrer Stiefmutter vorstellte und ich mit meinem Buchverkauf in der Esoterikbar als Vorwand mit Frau Sydow in einen engeren Kontakt komme. Dabei sollte ich so viel wie möglich über diesen Philipp von Mahlenburg rausfinden. Das ging natürlich alles nicht, weil mich Beate Sydow ja noch aus der Firma kannte. Das wollte ich Dr. Ritter aber nicht verraten. Ich konnte ihn schließlich überzeugen, mir einen Schlüssel zum Haus zu besorgen. Das hat ihm zwar nicht gefallen, aber er konnte mir einfach nicht widerstehen.« Maja Mertens zwinkerte Till zu und räkelte sich entspannt zwischen den Kissen. Ihre Bluse gab mittlerweile mehr Haut preis, als sie verdeckte. Till hatte bei dem Anblick Schwierigkeiten, sich auf das Gespräch zu konzentrieren. Aber in seinem Hinterkopf lief schemenhaft noch einmal die Aussage von Dr. Ritter ab. Der hatte auf dem Präsidium ausgesagt, dass Maja Mertens von Nadja dazu angestachelt worden sei, Beate Sydow den Liebhaber auszuspannen. Laut Dr. Ritter eine gute Gelegenheit für Maja, sich an Beate Sydow für den Rausschmiss aus der Firma von Jürgen Sydow zu revanchieren. Und jetzt behauptete Maja Mertens, dass Dr. Ritter von dieser alten Geschichte nichts gewusst hätte. Till wurde skeptisch und bohrte nach.

»Sie haben sich also heimlich in das Haus geschlichen und Beate Sydow mit ihrem jungen Liebhaber beobachtet?«

»Ja, das muss ich gestehen. Werden Sie mich nun wegen Hausfriedensbruch belangen?«

»Nur wenn Sie zu der Zeit im Haus waren, als Frau Sydow im Pool ertränkt wurde.«

Maja Mertens hob die Hand und streckte zwei Finger in die Höhe. »Ich schwöre, dass ich zu diesem Zeitpunkt nicht dort war.«

»Schwören können Sie vor Gericht. Falls Sie als Zeugin geladen werden.«

»Glauben Sie, dass ich gegen Nadja aussagen muss?«

»Je nachdem, was Nadja von sich aus noch alles erzählt. Wann waren Sie denn das letzte Mal im Haus von Beate Sydow?«

Maja Mertens berührte mit ihrem Knie leicht das Bein von Till. Weder sie noch Till gaben einen Millimeter nach, um den berührenden Kontakt wieder zu unterbinden. »Das war in der

Nacht, bevor Beate Sydow ihren Liebhaber aus dem Haus geschmissen hat.«

»Sie waren in der Nacht da?«

»Ja, das war doch am einfachsten. Nachts ist es dunkel und die Leute liegen im Bett. Die Nachbarn genauso wie Beate Sydow mit ihrem Liebhaber. Das Schlafzimmer ist im oberen Stockwerk. Da merkt man es nicht, wenn unten jemand leise durch die Tür hereinkommt.«

»Was wollten Sie denn rausfinden, in der Nacht, was für Dr. Ritter von Interesse gewesen wäre?«

»Wenn ich sehe, wie ein Mann sich im Bett verhält, dann sehe ich auch, was seine wirklichen Absichten sind. Und genau das wollte Dr. Ritter herausfinden.«

»Aha«, sagte Till. »Und was waren seine Absichten?«

Die Berührung zwischen Knie und Bein wurde etwas stärker. Till versuchte cool zu bleiben. Maja Mertens blieb cool.

»Er wollte sich vor allem selbst beweisen, was für ein toller Liebhaber er war. Er war ein selbstverliebtes Arschloch, dem es nur um Selbstbestätigung ging und nebenbei wollte er auf Kosten von Beate Sydow ein möglichst angenehmes Leben führen.«

»Und das haben Sie nachts gesehen, als er mit Beate Sydow das Bett teilte?«

»So ist es«, säuselte Maja Mertens. »Ich hoffe, ich muss das später nicht auch noch vor Gericht beichten?«

»Wenn Sie beichten wollen, kann ich Sie an sehr kompetente Fachleute verweisen.« Till dachte an Bruder Jakobus aus der Liebfrauenkirche, den er bei einem früheren Fall kennen und schätzen gelernt hatte.

»Sie sind mir kompetent genug«, bekam er von Maja Mertens zur Antwort.

»Waren Sie auch im Haus, als die Szene passierte, die in den Anekdoten beschrieben ist? Als Philipp von Mahlenburg vor den Augen von Nadja Beate Sydow unter Wasser gedrückt hat?«

»Nein. Ich war nie heimlich im Haus, wenn auch Nadja dort war. Das war zu gefährlich. Die beiden Turteltauben zu beobachten war schon heikel genug. Wenn auch Nadja noch herumgelaufen wäre, wäre ich früher oder später entdeckt worden.«

»Das leuchtet mir ein«, sagte Till. »Allerdings erzählte uns Nadja etwas ganz anderes. Nämlich dass Nadja Sie im Hause Sydow mit Philipp von Mahlenburg bekannt gemacht hat, als Beate Sydow außer Haus war. Nadja sagte, sie hätte es darauf angelegt, dass Sie eine Affäre mit Philipp von Mahlenburg eingehen, damit er aus dem Haus Sydow verschwindet. Nach Nadjas Aussage hätten Sie sich darauf eingelassen und Herrn von Mahlenburg noch am gleichen Tag Avancen gemacht, die er nur zu gerne annahm. Nadja rieb sich erst die Hände und dann ihre Stiefmutter, die umgehend nach Hause kam und Sie mit Philipp von Mahlenburg bei einem Techtelmechtel auf ihrer Terrasse erwischt hat. Das Ende der Geschichte war der Rauswurf des Philipp von Mahlenburg aus dem Hause Sydow. Laut Nadja war das die Szene, die sich wirklich abgespielt hat, während die Szene aus den Anekdoten eine Erfindung von Ihnen wäre.«

Maja Mertens schaute Till unschuldig an und berührte mit ihren Fingerspitzen seinen Arm. »Warum hätte ich mich auf so etwas einlassen sollen? Glauben Sie ihr etwa diesen Unsinn?«

»Die alte Geschichte zwischen Ihnen und Frau Sydow«, erklärte Till und verspürte ein angenehmes Prickeln, als Maja Mertens ihn mit ihrer Fingerspitze sanft berührte. »Damals sind Sie aus der Firma geflogen und haben den Kontakt zu Jürgen Sydow verloren. Dieses Mal sind Sie aus dem Haus geflogen, aber den Liebhaber von Frau Sydow haben Sie mitgenommen.«

»Glauben Sie diesem verlogenen Miststück kein Wort«, hauchte Maja Mertens Till ins Ohr. »Ich habe diesen von Mahlenburg dort nur heimlich beobachtet, im Auftrag von Dr. Ritter. Nadja wusste nichts davon.« Till wurde unbehaglich zumute. Laut Aussage von Dr. Ritter stimmte nämlich die Version, dass Maja Mertens Philipp von Mahlenburg auch auf Einladung von Nadja im Hause Sydow kennen gelernt hat. Die Widersprüche in den Aussagen von Maja Mertens und Dr. Ritter bereiteten Till immer mehr Kopfzerbrechen.

»Und wann haben Sie Philipp von Mahlenburg dann persönlich kennen gelernt?«

»Später. Ich habe ihn besucht. In seiner Wohnung«, hauchte Maja Mertens Till zu und im gleichen Augenblick legten sich ihre Lippen auf seine.

Sabine Karlson musste Siebels zum zweiten Mal mit Gewalt wach rütteln, nachdem der auf der Couch erst friedlich eingeschlummert war, um kurz darauf von Albträumen geplagt zu werden. Schweißgebadet fuhr er auf, nachdem Sabine ihn endlich in den Wachzustand befördert hatte.

»Du brauchst mal ein paar Tage Urlaub«, sagte sie mit besorgter Miene.

»Nur ein schlechter Traum«, wehrte Siebels mit trockener Kehle ab.

»Der gleiche Traum wie in der letzten Nacht?«

»Der gleiche Traum, nur in einer anderen Besetzung. Dieses Mal war es Maja Mertens, die als alte Frau auf mich zukam und mir schwere Vorwürfe gemacht hat. Nadja hat doch alles gestanden, hat sie geklagt. Warum haben Sie trotzdem mich ins Gefängnis geworfen?, fragte sie mich mit einer tiefen Bitterkeit. Ich habe sie nur gleichgültig angeschaut und ihr gesagt, dass das halt die Spielregeln waren. Dann kam Nadja ins Zimmer. Sie sah noch genauso jung aus wie heute. Sie hatte ein Holzkreuz in der Hand. An dem Kreuz hingen dünne Fäden. Sie lachte Maja Mertens aus und zog an den Fäden. An den anderen Enden der Fäden war mein Kopf befestigt. Sie zog an den Fäden und bestimmte so, was ich dachte, was ich sagte und was ich tat. Die zwanzig Jahre im Gefängnis waren doch nur eine Gnadenfrist, habe ich zu Maja Mertens gesagt. Das Spiel beenden wir aber erst heute. Dann nahm ich meine Dienstwaffe und schoss Maja Mertens eine Kugel in den Kopf.«

»Das war aber ein blöder Traum«, sagte Sabine und streichelte Siebels zärtlich über den Kopf. »Du denkst viel zu viel über diesen Fall nach. Hast du denn wirklich noch Zweifel, dass Nadja unschuldig sein könnte? Warum sollte sie dann ein Geständnis ablegen?«

»Sie hat kein nachvollziehbares Motiv. Sie hat so viel zu verlieren und nichts zu gewinnen. Das ist das, was mir nicht in den Kopf reingeht.«

»Das bekommst du schon noch raus. Morgen willst du sie doch wieder verhören. Früher oder später wird sie dir erzählen, was sie dazu getrieben hat. Vielleicht war es für sie ja tatsächlich nur ein Spiel. Ein tödliches Spiel. Wer weiß schon, was im Kopf von Mördern vorgeht?«

»Ja, wer weiß das schon? Ich werde es wohl nie verstehen. Ganz egal, mit wie vielen von ihnen ich mich unterhalte. Ich gehe jetzt ins Bett.«

27

Mein perfekter Plan
Die Sache wurde komplizierter, weil diese smarten Jungs von der Kripo auf Zack waren. Sie haben Betti gefunden und sie unter Polizeischutz gestellt. Das Spiel machte somit aber erst richtig Spaß. Endlich waren genug Figuren auf dem Spielfeld. Betti und Kati liefen um ihr Leben. Die Polizisten konnten sich nicht entscheiden, wer die schwarze Dame und wer die weiße Dame in dem Spiel war. Während sie noch darüber rätselten, versuchten sie, weitere Bauernopfer zu verhindern. Eine Läuferin der Polizei trabte neben Betti her und ein müder Springer wachte im Auto vor ihrem Haus. Die weiße Dame, meine gute alte Schulfreundin, versuchte meine Strategie zu entschlüsseln und hoffte noch darauf, das Spiel mit einem raffinierten Spielzug zu ihren Gunsten zu drehen. Der gute Dr. Ritter hielt sich immer noch für den König in diesem Spiel. Ich ließ den ahnungslosen König in seinem Glauben. Erst wenn ich meinen letzten Zug getan habe, erst wenn die gegnerische Dame keinen Schritt mehr machen kann, erst dann lasse ich den König fallen. Schachmatt.

Ich beobachtete die Figuren eine Weile aus sicherer Entfernung. Als Betti mit ihrer Läuferin spätabends das Haus verließ, näherte ich mich dem müden Springer in seinem Auto. Er saß rauchend im Wagen, das Seitenfenster hatte er heruntergelassen. Sicherheitshalber hatte ich mir eine blonde Perücke und eine dunkle Sonnenbrille aufgezogen. Aber er bemerkte nicht, als ich mich von hinten um den Wagen schlich. Ich zögerte keine Sekunde, als ich nah genug war und ließ 200.000 Volt durch seinen Körper jagen. Sofort war seine Muskulatur paralysiert, bewegungslos sackte er auf das Lenkrad. Etwa eine Minute lang war er außer Gefecht gesetzt. Genug Zeit, um ihn mit Handschellen am Lenkrad zu fixieren. Dann wartete ich, bis er wieder zu sich kam, und verpasste ihm noch eine Ladung. Ein kleiner Brandfleck blieb auf seinem Hals zurück. Ich verstaute den Elektroschocker wieder in meiner Handtasche und holte meine kleine Schatz-

kiste heraus. Ein Plastikröhrchen. Darin befanden sich zwei Haare meiner gegnerischen Dame. Die hatte ich ihr unbemerkt aus ihrer Wohnung gestohlen. Eines ihrer Haare ließ ich auf die Hose des zusammengesackten Springers fallen, das andere platzierte ich auf der Kopfstütze des Fahrersitzes. Dann zupfte ich zwei Haare von meinem Kopf und platzierte sie ebenfalls im Wageninneren. Ein Haar von ihr, ein Haar von mir, summte ich belustigt vor mich hin. Als Nächstes durchsuchte ich die Taschen des bewusstlosen Springers. In seiner linken Hosentasche wurde ich fündig. Ein Schlüsselring mit zwei Schlüsseln. Das mussten die Richtigen sein. Zufrieden mit diesem gelungenen Spielzug ließ ich die Scheibe hochfahren, nahm den Wagenschlüssel aus dem Zündschloss und verriegelte von außen alle Türen. Ich hatte Glück, der eine Schlüssel passte in die Haustür, der andere in die Wohnungstür. Hinter der Tür wartete ich auf mein nächstes Bauernopfer. Es dauerte auch nicht lange, da hörte ich, wie Betti ihren dicken Hintern die Treppe heraufwuchtete. Der gefallene Springer schien ihnen nicht aufgefallen zu sein. Die Tür öffnete sich, die Läuferin betrat die Wohnung. Ich harrte hinter der Tür aus, bis auch Betti den ersten Schritt über die Türschwelle machte. Dann schlug ich zu. Mit beiden Händen. In der linken hielt ich den Elektroschocker, in der rechten eine kurze Eisenstange. 200.000 Volt für die Läuferin und einen Schlag auf den Kopf für Betti. Sie fielen beide um. Ich schleifte die Läuferin zum Heizkörper in der Küche und kettete sie mit ihren Handschellen dort an. Mit einem Knebel stellte ich sie ruhig. Betti lag bewusstlos im Flur. Ich ging ins Bad und ließ die Wanne volllaufen. Als Betti einen schmerzvollen Laut von sich gab verpasste ich ihr eine Ladung Strom. Dann schleppte ich sie ins Bad und wuchtete sie in die vollgelaufene Wanne. Entspannt setzte ich mich für eine kleine Weile auf den runtergeklappten Klodeckel und betrachtete mir meine alte Klavierlehrerin. Ich fragte mich, ob sie gerade träumte. Vielleicht von zwei jungen Damen, die lieblich am Klavier spielten. Oder von dem eitlen Pfau, von dem sie so richtig gut gefickt wurde. Oder vielleicht von ihrem Exmann, dem Baulöwen, der sie brüllend aus dem Haus gejagt hatte. Von was auch immer sie träumte, es war ihr letzter Traum. Zwei *saubere, tiefe Schnitte in Bettis Pulsadern beendeten meinen heutigen Spielzug. Das Wasser färbte sich tiefrot. Bye bye Betti summte ich vergnügt und verließ die kleine Wohnung, in die kein Klavier mehr hineingepasst hatte.*

Sonntag, 6. Juni 2010

Siebels erschien morgens um kurz nach halb neun in seinem Büro. Er holte sich einen Kaffee am Automaten, setzte sich dann an seinen Schreibtisch, legte die Füße hoch und rauchte eine Zigarette. Gedankenverloren blies er den Rauch in die Luft und dachte an Nadja. Er fühlte sich immer noch erschöpft und grübelte über seine merkwürdigen Träume nach. Ihm lief ein kalter Schauer über den Rücken, als er sich vorstellte, wie er die gealterte und verbitterte Maja Mertens erschoss, ohne dabei auch nur mit der Wimper zu zucken. Während Nadja zufrieden lächelnd daneben stand. Er verscheuchte diese Gedanken wieder, nahm die Füße vom Schreibtisch herunter und rief unten im Zellentrakt an. Er wies einen der Beamten an, Nadja Sydow zum Verhör in sein Büro zu bringen. Während er auf Nadja wartete, rief er bei Till an. Till meldete sich aber nicht, nur die Mailbox sprang an. Siebels hinterließ keine Nachricht. Kurz darauf brachte ein Beamter Nadja herein. Siebels setzte sich mit ihr an den kleinen runden Tisch.

»Haben Sie gut geschlafen?«, fragte Siebels.

»Haben Sie eine Zigarette für mich?«, ignorierte Nadja die Frage. Siebels hielt ihr sein Päckchen hin und nahm sich dann auch noch eine. Dann stellte er das Aufnahmegerät an. Er sagte Datum und Uhrzeit auf das Band und stellte fest, dass Nadja Sydow zur weiteren Vernehmung anwesend war.

»Warum haben Sie Ihre Stiefmutter, Frau Beate Sydow, getötet?«, eröffnete Siebels seine Vernehmung. Er hörte seine eigene Stimme und war überrascht, wie kraftlos sie klang.

»Das war die Spieleröffnung«, erklärte Nadja lapidar und zog an ihrer Zigarette.

Siebels rieb sich mit den Händen die Müdigkeit aus dem Gesicht. Langsam wuchs auch in ihm die Überzeugung, eine Irre vor sich zu haben. Eine Irre, die ihm in der letzten Woche den letzten Nerv und alle Kraft geraubt hatte. »Haben Sie Ihr Spiel nicht bereits begonnen, als Sie Jens Schäfer als Liebhaber für die Mordopfer auserkoren haben?«

»Das war nur das Vorspiel.« Nadja schaute Siebels in die Augen, ohne eine Miene dabei zu verziehen. »Dabei habe ich die Spielfiguren in Szene gesetzt und das richtige Spiel vorbereitet.«

Siebels ließ sich auf die Bemerkungen von Nadja ein und befragte sie über ihr Spiel. »Das Spiel hat aber keinen Gewinner oder übersehe ich da irgendetwas?«

»Sieht so aus, als wären Sie der Gewinner«, sagte Nadja kühl.

»Vier tote Menschen sehe ich nicht unbedingt als Gewinn an.«

»Mein Geständnis ist Ihr Gewinn. Das ist doch Ihr Job, Mörder zu überführen, oder? Ohne tote Menschen geht das ja wohl nicht.«

»Warum ausgerechnet diese Menschen? Warum Ihre Stiefmutter? Warum Hanna Schmücker? Warum Bettina Lorenz?«

»Wegen Maja. Es ging schon immer nur um Maja. Um Maja und mich. Wenn es sein musste, hielten wir zusammen. Wenn es nicht sein musste, versuchten wir, uns gegenseitig zu vernichten. Wenn wir zusammen in einem Raum waren, war eine von uns zu viel. Es blieb nicht genug Luft zum Atmen. Wir spielten unser Spiel. Zug um Zug. Es gab nur ein Ziel: Die andere zu vernichten. Je ausgeklügelter die Spielzüge, desto reizvoller wurde das Spiel. Beate wurde meine Stiefmutter und Majas Vorgesetzte. Damit stand sie zwischen uns und landete auf dem Spielfeld. Hanna Schmücker wollte uns gegeneinander ausspielen. Damit war sie mittendrin in unserem Spiel, obwohl sie die Regeln gar nicht verstand. Bettina Lorenz musste sich für eine von uns beiden entscheiden. Es ging nicht darum, für wen sie sich entschied, sondern darum, dass sie Einfluss auf unser Spiel nehmen wollte. Katja Kullmer ist das Gleiche passiert, nur wusste sie gar nicht, dass sie plötzlich und ganz zufällig auf unserem Spielfeld gelandet ist. In einem Krieg nennt man so etwas Kollateralschäden. In unserem Spiel waren es Bauernopfer.«

Siebels war nun fest davon überzeugt, dass Nadja völlig irre war. Letztendlich musste das aber ein psychologisches Gutachten entscheiden. Er wollte nur noch die offenen Fragen klären und dann mit Frau und Kind ein paar Tage Urlaub genießen.

»War es auch Ihrer weisen Vorausplanung zu verdanken, dass Dr. Ritter und Maja Mertens überhaupt in einer engeren Beziehung zueinanderstanden?«

»Ich habe ihn gefickt. Maja hat ihn gefickt. Das gehörte zum Spiel.«

Siebels hatte keine Lust mehr. Er zündete sich noch eine Zigarette an und nach zwei schweigsamen Zügen reichte er auch Nadja eine. Gemeinsam rauchten sie und ließen das Gesagte im Raum stehen. Siebels versuchte, sich zu entspannen, aber es gelang ihm nicht. Irgendetwas störte ihn gewaltig an dieser ganzen Geschichte. Irgendetwas war da noch. Irgendetwas, das zum Greifen nahe war, aber einfach nicht zum Vorschein kam. Siebels nahm sein Handy zur Hand und rief erneut bei Till an. Er ließ es wieder läuten, bis die Mailbox aktiviert wurde. »Melde dich«, sprach er darauf, steckte das Handy wieder weg und wendete sich wieder Nadja zu. »Warum haben Sie denn nicht noch einen Versuch gestartet, auch Katja Kullmer aus dem Weg zu räumen? Bei Frau Lorenz haben Sie doch auch keine Hemmungen vor deren Polizeischutz gehabt.«

»Lebt sie denn noch?«, fragte Nadja und schaute Siebels herausfordernd an.

Bei Siebels schrillten alle Alarmglocken. Er versuchte noch einmal Till zu erreichen, bekam aber wieder nur die Mailbox dran.

»Sie haben sie jedenfalls nicht umgebracht«, sagte Siebels und die Gedanken überschlugen sich in seinem Kopf.

»Stimmt. Ich habe die ganze Nacht in der Zelle gesessen. Das können die Beamten unten bezeugen.«

Siebels schaute Nadja nachdenklich an. Sie hatte die Morde gestanden. Oder hatte sie nur einen taktisch guten Spielzug gemacht?

Der Biene Maja Song durchbrach die Stille.

Nadja strahlte und fing an zu singen.

»Und diese Biene, die ich meine, nennt sich Maja
Kleine, freche, schlaue Biene Maja
Maja fliegt durch ihre Welt

Tötet, wann es ihr gefällt
Wir verhaften heute unsere Freundin Biene Maja
Diese kleine, freche Biene Maja
Maja, alle lieben Maja
Maaaja, Maaaja
Maaaja, Maaaja
Maja, erzähle uns von dir.«

Siebels schaute Nadja entnervt an und nahm das Gespräch entgegen.

»Hauptkommissar Siebels? Mein Name ist Doris Klemm, aus dem Labor. Es geht um die Proben.«

»Ach. Da rufen Sie tatsächlich am Sonntagvormittag an?«

»Normalerweise nicht. Der Herr Staatsanwalt hat mächtig Druck gemacht. Angeblich sollen zwei Vergleichsproben abgeliefert werden. Wir haben aber nur eine. Und ich habe die halbe Nacht damit verbracht, die ersten Auswertungen zu machen. Was ist denn mit der zweiten Probe?«

»Hat mein Kollege die noch nicht abgeliefert? Der Herr Krüger.«

»Nein. Sonst würde ich wohl kaum danach fragen.«

»Ich kann ihn leider nicht erreichen. Wir liefern die Probe schnellstmöglich nach.«

»Schnellstmöglich? Was soll das denn heißen. Ich verzichte auf meine Nachtruhe und auf meinen Sonntag, weil der Staatsanwalt mir die Hölle heiß macht und Sie kommen nicht zu Potte?«

»Das tut mir jetzt leid«, stammelte Siebels. »Dass es der Herr Jensen so eilig macht, war mir gar nicht bewusst. Gibt es denn von der ersten Probe schon Ergebnisse?«

»Gibt es. Die Hautpartikel, die die Spurensicherung am Tatort Schmücker sichergestellt hat, sind nicht identisch mit der Probe Sydow. Zwei von den langen Haaren, die im Wagen am Tatort Lorenz gefunden wurden, sind höchstwahrscheinlich mit der Probe Sydow identisch. Die anderen zwei Haare allerdings nicht. Wenn Sie mir die zweite Probe innerhalb der nächsten halben Stunde liefern, mache ich noch einen Test. Wenn nicht, können Sie sich hintenanstellen. Und glauben Sie mir, die Schlange ist lang, an der Sie sich dann anstellen.«

»Ja, ja. Es tut mir ja leid. Ich weiß auch nicht, was mit dem Kollegen los ist. Sie haben mir aber schon sehr geholfen, vielen Dank.«

Siebels wandte sich wieder an Nadja. »Wollen Sie Ihr Geständnis etwa widerrufen oder wie soll ich Ihre kleine Gesangseinlage verstehen?«

»Vermissen Sie etwa Ihren Kollegen?«, kam die Gegenfrage.

»Wie es aussieht, gab es an den Tatorten Spuren von Ihnen und von Maja Mertens. Haben Sie gemeinsame Sache gemacht? Glauben Sie, Sie kommen damit durch, wenn sich die Morde nicht auf eine Einzeltäterin reduzieren lassen? Sie und Frau Mertens können sich die Schuld meinetwegen gegenseitig in die Schuhe schieben. Dann können Sie sich vielleicht auch eine Zelle teilen in den nächsten zwanzig Jahren.«

Nadja quittierte den zornigen Ausbruch von Siebels mit einem Schulterzucken. »Vergessen Sie am besten alles, was ich Ihnen gerade gesagt habe. Sie merken ja selbst, dass ich es nicht gewesen sein kann.«

Siebels ging zur Tür und rief den Beamten herein, der draußen wartete. »Bringen Sie sie zurück in die Zelle«, wies er den Mann an. Als Nadja das Büro verlassen hatte, schickte Siebels zwei Streifenwagen zum Hotel, in dem Katja Kullmer untergebracht war. Er gab Anweisung, dass er sofort über sein Handy zu verständigen sei, wenn die Beamten bei ihr im Zimmer waren. Dann versuchte er noch einmal, Till zu erreichen. Es ging wieder nur die Mailbox an. Siebels sprang auf und rannte zu seinem Wagen. Bevor er losfuhr, musste er noch in seinem Notizblock nachschauen, wo Maja Mertens überhaupt wohnte. Bisher hatte er sie immer im Möllenbeck Verlag aufgesucht. Erleichtert atmete er auf, als er seine entsprechende Notiz fand. Maja Mertens wohnte in der Innenstadt. Allerheiligenstraße. Wie passend für die Dame, dachte Siebels und gab Gas. Es herrschte nicht viel Verkehr, trotzdem setzte er das Blaulicht auf das Autodach und schaltete die Sirene ein. Am Nibelungenplatz bog Siebels rechts ab und raste die Friedberger Landstraße hinunter. Sein Magen verkrampfte sich, als er daran dachte, dass Till etwas zugestoßen sein könnte. An den Kreuzungen verlangsamte er sein Tempo nur unwesentlich. Er fuhr weiter auf der Konrad-Adenauer-Straße und schaltete die Sirene ab, bevor er in die Allerheiligenstraße abbog. Er ließ den Wagen mitten auf der Straße stehen und rannte zu dem dreistöckigen Wohnhaus. Er drückte ohne Unterlass auf den Klingelknopf von Mertens. Nichts tat sich. Siebels drückte alle anderen Klingelknöpfe. Ungeduldig stand er vor der Haustür. Jede Sekunde kam ihm wie eine Ewigkeit vor. Endlich öffnete jemand die Tür. Siebels rannte in das erste Stockwerk und blieb vor der Wohnungstür von Maja Mertens stehen. Er legte sein Ohr an die Tür, konnte aber nichts hören. Er klingelte und klopfte. Nichts tat sich. Aus der Etage über ihm kam eine ältere Frau auf ihn zu.

»Sie wohnen hier doch nicht, oder?«, fragte sie.

Siebels zog seinen Ausweis. »Kriminalpolizei. Wissen Sie, wann Frau Mertens das Haus verlassen hat?«

Die Frau kam näher und betrachtete sich interessiert den Ausweis. »Kriminalpolizei? Was wollen Sie denn von der Frau Mertens?«

Siebels hatte weder Zeit noch Lust für lange Erklärungen. »Gehen Sie bitte wieder in Ihre Wohnung. Das ist ein Polizeieinsatz.«

»Also ich weiß nicht, wann Frau Mertens das Haus verlassen hat. Ich glaube, ich habe sie vor zwei Tagen das letzte Mal gesehen. Lassen Sie mich mal nachdenken.«

»Sie sollen in Ihre Wohnung gehen«, schnauzte Siebels die Frau an. Dann nahm er Anlauf und trat mit voller Wucht gegen den Türknauf. Die Tür gab keinen Millimeter nach. Siebels fragte sich, wie Till das immer schaffte. Wütend trat er erneut gegen die Tür. Es tat einen lauten Schlag, aber die Tür blieb zu.

»Ich habe einen Schlüssel«, sagte die Frau kleinlaut. »Wenn Frau Mertens verreist, gieße ich immer die Blumen und füttere die Katze.«

Mit offenstehendem Mund schaute Siebels die Frau entgeistert an. »Dann holen Sie den Schlüssel«, brüllte er dann. Die Frau nickte verängstigt und lief die Treppe hoch. Als sie mit dem Schlüssel in der Hand die Treppe wieder herunterkam, erklang der Biene Maja Song. Siebels griff hektisch zu seinem Handy und missachtete den Schlüssel, den die Frau ihm entgegenhielt. Wie er vermutet hatte, kam der Anruf von den

Beamten, die im Hotel nach Katja Kullmer schauen sollten. Mit dem Handy am Ohr stand er fassungslos vor der Wohnungstür von Maja Mertens. »Das ist doch große Scheiße«, schrie er dann. Katja Kullmer wurde tot in dem Hotelbett aufgefunden. Wütend trat Siebels erneut gegen die Tür. Das Holz splitterte und die Tür sprang auf. Die Nachbarin stand immer noch neben ihm und hielt ihm mit ausgestreckter Hand den Schlüssel entgegen. »Brauche keinen Schlüssel mehr«, sagte Siebels und ging in die Wohnung. Vom Flur aus hörte er Geräusche. Erleichtert atmete er auf. Das klang nach Till. Er ging ins Wohnzimmer und schüttelte den Kopf, als er Till dort entdeckte. Till lag mit dem Bauch auf dem lilafarbenen Sofa. Seine Handgelenke waren hinter dem Rücken mit Kabelbinder zusammengebunden. Auch seine Fußknöchel waren mit Kabelbinder gefesselt. Im Mund hatte er einen Knebel. Er grunzte laut durch den Knebel und drehte seinen Kopf zu Siebels.

»Was tust du hier?«, fragte Siebels. Till grunzte verzweifelt.

»Hat die Frau Mertens den so verschnürt?«, fragte die Nachbarin.

»Sie sollen doch in Ihre Wohnung gehen«, schnauzte Siebels sie an. Als die Frau sich nicht bewegte, nahm er sie an den Schultern und beförderte sie sanft aus der Wohnung. Dann ging er in die Küche und holte eine Schere, mit der er Till aus seiner misslichen Lage befreite. Als Till seine Fesseln los war, riss er sich den Knebel aus dem Mund. Er spuckte und hustete minutenlang und vermied es dabei, Siebels anzuschauen. Nachdem er sich einigermaßen von dem Knebel erholt hatte, wiederholte Siebels seine Frage.

»Warum liegst du mit offener Hose hier herum?«

»Ich habe die ganze Nacht gefesselt und geknebelt hier rumgelegen. Ich dachte, ich ersticke. Wo bleibst du denn so lange?«

Till deutete auf seinen Hals. »Sie hat mir eine Ladung mit dem Elektroschocker verpasst.«

»Bevor oder nachdem deine Hose geöffnet wurde?«

»Ist das jetzt wichtig?«

»Katja Kullmer ist tot. Ich werde Jensen eine Erklärung geben müssen.«

»Die Hose habe ich ja noch an«, sagte Till trotzig.

»Sonst hätte ich dich auch bestimmt nicht losgebunden.« Siebels schaute Till streng an.

»Du hast die Tür eingetreten, oder?«

»Da wusste ich noch nicht, was ich hier vorfinde.«

»Ich wollte ja nur den Abstrich machen und wieder abhauen. Aber ich hatte irgendwie kein gutes Gefühl. Also habe ich ihr noch ein paar Fragen gestellt. Sie hatte tausend gute Erklärungen für alle noch offenen Fragen. Nadja hatte ihr Geständnis abgelegt. Trotzdem habe ich sogar noch einen kurzen Moment befürchtet, dass sie den Elektroschocker rausholt. Aber dann hat sie immer weitergeredet und ich habe den Fall endgültig abgehakt. Ihre Speichelprobe hatte ich, ich wollte nur noch Feierabend machen. Sie kam mir aber immer näher und plötzlich küsste sie mich. Tja, sie hat mich völlig überrumpelt. Sie hat mir plötzlich an die Hose gefasst und im nächsten Moment eine Ladung mit dem Elektroschocker verpasst.«

»Und wo ist die Speichelprobe jetzt?«

Till sah sich ratlos im Zimmer um. Er hatte eine Jeansjacke angehabt, als er bei Maja Mertens den Abstrich gemacht hatte. Als er sich später auf das Sofa gesetzt hatte, hatte Maja Mertens seine Jacke im Flur aufgehängt. Till ging in den Flur. Seine Jacke hing am Haken. Er durchsuchte die Taschen. Das Röhrchen mit dem Wattestäbchen war verschwunden. »Weg«, sagte er dann kopfschüttelnd.

»Das gibt auf jeden Fall einen dicken Minuspunkt auf dem Maja-Konto«, bewertete Siebels die abhandengekommene Speichelprobe.

»Und einen dicken Pluspunkt auf dem Nadja-Konto«, ergänzte Till die Rechnung.

»Brauchst du einen Arzt?«

»Nein, geht schon wieder. Meine Kehle war nur ganz ausgetrocknet wegen dem Knebel.«

»Wann hat sie dich denn außer Gefecht gesetzt?«

Till zuckte die Schultern. »Ich schätze so zwischen halb zehn und zehn, gestern Abend.«

»Hast du ihr gesagt, in welchem Hotel wir Frau Kullmer untergebracht haben?«

Till schaute Siebels überrascht an. »Nein, natürlich nicht. Ich befürchte aber Schlimmes.«

»Was denn?«

»Mein Portemonnaie liegt auf dem Tisch. Ich habe es da nicht hingelegt.«

»Und was heißt das?«

»Da war eine Visitenkarte von dem Hotel drin.« Till griff nach seinem Portemonnaie und schaute hinein. »Die Karte fehlt.«

»Das ist der Supergau«, stöhnte Siebels.

»Tut mir leid«, flüsterte Till.

»Wenigstens hast du es überlebt.«

»Ich habe mich wie ein Anfänger angestellt.«

»Ja. Ich mich aber auch. Ich habe Nadja vorhin befragt. Plötzlich fragt sie mich ganz scheinheilig, ob Frau Kullmer denn noch lebt. Da ist mir erst ein Licht aufgegangen.«

»Du meinst, sie hat das Geständnis nur abgelegt, damit Maja ungehindert an Frau Kullmer rankommt?«

»Ja. Es ist mir aber immer noch nicht ganz klar, ob sie das nur gemacht hat, um ihre Unschuld zu beweisen, oder ob sie und Maja gemeinsam die Morde ausgeübt haben. Voraussichtlich haben wir DNA-Spuren von den Tatorten vorliegen, die allen beiden zugeordnet werden können.«

»Soll ich dir sagen, was ich denke?«

»Was denkst du?«

»Ich denke, dass du recht hattest. Wahrscheinlich sitzt Maja gerade mit Dr. Ritter und Nadjas Erbschaft in einem Flugzeug.«

»Das glaube ich nicht. Warum dann noch der Mord an Frau Kullmer? Den hätte sie sich doch sparen können, wenn sie sich mit Dr. Ritter und Nadjas Erbschaft absetzen wollte. Stattdessen sorgt sie dafür, dass Nadja im letzten Moment entlastet wird. Wir sind bisher vom Gegenteil ausgegangen. Nadja sollte alles verlieren. Ihr Erbe und ihre Freiheit. Das ganze Spiel sollte sie verlieren. Das hätte vielleicht sogar geklappt, wenn sie jetzt nicht Frau Kullmer umgebracht hätte. Ich blicke einfach nicht mehr durch.«

»Nadja hat mit ihrem Geständnis alles durcheinandergebracht«, murmelte Till nachdenklich. »Das war im Plan von

Maja Mertens nicht vorgesehen. Nadja sollte ins Gefängnis wandern, aber sie sollte kein Geständnis ablegen. Im Gegenteil, sie sollte bis in alle Ewigkeit ihre Unschuld beteuern. Und keiner glaubt ihr. Das war Majas Plan. Nach dem Geständnis hat sie es sich anders überlegt. Wahrscheinlich konnte sie nicht einschätzen, was Nadja mit ihrem Geständnis beabsichtigt und ob sie noch einen Trumpf im Ärmel hat. Nach der Nummer hier und dem Mord an Frau Kullmer müssen wir Nadja wieder rauslassen.«

»Du meinst, Maja Mertens hat ihren Plan dahingehend geändert, dass sie am Ende auch Nadja umbringen will?«

»Ja. Ich glaube, sie ist jetzt völlig außer Kontrolle geraten.«

»Und was ist, wenn sie alle beide für die Morde verantwortlich sind? Wenn sie uns die ganze Zeit an der Nase herumgeführt haben und jetzt gemeinsam verschwinden wollen?«

»Als Motiv für die Morde haben wir unterstellt, dass eine die andere fertigmachen will. Was für ein Motiv bleibt noch übrig, wenn sie bei den Morden gemeinsame Sache gemacht haben?«

»Ein Motiv, von dem wir noch gar nichts wissen?« Siebels klang alles andere als überzeugend. Till runzelte auch nur die Stirn.

»Bringt ja alles nix«, schimpfte Siebels. »Ich gehe runter zum Wagen und löse die Fahndung nach Maja Mertens aus. Dann fahren wir ins Hotel und gucken uns an, was sie da mit Frau Kullmer gemacht hat. Schau du noch mal im Bad nach einer Zahnbürste oder einer Haarbürste für die DNA-Probe.«

28

Mein perfekter Plan

Die Schlinge zog sich zu. Nur die Lektorin bereitete mir noch Sorgen. Sie hatte sich versteckt. Schutz gesucht hinter den zwei weißen Türmen, den smarten Kommissaren. Doch ich werde sie schon herauslocken, hinter ihren Türmen. Ich liebe es, mir immer neue raffinierte Spielzüge ausdenken zu müssen. Der vermeintliche schwarze König, der bisher so ängstlich und behäbig auf der Spielfläche herumstand, kann nun endlich seiner Stellung gerecht werden. Das Geld hat er schon beiseitegeschafft. Jetzt bekommt er das gewetzte Messer in die Hand gedrückt und ich locke die Türme vom letzten Bauernopfer weg. Stich zu, Dr. Ritter, mein kleiner König. Stich zu und erweise dich würdig als König neben der schwarzen Dame.

Als ich ihm das Messer in die Hand drückte, sah ich den zweifelnden Blick in seinen Augen. Den Blick des Verlierers.

»Hast du Angst?«, fragte ich ihn und schaute ihn spöttisch an.

»Ich kann das nicht«, jammerte der König.

»Du kannst es. Dieses eine Mal muss ich mich auf dich verlassen können. Ich muss diese Polizisten im Auge behalten, ich kann es nicht selbst tun. Aber glaube mir, es ist ganz einfach. Es ist sogar ein gutes Gefühl. Wie beim Spiel, wenn du weißt, dass du gewinnen wirst. Mit dem Ass im Ärmel, oder in der Hose«, zwinkerte ich ihm zu und griff ihm in den Schritt. »Du bist doch ein Spieler, oder?«, fragte ich ihn und verstärkte meinen Griff zwischen seinen Beinen.

»Ja, ich liebe das Spiel. Unser Spiel.«

Ich knöpfte seine Hose auf, wie ich es schon so oft gemacht hatte. »Zusammen sind wir unschlagbar«, machte ich ihm Mut und massierte ihn, so wie es ihm gefiel.

»Ja«, stöhnte er leise.

»Stich einfach zu, denk nicht nach dabei. Denk einfach an unseren Sex. Jeden Tag Sex. Bis ans Ende unserer Tage. Das willst du doch auch, oder?«

»Für dich mache ich alles«, raunte mein König und zur Belohnung massierte ich mit harter Hand sein Königszepter.

Anna Lehmkuhl untersuchte gerade die Leiche von Katja Kullmer, als Siebels und Till das Hotelzimmer betraten. Siebels betrachtete sich den toten Körper auf dem Hotelbett und wusste instinktiv, dass etwas nicht stimmte. Das Bild, das sich ihm bot, passte so gar nicht zu den anderen Morden. »Erstochen?«, fragte er Anna Lehmkuhl.

»Erstochen, das haben Sie richtig erkannt. Sieben Stiche. Zwei davon waren tödlich.«

»Können Sie den Todeszeitpunkt schon eingrenzen?«

»Gegen 22:00 Uhr gestern Abend. Plus/minus zwei Stunden.«

»Das Buch ist aber da, das passt dann wieder ins Bild«, sagte Siebels und deutete auf die Anekdoten, die auf dem Nachttisch neben dem Bett lagen. Dann wendete er sich an einen der Polizeibeamten. »Haben Sie das Personal und die Gäste schon befragt?«

»Ja, ich habe alles aufgeschrieben. Gestern Abend kamen noch zwei Busladungen Japaner hier an. Wir haben also mehrere Zeugen, die aussagen, dass sich Japaner durch die Gänge geschlichen hätten. Das Personal an der Rezeption war voll und ganz mit deren Einchecken beschäftigt. Ich befürchte, das bringt uns nicht weiter.«

»Von hinten betrachtet würde Maja Mertens auch als Japanerin durchgehen«, überlegte Till laut.

»Gibt es Videoüberwachung im Hotel?«, wollte Siebels wissen.

Der Polizist zuckte mit den Schultern.

»Dann finden Sie das mal raus. Und besorgen Sie alle Überwachungsbänder, wenn es denn welche gibt«, wies Siebels ihn an. Der Polizist nickte eifrig und schaute verwirrt, als im nächsten Moment der Biene Maja Song aus Siebels Jackentasche erklang. »Ich brauche mal wieder einen neuen Klingelton«, sagte er genervt zu Till und nahm das Gespräch entgegen. Siebels hielt das Handy ans Ohr und hörte fassungslos den Ausführungen von Staatsanwalt Jensen zu. Ohne selbst ein Wort zu sagen, beendete er das Gespräch wieder. »Wir sollen sofort bei Jensen erscheinen«, sagte Siebels zu Till.

»Der macht uns zwei Köpfe kürzer. Was sollen wir ihm denn sagen? Operation geglückt, Patient tot?«

»Ich weiß gar nicht, ob er schon weiß, dass Frau Kullmer ermordet wurde. Es geht um dich.«

»Um mich?«

»Maja Mertens hat dich wegen versuchter Vergewaltigung angezeigt.«

Till schaute Siebels mit offenem Mund an.

»Gibt es da noch etwas, das ich wissen muss?«

»Das glaube ich jetzt nicht«, stammelte Till.

»Ich bin dann hier fertig«, ließ Anna Lehmkuhl die beiden wissen.

»Vielleicht klappt es ja nächstes Wochenende mit unserer Spritztour?«, sagte Till mit geistesabwesender Stimme.

Anna Lehmkuhl klopfte ihm mitfühlend auf die Schulter. »Sehen Sie zu, dass Sie die Sache hier erst mal in den Griff kriegen. Ich wünsche Ihnen viel Glück.«

Till sah verstört hinter Anna Lehmkuhl her, die das Zimmer verließ. »Die bringe ich um«, zischte er.

»Warum denn die?« Siebels schaute ebenfalls Anna Lehmkuhl hinterher.

»Die doch nicht. Die Mertens. Die glaubt doch nicht, dass sie mit dieser Nummer durchkommt. Wo ist sie denn jetzt? Haben wir schon den Haftbefehl?«

»Versuchte Vergewaltigung im Dienst. Das ist ein harter Vorwurf. Wir müssen jetzt aufpassen, dass wir keinen Fehler machen.«

»Fehler machen? Ich bin sauer. Richtig sauer. Was soll eigentlich Anna Lehmkuhl jetzt von mir denken?«

»Reiß dich zusammen. Geh schon mal runter zum Wagen, ich komme gleich nach.« Till schaute sich hilfesuchend um, doch da war niemand, der ihm Beachtung schenkte. Die Spurensicherung war mit ihrer Arbeit beschäftigt. Till stand bestenfalls im Weg rum. Schließlich verließ er das Zimmer und ging zum Wagen.

Siebels flehte den Chef von der Spurensicherung an, so gründlich zu arbeiten, wie es nur geht. Er bekam einen Anschiss, weil die Spurensicherung schließlich immer hervorragende Arbeit leistete. Daraufhin suchte Siebels den Beamten, der sich um die Videoüberwachung im Hotel kümmern sollte. Er fand ihn an der Rezeption. Es gab Videoüberwachung. Siebels ordnete an, dass umgehend alle Bänder ins Präsidium zu schaffen seien. Kulmbacher sollte sich um die Auswertung kümmern. Dann ging auch er zum Wagen. Till saß schon auf dem Beifahrersitz. Schweigend fuhren sie zum Büro von Staatsanwalt Jensen.

Wie zwei kleine Schuljungen saßen Siebels und Till vor dem Schreibtisch des Staatsanwaltes. In Till kochte es, aber nach außen hin wirkte er apathisch. Siebels versuchte, die Situation zu analysieren, und hielt sich zunächst zurück. Zu seiner Verwunderung blieb auch Jensen völlig ruhig auf seinem Platz sitzen. Eigentlich hatte er erwartet, dass Jensen wie Rumpelstilzchen durch sein Büro hüpfen würde.

Stattdessen nahm Jensen ein Blatt Papier zur Hand und las mit ruhiger Stimme vor. »Der Kriminalbeamte Till Krüger hat mich Samstag, den 5. Juni gegen 21:00 Uhr in meiner Wohnung aufgesucht. Er hat mir erzählt, dass die Mordfälle aufgeklärt seien und die Tatverdächtige Nadja Sydow ein Geständnis abgelegt hätte. Über diese Nachricht war ich sehr froh, denn ich galt bei den polizeilichen Ermittlungen ebenfalls als Verdächtige. Da die Täterin eine alte Schulfreundin von mir war, hatte ich noch einige Fragen und bat den Kriminalbeamten Till Krüger in meine Wohnung. Herr Krüger hat auf meinem Sofa Platz genommen und meine Fragen beantwortet. Dabei ist er immer näher an mich herangerückt. Mir wurde die Situation unangenehm. Schließlich bedankte ich mich bei Herrn Krüger für die Auskünfte und bat ihn, mich wieder allein zu lassen. Da wurde Herr Krüger zudringlich. Er erwähnte das Buch, das ich ihm bei unserem ersten Treffen im Möllenbeck Verlag geschenkt hatte. Es war ein Buch zum Thema Kamasutra, welches ich geschrieben habe. Herr Krüger fasste mir an die Brust und sagte, er wolle jetzt mein Praxiswissen zu diesem Thema testen. Ich wehrte ihn ab und sagte ihm erneut und nachdrücklich, dass er meine Wohnung wieder verlassen sollte. Daraufhin wurde Herr Krüger gewalttätig. Er drückte mich auf das Sofa und riss meine Bluse auf.

Ich wehrte mich heftig. Herr Krüger griff mir zwischen die Beine. Unter meinem Sofa lag ein Elektroschocker, den ich für Notfälle zu Selbstverteidigungszwecken zuhause aufbewahre. Während Herr Krüger in erregtem Zustand seine Hose öffnete, beugte ich mich vorne über das Sofa und bekam den Elektroschocker zu fassen. Ich hielt das Gerät an den Hals von Herrn Krüger. Herr Krüger lag daraufhin etwa eine Minute bewegungslos auf der Couch. Ich holte Kabelbinder aus einer Werkzeugkiste und fesselte Arme und Beine von Herrn Krüger. Als er wieder zu sich kam, drohte er mir, mich umzubringen. Ich verließ panikartig meine Wohnung und fuhr in die Wohnung von meinem Chef, Herrn Möllenbeck. Dort traf ich gegen 22:30 Uhr ein. Ich erzählte Herrn Möllenbeck, was vorgefallen war. Herr Möllenbeck wollte sofort die Polizei rufen, doch ich war dagegen. Ich hatte Angst, dass der Fall vertuscht werden würde, da Herr Krüger ja Polizist im Kriminaldienst ist. Erst am Sonntagmorgen, als ich mich von dem Schock erholt hatte, erkannte ich die Notwendigkeit einer Strafanzeige. Ich hatte die Nacht im Gästezimmer von Herrn Möllenbeck verbracht. Herr Möllenbeck hat mich dann heute Morgen zur Polizeistation begleitet.«

Jensen legte das Papier bedächtig auf seinen Schreibtisch zurück. »Sie sind bis auf Weiteres vom Dienst suspendiert, Herr Krüger.«

»Sie lügt«, sagte Siebels.

»Können Sie ihr das nachweisen?«

»Nein. Noch nicht.«

»Dann muss ich ja wohl nichts weiter dazu sagen. Dieser Herr Möllenbeck hat bestätigt, dass sie mit zerrissener Bluse bei ihm aufgetaucht ist und völlig aufgelöst war. Was ist mit diesem Buch? Hat Sie Ihnen das geschenkt, Herr Krüger?«

»Ja«, knurrte Till.

»Und seit wann nehmen wir von Verdächtigen Geschenke an?«

»Sie war zu diesem Zeitpunkt noch keine Verdächtige«, versuchte Siebels, Till aus der Patsche zu helfen.

»Wie auch immer, der Ruf unseres jungen Kollegen ist ja nun mal zweifelhaft, was seine Frauengeschichten betrifft. Wenn ich nur an die Gerüchte denke, die während seiner

Affäre mit dieser Streifenbeamtin auf den Gängen kursierten, wird mir ganz schlecht. Das ist doch ein fettes Fressen für die Presseleute.«

»Frau Kullmer wurde heute Nacht getötet«, machte Siebels einen neuen Anlauf. »Nur Frau Mertens wusste, in welchem Hotel sie sich aufhält. Sie hat aus der Geldbörse von Herrn Krüger eine Visitenkarte des Hotels entwendet.«

»Spricht nicht gerade für den Herrn Krüger. Und Frau Mertens hat jetzt schließlich ein Alibi.«

Siebels kratzte sich am Kopf. Er fand keinen Ausweg aus dieser Situation. »Frau Sydow kann es nicht gewesen sein. Sie saß im Zellentrakt des Präsidiums. Außerdem kannte sie den Aufenthaltsort von Frau Kullmer nicht. Frau Mertens könnte mit dem Mord an Frau Kullmer jemanden beauftragt haben.«

»Dass Frau Sydow den Aufenthaltsort von Frau Kullmer nicht kannte, ist doch reine Spekulation. Sie könnte genauso gut jemanden für den Mord an Frau Kullmer beauftragt haben. Erst gibt sie den Mord in Auftrag, dann legt sie das Geständnis ab. Dann wartet sie ab, bis Frau Kullmer ermordet wird, und widerruft ihr Geständnis. Sie war ja in der Zelle beim letzten Mord.«

»Dr. Ritter«, sagte Till mit überzeugter Stimme.

»Was?«, fragten Jensen und Siebels.

»Dr. Ritter. Er hat Frau Kullmer erstochen. Im Auftrag von Maja Mertens. Die hat sich das Alibi mit der angeblich versuchten Vergewaltigung und der Flucht zu Möllenbeck verschafft, weil sie wusste, dass Frau Kullmer zur gleichen Zeit im Hotel sterben wird. Sie wusste, welches Hotel es ist.«

»Dieser Dr. Ritter war nach meinen Erkenntnissen doch auch mit Nadja Sydow intim gewesen. Sie hätte ihn also genauso gut beauftragen können.« Jensen ließ sich von Tills Überlegungen nicht beeindrucken.

»Der Elektroschocker«, warf Siebels ein. »Bei dem Mord an Bettina Lorenz wurde auch ein Elektroschocker benutzt, um die Beamten auszuschalten. Es war Maja Mertens.«

»Und wenn Frau Sydow auch im Besitz eines Elektroschockers ist? Haben Sie das überprüft?«

»Nein«, knirschte Siebels. »Wir müssen Hausdurchsuchungen machen. Bei Frau Sydow und bei Frau Mertens.«

»Das macht gar keinen guten Eindruck, wenn wir bei Frau Mertens jetzt eine Hausdurchsuchung machen. Bei Frau Sydow sieht die Sache anders aus. Immerhin hat sie ein Geständnis abgelegt.«

»Wir müssen Dr. Ritter jetzt finden«, schaltete Till sich ein.

»Sie sind raus«, gab ihm Jensen zu verstehen. »Gehen Sie nach Hause und verhalten Sie sich ruhig. Herr Siebels wird in dieser Sache nun von Herrn Hofmeier unterstützt.«

»Von Charly?«, fragte Siebels verdutzt.

»Den beschäftigen Sie doch sowieso ständig. Jetzt kann er Sie nach vollen Kräften unterstützen.«

»Ich habe eine Fahndung nach Frau Mertens rausgegeben«, fiel Siebels jetzt ein.

»Die habe ich natürlich aufheben lassen«, klärte Jensen ihn auf.

»Gut. Dann werde ich als Nächstes mit Möllenbeck reden.«

»Wollen Sie etwa Zeugen beeinflussen?«

»Ich will wissen, was hier läuft, verdammt noch mal.«

»Wir sollten mit Dr. Ritter reden«, schaltete Till sich wieder ein.

»Streichen Sie das Wort wir«, ermahnte ihn Jensen.

»Wir sollten Nadja Sydow freilassen und sie observieren«, schlug Siebels vor. »Gleichzeitig sollten wir Dr. Ritter verhören und auch Frau Mertens observieren. Eventuelle Hausdurchsuchungen sollten wir verschieben, und abwarten, ob sich neue Erkenntnisse ergeben, wenn die beiden Damen wieder in freier Wildbahn sind. Ich bin mir sicher, dass der Fall sich dann ganz schnell aufklärt. Dazu brauche ich aber ein Team.«

Jensen verzog das Gesicht. »Dazu benötigen Sie mindestens noch fünf Leute zusätzlich.«

»Wir haben in der letzten Woche ja auch fünf Mordfälle gehabt«, konterte Siebels.

»Na schön. Sie bekommen Observierungsteams für die nächsten 48 Stunden. Alles andere erledigen Sie mit Herrn Hofmeier. Wenn die Frist abgelaufen ist, hätte ich gerne handfeste Ergebnisse.«

»Wenn wir Glück haben, reichen 48 Stunden aus«, räumte Siebels halbherzig ein.

»Und sorgen Sie dafür, dass Kollege Krüger sich raushält.«

»Ja«, knurrte Siebels. »Sind wir fertig?«

»Fast.« Jensen nahm wieder ein Formular zur Hand und studierte es stirnrunzelnd. »Nachdem Frau Mertens die Anzeige auf der Polizeistation aufgegeben hat, ist eine Streife bei ihr vorbeigefahren. Schließlich sollte Herr Krüger ja noch mit Kabelbindern gefesselt auf der Couch von Frau Mertens liegen. Als die Beamten dort eintrafen, war Herr Krüger nicht mehr anwesend. Die Wohnungstür von Frau Mertens wurde von außen mit Gewalt aufgebrochen.«

»Das war ich«, unterbrach Siebels den Staatsanwalt. »Ich hatte den begründeten Verdacht, dass Herr Krüger sich in Lebensgefahr befindet.«

»So, so. Was mich stutzig macht, ist die Aussage von Frau Lehmann. Sie wohnt im Stockwerk über Frau Mertens. Frau Lehmann hat ausgesagt, dass sie einen Zweitschlüssel zur Wohnung von Frau Mertens aufbewahrt. Diesen Schlüssel hat sie aus ihrer Wohnung geholt, damit ein gewisser Hauptkommissar Siebels die Wohnung von Frau Mertens betreten kann, um dort nach dem Rechten zu sehen. Trotz des angebotenen Schlüssels hat Herr Hauptkommissar Siebels wutentbrannt die Wohnungstür mir mehreren Fußtritten aufgebrochen. Die Hilfsbereitschaft von Frau Lehmann hat er mit rüdem Ton abgewiesen.« Jensen hob seinen Blick von dem Formular und schaute fragend zu Siebels.

»Ich war in einer Stresssituation«, versuchte Siebels die Sachlage zu erläutern.

»Stresssituation«, wiederholte Jensen ungläubig. »Man hält Ihnen den Schlüssel vor die Nase und Sie treten wie ein Irrer die Tür ein. Das vermittelt eher den Eindruck, dass Sie Panik hatten, weil Sie befürchteten, dass Ihr Kollege in der Wohnung genau das vorhatte, was Frau Mertens nun zur Anzeige gebracht hat.«

»Das ist doch Quatsch«, rief Siebels empört.

»Ein guter Rechtsanwalt dreht Ihnen einen Strick daraus«, ereiferte sich nun auch Jensen. »Ab sofort will ich wieder gute Polizeiarbeit von Ihnen geliefert bekommen. Reißen Sie sich am Riemen, Mensch. Herr Krüger, Sie geben bitte heute noch Ihren Ausweis und Ihre Dienstwaffe auf dem Präsidium ab. Danke, Sie können jetzt gehen.«

29

Siebels hatte die Utensilien aus dem Badezimmer von Maja Mertens im Labor abgegeben und sich dort äußerst unbeliebt gemacht, als er die Dringlichkeit der Auswertung anmahnte. Jetzt saß er in seinem Büro und wartete auf Charly und Kulmbacher, die er telefonisch ins Präsidium beordert hatte. Des Weiteren hielten sich die Beamten Jens Leitner, Dieter Breitscheid, Uwe Küster und Anja Michelsen für die Observierungen bereit. Till hatte Ausweis und Waffe abgegeben und war kommentarlos verschwunden. Nach dem Besuch beim Staatsanwalt hatten die beiden nicht mehr viel miteinander gesprochen. Beide hatten sie das Gefühl, dass ihnen der Fall aus den Händen geglitten war. Siebels fühlte wieder diese Müdigkeit in sich aufsteigen. Abwechselnd führte er sich die Begegnungen mit Nadja und Maja vor sein geistiges Auge, und versuchte dabei sein Bauchgefühl zu interpretieren. Wenn er an Nadja dachte, schwang eine gewisse Sympathie für die begabte und selbstbewusste Frau durch sein Körperinneres. Eine Sympathie, die eingetrübt war durch die vielen Geschichten, die er über sie gehört hatte. Zweifel nagten an ihm, ob Nadja nicht doch die gewissenlose Irre war, die sich hinter einer hübsch anzusehenden Fassade verbarrikadierte. Wenn er sich an die Begegnungen mit Maja erinnerte, beschlich ihn ein eher ungutes Gefühl. Sie hatte immer versucht, sich ihren Platz zu erkämpfen, und war doch regelmäßig an den Maßstäben gescheitert, die Nadja ihr vorgelebt hatte. Hatte sie das im Laufe der Jahre zu einer mordenden Bestie gemacht? Wieder waren es die Zweifel an seinem Urteilsvermögen, die Siebels plagten. War Maja nicht eher die Frau, die es mit viel Fleiß zu dem gebracht hatte, was sie nun war? Eine junge, unabhängige Frau, die nicht das große Geld im Rücken hatte, das sie auf ein unbeschwertes Leben blicken ließ. Eine Frau, die sich in ihrem Leben Ziele gesetzt hatte. Die ihr Buch veröffentlicht hatte und im Möllenbeck Verlag für gute Geschäfte sorgte. Während Nadja eher ziellos mit ihren Talenten auf das Leben zusteuerte. Ein Psychologiestudium, das sie nicht wirklich benötigte, mit dem sie das Handwerk der menschlichen Manipulation aber vielleicht bis zur perfiden Perfektion betreiben wollte. Siebels konnte sich nicht entscheiden. Er zündete sich eine Zigarette an und dachte über die Fakten nach. Er dachte an den rumänischen Lagerarbeiter Igor, der Nadja zweifelsfrei als die Frau identifizierte, die die Bücher für die Ermordeten abgeholt hatte. Igor, der abhängig war von seinem Arbeitgeber. Vom Möllenbeck Verlag. Von Maja Mertens. Igor, der weit weg war. Igor, der vielleicht auch mal ficken durfte, so wie die anderen männlichen Figuren, wenn er das tat, was von ihm verlangt wurde. Und dann war da noch die Aussage von Larissa. Nadja hatte sie für den Job mit der Anekdote bei Katja Kullmer beauftragt. Oder hatte Maja Mertens die käufliche Dame doppelt gekauft? Erst für die Anekdote, dann für die Falschaussage? Siebels machte sich eine Notiz. Larissas Aussage musste baldmöglichst überprüft werden, und zwar mit Nachdruck und Androhung von Strafe bei Falschaussage. Siebels unterstrich diese Gedanken fett in seinem Notizbuch.

»Charly meldet sich zum Einsatz im Sonderkommando«, polterte Charly ins Büro herein. »Jetzt erzähl mir aber erst mal, was da mit Till passiert ist. Ist er tatsächlich suspendiert?«

Siebels erläuterte noch einmal ausführlich, was er zuvor am Telefon nur in knappe Worte gefasst hatte.

»Böse Sache, das. Till und die Frauen, das geht halt nie gut. Hat sie ihn ausgeschaltet, weil sie die Morde begangen hat, oder ist an der Sache irgendwas dran?«

»Vergewaltigen wollte er sie ganz sicher nicht. Aber du kennst ja Till. Vielleicht hat sie Signale ausgesendet, die er falsch verstanden hat. Nadja hatte das Geständnis abgelegt, für ihn war der Fall damit erledigt. Das Kamasutra-Buch von Maja Mertens hatte es ihm angetan. Wer weiß, was wirklich passiert ist? Allerdings wollte er sich heute mit Anna Lehmkuhl treffen. Das schien ihm schon wichtig zu sein. Ich glaube nicht, dass er da kurz vorher noch eine schnelle Nummer mit Maja Mertens schieben wollte. Ach verdammt, ich weiß es nicht.«

»Und Till? Was sagt der zu der Sache?«

»Na, was soll er schon sagen? Er schmollt, weil er suspendiert ist. Natürlich streitet er alles ab. Maja Mertens hätte sich an ihn rangemacht und ihm dann eine mit dem Elektroschocker verpasst, hat er gesagt.«

»Das wird schon wieder«, machte Charly Siebels Mut.

»Was wird wieder?« Kulmbacher war jetzt auch im Büro eingetroffen.

»Alles wird wieder gut«, sagte Siebels. »Aber dazu brauchen wir jetzt euch. Kulmbacher, du machst heute mal einen Videotag. Wir haben Überwachungsaufnahmen aus dem Hotel, in dem Katja Kullmer gestern Abend getötet wurde. Maja Mertens und Nadja Sydow scheiden als Täterin aus. Wir vermuten, dass Dr. Ritter im Auftrag einer der beiden Damen den Mord begangen hat. Hier ist ein Foto von ihm.« Siebels gab Kulmbacher das Foto. »Die Bänder sind im Raum 205. Video und Fernseher sind angeschlossen. Wenn du Dr. Ritter oder sonst jemand Verdächtigen auf den Bändern entdeckst, will ich unverzüglich Bescheid wissen. Ich habe zwei Teams für die Observierung von Nadja und Maja. Falls sich da etwas tut, benötigen wir eventuell deine Unterstützung. Also halt dich auch für einen Einsatz draußen bereit.«

»Alles klar«, sagte Kulmbacher und machte sich auf den Weg in den Videoraum.

Kurz darauf trafen die Beamten der Observierungsteams ein. Siebels teilte Jens Leitner und Dieter Breitscheid für die Observierung von Maja Mertens ein. Uwe Küster und Anja Michelsen sollten sich an Nadja dranhängen, sobald diese das Präsidium verließe.

»Bevor wir sie rauslassen, will ich noch mit ihr reden. Wartet im Wagen. Ich melde mich, wenn sie rauskommt.«

»Und was mache ich?«, wollte Charly wissen.

»Du bleibst an meiner Seite und vertrittst Till. Wenn Nadja ihr Geständnis jetzt widerruft und rausgeht, statten wir Dr. Ritter einen Besuch ab. Anschließend reden wir mit Larissa. Sie betreibt einen Escort-Service und ist eine wichtige Zeugin. Falls bei der Observierung etwas Entscheidendes passiert, müssen wir umdisponieren.« Siebels griff zum Telefon und gab im Zellentrakt durch, dass Nadja in sein Büro gebracht werden sollte.

Dann zündete er sich eine Zigarette an. Charly sah ihm lächelnd beim Rauchen zu. »Was ist los?«, fragte Siebels.

»Morgen kommt eine Fachfirma, die sich die Brandmelder hier im Büro anschauen soll.«

Siebels verdrehte die Augen. »Woher weißt du das?«

»Ich habe einen guten Draht zum Facility Management.«

»Du meinst den Hausmeister?«

»Ich meine den Facility Manager. Wo sind sie eigentlich?«

»Wer?«

»Die Brandmelder.«

Siebels zuckte mit den Schultern. »Weg.«

»Weg? Na dann bekommst du bestimmt neue.«

»Ich freue mich schon drauf.«

Ein Beamter brachte Nadja Sydow herein.

»Guten Tag, Frau Sydow. Darf ich vorstellen, mein Kollege Charly Hofmeier.«

»Und wo ist Herr Krüger?«

»Der hat heute frei. Sie hatten übrigens recht gehabt.«

»Das passiert mir öfter. Mit was denn diesmal?«

»Katja Kullmer ist tot. Sie wurde gestern Abend ermordet.«

Nadja nickte. »Das habe ich befürchtet. Aber es tut mir auch sehr leid, das können Sie mir glauben. Ich habe mit Frau Kullmer sehr gut zusammengearbeitet, als ich mein Buch herausgebracht habe.«

»Was ist mit Ihrem Geständnis?«, fragte Siebels kurz angebunden.

»Das möchte ich widerrufen. Ich war völlig durcheinander.«

»Sie haben damit gerechnet, dass Katja Kullmer stirbt, während sie hier einsitzen?«

»Es lag auf der Hand, finden Sie nicht? Allerdings stand Frau Kullmer ja unter Ihrer Aufsicht. Ich war mir also keinesfalls sicher, dass Maja es schaffen würde.«

»Vielleicht haben Sie ja auch jemanden mit dem Mord beauftragt, bevor Sie Ihr Geständnis abgelegt haben?«

»Das ist doch lächerlich. Wen sollte ich denn beauftragt haben?«

»Dr. Ritter.«

»Dr. Ritter? Sie machen Scherze. Der ist ein Schreibtischtäter, kein Mörder.«

»Eine Überdosis Schlaftabletten, das ist nicht so schwer, dabei macht man sich die Hände nicht schmutzig.«

»Ich habe jedenfalls niemanden beauftragt, einen Mord zu begehen. Nicht an Frau Kullmer und auch sonst an niemanden. Kann ich jetzt gehen?«

Siebels hatte noch ein Fünkchen Hoffnung gehabt, dass Nadja sich verplappern würde, wenn er falsche Informationen rausließ. Aber Nadja reagierte in keiner Weise auf die Auskunft, dass Schlaftabletten beim Mord an Katja Kullmer im Spiel gewesen seien. »Sie können jetzt gehen. Passen Sie auf sich auf.«

Nadja drehte sich auf der Stelle um und verließ das Büro. Siebels verständigte das Observierungsteam.

Dr. Ritter roch nach Schnaps, als er Siebels und Charly die Tür zu seinem Haus öffnete. Er war unrasiert, sein Hemd hing aus der Hose.

»Geht es Ihnen nicht gut?«, erkundigte Siebels sich.

»Mir geht es wunderbar, mir ging es noch nie besser. Was wollen Sie?« Dr. Ritter stopfte sein Hemd in die Hose und schaute Siebels fragend an.

»Es gibt einen weiteren Mordfall. Dürfen wir reinkommen?«

»Ich habe zu tun. Kommen Sie morgen wieder.« Dr. Ritter wollte die Tür zuschlagen, doch Charly stemmte sich dagegen.

»Wir können Sie auch mit ins Präsidium nehmen«, schlug Siebels vor.

»Sie können mich mal am Arsch lecken«, fuhr Dr. Ritter ihn an.

»Wo waren Sie gestern Abend zwischen 22:00 und 23:00 Uhr?«

»Da war ich hier. War das alles?«

»Fast. Sie werden verdächtigt, Frau Kullmer ermordet zu haben. Entweder Sie lassen uns jetzt rein oder Sie kommen zum Verhör mit auf das Präsidium. Wie hätten Sie es gerne?«

Dr. Ritter trat einen Schritt zur Seite und ließ die beiden eintreten. »Ich habe nichts zu verbergen, kommen Sie halt rein, wenn es denn sein muss.«

Siebels und Charly folgten Dr. Ritter in das Wohnzimmer, das von schwarzem Leder, Glas und Chrom dominiert wurde. Aus der Stereoanlage erklang klassische Musik, auf dem Glastisch standen eine halbvolle Schnapsflasche und ein leeres Schnapsglas. Dr. Ritter stellte die Musik ab, Charly setzte sich auf einen Ledersessel.

»Wollen Sie einen Schnaps?«, fragte Dr. Ritter.

»Danke nein, wir sind im Dienst. Das ist übrigens mein Kollege Herr Hofmeier.«

Dr. Ritter nickte Charly zu und deutete Siebels an, auf dem anderen Sessel Platz zu nehmen. Er selbst blieb stehen. »Stand diese Frau Kullmer nicht unter Polizeischutz? Es war doch wohl offensichtlich, dass Nadja sie auch noch töten würde. Wie kommen Sie eigentlich auf die Idee, mir das jetzt unterschieben zu wollen?«

»Nadja hat ein Geständnis abgelegt. Sie hat die Morde an ihrer Stiefmutter, Frau Schmücker, Frau Lorenz und an Herrn Schäfer gestanden.«

»Ach was. Und den Mord an dieser Frau Kullmer leugnet sie?« Dr. Ritter schenkte sich einen Schnaps ein, leerte ihn in einem Zug und setzte sich auf das schwarze Ledersofa.

»Frau Kullmer lebte noch, als Nadja gestanden hat. Wir haben Nadja verhaftet und Frau Kullmer aus der Deckung gelassen. Sie starb, während Nadja in der Zelle saß. Nadja hat ihr Geständnis mittlerweile widerrufen und ist wieder auf freiem Fuß.«

Dr. Ritter starrte Siebels ungläubig an und griff zu der Schnapsflasche. Charly war aber schneller und nahm die Flasche in Beschlag. »Es wäre gut, wenn Sie jetzt einen klaren Kopf bewahren«, ermahnte er Dr. Ritter.

»Sie haben sie freigelassen? Und mir wollen Sie was von einem klaren Kopf erzählen? Sind Sie denn völlig verblödet? Sie wird jetzt Maja töten.« Dr. Ritter sprang auf. »Sie müssen etwas unternehmen. Maja schwebt in Lebensgefahr.«

»Wie kommen Sie denn auf die Idee?«, fragte Siebels.

»Ja, das liegt doch auf der Hand«, schrie Dr. Ritter ihn an.

»Wir sind eigentlich davon ausgegangen, dass die Mörderin ihrer alten Schulkameradin die Taten in die Schuhe schieben will.«

Dr. Ritter setzte sich wieder. »Ach ja? Das war vielleicht mal der Plan von Nadja gewesen, dass Maja für die Morde ins Gefängnis wandert. Aber wenn dieser Plan funktioniert hätte, wären Sie ja jetzt nicht bei mir, sondern bei Maja. Ich verstehe immer noch nicht, was Sie jetzt von mir wollen.«

»Nadja kann den letzten Mord nicht durchgeführt haben, Maja Mertens übrigens auch nicht. Die Damen waren beide clever genug, sich beim letzten Mord aus der Schusslinie zu begeben. Irgendjemand hat also ausgeholfen. Irgendjemand, der mit einer der beiden Damen unter einer Decke steckt. Sind Sie wirklich so naiv und glauben, dass Sie damit durchkommen? In dem Hotel gab es Videoüberwachung.«

Dr. Ritter schaute abwechselnd zwischen Siebels und Charly hin und her. Er wurde zusehends nervöser. Er rieb sich die Hände und schielte nach der Schnapsflasche, die Charly neben sich auf den Boden gestellt hatte. Der Biene Maja Song durchbrach den Moment der Ruhe. Siebels nahm das Gespräch entgegen. Es war Anja Michelsen.

»Sie hat vor zehn Minuten ihre Wohnung verlassen und ist mit dem Auto losgefahren. Sie fährt Richtung Autobahn.«

»Okay. Macht wieder Meldung, wenn ersichtlich wird, wo sie hinfährt.«

Siebels fragte sich, was Nadja nun vorhatte. Maja Mertens war noch in ihrer Wohnung.

Dr. Ritter hatte sich wieder gefangen. »Das ist doch toll, wenn das Hotel Videoüberwachung hat. Dann sollten Sie ja rausfinden können, wer Frau Kullmer umgebracht hat.«

»Es gibt noch mehr Beweise, die Sie belasten, Herr Dr. Ritter. Mein Kollege hier hat gute Arbeit geleistet. Er hat nicht nur Ihre Spielleidenschaft entdeckt, er hat auch herausgefunden, dass Sie das Erbe von Nadja beiseitegeschafft haben. 2,7 Millionen Euro. Den Rest haben Sie unwiederbringlich verzockt. Alles was mich jetzt noch interessiert ist, ob diese Mordserie auf Ihrem Mist gewachsen ist oder ob sich das Frau Mertens ausgedacht hat.«

Der Biene Maja Song kündigte einen Anruf von Kulmbacher an. Siebels hielt sich gespannt das Handy ans Ohr.

»Ich habe eine kurze Aufzeichnung von dem Hotelgang, in dem das Zimmer liegt. Eine maskierte Person ist zu erkennen. Schwarze Jacke, schwarze Hose, schwarze Gesichtsmaske. Leider ist die Bildqualität nicht sehr gut. Wahrscheinlich ein Mann. Aber hundertprozentig kann ich es nicht sagen. Man sieht die Gestalt auch nur für eine Sekunde. Die Kamerainstallation war ziemlich unprofessionell gemacht. Mehr ist nicht, tut mir leid.«

30

Nadja saß im Auto und beobachtete im Rückspiegel den Verkehr. Der dunkelblaue Opel Astra fuhr drei Wagen hinter ihr. Der Wagen hatte schon in der Nähe ihrer Wohnung gestanden, als sie losgefahren war. Nadja fuhr mit gedrosselter Geschwindigkeit über die Babenhäuser Landstraße durch den Stadtwald. Der Astra drosselte ebenfalls die Geschwindigkeit. Nadja fuhr auf die Autobahnauffahrt Richtung Frankfurter Kreuz und beschleunigte stark. Sie beobachtete den Rückspiegel. Der Astra beschleunigte im gleichen Tempo. Nadja beobachtete jetzt alle drei Spuren der Autobahn im Rückspiegel. Es war Sonntagmittag und wenig Verkehr. Sie bereitete sich auf ihr Manöver vor, verlangsamte ihre Geschwindigkeit. Der Astra holte auf. Die Abfahrt Frankfurt Süd kam immer näher. Nadja behielt den Verkehr hinter ihr fest im Auge. Sie blieb auf der linken Spur, erhöhte ihre Geschwindigkeit wieder und scherte dann ruckartig aus der Fahrspur aus. Sie lenkte ihren Wagen über zwei Autobahnspuren und bremste scharf ab, um an der Ausfahrt noch abbiegen zu können. Sie zog den Wagen kurz vor einem herannahenden LKW auf der rechten Spur in die Abfahrt und schaute in den Rückspiegel. Der Astra hatte versucht, ihr zu folgen, kam aber nicht mehr vor dem LKW auf die Abbiegespur und verfehlte die Ausfahrt. Nadja hatte ihn abgeschüttelt. Mit erhöhter Geschwindigkeit fuhr sie über die Mörfelder Landstraße zurück in die Stadt.

Jens Leitner und Dieter Breitscheid saßen ebenfalls in einem dunkelblauen Opel Astra. Sie tranken Kaffee aus der Thermoskanne und beobachteten das Haus in der Allerheiligenstraße, in dem Maja Mertens wohnte. Über Funk bekamen sie gerade von Anja Michelsen die Meldung, dass sie und Uwe Küster von Nadja abgehängt worden waren. Anja Küster gab das Kennzeichen von dem gelben Alfa Spider durch, mit dem Nadja zurück in die Stadt unterwegs war. Leitner und Breitscheid waren in erhöhter Alarmbereitschaft und hielten nicht mehr nur nach Maja Mertens Ausschau, sondern auch nach einem gelben

Spider von Alfa Romeo.

Nur ein paar Meter weiter, wo die Straße am Allerheiligentor begann, stand noch ein Opel Astra. In dem roten Wagen saß Till und hörte den Funkverkehr zwischen den beiden Observierungsteams mit. Auch Till befand sich nun in erhöhter Alarmbereitschaft. Er glaubte nicht, dass Nadja hier auftauchen würde, aber er war sich sicher, dass sie eine Verabredung mit Maja hatte. Till beobachtete die Straße. Es war nicht die Wohngegend, in der er Maja Mertens vermutet hätte. Das war ihm schon bei seinem Besuch am Samstag aufgefallen, aber da hatte er nicht sonderlich auf die Umgebung geachtet. Eine Spielhalle, eine Autovermietung, ein Discounter und ein Nachtclub, an dessen Seitentür sich die Männer auch tagsüber die Klinke in die Hand gaben, säumten das Straßenbild. Türkischstämmige Mitbürger schlenderten über die Straßen, ein Hauch von Istanbul lag in der Luft. Till hätte die Kamasutrakönigin in einer luxuriöseren Umgebung erwartet.

Siebels hatte zeitgleich die Meldung bekommen, dass Nadja sich ihren Verfolgern entzogen hatte. Ihm war auch nicht entgangen, dass Dr. Ritter in den letzten Minuten ständig auf die Uhr schaute. Anscheinend war der Countdown angelaufen und Siebels war sich nicht sicher, ob sein Aufenthalt bei Dr. Ritter der Aufklärung des Falles eher hinderlich oder zuträglich war.

»Haben Sie heute noch etwas vor?«, fragte er Dr. Ritter.

»Warum? Wollen Sie mich ins Kino einladen?«

»Der Film, in dem wir uns gerade befinden, ist doch spannender als jeder Kinofilm, oder?«

»Wenn Maja etwas zustößt, werde ich Sie zur Verantwortung ziehen. Ich werde Sie wegen unterlassener Hilfeleistung anzeigen. Wegen Amtsmissbrauch. Wegen fahrlässiger Tötung.« Angriffslustig schaute Dr. Ritter zu Charly. »Und Sie werden bezeugen, dass Sie mit Ihrem Kollegen hier nutzlos rumgesessen und sich wie im Kino gefühlt haben, während Nadja ungehindert ihr mörderisches Werk vollendete.«

Charly hatte schon den Mund geöffnet, um etwas zu entgegnen, als Siebels sich ruckartig von seinem Sessel erhob. »Wir haben heute tatsächlich noch einiges zu erledigen, um diesen Fall endlich aufzuklären. Bitte halten Sie sich morgen für eine weitere Befragung bereit.«

»Stets zu Ihren Diensten«, erwiderte Dr. Ritter ironisch und brachte Siebels und Charly zur Tür.

Der Abend war bereits angebrochen, als Maja Mertens ihre Wohnung verließ. Sie trug eine dunkle Sonnenbrille und ging mit schnellen Schritten die Straße entlang. Sie lief an ihrem silbernen BMW Z3 vorbei und bog rechts in die Konrad-Adenauer-Straße ab. Jens Leitner gab eine Funkmeldung durch und verließ mit Dieter Breitscheid den Wagen, um Maja zu Fuß zu folgen. Anja Michelsen und Uwe Küster hatten ihren Wagen mittlerweile wieder vor der Wohnung von Nadja geparkt und warteten dort ab. Maja lief zur Konstablerwache und nahm dort die Rolltreppe zur U-Bahn-Station. Ihre Verfolger hielten etwa hundert Meter Abstand. Till war drauf und dran gewesen, ebenfalls die Verfolgung aufzunehmen. Doch einem Instinkt folgend war er im Wagen sitzen geblieben. Er dachte darüber nach, die Chance zu nutzen und sich in der Wohnung von Maja Mertens umzusehen. Er bezweifelte, dass ihre eingetretene Wohnungstür schon fachmännisch repariert worden war. Die Gelegenheit war also günstig. Da Maja aber ihren Wagen nicht benutzt hatte, war er nicht sicher, ob sie nicht gleich wieder zurückkommen würde. Er blieb noch im Wagen sitzen und schaute angestrengt aus dem Fenster.

Maja Mertens wartete am U-Bahnsteig der Linien U6 und U7. Die Anzeigetafel kündigte die nächste Bahn in zwei Minuten an. Jens Leitner und Dieter Breitscheid standen etwa zwanzig Meter von ihr entfernt und waren in ein Gespräch vertieft. Sie schienen Maja Mertens gar nicht zu beachten. Maja Mertens schaute regelmäßig zu den beiden plaudernden Herren. Ihre dunkle Sonnenbrille verbarg ihren Beobachtungsdrang. Die U-Bahn fuhr in die Station ein. Maja Mertens stieg in einen der vorderen Wagen ein. Ihre Verfolger bummelten unauffällig langsam ein paar Meter nach vorne, um in den gleichen Wagen einsteigen zu können. Maja Mertens setzte sich auf einen Einzelsitz gleich neben dem Einstieg. Die beiden Herren setzten sich ein paar Meter hinter ihr auf einen Vierer-Sitzplatz. Maja Mertens atmete einmal tief durch, wartete bis zum letzten Moment und sprang dann auf und durch die noch geöffnete Tür nach draußen auf den Bahnsteig zurück. Im nächsten Moment schloss sich die Tür. Im Augenwinkel sah sie, wie auch die beiden Herren von ihren Sitzen aufgesprungen waren. Sie hatten noch drei Meter bis zur Tür. Sie schafften es nicht mehr. Die Bahn fuhr los. Maja Mertens winkte ihnen hinterher.

Siebels saß in seinem BMW, neben ihm Charly. Gemeinsam beobachteten sie das Haus von Dr. Ritter.

»Von den 2,7 Millionen, die er aus Nadjas Erbe beiseitegeschafft haben soll, weiß ich gar nichts«, bemerkte Charly nachdenklich. »Was hast du damit bezweckt?«

»Das war ein Bluff.« Siebels zündete sich eine Zigarette an.

»Hat aber nicht funktioniert, oder?«

»Das wird sich jetzt zeigen.«

Charly sah aus dem rechten Seitenfenster. Dann an Siebels vorbei aus dem linken Fenster. »Ich sehe nix.«

»Abwarten und Tee trinken. Jede Wette, dass er bald das Haus verlässt.«

»Ich glaube eher, dass er seinen Schnaps leert und dann selig auf seiner schwarzen Ledercouch einpennt.«

Ein Funkspruch von Anja Michelsen kam herein. Sie teilte mit, dass Maja Mertens das Haus verlassen hatte und zu Fuß unterwegs sei.

»Na, siehst du. Es tut sich doch schon wieder was. Wenn Maja Mertens unterwegs ist, wird Dr. Ritter sich auch bald auf den Weg machen.«

»Wollen wir wetten, dass die Mertens Leitner und Breitscheid jetzt auch abhängt?«, fragte Charly.

»Die Wette nehme ich an. Die beiden sind ja vorgewarnt. Um was wetten wir?«

»Schnitzel und Bier. Der Gewinner bestimmt die Lokalität.« Charly hielt Siebels seine Hand hin und Siebels schlug ein.

Till saß noch in seinem Wagen und überlegte, was er tun sollte, als er Maja Mertens wieder in die Allerheiligenstraße kommen sah. Interessiert beobachtete er sie und fragte sich, wo Leitner und Breitscheid abgeblieben waren. Maja Mertens ging schnellen Schrittes bis zu ihrem BMW und stieg ein. Sie manövrierte den Wagen aus der engen Parklücke und fuhr los. Till startete den Motor und folgte ihr. Maja Mertens bog links in die Kurt-Schuhmacher-Straße ab und überquerte kurz darauf den Main auf der Alten Brücke. Till folgte ihr mit sicherem Abstand ins südliche Frankfurt nach Sachsenhausen. Sein Puls ging schneller, als er erkannte, dass Maja Mertens auf den Lerchesberg zusteuerte, direkt zur Wohnung von Nadja. Anja Michelsen meldete gerade über Funk, dass Leitner und Breitscheid von Maja Mertens abgehängt wurden. Till kam in den Sinn, dass Anja Michelsen und Uwe Küster vor Nadjas Wohnung postiert waren. Er spielte mit dem Gedanken, sich in den Funkverkehr einzuschalten und Maja Mertens Ankunft bei Nadja anzukündigen. Er ließ es bleiben.

Siebels hatte laut geflucht und Leitner und Breitscheid als Volltrottel beschimpft, als die Meldung von Anja Michelsen gekommen war.
»Das wird ja doch noch richtig spannend«, kommentierte Charly die Situation.
»Jetzt können wir nur noch hoffen, dass sich auch Dr. Ritter bald auf die Socken macht«, stöhnte Siebels. Kaum hatte er es ausgesprochen, öffnete sich das Garagentor auf dem Grundstück von Dr. Ritter. Kurz darauf kam er in seinem schwarzen Mercedes herausgerollt.
»Lass dich jetzt bloß nicht auch noch abhängen«, mahnte Charly.
»Von dem bestimmt nicht«, erwiderte Siebels und hängte sich an den Mercedes.
»Falls doch, gehen wir halt Schnitzel essen.«
»Weißt du was, Charly, wir fangen jetzt erst mal unser Mörderpärchen und danach gehen wir ganz gemütlich unser Schnitzel essen.«

Nadja fuhr zurück auf den Lerchesberg. Sie machte einen großen Bogen um ihre eigene Wohnung und lenkte den Wagen zu ihrem Elternhaus. Zum Haus von Beate Sydow. Hier war alles menschenleer. Still und friedlich standen die Häuser und Villen auf der Anhöhe im Süden Frankfurts. Nadja hielt auf der Straße an und betrachtete sich die parkenden Wagen, die draußen auf der Straße standen. Sie entdeckte weder den BMW von Maja noch den Mercedes von Dr. Ritter. Sie fuhr wieder los und parkte ihren Spider zwei Straßenzüge weiter. Zu Fuß ging sie zurück zu ihrem Geburtshaus. Sie öffnete leise die Eingangstür und lauschte. Es war totenstill im Haus. Nadja ging hinein und besah alle Räume. Sie war allein im Haus. Noch. Sie öffnete die Eingangstür und ließ sie offenstehen. In der Küche schenkte sie sich ein Glas Wasser ein, damit ging sie hinaus auf die Terrasse und setzte sich auf einen Stuhl. Es war ein warmer Sonntag im Juni, der Himmel lag klar und blau über Frankfurt. Nadja beobachtete die stille Wasseroberfläche im Pool und wartete.

Maja fuhr an der Wohnung von Nadja im Ziegelhüttenweg vorbei. Till duckte sich, als er an dem Astra vorbeifuhr, in dem Anja Michelsen und Uwe Küster Wache hielten. Jetzt dämmerte ihm, was Maja vorhatte. Sie fuhr zum Hause Sydow im Lerchesbergring. Till verlangsamte sein Tempo. Hier fuhren keine anderen Wagen auf den Straßen, er war jetzt leicht auszumachen. Vor der nächsten Kurve hielt er am Straßenrand an und wartete zwei Minuten, bevor er weiterfuhr. Als er langsam den Lerchesbergring abfuhr, erkannte er Majas BMW, der direkt vor dem Hause Sydow stand. Von einem gelben Alfa Spider war nichts zu sehen. Till hielt etwa hundert Meter vor dem Haus an. Fieberhaft überlegte er, was er tun sollte. Abwarten? Verstärkung rufen? Auf eigene Faust das Haus betreten? Über Funk hatte Charly gerade gemeldet, dass er sich mit Siebels an Dr. Ritter drangehängt hatte. Till beschloss zu warten. Wenn Dr. Ritter auch hier aufkreuzte, wären auch Siebels und Charly bald hier.

Maja lächelte eisig, als sie vor der sperrangelweit geöffneten Haustür stand. Sie schaute sich um. Es war niemand auf der Straße zu sehen. Sie ging ins Haus. Vom Wohnzimmer aus entdeckte sie durch die gegenüberliegende Glasfront ihre alte Schulfreundin am Pool. Maja schlenderte langsam auf die Terrasse. Nadja hob den Kopf und sah ihre alte Freundin verächtlich an. Sie stand von ihrem Stuhl auf und ließ Maja auf sich zukommen. Mit etwa zwei Meter Abstand standen die Frauen sich gegenüber und musterten sich gegenseitig.

»Bringen wir es nun endlich zu Ende?«, fragte die eine.

»Ja, es wird Zeit«, sagte die andere.

»Zeit, dich endlich in die Klapse zu stecken.«

»Zeit, dich endlich aus dem Weg zu räumen.«

»Zeit, das Spiel zu beenden.«

»Zeit, um meinen Plan zu vollenden.«

»Dein Plan war scheiße. Du hast nur Scheiße im Kopf. Das war schon immer so. Daran wird sich auch heute nichts ändern.«

»Deine Fresse war schon immer viel zu groß. Zeit, sie dir endlich zu stopfen. Für immer.«

»Willst du das erledigen? Oder wartest du auf deinen Doktor Ritter? Den tapferen Ritter, der das Fräulein in eine bessere Welt bringt. Du warst schon immer eine Traumtänzerin.«

»Der tapfere Ritter tanzt nach meiner Pfeife. Mehr ist nicht nötig.«

»Da wäre ich mir an deiner Stelle aber nicht so sicher. Der tapfere Ritter ist gar nicht so tapfer. Der weiß schon, wo sein Platz ist. Bei dir ganz sicher nicht.«

»Du klingst verzweifelt. Rede dir die Welt nur schön, du wirst schon sehen, auf welcher Seite er steht, der arme, kleine Ritter.«

Dr. Ritter wechselte am Flughafen die Autobahn. Er verließ die A5 und fuhr auf die A3 auf. Kurz darauf verließ er die Autobahn und wechselte bei Frankfurt-Süd auf die Bundesstraße, die durch den Stadtwald führte. Siebels ahnte, wo die Fahrt enden würde. Doch dann tat Dr. Ritter etwas, was Siebels irritierte. Auf der Mörfelder Landstraße bog er plötzlich links ab. Er fuhr in die Otto-Fleck-Schneise, direkt auf die Commerzbank-Arena zu.

»Was macht er hier?«, fluchte Siebels. Im Stadion war keine Veranstaltung, rund um das Stadiongelände herrschte gähnende Leere. Nur Dr. Ritter fuhr auf der schmalen Straße zum Stadion. Siebels wartete, bis der Abstand größer wurde, und folgte langsam dem Mercedes. Am Stadion sah er den Mercedes hinter einer Schranke verschwinden.

»Was soll das jetzt?«

»Er fährt in das VIP-Parkhaus unter den Tribünen«, klärte Charly ihn auf.

»Und wo kommt er wieder raus?«

»Keine Ahnung. Ich gehöre zu den Leuten, die mit der Straßenbahn ins Stadion fahren.«

Siebels hielt vor der geschlossenen Schranke an. »Er könnte da drinnen den Wagen wechseln.«

»Ist nicht auszuschließen. Dann wäre das Theater hier aber schon länger geplant gewesen.«

»Unsere beiden Damen haben ihre Verfolger ja auch abgeschüttelt. Das ist alles ein abgekartetes Spiel.«

»Sag mir was Neues.«

»Ehrlich gesagt, hätte ich jetzt Till ganz gern an meiner Seite.«

»Jetzt werde nicht ungerecht. Er hat dich abgehängt. Nicht mich.«

Siebels sah Charly von der Seite an. Dann ließ er die Kupplung kommen und gab Gas. Die Schranke zersplitterte in mehrere Teile. Er fuhr in die Tiefgarage hinunter. Es gab mehrere Tiefgeschosse. Von Dr. Ritter war weit und breit nichts mehr zu sehen. Siebels fuhr mit quietschenden Reifen durch das Parkdeck. Er sah nur Beton. Aber weit und breit keinen schwarzen Mercedes.

Till saß angespannt in seinem Wagen und beobachtete das Haus Sydow. Maja war nun schon einige Zeit im Haus verschwunden, ohne dass etwas passiert wäre. Er konnte sich nicht entscheiden, ob er noch weiter warten oder besser ins Haus gehen sollte. Ein eingehender Funkspruch ließ ihn leise aufstöhnen. Charly meldete sich und gab durch, dass sie Dr. Ritter verloren hätten. Charly fügte noch hinzu, dass Dr. Ritter wahrscheinlich auf der Mörfelder Landstraße Richtung Sachsenhausen unterwegs sei und wahrscheinlich bei Nadja aufkreuzen würde. Anja Michelsen bestätigte, dass ihr Team noch vor Nadjas Wohnung in Position sei. Till hatte die Hand schon am Funkgerät, verzichtete dann aber doch darauf, die Kollegen zum Hause Sydow zu rufen. Er wollte sich zuerst ein Bild von der Lage verschaffen. Im Rückspiegel sah er einen schwarzen

Mercedes mit Bad Homburger Kennzeichen in den Lerchesbergring einfahren.

Siebels hatte den BMW durch die demolierte Schranke aus dem Parkhaus rausgefahren und wollte das Gelände der Commerzbank-Arena wieder verlassen. Ein Polizeiwagen mit blinkendem Blaulicht versperrte ihm die Ausfahrt.
»Was wollen die denn jetzt?«, fragte Siebels genervt.
»Irgendein Nachtwächter wird deine brachiale Einfahrt ins Stadion auf einer Videoüberwachung beobachtet haben«, klärte Charly ihn auf.
Die zwei Beamten näherten sich mit gezogenen Waffen dem Wagen von Siebels. Zwei weitere Polizeiwagen kamen mit hohem Tempo angefahren und stoppten kurz darauf vor Siebels und Charly. Siebels ließ das Seitenfenster herunter und suchte in seinen Hosentaschen nach seinem Ausweis, der ihn als Kriminalhauptkommissar auswies.
»Hände ans Steuer«, rief einer der Beamten.
»Kriminalhauptkommissar Siebels im Dienst«, rief Siebels und legte die Hände auf das Lenkrad.
»Sie haben die Schranke zur Tiefgarage durchbrochen?«, vergewisserte sich der Polizist.
»Ja.«
Charly hatte mittlerweile auch sein Seitenfenster runtergelassen. Davor standen jetzt auch zwei Polizisten und musterten die beiden Insassen.
»Darf ich mich vorstellen, Kriminalhauptkommissar Hofmeier.«
»Aussteigen«, forderte der Polizist Siebels auf. Siebels folgte der Aufforderung und wurde sofort gegen den Wagen gedrückt und auf Waffen abgesucht. Auf der anderen Seite wurde Charly streng beobachtet.
»Er ist bewaffnet«, rief der Beamte, der Siebels abtastete.
»Meine Dienstwaffe, Mann«, echauffierte sich Siebels.
Der Beamte entwaffnete Siebels. »Können Sie sich ausweisen?«
»Ja.« Siebels griff wieder in seine hintere Hosentasche und fand seinen Ausweis in seiner Geldbörse. Der Beamte studierte den Ausweis.

»Scheint echt zu sein«, sagte er zu seinen Kollegen.

»Wir haben einen schwarzen Mercedes verfolgt. Der Fahrer hatte Zugang zum Parkhaus«, versuchte Siebels die Situation zu erklären.

»Vermutlich ein Edelfan der Eintracht mit Dauerkarte und VIP-Zugangsberechtigung«, überlegte ein anderer Beamter laut.

»Vermutlich«, bestätigte Charly dessen Gedankenblitz.

»Haben Sie einen schwarzen Mercedes mit Bad Homburger Kennzeichen gesehen?«, fragte Siebels in die Runde.

Acht Polizeibeamte sahen sich ratlos an. Siebels fluchte.

Der schwarze Mercedes parkte hinter dem silbernen Sportwagen von Maja Mertens. Dr. Ritter stieg aus und lief zielstrebig zum Haus Sydow. Die Eingangstür stand immer noch weit offen. Till beobachtete den Rechtsanwalt und hoffte, dass er die Tür offenließ. Seine Hoffnungen wurden erfüllt. Dr. Ritter verschwand im Haus. Till stieg aus dem Wagen und lief langsam zum Haus. Auf Zehenspitzen schlich er sich durch den Flur bis ins Wohnzimmer. Von dort konnte er unbemerkt die Terrasse beobachten.

Dr. Ritter war geschockt auf der Terrasse stehen geblieben. Nadja saß auf einem Stuhl. Ihre Hände waren an die Stuhllehnen gefesselt, ihre Beine an die Stuhlbeine. Der Stuhl stand mit den hinteren Stuhlbeinen nur Zentimeter vom Beckenrand des Pools entfernt. Am Hals von Nadja war ein kleiner Brandfleck zu erkennen. Die Spuren des Elektroschocks, mit dem sie kurzzeitig außer Gefecht gesetzt worden war. Maja stand vor dem Stuhl. Die Hände hatte sie fest auf die Rückenlehne des Stuhls gelegt. Ein kleiner Stoß würde genügen, um den Stuhl mit Nadja auf den Grund des Pools zu befördern.

»Was soll das? Was hast du vor?«, stotterte Dr. Ritter.

»Na was schon. Hier hat es angefangen, hier wird es enden. Mit einer ersoffenen Sydow. Willst du es machen? Oder fehlt dir der Mumm?«

»Hau ihr eins in die Fresse«, forderte Nadja Dr. Ritter auf. »Oder glaubst du wirklich, sie will mit dir und der Kohle durchbrennen? Wenn sie das Geld hat, bist du tot.«

»Nimm deine Hände vom Stuhl«, schrie Dr. Ritter Maja an.

Maja kippte den Stuhl ein wenig nach hinten. Dr. Ritter kam mit panikerfülltem Gesicht einen Schritt auf sie zu.

»Noch einen Schritt weiter und sie plumpst ins Wasser«, drohte Maja. Dr. Ritter blieb wie angewurzelt stehen.

»Du willst sie immer noch ficken«, spie Maja hasserfüllt aus.

»Er hat halt Stil«, sagte Nadja provozierend.

»Grüß deine Stiefmutter von mir«, sagte Maja mit wutverzerrtem Gesicht und stieß den Stuhl mit Nadja ins Wasser.

Fassungslos starrte Dr. Ritter Maja Mertens an. »Was hast du getan?«

»Das Spiel ist aus. Aus und vorbei.« Maja drehte sich zum Pool und schaute auf den Grund. Grinsend sah sie zu, wie ihre alte Schulfreundin dem Tod ins Auge blickte. Sie wollte sich gerade wieder Dr. Ritter zuwenden, als dessen Faustschlag sie mitten ins Gesicht traf. Maja fiel um wie ein nasser Sack und landete mit dem Hinterkopf auf dem harten Beckenrand. Ein kleines Rinnsal Blut floss aus ihrem Kopf. Sie bewegte sich nicht. Dr. Ritter kniete sich hin und wälzte den bewusstlosen Körper in den Pool. Maja versank und blieb neben Nadja liegen.

Sekunden später hechtete Till über die Terrasse und sprang kopfüber in den Pool. Dr. Ritter stand begriffsstutzig am Beckenrand und schaute verwundert ins Wasser. Seine Sinne waren vom Schnaps vernebelt. Till versuchte, den Stuhl mit der gefesselten Nadja aus dem Wasser zu ziehen. Dr. Ritter kam wieder zu sich und half von oben. Kurz darauf hievten die beiden gemeinsam den Stuhl mit Nadja aus dem Becken. Till tauchte sofort wieder unter und versuchte, auch Maja aus der Tiefe heraufzuholen.

Zwei Minuten später kamen Siebels und Charly auf die Terrasse gerannt. Siebels traute seinen Augen nicht. Maja Mertens lag bewusstlos am Beckenrand. Sie atmete gleichmäßig. Till hatte sie in der stabilen Seitenlage liegen lassen und sich dann um Nadja gekümmert. Dr. Ritter saß wie versteinert im Schneidersitz neben Till und schaute zu, wie der bei einer Mund-zu-Mund-Beatmung über Nadja kniete. Kurz darauf hustete Nadja und spuckte Wasser. Charly wählte den Notruf und forderte Rettungswagen für zwei Verletzte an. Nadja fand wieder ins Leben zurück. Hustend und prustend. Siebels lief ins Haus und holte aus der Küche ein Messer, mit dem er die gefesselte Nadja vom Stuhl befreite.

»Was machst du denn hier?«, fragte er dann Till.

»Deinen Job«, sagte Till und ließ sich erschöpft neben Dr. Ritter nieder.

Siebels betrachtete sich Maja Mertens, die immer noch leblos auf dem Boden lag. Er fasste ihren Puls. »Sie lebt.«

»Ich habe sie beide rechtzeitig aus dem Wasser gefischt«, klärte Till seine Kollegen auf.

Siebels deutete auf Dr. Ritter. »Was ist mit ihm?«

»Er stinkt nach Schnaps«, sagte Till und zuckte mit den Schultern.

31

Montag, 7. Juni 2010

Um Punkt 18:00 Uhr trat Staatsanwalt Jensen vor die Presse. Stolz verkündete er, dass die Mordkommission innerhalb kürzester Zeit eine Mordserie in Frankfurt aufgeklärt hatte. Siebels stand rechts neben Jensen und konnte ein Gähnen nicht unterdrücken. Am liebsten hätte er sich vor den Fotografen und Journalisten auf den Boden gelegt und sich in einen tausendjährigen Dornröschenschlaf begeben. Er widerstand der Versuchung und lauschte den Worten von Jensen. Der sprach gerade von Beziehungstaten und psychisch emotional gestörten Tätern. Till stand auf der anderen Seite von Jensen. Er wartete auf ein an ihn gerichtetes Extralob aus dem Munde des Staatsanwaltes, doch das blieb aus. Stattdessen lobte Jensen die kluge Beweisführung der Staatsanwaltschaft. Er erwähnte eine Dame aus dem horizontalen Gewerbe, die den ermittelnden Beamten mit einer Falschaussage das Leben schwer gemacht hatte. Die Betreiberin eines Escort-Services ließ sich von der Hauptangeklagten ebenso zu einer bezahlten Falschaussage hinreißen wie ein rumänischer Lagerarbeiter, der eine sexuelle Beziehung zu der mutmaßlichen Täterin pflegte. Jensen fand noch ein paar abschließende Worte über die hervorragende Zusammenarbeit zwischen Staatsanwaltschaft und den leitenden Ermittlern und sonnte sich noch ein paar Minuten im Blitzlichtgewitter der anwesenden Fotografen.

Zwei Stunden zuvor hatte Till offiziell seine Dienstwaffe und seinen Dienstausweis wieder ausgehändigt bekommen. Maja Mertens lag zwar noch mit einer schweren Gehirnerschütterung im Krankenhaus und war vernehmungsunfähig, aber die Aussage von Anton Hubertus Möllenbeck hatte ihn vom Vorwurf der versuchten Vergewaltigung entlastet. Möllenbeck hatte ausgesagt, dass Maja Mertens zwar tatsächlich am besagten Abend bei ihm aufgetaucht sei, die Bluse, die Till ihr zerrissen haben soll, am Abend jedoch noch unversehrt gewesen sei. Erst am nächsten Morgen, kurz bevor Maja Mertens die Strafanzeige aufgeben wollte, war die Bluse plötzlich in arge Mitleidenschaft gezogen worden. Auch die detailgetreue Aussage von Maja Mertens auf der Polizeistation wich in allen wesentlichen Punkten von den Erzählungen ab, die sie zuvor bei ihrem Chef gemacht hatte. Möllenbeck sagte aus, dass Maja Mertens sich ihre Geschichte erst in der Nacht bei ihm so richtig zusammengereimt hatte.

Nadja war noch am Sonntagabend vom Krankenhaus in die Untersuchungshaft überführt worden. Sie hatte die kurze Zeit unter Wasser ohne gesundheitliche Schäden überstanden. Trotzdem verweigerte sie beharrlich die Aussage. Umso aussagefreudiger zeigte sich dagegen Dr. Ritter. Er saß am Vormittag über zwei Stunden mit Siebels und Till im Vernehmungsraum und brachte endlich Licht in den dunklen Fall. Er gab zu, dass er schon vor zehn Jahren ein Auge auf Nadja geworfen hatte. Sie war siebzehn, als er sie bei einer Feier im Hause Sydow kennen gelernt hatte. Aus diesem Zusammentreffen entwickelte sich eine Affäre zwischen den beiden. Sie trafen sich regelmäßig in einem Hotel und später, als Nadja den Führerschein besaß, im Haus von Dr. Ritter. Bis zum Tod von Nadjas Vater vor drei Jahren legte Dr. Ritter in dieser Beziehung großen Wert auf Diskretion. Nach dem Ableben von Jürgen Sydow sah Dr. Ritter die Sache aus einem anderen Blickwinkel. Von da an hoffte er auf ein offenes Zusammenleben mit Nadja. Nadja sah das allerdings ganz anders. Sie kam, wenn sie Lust auf Sex hatte, und ging, wenn er von einer gemeinsamen Zukunft zu reden anfing. Als Nadja sich von seinen Bemühungen in die Ecke gedrängt fühlte, brachte sie Maja Mertens ins Spiel. Mit einem geschickten Schachzug arrangierte sie eine Affäre zwischen Maja und Dr. Ritter. Gegenüber Dr. Ritter machte Nadja keinen Hehl daraus, dass sie die Affäre zwischen ihm und Maja nicht nur arrangiert hatte, sondern dass sie in dieser Konstellation auch an weiterem sexuellen Kontakt mit ihm interessiert war. Dr. Ritter akzeptierte diesen Zustand und stand zwei Jahre lang beiden Frauen als Liebhaber zur Verfügung. Nadja und Maja missbrauchten ihn dabei immer wieder für ihre Auseinandersetzungen, die sie am liebsten über Dritte austrugen. Dr. Ritter konnte seine Gefühle für Nadja aber nie ablegen. So sehr er auch die Beziehung mit Maja Mertens genoss, so sehr litt er unter der Dreiecksbeziehung. Es änderte sich aber nichts für ihn. Nadja kam und ging und lachte, wenn er mehr wollte. Maja tröstete ihn und versuchte ihn Stück für Stück auf ihre Seite zu locken. Dr. Ritter wurde mehr und mehr zum Spielball zwischen Nadja und Maja und versuchte sich mit Alkoholkonsum und Besuchen im Spielcasino von seinem Beziehungsstress abzulenken. Aber der Alkohol und das Glücksspiel brachten ihn genauso in Bedrängnis wie seine Beziehungen zu Nadja und Maja. Zu oft trank er mehr, als er vertrug, und verspielte Summen, die er nicht hatte. In seiner Not vergriff er sich an Nadjas Vermögen, zu dessen Verwalter er berufen war. Als Maja davon Wind bekam, fing sie damit an, ihren Plan zu schmieden. Sie intensivierte ihr Verhältnis zu Dr. Ritter, hatte immer ein offenes Ohr für seine Sorgen und sah es ihm nach, wenn er zu viel trank. Sie ermutigte ihn auch zu weiteren Besuchen im Spielcasino und begleitete ihn nun auch öfter dorthin. In ihrer Gegenwart waren die Summen, die er verspielte, noch viel höher, als wenn er allein spielte. Je mehr Geld Dr. Ritter von Nadjas Erbe veruntreute, desto inniger wurde seine Beziehung zu Maja. Die veruntreuten Summen wurden immer höher und der Zeitpunkt, zu dem Nadja ihr Erbe übertragen bekommen sollte, rückte unaufhaltsam näher. Dr. Ritter fing an, den Kontakt zu Nadja weitestgehend zu vermeiden. Stattdessen verbrachte er immer mehr Zeit mit Maja. Und die spann munter ihre Ideen von einem Zusammenleben mit Dr. Ritter. Als die Spielschulden von Dr. Ritter immer höher und höher wurden, begrub er endgültig seine Hoffnungen auf ein gemeinsames Leben mit Nadja und richtete sich auf eine Beziehung mit Maja ein. Tief in seinem Inneren sah er die ganze Entwicklung als eine herbe Niederlage. Eine Niederlage, für die er Nadja die Schuld gab. Aus seiner Zuneigung zu Nadja wurde ein tiefer Hass. Mit diesem Hass war er leichte Beute für Maja. Maja redete ihm auch bald die Lösung für alle seine Probleme ein. Nadja sollte im Gefängnis verschwinden, Nadjas Erbe bei ihr und Dr. Ritter.

Maja hasste ihren Job und ihr Leben und sie hasste Nadja, von der sie immer in die Schranken gewiesen worden war.

Jetzt sah sie die Gelegenheit, den Spieß umzudrehen. Sie wollte Nadja vernichten und die Menschen, die Nadja das schöne Leben ermöglicht und ihr das Leben schwer gemacht hatten, gleich mit. Beate Sydow hatte ihrem Glück mit Jürgen Sydow im Weg gestanden und ihre berufliche Zukunft ruiniert. Hanna Schmücker hatte nicht mitgespielt, als Maja bereits in der Schule ihren ersten Vernichtungsfeldzug gegen Nadja geplant hatte. Bettina Lorenz hatte Majas Träume an Nadja verkauft. Katja Kullmer hatte ihr Kamasutra-Buch als Schund bezeichnet und Nadjas geistige Ergüsse hoch gelobt. Alles schrie nach Rache. Da tauchte dieser Philipp von Mahlenburg auf der Bildfläche auf. Dr. Ritter war besorgt. Einen Hochstapler im Hause Sydow betrachtete er mittlerweile schon als Nebenbuhler um das Vermögen der Sydows. Er beauftragte einen Detektiv mit der Beobachtung des Philipp von Mahlenburg. Natürlich erzählte er Maja davon und die wollte sich den Mann aus der Nähe betrachten. Sie überredete Dr. Ritter, ihr einen Schlüssel zum Haus auszuhändigen. Am gleichen Tag meldete sich Nadja bei ihr. Die schmiedete ihren eigenen bösen Plan. Sie wollte Philipp von Mahlenburg zum Teufel jagen und sah in Maja die perfekte Besetzung für den Teufel. Nadja erzählte Maja von Philipp von Mahlenburg und unterbreitete ihr den Vorschlag, sich den Liebhaber ihrer Stiefmutter aus der Nähe zu betrachten. Maja willigte natürlich sofort ein. Kurz darauf arrangierte Nadja das Treffen mit Maja und Philipp von Mahlenburg im Haus ihrer Stiefmutter. Was Nadja nicht wusste, war, dass Maja gleichzeitig von Dr. Ritter einen Schlüssel zum Haus ausgehändigt bekommen hatte. Sie lernte Philipp von Mahlenburg erst ganz unverfänglich in der Gegenwart von Nadja kennen und schlich sich dann nachts erneut ins Haus. Bei ihrem nächtlichen Besuch beobachtete sie Beate Sydow und Philipp von Mahlenburg im Bett. Als von Mahlenburg sie an der Türschwelle entdeckte, während er mit Beate Sydow schlief, und sie sich nicht von der Stelle rührte, war das unheilige Band zwischen den beiden geknüpft. Als ihm die heimliche Zuschauerin auch noch Zeichen gab, dass er sich beim Liebesakt mit Beate Sydow mehr Mühe geben sollte, war es um ihn geschehen. Von dem Augenblick an war er ihr hörig. Sie blieb an der Türschwelle stehen, bis er vor ihren Augen zu seinem Höhepunkt kam. Dann entfernte sie sich still und heimlich aus dem Haus. Aber am nächsten Tag kam sie wieder. Da ahnte sie bereits, was Nadja im Schilde führte und spielte das Spiel von Nadja mit. Sie schlief aber an diesem Tag nicht mit Philipp von Mahlenburg. Dieses Vergnügen musste er sich erst verdienen. Als Beate Sydow in ihrem Haus eintraf, lag Maja nur leicht bekleidet am Pool und ließ sich von Philipp von Mahlenburg mit kleinen Leckereien aus der Küche verwöhnen.

In den Anekdoten, die Maja später zu Papier brachte, erfand sie die Szenen, in denen Nadja sich im Beisein ihrer Stiefmutter Philipp von Mahlenburg näherte. Mit dieser Spur wollte sie die späteren Ermittlungen von Anfang an in die falsche Richtung lenken.

Als Dr. Ritter von dem Mord an Beate Sydow erfuhr, erkannte er, dass aus dem Spiel tödlicher Ernst geworden war. Als kurz darauf auch Jens Schäfer und Hanna Schmücker ermordet wurden, bekam er Panik. Dass Maja die kriminelle Energie ihrer Planspiele so detailliert in die Tat umsetzte, hatte er ihr nicht zugetraut. Als er auch noch von Siebels mit dessen Befragungen und Ermittlungen in die Enge getrieben wurde, wendete er sich von Maja ab und kontaktierte Nadja. In betrunkenem Zustand erzählte er Nadja von dem verspielten Geld und der Rachsucht Majas. Nadja reagierte gelassen. Sie machte ihm keine Vorwürfe und wollte sich wegen des veruntreuten Geldes nachsichtig zeigen, wenn er sie auf dem Laufenden hielt. Als dann auch noch Bettina Lorenz vor den Augen der Polizei getötet und Nadja immer tiefer in den Fall verstrickt wurde, meldete sich Dr. Ritter wieder bei ihr. Er war mittlerweile völlig verzweifelt, weil Maja ihn dazu aufgefordert hatte, Katja Kullmer aufzustöbern und mit einem Messer zu töten. Maja Mertens wollte sich für die Tatzeit ein Alibi beschaffen. Mittlerweile befürchtete er, dass Maja früher oder später auch ihn umbringen würde.

Nadja traf sich mit Dr. Ritter und stellte ihn vor die Wahl. Nadja oder Maja. Was Nadja von ihm verlangte, brachte ihn endgültig aus dem Tritt. Er sollte Katja Kullmer auf jeden Fall töten. Allerdings zu einem Zeitpunkt, den sie bestimmte und nicht Maja. Da er Maja mittlerweile in den Rücken gefallen war, willigte er schweren Herzens ein. Nadja ließ ihm noch einen Funken Hoffnung. Nur wenn sie ein Geständnis für die Morde ablegen würde, sollte Dr. Ritter zur Tat schreiten. Um die Sache glaubwürdiger erscheinen zu lassen, forderte Nadja Dr. Ritter dazu auf, sie bei Gesprächen mit der Polizei als Täterin zu denunzieren. Mit diesem Schachzug sollte die unheilvolle Verbindung zwischen Nadja und Dr. Ritter verschleiert werden. Dr. Ritter befolgte diesen Wunsch. Als Siebels Nadja gegenüber die gefundenen DNA-Spuren an den Tatorten erwähnte, setzte sie den Plan in die Tat um. Vom Zellentrakt aus führte sie ein Telefonat mit ihrem Anwalt. Mit Dr. Ritter.

Dr. Ritter rief daraufhin beim Verlag von Katja Kullmer an. Er stellte sich als Anwalt der inhaftierten Nadja Sydow vor, der Frau Kullmer dringend als Zeugin befragen müsse. Nach dem Geständnis von Nadja war Katja Kullmer unvorsichtig geworden. Sie hatte sich von einer Kollegin Arbeit ins Hotel bringen lassen. Die Kollegin erzählte dem vermeintlichen Anwalt arglos, wo er Katja Kullmer finden konnte. Dr. Ritter betrank sich und begab sich mit einem Messer zum Hotel. Schwarz gekleidet zog er sich eine Strumpfmaske über, als er den Gang zu Katja Kullmers Zimmer entlanglief. Dann ging alles ganz schnell. Er stach einfach zu, nachdem er in ihr Zimmer eingedrungen war.

Maja musste geahnt haben, dass Dr. Ritter ihr im letzten Moment noch einen Strich durch die Rechnung machen würde. Sein abweisendes Verhalten ihr gegenüber in den Tagen der Morde sprach Bände. Als Till dann bei Maja Mertens erschien und ihr von Nadjas Geständnis berichtete, schien sie die Kontrolle zu verlieren. Sie wusste nicht, wo Katja Kullmer war, aber sie ahnte Schlimmes. Wenn Katja Kullmer getötet wurde, während Nadja in einer Zelle saß, war ihr ganzer Plan kurz vor dem Ende doch noch gescheitert. Sie benötigte unbedingt ein Alibi. Und Till war das perfekte Alibi. Sie war entschlossen, die Nacht mit einem der ermittelnden Polizeibeamten zu verbringen. Aber Till spielte nicht mit und widerstand den Verführungskünsten der Kamasutrakönigin. Als sie immer aufdringlicher wurde, wollte er fluchtartig die Wohnung verlassen. Ein elektrischer Stromstoß hinderte ihn daran.

Maja Mertens durchsuchte die Taschen von Till und fand die Visitenkarte des Hotels. Sie machte sich umgehend auf den Weg dorthin. Sie ließ alle Vorsicht außer Acht und fragte an der Rezeption nach dem Zimmer von Katja Kullmer. Als sie das Zimmer betrat, lag Katja Kullmer bereits in ihrem Blut. So, wie sie es geplant hatte. Nur der Zeitpunkt war der falsche. Während Nadja unter Polizeiaufsicht in einer Zelle saß, stand sie am Tatort und ein überwältigter Kommissar lag gefesselt auf ihrem Sofa. Dass sie im Hotelzimmer gewesen war, konnte später auch durch die Videoaufzeichnung im Hotelgang nachgewiesen werden. Sie erschien dort etwa eine halbe Stunde nach dem Mord an Katja Kullmer. Kulmbacher hatte diese Szene nicht gesehen, weil er nach dem Auftauchen der schwarzgekleideten Gestalt die Aufnahme gestoppt hatte.

Um Zeit zu gewinnen, tauchte Maja Mertens in der Nacht erst völlig verstört bei Möllenbeck unter und entwickelte dort ihre Geschichte mit der versuchten Vergewaltigung durch Till. Am nächsten Morgen gab sie die Strafanzeige auf der Polizeistation auf und organisierte dann das Treffen mit Nadja und Dr. Ritter im Hause Sydow. Nadja willigte ein und brachte auch Dr. Ritter dazu, an dem Treffen teilzunehmen. Nadja gab auch Anweisungen, wie eventuelle Verfolger abzuschütteln seien.

Als Dr. Ritter im Hause Sydow eintraf, hatte Maja Nadja bereits überwältigt. Nadja war dem Tode geweiht und Maja zögerte nicht. Da brachen in Dr. Ritter die verschütteten Gefühle zu Nadja wieder mit Macht hervor. Und Nadja hatte fest damit gerechnet.

Nach dem fruchtbaren Verhör mit Dr. Ritter durchsuchten Siebels und Till die Wohnung von Maja Mertens. Sie fanden einen Laptop und auf dem Laptop die Datei: Mein perfekter Plan.

Mein perfekter Plan

Mein ehrenwerter König hat kurz vor Spielende noch die Seiten gewechselt. Ein wankender König. Ein trinkender König. Ein jämmerlicher König. Ein König, der es nicht wert

ist, auf meinem Spielfeld zu sterben. Er soll zusehen, wie seine Herzdame vom Spielfeld der Eitelkeiten verschwindet. Er soll jammern, wenn sie im Pool versinkt und wie eine Ratte ersäuft. Danach kann er sich selbst im Alkohol ersäufen. Er hat gemordet, um sie zu retten. Er hat sie beschuldigt, um mich in die Irre zu führen. Wie groß muss seine Liebe doch gewesen sein? So soll mein Spiel nun enden. Lebe wohl, Nadja. Meine alte Freundin, meine Weggefährtin, meine Rivalin. Es war schön, mit dir gespielt zu haben. Lebe wohl, Dr. Ritter, du armseliger König. Du hast das Spiel im Casino nicht durchschaut und im Spiel des Lebens hast du völlig versagt. Sag deiner Dame Lebewohl.
Maja Mertens, die schwarze Dame

Till heftete einen Ausdruck der Datei in die Akte ein und schloss sie dann. Nach dem Auftritt mit Jensen vor der Presse hatten die beiden noch drei freie Tage zugesprochen bekommen, nun waren sie im Büro und erledigten den letzten Papierkram. Als Till die Akte für die Übergabe an die Staatsanwaltschaft fertig hatte, begutachtete er Siebels. Der stand auf seinem Schreibtisch und hantierte mit ausgestreckten Armen an der Decke herum. »Was machst du da?«

»Jensen hat neue Brandmelder installieren lassen.«

Till schaute erstaunt dem Treiben von Siebels zu. »Ja, ich weiß. Aber was machst du da?«

»Kabel durchtrennen. Ich will eine rauchen.«

»Du solltest damit aufhören.«

»Ich weiß.«

»Was machst du mit deinen freien Tagen?«

»Hochzeit vorbereiten. Und du?«

Till nahm sein Kamasutra-Buch aus der Schublade und winkte Siebels damit zu. »Spritztour mit Anna Lehmkuhl vorbereiten. Tschüss, bis dann.«

ENDE

Mehr Infos zu meinen Büchern finden Sie auf:
www.stefan-bouxsein.de

Immer informiert sein, wenn ein neuer Band aus der Siebels-Till-Reihe erscheint?

Schicken Sie einfach eine E-Mail an:
siebels-und-till@traumwelt-verlag.de
Mit dem Hinweis: Ich will in den Siebels-Till-Verteiler.

Oder auf meiner Internetseite in den Newsletter eintragen.

Alle Titel aus der Krimi-Reihe mit Siebels und Till:
Das falsche Paradies, 2006
Die verlorene Vergangenheit, 2007
Die böse Begierde, 2008
Die kalte Braut, 2010
Das tödliche Spiel, 2011
Die vergessene Schuld, 2013
Die tödlichen Gedanken, 2014
Die Kronzeugin, 2015
Projekt GALILEI, 2018
Seelensplitterkind, 2021
Der böse Clown (Kurzkrimi), 2014

Außerdem:
Kurz & Blutig (Vier Kurzkrimis), 2015

Humor: Idioten-Reihe mit Hans Bremer:
Der nackte Idiot, 2014
Hotel subKult und die BDSM-Idioten, 2016

Erotischer Roman von Susann Bonnard:
Die schamlose Studentin, 2017
Mein perfekter Liebhaber, 2019